VAREGO

Varego Libro I

STUART G. YATES

Traducido por
JOSÉ GREGORIO VÁSQUEZ SALAZAR

NOTA DEL AUTOR

El gran lujo del novelista es que puede crear e inventar todo lo que quiera. A esto a veces se le llama "licencia artística". Simplemente lo llamaría "ficción". Aunque se basa en hechos históricos, conviene recordar que esta historia, sobre todo, es una obra de este tipo: de la imaginación. La historia se desarrolla en el imperio Bizantino y sus alrededores a mediados del siglo XI, cuando los bizantinos se referían a sí mismos como romanos y a su ciudad como Roma, a veces Constantinopla. Harald Hardrada, una persona real, está en el centro de lo que sucede. Luchó por los bizantinos, en la famosa Guardia Varega. Otros personajes también son reales. Pero esta historia como tal no lo es. No se trata de historia. De tal manera que ofrezco mis disculpas a los estudiantes de la época, quienes sin duda encontrarán errores, y los inventos están aquí para mejorar la narrativa. Para todos los demás: espero que despierte su interés y lo lleve a descubrir por sí mismo las maravillas de este magnífico y perdido Imperio.

1066, PRIMEROS DÍAS DE SEPTIEMBRE... SECUELAS

Los cuerpos yacían en grandes montones sobre el suelo empapado, grupos distorsionados de carne y huesos destrozados, el hedor de la muerte por todas partes. Al otro lado, los cuervos ya se habían posado sobre los cadáveres, los picos tirando de las heridas abiertas, atiborrándose con esta inesperada recompensa.

Desde su posición en la cima de la colina, escondido detrás de un afloramiento de aulagas y rocas, Hereward pudo ver a través de toda el área, una llanura plana que se extendía en todas direcciones. Era un campo grande y poco inspirador, dividido por la franja plateada de un río que serpenteaba a lo largo de su camino, sin ser molestado por la catástrofe que había caído sobre los hombres de Inglaterra ese día. Como para enfatizar el hecho, Hereward vio sonrientes vikingos deambulando, el ocasional destello de una cuchilla cortando el aire mientras los heridos eran despachados. Los gritos de aquellos otros cercanos que esperaban el mismo destino llenaron sus oídos y se dio la vuelta, pasándose la mano por el rostro.

"Querido Cristo", dijo Hereward.

Morcar, a cierta distancia, gruñó. Yacía apoyado contra otra roca, el aliento le raspaba el pecho. Un corte largo y de aspecto feroz recorría su pecho. En su mano, manchada de sangre, todavía sostenía su hacha de batalla y Hereward lo miró impresionado. Había estado junto al conde, en el terreno pantanoso junto al río, lo había visto cortar los cráneos de muchos de los nórdicos. El resultado podría haber sido diferente si hubiera habido más como él ese día. Hereward cerró los ojos, la vista era demasiado para él. Si tan solo hubiera habido más...

"Creo que tal vez deberíamos irnos", dijo uno de los otros, un gigantesco huscarle (guardaespaldas del rey), salpicado de sangre, herido, pero aun así, por su aspecto, completamente preparado para luchar si era necesario.

"No puedo", dijo Morcar con voz cansada. "Aquí es donde estoy, aquí es donde muero".

"No", dijo Hereward, con los ojos abiertos ahora, sentado hacia adelante. "Es mejor si vives. Que todos vivamos".

No hay vergüenza en esto. Luchamos, perdimos. Ahora debemos lamer nuestras heridas y enviar un mensaje a Lord Harold. Si queremos vencer, debemos sobrevivir para luchar otro día".

Morcar tembló, su rostro enrojeció. "¡Dios mío, pelearé con ellos ahora!"

"Sí, y muere". Hereward miró a los otros hombres, huscarles, guardias escoceses, soldados anglosajones y mercenarios. "¿De qué sirve eso?"

"De nada", respondió el hombretón, y negó con la cabeza. "Si nos ponemos de pie, moriremos. Como ha dicho, lo mejor es vivir, comuníquese con el rey Harold en el sur. Entonces podremos vengarnos de lo sufrido este día".

Morcar murmuró algo, se controló y se sentó. Sus ojos entrecerrados y Hereward pudo ver el dolor grabado en las líneas del rostro de su viejo amigo. Una espada vikinga había cortado la carne de Morcar y la sangre corría en gruesos riachuelos negros por su brazo. Su correo había logrado evitar daños más graves; sin embargo, había perdido sangre y eso significaba que estaba débil. Hereward lo sabía, ya que él mismo había perdido sangre muchas veces en el pasado. Sin embargo, no este día. Este día había luchado como un poseído y los vikingos se habían estremecido, se habían retirado mientras los otros que se habían enfrentado a él, habían muerto. Pocos podrían vivir contra Hereward, pocos excepto quizás Lord Harold. Y el mismo diablo, por supuesto, el líder del ejército vikingo: Hardrada.

El gran huscarle gruñó mientras ayudaba a Morcar a ponerse de pie.

"Debemos irnos".

A unos metros de distancia, un extranjero moreno, cuyo lenguaje a veces era irreconocible, apretó la mandíbula y miró hacia el campo. "Creí que lo mataría este día". Miró a Hereward. "Hardrada. Lo quiero muerto".

Hereward se burló. "Nosotros también", dijo, con voz fría, distante.

"Pero para mí es... Personal". Volvió a mirar el campo, los muertos y los vikingos que se pavoneaban con tanta arrogancia, inundados de victoria. "He esperado tanto, tanto tiempo".

"Tu día llegará", dijo Morcar. "A menos que otros lleguen a él primero".

"No", gruñó el extranjero, "es mío. Lo mataré, no te equivoques".

"Bueno, hoy no", dijo el huscarle. "Hoy tenemos que lamernos las heridas".

"Sí", dijo Hereward, y echó un vistazo más a través de la triste escena en la llanura y los cuerpos de los sajones esparcidos por la hierba. Los hombres habían muerto a lo largo de las orillas del Ouse, luchando por sus vidas, sus granjas, sus seres queridos. Los vikingos habían sido tan abundantes como la hierba misma, quizás el doble de los ingleses que estaban parados frente a ellos. Muchos de los vikingos yacían muertos en el suelo, porque los sajones se habían comportado bien, pero no lo suficiente. Los números habían ganado el día, no la falta de valentía o habilidad en las armas. El Ejército del Norte, destruido. Toda Inglaterra se abrió a los escandinavos una vez más, tal como lo había estado años antes. Parte de Hereward quería quedarse, hacer lo que le habían dicho Morcar y el extranjero. Lucha y muere. Ese era el estilo de los huscarles. Sabía, sin embargo, que lo sensato era retirarse, preparar defensas, reconstruir. Y, sobre todo, comunicarse con Lord Harold, rey de Inglaterra. Para hacer eso, tenían que vivir. Levantó su hacha y les indicó a los demás que lo siguieran.

Se mantuvieron agachados y se alejaron de ese lúgubre y espantoso lugar conocido como Gate Fulford.

EN LA CORTE DE LOS EMPERADORES BIZANTINOS

ALGUNOS AÑOS ANTES, 1042, EN EL BIZANTINO

Dentro de la celda oscura y húmeda, Harald Sigurdsson, que pronto sería conocido por todo el mundo como Hardrada, se sentó desplomado en un rincón, mirándose los dedos, preguntándose cómo había logrado permitirse caer tan bajo. Hace unos días, él y sus hombres habían sido celebrados en todo el Imperio Bizantino como grandes guerreros, intrépidos, prestigiosos, sin igual. Abundaban los privilegios y, entre ellos, la posibilidad de hacerse con un botín, del cual un mero porcentaje había sido declarado. Hardrada había acumulado una considerable fortuna personal, que lo ayudaría a convertirse en un líder de renombre. Su ambición era simple. Convertirse en rey de Noruega. Las riquezas que había acumulado ayudarían en ese esfuerzo, pagarían el reclutamiento de mercenarios. Tomaría el trono de los nórdicos por la fuerza. Ese era el plan.

Hasta hace unos días.

Todo se había derrumbado, para él y para el grupo de Varegos en el cual servía, de manera espectacular. Al atacarlos por la noche, la Guardia Escita recién formada abrumaba a los Varegos mientras dormían, degollando y partiendo cráneos. Los nórdicos Varegos que lograron levantarse y resistir habían sido demasiado lentos; los arrojaron al suelo y los inmovilizaron. Los escitas los castraron, uno por uno, luego los dejaron desangrarse hasta morir, retorciéndose de agonía, sus gritos llenaron la noche. Hardrada y sus lugartenientes, con espadas en sus gargantas, fueron llevados como ranas a las celdas. Ahora, unos días después, encarcelado en ese lugar, Hardrada aún podía escuchar esos gritos ardiendo en su cerebro. Sus hombres. Todos muertos. No acostumbrado a mostrar emoción, encerrándolo todo en lo más profundo de él, esta vez luchó por mantener la calma. Apretó los dientes y se puso de pie.

"No puedo sentarme en este lugar y pudrirme, tenemos que hacer algo", dijo. Era una frase vacía, dicha porque sentía que tenía que decir algo y no tenía una idea real de qué. Alguien se movió en un rincón. Uno de los otros, sus compañeros, Haldor o Ulf, lo llevaron a esa celda a esperar. El propio Hardrada ahora esperaba, a que alguien hablara, para aligerar la atmósfera opresiva, dar algo de esperanza a lo que era, cuando todo estaba dicho y hecho, una situación desesperada.

"¿Qué sugeriría, mi señor? ¿Cavar un túnel?" En la oscuridad del rincón más alejado, el puño del hombre golpeó la pared. "Esto es mampostería del Bizantino. Más gruesa y más fuerte que cualquier cosa en el mundo conocido. Nunca lo lograríamos, incluso si tuviéramos las herramientas".

"No dije nada sobre excavar un túnel".

"¿Entonces qué?" El dueño de la voz se rió y dio un paso adelante. Haldor Snorresson, uno de los compañeros más fieles de Hardrada y un hombre que no temía expresar sus opiniones. "Estamos en una torre, muy por encima de la calle. Tal vez podríamos salir volando por la ventana, saltar de un tejado a otro..." Se rió de nuevo, con un sonido áspero, y se acercó a la puerta sólida y la golpeó con los puños, gritando: "Vamos y acaben con nosotros, ¡puercos paganos!"

"¿Pagano?" El otro hombre, Ulf Ospaksson, tomó su turno para burlarse. "¿Desde cuándo has sido cristiano, Hal?"

"Toda mi vida".

"¿*Toda tu vida*? ¿Y toda tu vida has creído en algo de eso?"

"Escucha, ¡no seas condescendiente conmigo, Ulf! Estamos en un montón de mierda en este momento, y cualquiera que pueda venir en nuestra ayuda, ya sea un ángel cristiano o un antiguo dios nórdico, tampoco le daré la espalda". Haldor se volvió hacia Hardrada, "¿Qué hay de la Emperatriz?" Extendió las manos. "Ella vendrá en nuestra ayuda, seguro. Nunca hemos hecho nada que la haga dudar de nuestra lealtad".

"Nada que *hayas hecho alguna vez*", añadió Ulf, sin apartar los ojos de los de Hardrada.

"Por lo que sabemos", dijo Hardrada, ignorando el espinoso comentario, "ella misma ha sido arrojada dentro de una mazmorra. Si pudiera, vendría en nuestra ayuda".

"Lo único que vendrá en nuestra ayuda", dijo Ulf, sin molestarse en levantarse, "es una espada Varega".

"Todos están muertos". Hardrada infló las mejillas, "Todos, asesinados por esos bastardos".

"No *todos*", dijo Ulf. "Solo nuestro propio destacamento. Cuando corran las noticias, los demás, los que están en el norte, nos sacarán de esto, no temas".

"¿Y cómo se difundirán las noticias, Ulf, si estamos atrapados en este pozo negro abandonado por Dios?"

"Voy a escribir una nota", dijo Ulf y metió la mano en el interior de su abrigo y sacó una pequeña cartera de piel de oveja que abrió. Sacó algunos trozos de lo que parecía vitela, junto con un trozo de carbón. "¡Mi educación vendrá en nuestra ayuda, como siempre supe que sucedería! Escribiré un mensaje corto, lo amarraré a una piedra y se lo enviaré a cualquiera que esté pasando".

"¿Y si es un escita?"

Haldor intervino, "¿O uno de los guardias de ese eunuco de Orphano? ¿Entonces qué?"

"De cualquier manera, ¿cuáles son las posibilidades de que alguien pueda leerlo?"

Una nube cayó sobre el rostro del escandinavo y Ulf gruñó, "Ah... No pensé en nada de eso para ser honesto..." Miró la vitela y la volvió a deslizar dentro de la cartera.

"Como dije", murmuró Hardrada, "¿qué vamos a hacer?"

En su apartamento privado, la emperatriz Zoe se sentó justo dentro de su balcón mientras su criada, Leoni, le peinaba el cabello largo y rubio. No había hablado desde que se levantó, la noticia le había llegado tarde la noche anterior. Hardrada, detenido, encarcelado en espera de condena. Traición, habían dicho. Pero lo que había hecho, o había planeado hacer, nadie se había molestado en informarle. El enorme guardia negro Crethus, capitán del nuevo guardaespaldas escita, había mirado de reojo después de que él irrumpiera para contarle la noticia y ella le exigió detalles.

Se había puesto de pie, sin hablar. Tan frío e inamovible como una columna de granito. Un hombre hosco y brutal, nada parecido a Hardrada en sus modales, pero todo como él en forma física. Pecho de barril, brazos como losas de mármol, manos tan grandes que podrían haberla aplastado como un insecto. Cuántas veces había fantaseado con Hardrada presionándose contra ella, rasgándole el vestido, hundiéndose en su suave y flexible carne. La idea ahora casi la hace desmayarse.

Crethus era como eso, seguro de su virilidad, disfrutando del hecho de que los ojos de la gente se posaran en su entrepierna mientras estaba allí, imperioso, distante. Estaba así ahora, después de dar la noticia del arresto de Hardrada. Él parecía disfrutar de lo que había sucedido, ¿y ella detectó un leve movimiento de boca? No podría llamarse una sonrisa, más bien un pequeño aleteo de algo que le roza los labios. Sus ojos chisporrotearon, las motas de oro dentro de esos orbes negros indicaban algo, arrogancia mezclada con... ¿Victoria? Zoe miró a lo largo de su cuerpo, bebiéndolo, y mientras lo hacía sintió que su corazón comenzaba a palpitar. El hombre la atrajo hacia adentro, el brillo de sus brazos desnudos, esos músculos ondulando justo debajo de la carne de ébano, sus muslos, como grandes pilares, y ese bulto ineludible debajo de sus pantalones. Sus ojos se posaron en el lugar por un momento demasiado tiempo y sintió el calor subir a sus mejillas.

Se había emparejado con Hardrada muchas veces, su boca había apretado la de ella para sofocar sus gritos de pasión. Este hombre podría ser así. Pulsante, fuerte, tan buen amante como Hardrada. Sin embargo, ahí era donde terminaban las similitudes. Donde Hardrada era culto, inteligente, encontraba humor en lo más mínimo aparte, Crethus tenía la cara de un halcón, concentrado en una cosa: la conquista. Un hombre que esperaba servilismo y, si no lo recibía, entonces su ira herviría y su gran y nudoso puño se doblaría alrededor de la empuñadura de su espada y pronto seguiría la violencia. Serio, duro, incesante: no era su elección habitual. Sin embargo, el hombre podría resultar útil, aunque sólo fuese para satisfacer sus necesidades. Casada con el ex emperador Miguel IV, el vikingo había mantenido su cama caliente. Como habían sucedido las cosas, su amante, Harald Hardrada, un oficial de la guardia Varega, había sido despedido por orden del nuevo emperador, otro Miguel. Miguel Quinto. Desde que ascendió al trono, Miguel había pasado por una serie de metamorfosis. Al principio callado, casi sumiso, escuchándola, haciendo lo que ella le pedía, aprendiendo de ella cómo ser un gobernante, un verdadero emperador de Roma. Pasaban las horas del crepúsculo estudiando la historia del gran Imperio, las costumbres de los gobernantes del pasado, sus éxitos y errores. Miguel era un estudiante entusiasta, tanto dentro como fuera del palacio real. Aprendió mucho acerca de la diplomacia, el tacto y la buena gracia. Pronto, sin embargo, los gusanos comenzaron a perforarlo, y cambió, decidiendo actuar contra todos los que consideraba una amenaza. ¿No había hecho Calígula lo mismo, mil años antes?

Entonces, esos hoscos escitas con sus ojos y corazones negros, reemplazaron a Hardrada y su Guardia Varega. Zoe despreciaba a los nuevos hombres, incluso a Crethus, a pesar de su atractivo. Odiaba su arrogancia y tampoco confiaba en ellos. ¿Por qué Miguel se había apresurado a alistarlos, casi tan pronto como subió al trono tras la muerte de su padre? ¿Qué era lo que temía de los escandinavos? ¿Un secreto, tal vez, algo que podría derribarlo? ¿Algo que Hardrada supiera, algo que pudiera hacer que un pueblo ya desanimado se levantara y se rebelara?

"Parece tensa, mi señora".

La voz de Leoni salió flotando del aire como la de un ángel, tan suave, tan relajante, que devolvió a Zoe de sus sueños.

La emperatriz se obligó a soltar una pequeña risa. "No. No tensa. Disgustada".

"Ah".

Zoe se volvió un poco, mirando a la criada con una leve sonrisa burlona. "De esa declaración, Leoni, ¿supongo que has llegado a una comprensión apresurada de mis sentimientos?" La emperatriz sintió que se le encogía el nudo del estómago. Odiaba ser juzgada, o presunta, en el mejor de los casos por quienes quiera que fueran y sobre todo por sus sirvientes. Leoni había estado con ella por poco más de dos años, una buena chica, amable, cortés, siempre ahí cuando la necesitaban. Una de los pocos sirvientes encargados de entrar en el santuario interior de los apartamentos privados de la emperatriz. Un privilegio que, por supuesto, le dio a la niña acceso a algunas de las prácticas reales más extremas. Abundaban los chismes, el fragmento más notable era la relación de Zoe con su guardaespaldas, Hardrada.

Hubo quienes en la corte murmuraban que estaban teniendo una aventura tan apasionada que los mismos íconos en todas las iglesias de la ciudad se sonrojaron. Su amor, se decía, no tenía límites. La noble emperatriz de Bizancio, amada de su pueblo, reconocida como una de las mujeres más deseadas del mundo. Una belleza deslumbrante aún, a pesar de que los años avanzan sin descanso, pasando ahora la factura de más de 50 años. Cuando entraba en una habitación, las bocas se abrían en estado de shock, los corazones perdían un latido, los estómagos de los hombres se hacían agua. Una mujer para soñar, para adorar. Y Hardrada efectivamente había compartido muchos momentos de intimidad con ella, momentos con los que la mayoría soñaba. La envidia y los celos se filtraron de cada mirada, cada comentario murmurado.

"Lamento cualquier ofensa que pueda haberle hecho, mi señora".

"No me has ofendido, Leoni. Pero no asumas conocer, ni siquiera entender, lo más profundo de mi corazón".

"Yo nunca haría eso, mi señora".

"Entonces, ¿por qué la expresión?"

Leoni permitió que su mano se cerrara alrededor de la cabeza del cepillo. Rodeado de oro, con incrustaciones de rubíes, el pincel valía más de lo que Leoni podía esperar acumular en su vida. Ella tomó aliento, "Porque siento algo de su dolor, mi señora. Con el Señor Harald desterrado..."

Zoe midió a su sirviente sin pestañear. "¿Qué hay con eso?"

"Debe ser tan cortante como cualquier espada".

"E igual de doloroso". Los ojos de Leoni se abrieron de par en par y la emperatriz bajó la voz: "¿Puedo confiar en ti?"

Leoni hizo una mueca, endureciendo la boca, "Mi señora, he

estado con usted por más de dos años, y nunca le he dado ni la más mínima razón para dudar de mí...".

Zoe levantó la mano, se recostó en su silla e indicó a la chica que reiniciara su trabajo con el cepillo. "Lo sé, Leoni". Ella frunció los labios, dejando escapar el aliento, tranquila y controlada. "Perdóname. No debería haberte gritado así. No soy yo misma. El arresto de Harald me ha inquietado. No sé por qué ha sucedido". Cerró los ojos mientras el cepillo pasaba por su cabello, sintiendo que la tensión abandonaba sus hombros. Leoni era una buena chica, de confianza, una verdadera compañera en un mundo frío y vacío. Fue grosero rodearla así. Nada de eso era culpa suya. "Por favor, dime qué sabes de lo que acontece".

"Se rumorea que ha guardado oro, mi señora, oro que había recaudado de impuestos y escondido para ayudarlo en su deseo de ser rey, en el lejano norte".

"¿Es eso lo que están diciendo?"

"Eso es lo que he escuchado".

Una breve risa de nuevo. "Bueno, la verdad es un poco diferente".

Mientras las pasadas del cepillo la calmaban, la emperatriz Zoe reveló la verdadera historia de la fortuna acumulada de Harald Hardrada. "Las riquezas que tiene son mías, Leoni. Es cierto que parte de ella provenía de sus deberes oficiales, cuando sacaba deudas y cosas por el estilo de las regiones periféricas, pero la mayor parte son obsequios. Nunca le he preguntado cuáles son sus intenciones... O cuáles eran. Es libre de ir y venir cuando le plazca, y eso significa que si desea irse, que así sea. Yo nunca me interpondría en su camino".

"¿Y este tesoro, todavía lo tiene?"

"Oh sí". Ella sonrió, le indicó que se acercara y le susurró al oído.

Leoni dio un paso atrás, con el ceño fruncido de perplejidad en sus hermosos rasgos. "Entonces, perdonadme mi señora, usted le permite que se quede con todo esto, aunque él es... Tengo que preguntar, ¿no lo ama?"

"¿Amarlo?" Zoe soltó una pequeña risa. "No estoy segura de saber qué es el amor".

"Majestad". Leoni detuvo el cepillo y su voz se volvió suave, llena de emoción. "El amor es esa agitación en el estómago, esa emoción en el corazón. Despertarse por la mañana con la imagen de su amante en su mente, la misma imagen con la que se acostó. Sonriendo y riendo sin saber por qué, sorprendiendo a la gente con sus arrebatos, siempre cantando y..." Se detuvo. "Lo siento, mi señora".

"Así que, ¿entonces estás enamorada Leoni?"

"Yo... No estoy segura, pero estoy feliz. Quizás eso sea lo mismo".

"Bueno, si algo he aprendido en mi vida es que debes aprovechar el momento, porque los años pasan y, antes de que te des cuenta, la vida llega a su fin y los lamentos se hacen sentir mucho más".

"Señora, eso es tan triste".

"¿Lo es?" Zoe se encogió de hombros, movió su mano para tocar la de Leoni. "Quizá en eso se ha convertido mi vida, Leoni. Un largo torrente de arrepentimiento". La emperatriz apretó la mano de la chica. "Aprovecha la oportunidad de la felicidad, mi dulce niña, antes de que también se convierta en nada más que un recuerdo lejano. Ahora..." Su voz se volvió aguda y enfocada de nuevo y su mano cayó a su costado. "Ayúdame a vestirme. ¡Debo lucir lo mejor posible y convertirme en emperatriz una vez más, y dirigirme a Su Alteza Real, ¡Miguel!"

El general Maniakes la agarró del brazo y la empujó detrás de uno de los enormes pilares de mármol que se alineaban en el pasillo de acceso a las habitaciones privadas de la emperatriz.

"¿Lo tienes?" Dijo con voz áspera, los ojos moviéndose de un lado a otro, ansioso de que nadie estuviera cerca.

Leoni sonrió, se liberó de su agarre y rodeó su cintura con el otro brazo. "Lo tengo todo, mi señor general". Se apretó contra él y ronroneó cuando sintió que su hombría se endurecía. "Todo y más".

Su voz sonaba llena de deseo: "Por Cristo, gobernaremos el mundo tú y yo".

Ella echó la cara hacia atrás, lista para recibir sus labios, "Pero primero, deseo que gobiernes mi cama".

"De eso", dijo mientras acercaba sus labios hacia ella, "no puedes tener ninguna duda".

2

"La realidad de la situación es simple, mi señor". El eunuco se acercó sigilosamente al hombro del nuevo emperador. "Tenemos que movernos ahora, atacar mientras todos menos lo esperan. Hardrada se lamenta en su celda, su alteza real vacila, la gente tiene sed de cambio".

Desde su trono, Miguel miró a la pequeña e hinchada figura de Orphano, el artífice de todo lo que había ocurrido durante los últimos y trascendentales días. Fue él quien había ido a los apartamentos reales de Miguel en secreto para expresar su plan de cambio de régimen. Él había dicho que Zoe era débil e ineficaz. Con la repentina muerte del emperador Miguel IV, lo que el Imperio requería era un gobierno fuerte. Las presiones sobre las fronteras iban en aumento. Hacia el este, los sarracenos se estaban reuniendo. Al oeste, los normandos y los rusos del norte. Si Bizancio prevaleciera, tendría que tener a la cabeza a alguien ambicioso, ingenioso y, sobre todo, valiente. Orphano había sido quien convenció a Michael de que su destino era convertirse en emperador. Miguel V. Una propuesta embriagadora, y el eunuco real había obrado de maravilla persuadiendo a Zoe, la sangre real que corría por sus venas, para que apoyara a Miguel. Así que este último plan fue recibido con los brazos abiertos y muy pocas dudas.

Se habían movido, con una velocidad alarmante, utilizando a la Guardia Escita para neutralizar la amenaza, real o no, de Hardrada y sus Varegos. El único obstáculo que quedaba era Zoe, junto con su patriarca y confidente, el obispo Alejo. Un hombre de intelecto colosal, el consejero principal de la emperatriz y su amigo más leal. Si Zoe fuera removida, entonces el santo también tendría que irse. Miguel lo sabía, pero el problema era cómo lograr el éxito sin dar demasiadas alarmas en todo el Senado.

Consideró al rechoncho eunuco, obligándose a mirar a los ojos al medio hombre. La sola idea de él casi revuelve el estómago de Miguel; esa piel flácida, panza rotunda, pastosa y arrugada. Se estremeció, a pesar de sus mejores esfuerzos, se apartó de la calva del eunuco y miró hacia la ciudad dormida. "¿Y Alexius? ¿Cuándo lo hacemos?"

Orphano se retorció las manos débiles y húmedas, se deslizó más hacia adelante y respiró el aire de la noche. "Si mi señor lo permite..."

"¡Solo dame tu consejo, hombre, por el amor de Dios!"

El eunuco extendió las manos. "La noche sería lo mejor. Temprano en la mañana". Señaló con la cabeza hacia uno de los candelabros de pie, las llamas parpadearon en sus soportes de oro. "Cuando la más grande de estas velas haya muerto, mi señor, será cuando ataquemos". Él sonrió. Una repugnante mirada lasciva a la mente de Miguel. El nuevo emperador se envolvió más con su túnica púrpura. Orphano inclinó su cabeza calva, "Con la orden de mi señor, por supuesto".

"Entonces hazlo".

Orphano hizo una reverencia más baja y la mano derecha se movió en un saludo dramático. "Como lo ordene mi señor". Y con eso, aun manteniéndose en una profunda reverencia, el eunuco se apartó de la presencia de Miguel y se deslizó a través de las grandes puertas dobles.

Miguel dejó escapar un largo y lento suspiro. Cruzó la habitación hasta el balcón abierto, contempló la vista y se apretó contra el borde, tomando grandes bocanadas de aire, logrando calmar las crecientes náuseas desde el interior. Se prometió allí y entonces que una vez que este asunto estuviera fuera del camino, el trono asegurado, actuaría contra el detestable Orphano, lo liquidaría a él y a su repulsivo séquito de adulantes.

Una pisada detrás de él lo hizo girar.

Jadeó.

Leoni, la doncella personal de la emperatriz Zoe, estaba parada allí, una imagen de completa y total belleza, su fina túnica blanca acentuaba cada curva de su perfecto cuerpo. La hinchazón de sus pechos sobresalía a través de la suave seda, sus pezones erguidos. Sus ojos se clavaron en ellos, la lengua recorrió sus labios inferiores. Mientras ella flotaba más cerca de él, su erección creció y su garganta se secó.

Su perfume invadió sus fosas nasales, jazmín fresco y madreselva. Cerró los ojos y aspiró su aroma. Ella se acercó, su cuerpo se fundió con el de él mientras lo rodeaba con los brazos. "Mi señor", suspiró.

Michael se obligó a abrir los ojos. Sintió que las alas de los ángeles se lo llevaban, lo elevaban a un estado de bienaventuranza celestial. Todo su cuerpo le dolía por ella, su mano ya estaba sobre su entrepierna, los dedos trazaban el contorno de su dureza. Tragó saliva, tratando de lubricar su laringe, encontrar la fuerza para hablar.

"Hablaste con él", preguntó por fin.

"Sí". Lentamente, sus dedos subieron a su pecho, abriendo la bata. Su cabeza se frotó contra su barbilla, su largo cabello caía contra su pecho. La sensación le hizo gemir.

"¿Te emparejaste con él?" preguntó, con la lengua tan gruesa en la boca.

"Repetidamente", dijo, su voz baja, suave. Sus labios presionaron contra su garganta, la lengua trazó una delgada línea a través de su carne.

Miguel casi gritó. Anhelaba que ella le arrancara los pliegues de su bata, le sacara la polla, la trabajara entre sus dedos suaves, ágiles y expertos. Luego la boca... ¡Oh Dios mío, la boca!

"Él te poseyó", continuó, con el corazón latiendo contra su pecho, tan fuerte, tan rápido que pensó que podría estallar. Ella gimió de nuevo, sus dedos volvieron a su lugar de descanso inicial, recorriendo su bulto. "¿Dónde te tenía?"

"Fuera de la habitación de mi ama". Se puso de rodillas, presionando su boca sobre el área donde la túnica cubría la erección palpitante de Miguel. "Me tiró al suelo, se hundió dentro de mí... Es tan grande".

"¿Grande?"

"Enorme". Ella lo miró desde donde estaba arrodillada. "Grité mientras él se estrellaba contra mí, partiéndome. Tan fuerte". Sus manos se sumergieron entre los pliegues del material, buscándolo. "Me hizo venir antes de que se deslizara por completo dentro de mí. Simplemente apoyó la cabeza gruesa y suave contra mí, presionándola allí, esperando a que me viniera debajo de él".

"Oh Dios mío". Miguel estaba delirando, su voz, esos dedos, las imágenes evocadas de Maniakes follándola expertamente.

"Entonces", se lamió los labios, "cuando me acerqué y le rogué que me follara, lo hizo. Poco a poco, deslizando ese monstruo dentro de mí, haciendo pausas de vez en cuando, permitiéndome recuperar el aliento antes..."

"¿Sí?"

Con un violento tirón de sus manos, le quitó la túnica, permitiendo que la longitud llena de sangre se liberara por fin. Miguel rugió como un alce en celo mientras ella agarraba el eje con una mano, mientras se pasaba la lengua por los labios. "Lo condujo bien adentro hasta sus bolas grandes y gordas, follándome, una y otra vez, en mi boca, mi culo, en todas partes, hasta que estuve completamente satisfecha".

Su boca lo envolvió, la lengua rodando cuando el nuevo emperador eyaculó casi de inmediato, gritando una serie de blasfemias mientras lo hacía.

Leoni lo sostuvo en su boca, chupándolo hasta dejarlo seco, tratando de mantener los ojos abiertos. Dios, cómo odiaba esto. ¡Lo odiaba, con su pequeño pene patético, sobresaliendo como el dedo índice de un bebé! La humillación de eso. Maniakes sabía lo que estaba haciendo, por supuesto que lo sabía. Tenía que hacerlo, colocándola en esta terrible situación, humillándose a sí misma para poder hacer estas cosas repugnantes. Atraerlo, le había dicho Maniakes. Haz lo que sea necesario. Captura su corazón, alma y polla con ese cuerpo tuyo. Haz eso y lo tendremos.

Bueno, ella había hecho todo eso y más, se había menospreciado para complacer a este hombre patético. Le había costado algún tiempo descubrir las debilidades de Miguel, sus inclinaciones particulares, pero cuando lo hizo, lo aprovechó, convirtiendo al hombre en una ruina temblorosa mientras lo llevaba a la cima de la gratificación sexual. Su imaginación no conocía límites, lo cual era bueno, ya que podía escapar a sus sueños mientras el vil hombrecillo respiraba y sudaba encima de ella. A veces le llegaban pensamientos de Maniakes, a veces de Crethus, el gigante escita, a veces de un oficial de la guardia que había llamado su atención, pero sobre todo su pensamiento era sobre Hardrada.

Casi siempre era Hardrada.

❧ 3 ❧

El sonido de sus zapatos golpeando el pasillo con piso de mármol reverberó alrededor del enorme y elevado techo abovedado. Estaba sola, sin guardaespaldas para escuchar conversaciones o alertar al eunuco Orphano de sus intenciones. Revoloteando entre los pilares, mirando detrás de ella de vez en cuando, la emperatriz Zoe de Bizancio se movió rápidamente. Alexius sabría qué hacer.

Después de que Leoni la dejó, se fue a la cama, esperó un momento y luego cayó de rodillas para orar. A veces, en la oscuridad de la noche, se quedaba despierta evocando terribles imágenes de su muerte. Fría, sola, nada más que un caparazón de cera, su espíritu se había ido. ¿La abrazaría Dios, la aceptaría en su reino? Trató de vivir una buena vida, se resistió a la violencia, al engaño. Ser parte de la familia real le había dado todas las oportunidades para volverse pecaminosa, pero le gustaba pensar que se resistía a tales ansias. Desafortunadamente, eso era mentira. A menudo sucumbía a las necesidades de su carne, a veces con extraños, a veces con hombres como Hardrada. Ella siempre buscó el perdón después, sabiendo que era débil. La fe había sido su guía.

¿Eso era suficiente? Este era su miedo. Porque, por supuesto, había sido Hardrada tantas veces... Dios metió la mano en su corazón, desarmó la intriga, el engaño. Miró profundamente en su interior para revelar la verdad. ¿La había perdonado realmente?

Apretó la frente contra las manos entrelazadas y cerró los ojos con fuerza, trayendo imágenes de la Santa Madre a su mente. Tales imágenes siempre habían sido su consuelo. La Santa Madre entendía la mente de una mujer, una mujer que era a la vez todopoderosa, pero desesperada y a la vez tan sola.

Cuando la puerta se abrió, su corazón se congeló. Ella permaneció mortalmente quieta. ¿Había sido su imaginación o había alguien? Luego vino el más suave de los pasos y los pensamientos de la daga del asesino se encabritaron dentro de su cabeza. Se arrojó hacia atrás, ya levantando la mano en un vano esfuerzo por defenderse, con los ojos muy abiertos por el terror.

"¡Señora!"

La voz, baja y urgente. Una voz de hombre.

De la penumbra salió Clitus, el joven criado, amante de Leoni. Una corona de cabello muy rizado, engastado al viejo estilo romano, un rostro finamente cincelado, pómulos altos. Algunos lo llamaban hermoso. Joven, amable. ¿Un asesino? Querido Dios, ¿no había nadie en esta buena tierra en quien se pudiera confiar?

Se inclinó hacia ella. "Señora, perdóneme. Tengo poco tiempo".

Su boca tembló cuando formó la única palabra, "¿Sí?" Entonces no era un asesino, pero ¿qué? Una nueva sensación, una de rabia por ser tan abusada, tan insultada por esta intromisión injustificada en su privacidad. A medida que los latidos de su corazón disminuían y sus mejillas ardían con creciente furia, el niño levantó la mano.

Dijo, como si sintiera que ella estaba cambiando de humor.

"Por favor, perdóneme por irrumpir así, Alteza. Debe escucharme. Hay un complot en su contra. Debe salir del palacio de inmediato, antes de que vengan a buscarla".

Zoe, emperatriz de Bizancio, se puso de pie, boquiabierta ante esta afrenta. ¿Lo había escuchado correctamente? ¿Cómo podía saberlo, quién se lo había dicho? Un sirviente, nada más. ¿De quién tenía oído para recibir noticias tan absurdas?

Clitus movió la cabeza, los ojos muy abiertos, ansioso, temeroso, como si creyera que alguien podría estar cerca. Se puso de pie, haciendo una profunda reverencia. "Perdonadme", dijo de nuevo y se fue antes de que ella pudiera dar una respuesta.

Aturdida, se sentó mirando al vacío, su camisón arrugado a su alrededor, incapaz de creer la audacia de todo eso. Este chico había irrumpido en sus aposentos, un acto vergonzoso y que ella consideraba serio. Puede que no fuera un asesino, pero tal... Se detuvo, un pensamiento repentino le enfrió la piel. ¿Y si fuera un asesino? Había entrado en sus aposentos reales sin ningún tipo de anuncio, había entrado en su habitación privada sin nadie que se enfrentara a él. Sus guardaespaldas pagarían por su negligencia.

Con la ira en aumento, se acercó a la puerta, la abrió y miró hacia afuera.

Clitus se había ido. Los guardias no estaban a la vista.

Un escalofrío la recorrió. Los guardias deberían haber estado en su puesto, evitando que alguien entrara sin su consentimiento. Ella no había ordenado su despido, entonces, ¿dónde estaban? Unos pinchazos de sudor le cubrieron la frente. Clitus había hablado de un complot; un complot primero necesitaría que los guardias fueran neutralizados... Hielo corría por sus venas. Ella tomó su bata, la recogió alrededor de sus hombros y salió corriendo.

Había corrido la mitad de los enormes y cavernosos corredores del palacio real. No había nadie, un inquietante silencio, un manto de puro terror colgando sobre todo, un precursor de la perdición. Sacudió la cabeza, tratando de deshacerse de esos pensamientos. Pero el sentimiento de pavor se negó a desaparecer. Algo estaba terriblemente mal.

Acercándose a los aposentos de Alexius, y habiendo pasado por la indiscreción de Clitus una y otra vez en su mente, supo que lo que él había dicho era la verdad. ¿Por qué si no iban a faltar los guardias, el palacio tan silencioso como la tumba? Estaba desprotegida y sola. Ese pensamiento hizo que se le llenaran los ojos de lágrimas. Alguien estaba conspirando para derrocarla, derribarla, reemplazarla como emperatriz. ¿Pero quién? ¿Orphano quizás, el eunuco, confidente y hermano del difunto emperador Miguel IV? Maniakes, el ambicioso general con el poder del ejército detrás de él, o...

Ella se detuvo en seco.

Miguel.

¿Podría ser realmente que su propio hijastro, Miguel, el tocayo del ex emperador, codiciara tanto el trono de Bizancio que estaría dispuesto a asesinar a uno de su propia familia, para dejar el camino libre para el gobierno absoluto? Es cierto que estaban emparentados por matrimonio y sujetos a promesas y acuerdos hechos con el ex emperador, pero aun así, sin ella no habría ningún vínculo de sangre con la antigua línea de emperadores bizantinos. Tal plan que la vería removida, o incluso esquivada, sería una abominación.

Ella se estremeció. La antigua propensión romana a la traición y la violencia aún hervía a fuego lento en la sangre de su familia. Podría haber pocas dudas de eso.

Por un momento pensó en buscar al gigante escita, Crethus, tal vez cortejarlo como una especie de aliado. El hombre la fascinaba, la forma en que sus ojos la seguían a todas partes, el deseo tan evidente. Nunca habían estado solos, y él nunca había pronunciado ni una sola palabra de amistad, pero había algo en sus modales que no dejaba ninguna duda en su mente. Los hombres siempre habían sido su debilidad, no podía negarlo. Ella había usado su cuerpo con buenos resultados, asegurando maridos y amantes de un inmenso poder y riquezas. Si la reprendían, la menospreciaban o la dejaban insatisfecha como lo había hecho ese idiota, Romanos, nunca dudó en eliminar el problema. Después de todo, ella era la emperatriz Zoe, descendiente directa de los emperadores de Bizancio. Ningún hombre podría negarla. Y, sin embargo, el escita era de baja cuna. Si ella le prometía algo, todo tendría que ser mentira, y él vería a través del engaño con facilidad. No, lo único que podía darle era su cuerpo. Por la forma en que la desnudó con esos ojos, sabía que él no se negaría, pero ¿sería seguro perseguir esa causa? ¿Se podía confiar en que un hombre así acudiría en su ayuda, para ayudarla en esta, su hora más desesperada de necesidad? Era una idea estúpida y ella la descartó, con cierta decepción. Quizás, sin embargo, había otras consideraciones. Para probar sus encantos físicos, eso sería algo.

Con imágenes de su cuerpo firme presionado contra el de ella, Zoe tuvo que luchar para traer sus pensamientos de regreso al presente. Necesitaba ayuda, consejos y los necesitaba ahora mismo. Realmente no había nadie más a quien pudiera recurrir.

Alexius sabría qué hacer. Con renovado vigor, siguió adelante, rompiendo a trotar, cuando las puertas de los aposentos interiores del viejo patriarca aparecieron ante ella.

❅　4　❅

lgo que dijo Ulf preocupó mucho a Hardrada. El noruego gigante estaba de pie, con la cabeza apoyada contra los barrotes de la pequeña ventana, las imágenes girando dentro de su cabeza, negándose a moverse. La emperatriz Zoe, su cuerpo ágil que hacía que su corazón latiera tan rápido como un corredor en el Hipódromo, ojos que ardían, manos que vagaban. Labios que le trajeron gemidos a la garganta, como ninguna otra mujer había sido capaz de hacer. ¿Por qué no había acudido a su rescate?

Apretó el puño con fuerza, golpeó la pared una vez y se dio la vuelta.

Los demás estaban dormidos. Los envidiaba, sus mentes no estaban perturbadas por visiones y pensamientos desgarradores. Mujeres. Malditas sean, irrumpieron en tu corazón, lo destrozaron, luego lo dejaron temblar, destruido. ¿Por qué se había permitido rendirse a sus encantos? Debería haber sabido que nunca podría ser. Lo que había comenzado como una mera atracción física pronto creció hasta consumir todo su ser. Y ahora, ella lo había abandonado, como sabía que siempre lo haría. Apretó los ojos con las yemas de los dedos. Qué idiota era. El gran superviviente, el guerrero magistral, campeón de numerosos concursos. Maldita sea su piel, nunca más se permitiría sucumbir a las artimañas de una mujer.

Haldor se movió, se dio la vuelta en sueños, murmuró y se quedó quieto. Ulf respiró profundamente, su sueño total. Hardrada se permitió una sonrisa. No culpó a ninguno de los dos. Juntos habían luchado en todas las batallas, habían cruzado todos los mares. Para terminar así, los perros, tendidos sobre paja apestosa, aguardando el destino que estos bizantinos apestosos y decaídos les deparaban. No estaba bien que terminara de esta manera. Un vikingo debería caer en batalla. Esa era la forma en que siempre había sido, y siempre sería hasta que el Mundo Vikingo muriera.

No de esta manera.

Cerró los ojos, dejando que los recuerdos regresaran. Juntos habían ido al este, los tres, en busca de beneficios y fama en la corte de los emperadores bizantinos. Se habían convertido en parte de la renombrada Guardia Varega, hombres de combate elegidos y de confianza, la mayoría de los cuales eran nórdicos. Aventureros vikingos, como ellos.

"Dios mío", había dicho Haldor, reflejando su roce con la religión cristiana, "¡esto es mejor de lo que podríamos haber imaginado!" Se habían puesto sus nuevos uniformes, acariciaban las relucientes hojas de las hachas, practicaban movimientos, acostumbrándose a sus brillantes y relucientes cotas de malla. Esta cota de malla era como la de sus propios *byrnies*, pero más larga, brindando más protección a la ingle y los muslos. La preferían y, a medida que perfeccionaban sus habilidades, llamaron la atención del capitán de la guardia, un hombre conocido como Umthar. Un sajón de edad indeterminada, le había indicado a Hardrada que se acercara a él, y lo detuvieron y sondearon durante unos momentos antes de que el gigante noruego se cansara, girara, se moviera como nadie antes había visto a nadie moverse y arrojó sin ceremonias a Umthar sobre el suelo, la punta de la espada a su garganta. Los espectadores se rieron, el rostro de Umthar se ennegreció.

Dos noches más tarde, Hardrada, acostado en el cuartel, sintió más que escuchó el movimiento a su lado. Se acercó con la daga ya en la mano. La fortuna estaba con él esa noche, porque la oscuridad en la habitación era tanto un amigo para él como un obstáculo para su agresor. Lucharon contra las literas y retrocedieron, mientras Hardrada golpeaba la espalda contra el duro y pesado marco de madera. Maldiciendo, giró a su enemigo, sus manos agarraron las muñecas del hombre, lo obligó a retroceder.

La daga encontró su marca y Hardrada experimentó esa oleada de euforia que siempre lo envolvía durante el combate. La pura emoción de la victoria, cuando la hoja se hundió. La mantuvo allí, sintiendo que su agresor se debilitaba a medida que la vida se le escapaba de las extremidades y se derrumbaba, desinflado, con el satisfactorio estertor de la muerte burbujeando en la garganta.

Hardrada, borracho por el éxtasis de matar, tropezó con la puerta y la abrió. Aún no había amanecido, pero las muchas estrellas esparcidas por el cielo le daban suficiente luz para encontrar el barril de agua. Hundió la cabeza en el agua helada, sacudió su gran melena de cabello de lado a lado y dio un paso atrás, respirando con dificultad, esperando que volviera la normalidad.

Cuando finalmente amaneció, encontraron a Hardrada afuera, dormido contra el barril. Lo llevaron para interrogarlo y el oficial bizantino, resplandeciente con su armadura dorada, se sentó detrás de un enorme escritorio de roble y frunció el ceño. El hombre escuchó la historia de Hardrada sin decir una palabra, juntó los dedos y pareció deslizarse en una especie de ensueño. Hardrada se preguntó si el hombre se había quedado dormido y estaba a punto de hablar cuando el oficial por fin levantó la cabeza.

El oficial dijo: "¿Esperas que crea que el Capitán de la Guardia Varega entró sigilosamente en tu habitación por la noche e intentó asesinarte?"

"Eso es lo que pasó. ¿Por qué otra razón lo mataría?"

"Por qué si no. Parece que ya lo habías superado una vez. ¿Era tu intención convertirla en una victoria más permanente?"

"Para nada. Como dije, vino a matarme".

"Mmm..." El oficial se reclinó, estudiando al gigante noruego con atención. "Eres toda una celebridad, Hardrada. Ya se habla de tu nombre en círculos altos".

Hardrada frunció el ceño. "¿Oh?"

"No me digas que esto no era parte de tu plan".

"¿Parte de mi plan para qué?"

"Señor. Dirígete a tu oficial al mando como "señor". Ahora no estás en los bosques de Dinamarca".

"Perdón. *Señor*". Hardrada forzó una sonrisa, "Soy de Noruega, para ser precisos. Señor".

"Sin embargo, todos ustedes son vikingos, ¿no es así? Y todos sabemos lo que los vikingos codician más que cualquier otra cosa. Fama. Ser un héroe. ¿No es así?"

"Algunos todavía anhelan las viejas costumbres, sí. Pero yo no soy uno de ellos".

"Entonces, ¿por qué matar a Umthar?"

Hardrada respiró hondo, esforzándose por mantener la voz incluso cuando la ira amenazaba con apoderarse de él. La ira siempre había sido su perdición en el pasado. A la edad de doce años había asesinado a su vecino por una discusión sobre una niña. Lo habían desterrado ese día, los ancianos de la aldea, y el pesar aún vivía dentro de él, en lo profundo de sus huesos. "Ya le he dicho el porqué, señor".

"Bueno, no lo creo. No puedo probarlo, pero creo que de alguna manera conjuraste todo este episodio. Deliberadamente menospreciaste al hombre frente a sus tropas, sabiendo muy bien que el honor lo obligaría a buscar reparación. Tú lo diseñaste todo, ¿no es así? Así que podrías llamar más la atención, tal vez incluso ponerte en el lugar de Umthar, asumir el mando de la Guardia. ¿No es así?"

"Nada de eso es cierto, señor. Lo juro".

"¿Tú juras? ¿Sería un juramento sagrado, Hardrada? ¿Jurado sobre la Biblia?"

"Podría ser, sí señor. Estaría dispuesto a jurarlo".

El oficial consideró la idea durante un buen rato, luego se puso de pie, alargó la mano hacia su casco con su penacho de plumas negras y se lo colocó sobre la cabeza. "No tengo tiempo para debatir esto contigo. Cuando haya reunido las pruebas en tu contra, te derribaré, Hardrada. No tengas dudas al respecto. Mientras tanto", se ajustó la correa de la barbilla, "comenzarás sin demora tus deberes como comandante".

Hardrada parpadeó, volvió el rostro hacia el oficial mientras comenzaba a alejarse. "Lo siento señor. ¿Qué dijo?"

El hombre sonrió. "Te voy a dar lo que quieres, vikingo. La oportunidad de convertirse en un héroe, tener poemas épicos escritos sobre ti, canciones cantadas en tu honor. Tú, Harald Hardrada, ahora eres rey de la Guardia Varega de su Majestad Imperial". Dio unos golpecitos al gigante en el pecho. "Vete a la mierda, y la próxima vez que te vea estarás columpiándote en la entrada del cuartel por el cuello".

"¡Sí señor!" Hardrada se llevó la mano al pecho a modo de saludo y contuvo la respiración hasta que el oficial se hubo marchado. Luego dejó salir lentamente el aire de sus pulmones y miró a uno de los guardias que estaba parado en la esquina. "¿Acaba de decir lo que pensé que dijo?"

"Sí, señor, de hecho lo hizo, señor".

"Santa Madre".

"Le ruego me disculpe, señor". El hombre apartó los ojos de la mirada de su nuevo comandante. "No se nos permite blasfemar en la Guardia, señor".

Hardrada se pasó la mano por el pelo y se rió.

Y así fue como se convirtió en el comandante de la Guardia Varega, e inevitablemente llamó la atención de la Emperatriz Zoe.

Ese primer encuentro...

Abrió los ojos. La celda todavía apestaba, sus compañeros seguían durmiendo. Se habían convertido en amantes, Zoe y él. Entonces, ¿por qué, se preguntó, no había venido?

Alexius levantó la vista de sus estudios y sonrió cuando Zoe cruzó la puerta. De todas las personas en el palacio, solo a ella se le permitía entrar sin previo aviso. Eso podría cambiar pronto, por supuesto, ahora que Miguel había comenzado a hacer valer su autoridad. Un nuevo emperador, un nuevo régimen, quizás un nuevo conjunto de reglas. El patriarca se puso de pie.

"Mi niña", dijo y abrió los brazos para abrazarla.

Zoe, sin embargo, vaciló. "¿Dónde están tus guardias?"

El viejo patriarca frunció el ceño, algo desconcertado por su inesperada pregunta. "¿Mis guardias? No entiendo..."

La emperatriz se adelantó, lo tomó del codo y lo condujo de regreso a la habitación. Era un espacio enorme, dominado por un enorme escritorio. Alineado con estantes, lleno de rollos antiguos y otros textos, la luz difusa de una docena o más de velas chisporroteantes, era un santuario interior silencioso donde el aprendizaje podía florecer. Alexius, el hombre más educado de todo Bizancio, se quedó con esta área, sin permitir que nadie examinara su colección de tratados. Los protegía celosamente, y sus guardias lo mantenían a él, y a la habitación, a salvo. O, al menos, eso es lo que él creía.

"Mis guardias han desaparecido, los tuyos también, por lo que parece".

Su ceño se profundizó. "¿Qué estás diciendo?"

"Escucha. Recibí una visita que me traía noticias. Nos van a arrestar, mi antiguo maestro".

"¿Por quién?"

"¿Quién crees que pueda ser? Miguel, por supuesto".

"No se atrevería. Mis guardaespaldas..."

"Tus guardaespaldas están muertos o han sido sobornados para que dejen sus puestos. Debería haber sabido que esto sucedería, tan pronto como Miguel se movió contra Hardrada".

"¿El varego escandinavo? ¿Esto está relacionado con lo que les sucedió?"

Zoe se llevó los nudillos a la boca y mordió con fuerza la carne, "Dios mío, debería haber esperado esto. Al eliminarnos, Miguel se convertirá en el poder absoluto en Bizancio. Se ha movido sin dudarlo, sus planes bien elaborados de antemano. ¡Nos han flanqueado y no hay nada que podamos hacer al respecto!"

"No estés tan seguro", dijo el anciano. "Tu popularidad es ilimitada. Si es tan estúpido como para pensar que podría derrocarte... La gente se levantaría contra él".

"Sin líderes, estarían indefensos contra las tropas de Miguel".

"¡Entonces, nosotros seremos sus líderes!"

Incluso en esa tenue luz, podía ver lo enrojecido que se había vuelto su rostro. "No podemos hacer eso si estamos muertos".

Sus palabras flotaban en el aire como pesos de plomo. Alexius pensó por un momento, luego se envolvió en su túnica. "Tengo un pasadizo secreto que conduce más allá de las murallas de la ciudad. Haremos un buen escape, nos trasladaremos a los confines del Imperio, reuniremos partidarios..." Se detuvo, atrapando algo. Quizás su estado de ánimo, que permaneció estoico. "¿Qué es?"

"No me puedo ir".

Él la miró boquiabierto. "Si lo que dices es cierto, que Miguel se ha vuelto en tu contra, entonces tu vida podría estar en peligro, no puedes quedarte aquí".

"No tengo otra opción. Esta es mi casa y la gente nunca me perdonaría si los abandonara". El anciano fue a hablar, pero ella lo hizo callar con una mano levantada. "Tú, mi maestro, debes irte. Haz lo que dices, viaja al norte, reúne apoyo y regresa".

"Pero niña", Alexius extendió la mano y tomó su rostro entre las manos. "Él puede matarte".

"No se atrevería". Sus manos se cerraron sobre las suyas mientras él todavía sostenía su rostro. "Confía en mí. Ve, reúne fuerzas. Los mercenarios Varegos que luchan en el norte serán fáciles de comprar y luego, marcharán hacia la ciudad. El pueblo se levantará y reclamaremos el trono".

"¿Estás segura de todo esto?".

"Ya no estoy segura de nada". Ella sonrió, apartando gentilmente sus manos. "Vete, antes de que descubran lo que ha sucedido".

Dudó por un momento, asintió y se acercó a su escritorio. Recogió algunos papeles y luego se trasladó al rincón más alejado que estaba sumido en las sombras. Zoe escuchó el sonido jadeante de algo que se abría, una puerta secreta quizás colocada en los paneles de madera de la pared. La voz de Alexius, tan amable y preocupada como siempre, llegó a ella desde la oscuridad, "Te amo, mi niña. Mantenerse a salvo. Y mantente viva".

El panel se cerró de nuevo y Zoe se quedó sola.

Mientras estaba allí, en la turbia penumbra de esa enorme cámara, pensó que podía distinguir el sonido de unos pies que se acercaban. Ella ladeó la cabeza y escuchó.

Lo que más temía estaba a punto de suceder. Los guardias escitas de Miguel iban a llegar, tal vez para asesinarla.

Se volvió y se paró frente a la puerta de la cámara y esperó, todos sus años de entrenamiento la hacían parecer fuerte y resuelta, con la espalda recta y la barbilla levantada. Por dentro, ella no sentía ninguna de estas cosas.

❧ 6 ❧

Sintiéndose avergonzado y sucio, Miguel hundió las manos en la palangana de oro y se lavó la cara, dándose palmaditas en las mejillas y el cuello. Con las manos agarrando ambos lados del cuenco, se puso de pie, inclinado, mirando el agua. ¿Por qué estaba tan débil, permitiendo que el demonio se apoderara de él tan fácilmente? ¿Por qué no podía encontrar la fuerza para luchar, para hacer retroceder los tentáculos negros del deseo que lo envolvían cada vez que su mente se deslizaba hacia pensamientos sexuales? Perversión. Eso era lo que era. Sus obispos lo despellejarían vivo si supieran. Si Dios supiera.

Por supuesto, Dios *lo sabía*. Dios lo sabía todo, podía mirar lo más profundo de su alma y descubrir penas sus secretos más oscuros. Miguel cerró los ojos con fuerza. Amado Dios, perdona mis pecados, porque no sé lo que hago. Soy un pecador débil y detestable... Perdóname.

Miguel abrió los ojos, hizo a un lado estos pensamientos, tomó agua entre sus manos y se lavó la cara, luego se volvió.

Jadeó. Crethus, el gigante escita estaba allí, silencioso como una piedra, con los enormes brazos cruzados sobre el pecho. Los ojos negros parecían perforar el alma de Miguel y el emperador recién establecido palideció bajo la mirada y tuvo que apartar la mirada por un momento. Esto era algo que pensó que no debería hacer, mostrando debilidad de esta manera. El escita sintió ese efecto.

Michael tosió, se pasó una manga por la boca y esperó. Cuando fue obvio que el escita no iba a hablar, Miguel se enojó, "¿Y bien? ¿Qué es lo que es tan importante para irrumpir en mi aposento?"

El escita se inclinó, muy levemente. "Perdón, mi señor. Hemos arrestado a la emperatriz y la hemos acompañado a..."

"Te refieres a la *ex* emperatriz".

"¿Mi señor?"

"¡Maldita sea, hombre, no finjas que no lo sabes! La ex emperatriz ahora está despojada de todo su patrocinio real, títulos y poderes".

Crethus volvió a inclinar la cabeza. "Mi señor".

"¿Y Alexius?" Miguel pasó rozando al guardia, cruzando la habitación hacia su cama exquisitamente tallada, los pilares de alabastro de oro alrededor de ella enrollados por ojos de serpientes incrustados con joyas preciosas. Unas cortinas gruesas y densamente tejidas del púrpura más profundo caían a ambos lados. Miguel tomó el material pesado y se secó las manos. Se volvió, arqueando una ceja. "¿Bien? ¿La vieja cabra protestó?"

"No, mi señor".

Michael chasqueó la lengua, un poco decepcionado. Le hubiera gustado que el patriarca de Zoe se hubiera resistido, tal vez recibiendo una estocada en el corazón por sus esfuerzos. Un ahorcamiento público, aunque es el mejor resultado posible, tal vez permitiría que se alzaran algunas voces disidentes. No, un asesinato privado le habría venido bien, lejos de la mirada del público. Miguel suspiró. Desafortunadamente, un resultado tan simple no iba a ser, así parecía. Tendría que aprender a aceptar la voluntad de Dios, ahora que era emperador.

Tomó al gigante escita del brazo y caminó con él hacia las puertas, "No quiero que lo traten tan mal. Él va a morir, Crethus. A la vista del público. Quiero que no esté manchado, sin magulladuras. Tú me entiendes". Se detuvieron junto a las grandes puertas. Miguel golpeó al hombre en el pecho. "Tan pronto como esté muerto, Zoe se derrumbará. Él la ha apoyado durante años, aconsejándola, llenándole la cabeza de tonterías. Una vez que él esté muerto, ella no tendrá más remedio que apoyarme, y con eso, la gente también vendrá a mí". Él sonrió. Observó que el rostro del guardia permaneció impasible. "Bueno, ¡adelante! Llévalo a las mazmorras del palacio".

"No puedo, mi señor".

"¿No puedes?" Miguel dio un paso atrás. "¿Qué significa esto?"

"Mi señor", Crethus dejó que sus enormes hombros se hundieran. "El Patriarca se ha ido".

"¿Se ha ido?"

"Huyó. Escapó. Llegamos demasiado tarde, ya había sido advertido de nuestro acercamiento. Por lady Zoe".

"Por la señora..." Las palabras de Miguel murieron en sus labios. Bandas de hierro empezaron a presionar alrededor de su pecho, apretándolo en un tornillo de banco y sintió que sus piernas cedían. Extendiendo la mano, se detuvo para no caer agarrándose a la pared cercana. Crethus se movió, extendiendo la mano para brindarle apoyo, pero Miguel, que se recuperó rápidamente, lo apartó.

"Tenemos que encontrarlo", se las arregló para decir.

"Pero, mi señor, ¿cómo? No sabemos adónde ha ido, ni durante cuánto tiempo. Sería una tarea imposible..."

"¡No me importa!" Miguel, recuperando las fuerzas, se aferró a la blusa del gigante. Búscalo, maldita sea, y tráelo de vuelta aquí. Muerto si es necesario, ¡pero encuéntralo!"

7

El abrumador olor a paja podrida y heno llenaba el aire frío mientras Stracco barría el establo. Estaba a punto de cambiar el rastrillo por una horquilla cuando una sombra llenó la puerta. Se estremeció y se dio la vuelta, levantando el tenedor, listo para enfrentarse al intruso. Era demasiado pronto para que alguien estuviera deambulando a esa hora. "¿Quién está ahí?"

Apartándose la capucha de su túnica, Alexius salió de la sombra y reveló su rostro. "Buen día para ti, mi viejo amigo".

Stracco jadeó, se dejó caer sobre una rodilla y bajó la cabeza. "Mi señor".

Dando un paso adelante, el patriarca colocó suavemente su mano sobre la cabeza del hombre. "Ha llegado el momento del que hemos hablado durante mucho tiempo. Los halcones se han reunido y revolotean, preparándose para la muerte. Tengo que salir de la ciudad".

Sin una palabra, Stracco se puso de pie, colocando el rastrillo en una esquina antes de moverse a la parte trasera del establo. "Recogeré algo de comida y agua para ti, mi señor. Entonces ensillaré un caballo". Hizo una reverencia antes de pasar a la otra esquina. Abrió las puertas gemelas de un pequeño armario y rebuscó en el interior. Dio un pequeño grito de triunfo y se dio la vuelta, sosteniendo un tosco saco de arpillera. Se lo entregó al patriarca. "Tengo algo de ropa para ti, mi señor. Atuendo simple de campesino. Vestido como está, pronto atraerá una atención indebida".

Alexius sonrió, tomó el saco ofrecido y miró dentro. La ropa era realmente sencilla y rústica. Ideal. El fiel Stracco había hecho todo lo que se le había pedido y más. Un verdadero amigo, a pesar de su baja posición social. "Dios te bendiga, Stracco. Me cambiaré de una vez".

Stracco se inclinó de nuevo y salió por la puerta trasera.

Alexius miró a su alrededor. No había animales aquí, pero el olor a ocupación reciente estaba por todas partes. Una lámpara de aceite suspendida del techo emitía una luz espeluznante. Se preguntó, no por primera vez, cómo la gente común podía vivir una vida tan mundana, ganándose la vida en medio de tanta pobreza. Todo parecía tan inútil, tan laborioso. Sabía, como todos, que la recompensa vendría en el cielo, pero ¿era necesario vivir los días de uno de una manera tan superficial e insatisfactoria para lograr la recompensa en el cielo? Limpiando establos...

Se frotó las manos. Una mañana fría, cortante y fresca. Pronto el sol alcanzaría su punto máximo sobre las cimas de las montañas y comenzaría un nuevo día. Un nuevo día como ningún otro. Uno lleno de miedo y peligro. Alexius tenía que llegar a las afueras de la ciudad antes de que se diera la alarma, de lo contrario le resultaría prácticamente imposible dejar atrás a sus perseguidores. Y sabía, si no supiera nada más, que habría perseguidores.

Con un profundo suspiro, el patriarca se quitó la pesada túnica del cargo y pronto se vistió con el atuendo de campesino. Mientras se ajustaba el grueso cinturón de cuero alrededor de su cintura, la puerta trasera se abrió con un crujido y Stracco regresó con un paquete y una vieja bolsa de tela. Sonrió al patriarca y señaló al gran hombre. "Sus anillos, mi señor".

"¿Eh?" Alexius miró sus dedos. Tres a la derecha y dos a la izquierda, enormes cosas llamativas, diseñadas para anunciar su posición de autoridad dentro de la jerarquía del poder bizantino. Hasta ese momento, Alexius nunca había pensado mucho en ellos, los había usado durante tanto tiempo. "¿Los anillos de mi oficina?"

"Ellos identifican su alto rango como balizas, Mi Señor". Él le dedicó una sonrisa lúgubre. "Lo siento".

"No es culpa tuya", dijo Alexius, y empezó a trabajar en los enormes trozos de joyería, retorciéndolos y tirando de ellos hasta que por fin tintinearon en su mano. "Nunca lo hubiera pensado". Levantó el puño, lleno de anillos. "Podría usarlos, supongo. ¿Quizás como sobornos?"

Otra vez esa sonrisa sombría. "Mi Señor, si alguien encontrara tales artículos en los bolsillos de un campesino..." Stracco negó con la cabeza. "Además, tan pronto como los entregue, terminaría en una zanja con su garganta cortada".

Asintiendo, Alexius dejó caer los anillos en la mano abierta de Stracco, quien los miró con algo parecido a asombro en su rostro. "Sabes mucho sobre las costumbres de este mundo cruel, Stracco". Hizo una pausa y sonrió. Guárdalos. Piensa en ellos como un pago, por tu ayuda".

"Nunca he pedido ningún pago, mi señor".

Alexius apoyó la mano en el hombro del hombre. "No quise insultarte, Stracco. Sin embargo..."

Stracco deslizó los anillos dentro de su jubón y luego señaló las cosas que había traído del exterior. "Estas pocas cosas, algo de fruta, queso, pan, lo mantendrán activo". Él se encogió de hombros. "No mucho, me temo. Le ensillaré un caballo, no tomará mucho tiempo". Se volvió para irse de nuevo.

"Estoy en deuda contigo por esto, Stracco. Eres un buen hombre".

Stracco se detuvo en la puerta y sonrió al patriarca, que estaba allí, como un campesino, pero que tenía toda la estatura de alguien mucho más grande. "Hago lo que es mejor para el Imperio, milord. Las autoridades parecen pensar que los campesinos desconocen las intrigas que se desarrollan en la corte. Pero lo sabemos todo. Escuchamos mucho. Durante demasiado tiempo hemos visto cómo los líderes de nuestro otrora gran Imperio vacilaban y tropezaban sin enfocarse ni apuntar, mientras nuestros enemigos se fortalecían. Tenemos fe en nuestra señora Zoe. La amamos. Pero, si lo que sospecho que sucedió, realmente sucedió", negó con la cabeza. "Puedo ver grandes problemas por delante".

"Bueno, ha sucedido. Miguel se ha movido contra nosotros. Incluso ahora, la dama Zoe probablemente está siendo llevada a alguna celda apestosa, para esperar cualquier destino que se planee para ella. Ella me habló de la conspiración. Cómo llegó a conocer esas noticias, no lo sé. Todo lo que sé es que tengo que huir, reunir todo el apoyo que pueda y prepararme para la lucha que se avecina para recuperar el trono de la emperatriz".

"Sabemos lo que hay en el corazón del trono, milord. En la emperatriz vemos a alguien amable, apasionado, cariñoso. Ella nos ama a nosotros y al Imperio. Lo sabemos y por eso la amamos. El pueblo se levantará contra los usurpadores, mi Señor, no tema"

Alexius apretó el hombro del hombre. "Dios te bendiga, Stracco. Debes tener cuidado durante los próximos días. Vigila tu espalda. Hay espías en todas partes".

"Lo sé, mi señor. Ese eunuco Orphano tiene todo envuelto... Pero no nuestros corazones, Mi Señor. Puede mantenernos atemorizados, pero no puede dominar nuestros sentimientos".

El patriarca apretó los labios. Un hombre así, un hombre humilde, leal, justo, ¿cómo podía saber tanto viviendo en un lugar como este, lejos de las intrigas palaciegas? No por primera vez, Alexius se recordó a sí mismo el poder de los rumores y los chismes y cuánto de ellos eran verdad, cómo la conversación podía correr como la pólvora entre una población. Miguel y su nuevo régimen harían mejor en no subestimar la fuerza de los sentimientos entre la gente.

"Sin embargo", dijo Alexius al fin, "debes tener cuidado. Protégete a ti mismo y a tu familia. La guardia de Miguel bien puede buscarte, si sospechan que has estado involucrado de alguna manera. Es casi seguro que vendrán por *mí*, Stracco. Y no se detendrán ante nada para encontrarme".

"Entonces será mejor que se apresure, milord. Le dio al gran patriarca una mirada significativa. "Dios está con nosotros, milord. Y usted. Con ese conocimiento, ¿cómo podemos fallar?"

Alexius sonrió cuando el hombre desapareció en el amanecer gris y ofreció una oración silenciosa para que las palabras del hombre, de hecho, se cumplieran. Para que pudieran hacerlo, Alexius tendría que mantenerse con vida, y eso significaba viajar en las sombras, mantenerse callado, sin llamar demasiado la atención. No se podía confiar en nadie, excepto en hombres como Stracco. Con hombres así, el futuro del Imperio estaría asegurado. Contra él, la crueldad insidiosa y omnipresente del eunuco Orphano, el verdadero poder detrás del trono. Después de todo, él había manejado el asunto del emperador anterior con la emperatriz Zoe. Las recompensas habían sido estupendas. Orphano languidecía ahora en los apartamentos privados más soberbios de todo Bizancio. Cortar la cabeza de esta serpiente en particular era la única forma segura de éxito.

La fría mañana llamó y Alexius recogió su ropa nueva, algo tosca, tomó el paquete de comida, lo metió en la bolsa de tela y salió al lugar donde Stracco estaba ocupado ajustando las correas de la silla de un caballo. El hombre sonrió y señaló con la barbilla hacia el norte. "No se detenga hasta que esté fuera de los límites de la ciudad".

"No lo haré. Y gracias. No te olvidaré Stracco, tampoco a tu amabilidad.

"Y no olvidaremos cuánto usted se preocupa por nosotros, mi señor. Dios sea con usted".

"Y contigo".

El patriarca se subió a la silla, tomó las riendas y salió del patio.

Stracco vio al anciano desaparecer en la mañana y se preguntó si viviría lo suficiente para volver a verlo.

❈ 8 ❈

E ra cierto lo que había dicho Alexius. Los espías estaban por todas partes.

El que acechaba detrás del gran pilar notó cuánto había durado la reunión, luego se deslizó a través de la oscuridad hacia la habitación de su maestro. Se movió con asombroso sigilo y nadie notó su muerte.

De pie fuera de la sala principal había dos guardias. Hombres grandes, con el torso desnudo, sus cuerpos aceitados y relucientes en la penumbra. En una mano, agarraban una lanza larga, la otra sostenía un escudo, piel de animal estirada apretada a través del marco de mimbre. Ambos hombres juntaron estos escudos, bloqueando la entrada del espía. Él los fulminó con la mirada. "Tengo noticias para mi amo. Noticias urgentes".

Los guardias intercambiaron miradas, lentamente abrieron la barrera y el espía atravesó la puerta.

Orphano, eunuco jefe de la corte de la emperatriz Zoe, estaba reclinado en un sofá con marco de marfil, con un colchón de cuero tachonado que sostenía su espalda. Una túnica de seda, abierta en el pecho, caía a los lados mientras se movía, un vientre pesado se revelaba, suave y perfectamente redondo. Arrodillado a su lado, un joven de no más de dieciséis años, puliendo las uñas del eunuco. A los pies del hombre, otro joven, atendiendo los dedos de Orphano. Un tercero estaba detrás, agitando un gran abanico de plumas de pavo real con una lentitud casi hipnótica. La habitación rezumaba opulencia y decadencia, el santuario interior de un hombre que confía en su propio poder. Nadie habló; nadie miró hacia arriba. Solo Orphano, que parecía estar esperando la intrusión. Extendió su mano derecha, ya cuidada, para que el espía la tomara y la besara.

"Sé breve".

El espía se inclinó sobre una rodilla y la cabeza gacha. "Vi a Clitus entrar en la habitación de Su Alteza Real. Lo escuché contarle el plan para arrestarla a ella y al señor Alexius".

Orphano se erizó. Un escalofrío cayó sobre la habitación y el joven detrás del sofá dejó de mover el ventilador. Los demás se miraron unos a otros. El eunuco miró fijamente a la nada, se mordió el labio, luego se puso de pie y apartó al niño de la mano. Él los miró, "¡Fuera!" Sin una palabra, hicieron lo que se les ordenó. Cuando estaba a solas con el espía, Orphano exhaló de forma audible. "¿Estás seguro?"

El espía asintió una vez.

"¿Y cómo se enteró este Clitus de esta noticia?"

"A través de su amante, Leoni. Quien es también el amante de General Maniakes".

Orphano se puso de pie, sus ojos se nublaron. Parecía estar luchando con algo dentro de su mente. De repente, se arrebujó en su túnica y se apresuró a ir a un rincón de la habitación, con los pies descalzos golpeando el suelo de baldosas de mármol. Regresó casi de inmediato con una daga larga y curva en la mano. El espía se quedó boquiabierto y se dispuso a girar, pero el eunuco fue demasiado rápido y golpeó con la hoja, enterrándola profundamente en la espalda del hombre.

Orphano se apartó y vio cómo el espía se derrumbaba. Un buen hombre, de confianza, leal. Gran parte de las noticias que había dado durante los últimos meses habían sido de la máxima fiabilidad. Sería difícil de reemplazar. Sin embargo, las cosas se estaban moviendo rápido. Pronto, la emperatriz Zoe sería expulsada, Alexius ejecutado. Ya no se podían correr riesgos. Una sola palabra fuera de lugar podría hacer que todo se derrumbe, y su sueño de tener a su familia sentada en el trono destruido, posiblemente para siempre.

A veces, para lograr el éxito, la muerte era la única forma.

Hubo gritos en las calles. Hardrada se incorporó, se acercó a la ventana enrejada y miró hacia afuera. El sol de la mañana, un orbe bruñido que se asoma a través de bandas de nubes púrpura, apenas se veía sobre el horizonte. Amanecer. Y ya la muchedumbre estaba en los alrededores.

"¿Qué diablos es ese escándalo infernal?" Ulf se acercó al lado de su gran amigo, trató de mirar hacia afuera, pero no era lo suficientemente alto y dio un paso atrás. "¿Qué están diciendo?"

Hardrada se estiró para escuchar. Estaban en lo alto de una torre, en el extremo más alejado de una de las calles que se bifurcaban desde el bulevar principal, cerca de la iglesia Varega de Santa María. Habían estado allí durante tanto tiempo que habían perdido la cuenta de cuántas veces el sol se había filtrado por la ventana enrejada. Lo único que marcó el día fue cuando los cerrojos fueron retirados y los guardias entraron con la comida. Siempre los mismos guardias. Negra como la noche, erizada de músculos y armas, y siempre la misma comida. Guisantes y frijoles. Nunca carne. Rara vez pan. Los guardias trajeron una jarra grande de cerveza baja en alcohol y con eso los cautivos tragaron la comida. Insípida y mundana, la consumieron de todos modos. No había real elección.

Ahora, con la conmoción en las calles, lo mundano había sido reemplazado por una pequeña esperanza de que algo, por lejano que fuera, pudiera estar sucediendo que elevaría el nivel de aburrimiento un poco por encima de desear estar muertos. Hardrada escuchó, y luego miró primero a Ulf, luego a Haldor, quien todavía estaba sentado contra la pared, con las piernas abiertas frente a él. Parecía la muerte, los ojos meras rendijas en un rostro pálido y demacrado. "Están gritando algo sobre Zoe".

"¿Qué hay de ella?" Ulf se puso de puntillas, pero seguía sin poder ver.

Hardrada escuchó de nuevo. "Están haciendo cánticos, "Muerte a los traidores, muerte a los traidores..." Una y otra vez. Y..." Cerró los ojos, girando la cabeza de modo que su oreja izquierda apuntara hacia la ventana, "Algunos están gritando, "Restaurar a la Emperatriz...""". Se bajó, la mano derecha sujetaba su barbilla, moviéndose a través de su barba. Las palabras lo inquietaron un poco. La emperatriz Zoe era su mecenas, su razón de ser. Ellos le habían servido durante años, luchando en Europa y Asia Menor, manteniendo alejados a los lobos de las puertas de Bizancio. De repente, en un abrir y cerrar de ojos, todo había cambiado. Maniatado y marchando como una rana a esta celda apestosa, sin una palabra. Sus propios hombres, sus propios leales e incuestionables, masacrados. Y ahora esto. Multitudes en la calle, enojadas, levantando voces de crítica, buscando justicia, tal vez incluso venganza. "Restaurar a la Emperatriz, Muerte a los traidores".

"¿Qué crees que ha pasado?"

Hardrada miró a Ulf y sacudió la cabeza. "No sé. Pero si la turba está en la calle, debe ser grave. Solo puedo suponer que Zoe, de alguna manera vil, ha sido derrocada".

"¿Derrocada?" Ulf se alejó tambaleándose y miró a Haldor. "¿Podría ser eso posible?"

"Haría que todo cayera en su lugar", dijo Hardrada. "La razón por la que fuimos atacados, encarcelados aquí. Ha habido algún tipo de golpe, la emperatriz Zoe derrocada, la corona tomada por..."

"Maniakes".

Los demás miraron a Haldor, quien habló por primera vez ese día. Sonaba débil, su voz reflejaba la palidez de su rostro.

"Esa alimaña no tendría las pelotas", murmuró Ulf. Caminó de un lado a otro de la celda, sus pies pateando la paja húmeda y maloliente que cubría el suelo.

"Ni la inteligencia", agregó Haldor. Miró hacia arriba, "Aunque es un bastardo astuto. Bueno en la batalla, el mejor general que los Bizantinos han tenido durante más de una generación. Quizás más".

"Entonces tiene que ser Orphano", dijo Hardrada.

"¿Ese bastardo?" Ulf se detuvo y se frotó la cara con ambas manos. "Nunca podría reunir a los escitas. Lo odian tanto como nosotros. Tiene que ser Maniakes".

"No", dijo Hardrada. "Creo que sé. Algo que siempre supe. Los he observado, hablando en pequeños grupos, enviando a sus espías a vigilarnos, a la Emperatriz, al patriarca Alexius, a todos".

"¿Entonces quién?"

"Es simple. Están juntos en esto. Un bloque de poder de tres, liderado por el único hombre que posiblemente podría tomar el trono por sí mismo".

"Miguel".

Hardrada y Ulf miraron a Haldor y asintieron con la cabeza. Hardrada dijo: "Nadie más. Es un reclamante legítimo, los demás no. La sangre real corre por sus venas, y eso lo haría elegible a los ojos de la Iglesia, la única validación real necesaria".

"Pero ellos no podrían moverse en contra de la Emperatriz sin razón", dijo Haldor.

"Han inventado una mentira sobre ella. Probablemente algo relacionado con el dinero, o..."

"¿Infidelidad?"

El silencio cernió a su alrededor. Hardrada apartó la mirada de sus viejos amigos. La única palabra de Haldor había cortado profundamente, golpeando su corazón. Los rumores siempre habían estado ahí, pero nunca se hablaban en presencia de Hardrada. Todos temían al gigante noruego. Allí estaba, sin embargo, la insinuación. Hardrada y Zoe. Amantes. En las profundidades de la noche, se decía, que él se deslizaría hasta su habitación, se metería bajo sus sábanas y destrozaría su cuerpo. Eso es lo que todos creían y Hardrada lo sabía. Sus pequeñas mentes se centraban en la creencia de que era una necesidad puramente física, una droga que había que tomar y hacerlo con regularidad para sofocar el ardor. Si tan solo supieran. Si tan solo entendieran.

"Todo son mentiras", dijo Hardrada, su voz pequeña. No eran mentiras, solo distorsiones. No tenía ningún deseo de iluminar a nadie de la verdad en ese momento.

Ulf dijo: "Entonces, ¿por qué la multitud enojada?"

Hardrada se encogió de hombros. "¿No es obvio? Zoe. La gente la ama, siempre lo ha hecho. Ella no tiene aires y gracias, los colma de regalos, festivales, entretenimientos. Cuando tienen hambre, ella abre los almacenes de granos, cuando están calientes, abre los rociadores de agua, cuando están aburridos, organiza juegos. Ellos responden con cariño. Y lealtad". Él sonrió: "Por Dios, si esos tres creían que podían expulsarla sin causar disturbios masivos, entonces han subestimado seriamente la profundidad del sentimiento que corre por las calles".

"Podría ser algo que pudiéramos usar en nuestro beneficio", dijo Ulf, paseando de nuevo. "Si hubiera alguna forma en que pudiéramos apoyarla, mostrarle a la gente, a todos, que seguimos siendo leales".

"Ayudar a restaurarla", dijo Hardrada, casi para sí mismo. "Eso es lo que parece estar diciendo la gente. Ya se ha corrido la voz a las masas... Creo que tienes razón, Ulf. Si pudiéramos ser vistos apoyando a la emperatriz, como siempre lo hemos hecho, nuestras recompensas podrían ser grandiosas".

"Ustedes dos parecen estar olvidando un pequeño factor en todo esto", Haldor ajustó su posición contra la pared, estirando sus piernas aún más. "Estamos encerrados en este lugar olvidado de Dios. ¿Cómo propones que salgamos?"

Hardrada sonrió, "Pensé que podrías preguntar eso".

"Es un problema bastante urgente".

"Sí. Y la solución es sencilla. Ahora que sabemos lo que está sucediendo, podemos escapar y ayudar. Nuestro futuro estaría garantizado si Zoe regresara al trono".

"No queriendo trabajar el punto", dijo Haldor sin ningún entusiasmo, "¿cómo lo haremos?"

La sonrisa de Hardrada se ensanchó. "Soborno".

anulph "Strongbeard" estaba sentado a su mesa, golpeando juguetonamente la superficie de madera con la punta de su cuchillo. Estaba tallando runas distraídamente, después de haber escuchado lo que había dicho el anciano. Ahora, con el silencio, tuvo que pensar.

"Todos ellos muertos".

"Eso me han dicho. Hardrada y sus camaradas inmediatos yacen esperando su destino en una celda. Sin duda, se enfrentarán al verdugo tan pronto como Su Alteza Real, la Emperatriz Zoe haya sido llevada a otro lugar".

"¿Ellos no la matarán?"

"Eso sería suicidio, y ellos lo saben".

Ranulph terminó las runas, limpió las astillas de madera que quedaron después de su talla y se sentó para considerar su obra. Aún tenía que mirar a los ojos del anciano sacerdote, juzgar la autenticidad de sus palabras. Eso vendría. Lo que importaba ahora era cómo responder a la noticia de que la Guardia Varega de Hardrada había sido asesinada por esos apestosos escitas.

"¿Está seguro de que la Emperatriz no ha sido lastimada?"

"Estoy bastante seguro de que este es el caso, pero cuanto más prevaricamos, más incierta se vuelve esa conclusión". Extendió las manos. "He estado viajando durante dos días y dos noches, guardándome para mí mismo, durmiendo a la intemperie, siempre consciente de que el peligro se esconde detrás de cada bosquecillo, cada roca. Ningún lugar es seguro, pero sabía que tenía que llegar a ti, el único hombre en el que podía confiar. El tiempo es la esencia. Debemos actuar".

Ranulph por fin levantó los ojos y se encontró con los del sacerdote. Sostuvo su mirada, mirándolo profundamente, evaluándolo, y vio que sus palabras eran veraces. Aquí había alguien a quien le importaba, alguien que ponía su propia seguridad personal en segundo lugar a la del legítimo gobernante del Imperio. Asintió con la cabeza, tomando una decisión, y se puso de pie, moviéndose alrededor del escritorio. "Reuniré a mis hombres. Ha sido duro aquí, la lucha difícil. Usted necesita saber eso. Si abandonamos este puesto de avanzada, los rusos, tal vez incluso los normandos, se arriesgarán y avanzarán sin oposición. Quién sabe cuándo o dónde se detendrán. Quizás solo a las puertas del propio Bizancio".

"Si nuestro Imperio es dirigido por Miguel y su cohorte de malvados, el desastre nos engullirá a todos. Todo el Imperio se desintegrará y no solo los normandos se deleitarán con nuestros huesos".

El vikingo se acarició la barba. "Creo que tiene razón". Pasó rozando al sacerdote y salió.

Alexius vio al hombre irse. Durante años, Ranulph había liderado las fuerzas mercenarias Varegas en las fronteras del Imperio, frenando a los rusos. Los normandos eran solo la última amenaza. Las tropas bizantinas bien pueden engrosar las filas, pero eran los Varegos quienes estaban en el núcleo. Podían ser mercenarios, soldados de fortuna, luchando por el mejor postor, pero se les erizaría el pellejo cuando se enteraran de la traición que había caído sobre sus hermanos en la gran capital. Hardrada era como un dios para estos hombres, ya que su vida pasaba a la mitología. Alexius no tenía dudas de que marcharían y acudirían en ayuda del gran noruego, y también en la de Zoe.

Aprovechando la oportunidad, Alexius tomó la jarra de vino que estaba sobre la mesa y bebió un gran sorbo para aplacar su sed. Luego tomó unos trozos de pan y el queso que Ranulph había dejado y se los metió en la boca. Cerró los ojos y gimió. La comida sencilla era como un festín. No había comido durante más de veinticuatro horas, ya que la comida que le proporcionó Stracco se había consumido hacía mucho tiempo.

Las voces elevadas hicieron que se volviera. Limpiándose la boca con el dorso de la mano, se sumergió en la entrada de la tienda y fue a averiguar qué estaba pasando.

A su alrededor había una oleada de hombres que corrían de un lado a otro, recogiendo armas y suministros. El campamento estaba siendo atacado y los soldados estaban ansiosos por ponerse en movimiento, la atmósfera cargada de tensión y emoción. Alexius vio a Ranulph caminando hacia él, flanqueado por otros dos hombres, completamente vestidos con cota de malla y cascos. Parecían sombríos.

"Los normandos están cerca", dijo Ranulph, sin aliento. "Los exploradores acaban de regresar, informando que se acerca la caballería normanda. Al menos quinientos de ellos".

"Eso suena como un maldito momento de suerte".

"La suerte no tiene nada que ver", escupió uno de los otros hombres. "Esos malditos normandos se han enterado de lo que está sucediendo en Bizancio. Las noticias viajan rápido cuando ocurre un desastre".

"¿Entonces tenemos que hacerles frente?"

Ranulph asintió. "Sí. Los enfrentaremos, derrotamos a los bastardos, luego podemos marchar hacia el sur. Le dije que vendrían".

"No pensé que sería tan rápido".

"¡Los malditos normandos no son más que oportunistas! Saben cuándo atacar. Tenemos que estar de pie".

Ranulph ladró algunas órdenes y los dos hombres corrieron en direcciones opuestas para preparar a sus hombres. Luego se volvió y bajó las cejas, "Usted se quedará bien dentro del campamento. Para estar a salvo".

Alexius extendió una mano y tomó a Ranulph del brazo. Se sentía como mármol sólido, tan duros y abultados estaban los músculos allí. "Yo podría ayudar. Darle a tus hombres una bendición, llevar un estandarte, lo que sea".

"Lo necesito vivo, señor sacerdote. Puede quedarse aquí y dejaré a algunos hombres para que le protejan. Además, la mayoría de mis hombres le han dado la espalda a su dios cristiano, volviendo a la promesa de una mayor gloria con Odín. Prefieren espadas a crucifijos".

"¿Y tú qué prefieres, Ranulph? ¿Salvación o los bares de Valhalla?"

"Yo prefiero", dijo el vikingo, apartándose del agarre del anciano sacerdote, "ganar esta pelea que se avecina. Si caigo, tendrá que llevarse a mis hombres con usted. No puede hacer eso si está muerto". Sonrió, le dio una palmada en la espalda a Alexius y se dirigió a su tienda.

Alexius cerró los ojos. Sincronización imperfecta. La mala suerte fue su compañera constante desde que había comenzado este lamentable negocio. Los normandos eran formidables. Si lograban abrirse paso... Sacudió la cabeza, poniendo esos pensamientos en el fondo de su mente. Tenía que mantener una actitud positiva. Ranulph había hablado con sabiduría. Las demostraciones de coraje de él estarían fuera de lugar en este momento; lo importante era mantenerse con vida, por el bien de Zoe.

Ofreció algunas oraciones en silencio. Una por la victoria en el próximo enfrentamiento con los normandos y otra por la vida de Zoe. Tres días había estado fuera. Tiempo suficiente para que Miguel, Maniakes o esa criatura Orphano se moviesen en contra de Su Alteza Real. Querido Dios, protégela. Miró hacia el cielo gris hierro y se santiguó, esperando que Dios realmente estuviera escuchando ese día.

$\maltese$ I I $\maltese$

Hicieron el amor mientras el sol se colaba por las cortinas que colgaban del balcón abierto. Él era su yo atento habitual, sus manos cálidas y suaves buscando su sexo, llevándola al punto sin retorno antes de penetrar en ella. Ella apretó sus manos sobre sus firmes y jóvenes nalgas mientras se movían hacia arriba y hacia abajo. Le encantaba la sensación de su carne tensa, un cambio tan bienvenido en comparación a la piel floja y toscamente cortada de Maniakes. El general bien podía ser grande, pero era egoísta, impaciente, siempre ansioso por aliviar sus propias necesidades. Clitus era diferente. La amaba y ella lo sabía. La forma en que sus labios acariciaban sus pechos, la lengua lamiendo sus pezones, arrullando mientras lo hacía, diciéndole cuánto le agradaba su cuerpo. "Te amo", decía con voz ronca, acercándose al orgasmo, su embestida se volvió más urgente, "¡Dios mío, Leoni! ¡Oh Dios mío!" Sus gritos de pasión ahogaron los suyos cuando sus caderas se volvieron borrosas, chocando contra ella mientras se perdía en la agonía. Ella se aferró a él, agarrando sus nalgas, lo que le permitió llevarla con él, el orgasmo se acumuló cuando su semilla caliente bombeó dentro de ella.

Él se calmó, sin aliento, agotado. Ella lo abrazó, escuchándolo mientras él comenzaba a gemir. Siempre lloraba después de haber hecho el amor, la belleza de eso era demasiado para que su alma gentil la tomara. Ella besó la parte superior de su cabeza, "Ahí, ahí", dijo. Clitus era un buen amante, sabía cómo complacerla, pero era un estúpido. Había permitido que la ambición se apoderara de él, había creído que sabía en qué dirección soplaba el viento. Hizo los cálculos, tomó una decisión y eligió el camino equivocado.

Ella mantuvo un ojo en la puerta, sabiendo lo que vendría. Ella siempre lo había sabido, por supuesto. Un día Clitus sobrepasaría la marca. Cuando el chico le dio la noticia, no se sorprendió. Clitus había ido a ver a la emperatriz Zoe, para advertirle de algunas noticias que había escuchado. Debido a sus acciones, los planes del General Maniakes se habían frustrado y ahora se buscaba venganza o retribución. Leoni había escuchado a Clitus, luego recompensó al joven tomando su miembro firme y sólido en su boca. No tomó mucho tiempo, solo unos momentos. Había oído decir que todos los esclavos de Orphano eran homosexuales, y Leoni se complació en disipar ese rumor de la forma más gratuita que se le ocurrió. El chico la complació, y ella se complació en educarlo, darle instrucciones sobre cómo complacer mejor a una mujer. Ella lo archivó en el fondo de su mente para referencia futura. Desafortunadamente, su tiempo con ella fue solo un momento fugaz. Alguien tendría que reemplazar a Clitus, ahora que Clitus iba a morir. El general había dejado muy claro que no podía haber otra ruta.

La puerta se abrió en ese momento y los soldados se deslizaron dentro de la habitación con las espadas desenvainadas. Clitus se estremeció, se volvió y lanzó un grito de alarma. Leoni dejó que sus brazos se extendieran mientras los enormes guardias agarraban al chico y lo alejaban de ella. Ella lo miró fugazmente, mientras él luchaba contra su agarre. Por un momento, un pequeño cosquilleo de arrepentimiento se agitó dentro de ella. Verlo así, tan bueno y puro. Su cuerpo joven, bien musculoso, la polla colgando flácida entre sus piernas, una polla que nunca volvería a probar. Se arrepienta o no, no había nada que pudiera hacer, no ahora. Ella cerró los ojos y se alejó mientras él gritaba, "Leoni! Por el amor de Cristo, *¡ayúdame!*"

La puerta se cerró con un estruendo estrepitoso y el único sonido que llegó ahora fue el grito de su voz que se alejaba. Ella levantó su almohada y la envolvió alrededor de su cabeza.

❧ 12 ❧

Llegaron tronando sobre la colina, extendidos en una amplia formación de media luna. El suelo retumbó con el martilleo de mil y más cascos y Alexius, aunque lejos de la barricada frontal, sintió el hormigueo del miedo extenderse por su cuerpo como un virus. Nunca había conocido tal terror. Sus manos temblaron mientras pasaban por su cabello. No sabía qué hacer ni adónde ir. La tienda de la que había salido ofrecería poca protección si los normandos se abrían paso. Se dio la vuelta y miró a sus guardias. "¿Aguantaremos?"

El guardaespaldas, un individuo enjuto, con el pelo largo que le caía hasta los hombros y la barba casi tocando la cota de malla en su pecho, se encogió de hombros. Se volvió y escupió en el suelo. "Aguantaremos".

Si la tranquila confianza del hombre estaba destinada de alguna manera a convencer a Alexius, fracasó. El golpeteo de los cascos estaba ahora muy cerca y miró a través del campamento y vio que la batalla ya se estaba librando. Vio esas primeras pruebas tentativas de las defensas vikingas en la barricada y calculó las probabilidades. A Alexius no le gustaba el resultado.

Los soldados a caballo, envueltos en cota de malla y cascos de hierro con barras nasales que distorsionaban sus facciones, corrieron hacia la barricada, desviándose en el último momento, lanzando lluvias de jabalinas contra los defensores. Los Varegos, con los escudos entrelazados, apenas se probaron, pero a medida que la lucha continuaba y las olas de normandos no mostraban signos de disminuir, el hombre ocasional retrocedía y lentamente comenzaron a aparecer grietas.

Detrás de la barricada, los Varegos tenían pocas oportunidades de infligir bajas de respuesta y, sin duda debido a eso, la frustración creció. Uno o dos rompieron filas, trepando por la barricada para enfrentarse al enemigo. Pronto los enfrentamientos individuales se extendieron por toda la línea, mientras los soldados de infantería Varegos empuñaban sus hachas de dos cabezas y hombres y bestias por igual caían y morían, extremidades, torsos y cabezas cubrían el suelo, una espantosa cascada de carne y huesos rojos y desgarrados.

Alexius nunca había visto tanta violencia, tal esfuerzo por destruir la vida. Sintió que se le revolvía el estómago, luchaba contra él, pero luego algo más le hizo olvidar las náuseas que sentía.

Ya nada más importaba, excepto el puro terror de lo que vio moviéndose directamente hacia él.

Un soldado de caballería normando, con una lanza, había atravesado la barricada. Alexius se quedó paralizado, con las extremidades sólidas por un miedo total y debilitante. Sabía que debía correr, esquivar o cualquier cosa, pero el pensamiento lógico había volado, dejándolo expuesto e incapaz de defenderse. Nada funcionó, todos sus sentidos se concentraron en el brillo de la punta de lanza mientras se acercaba más y más. Las orejas, la cabeza y la boca se llenaron con el golpeteo de los cascos y el retumbar de la tierra mientras temblaba bajo la enorme y sólida masa del caballo de guerra.

Y entonces, más aterrador que el caballo o el arma, vio el

rostro del guerrero, con los ojos puestos, los dientes apretados, la concentración completa, cada fibra de su cuerpo tensa, infalible, con la intención de matar.

Alexius cerró los ojos, abrió la boca y gritó.

Algo sólido y duro se estrelló contra su costado, dejándolo sin aliento, enviándolo tambaleándose al suelo. Se dio la vuelta, levantando las manos, arremetiendo ampliamente, sin saber qué tan cerca estaba la muerte, solo consciente de que no quería que su vida terminara así, en este lugar, con todos sus planes sin cumplir. Se escabulló hacia atrás, sin apenas darse cuenta de lo que estaba sucediendo. Cuando se dio cuenta de que no había nada, los dos hombres se habían encerrado en una lucha desesperada. El guardaespaldas de Alexius fue quien lo empujó fuera del camino, para salvarlo de una muerte segura. Alexius yacía allí, apoyado sobre los codos y observaba. El varego se movió ágilmente de un lado a otro mientras el normando controlaba su corcel, dándole vueltas para una segunda carga. Pero se movió demasiado tarde, y el varego estaba sobre él, agachándose bajo la lanza, agarrando un puñado de cota de malla para desarmar a su enemigo. El normando golpeó el suelo con un ruido sordo y tremendo, el viento dejó sin efecto sus pulmones de forma audible. Se las arregló para apartarse del camino, bien entrenado en cómo reaccionar en tales circunstancias, y su espada ya estaba cantando, libre de su vaina, la hoja cortando el aire en un segundo. El guardaespaldas levantó su escudo y el espantoso choque del metal contra la madera reverberó por todas partes.

Alexius se puso de pie, respirando con dificultad, incapaz de apartar los ojos de la furiosa pelea que continuaba ante él. Nunca había visto tanta ferocidad en los seres humanos como un arma aplastada contra otra. Gruñidos y gemidos resonaron cuando los hombres flexionaron músculos y tendones, escupieron furia y viles juramentos e intentaron, con cada fibra de sus cuerpos, acabar con la vida del otro.

El normando era un hombre corpulento, y pronto los esfuerzos del combate empezaron a pasar factura. El varego, sin duda sintiendo esto, incrementó sus esfuerzos, y pronto los golpes de su hacha, una mancha de golpes sólidos, hicieron retroceder a su adversario hasta que el hombre perdió el equilibrio y tropezó. El final llegó rápidamente entonces y Alexius se dio la vuelta cuando una gran gota de sangre brotó en un amplio arco desde el cuerpo del normando.

El patriarca saltó cuando una mano pesada cayó sobre su hombro. Se dio la vuelta, sólo para ver al varego de pie allí, con la cara empapada de sudor, la boca abierta, aspirando grandes bocanadas de aire. "Malditos normandos", escupió. "Vamos, tenemos que llevarlo..."

De la nada, una flecha le dio en el cuello y penetró profundamente en la carne. Se tambaleó, con fuertes arcadas, trató de arrancar el dardo ofensivo, pero ya estaba cayendo, los ojos rodando hacia la parte posterior de su cabeza.

Alexius volvió a gritar, se volvió y echó a correr. Se dirigió a la tienda en la que se suponía que debía permanecer. Deseó no haberse aventurado nunca a salir, mantener la cabeza gacha, enterrarse en un rincón. Cualquier cosa menos vagar por aquí, en este salvaje e impredecible infierno de carnicería y ruido. Retiró la entrada de lona y se arriesgó a mirar detrás de él.

El guardaespaldas varego estaba bien muerto, tendido en el suelo, el hacha, todavía chorreando sangre, yacía junto a él, con la flecha aun saliendo de su garganta. Alexius sintió que la bilis subía y le quemaba la parte posterior de la garganta, pero no podía apartar los ojos de lo que estaba sucediendo en todo el campamento. A su alrededor, había estallado el caos. Los normandos habían atravesado la barricada y los caballos y los hombres entraban a raudales por los huecos. Alexius vio la lucha furiosa mientras los Varegos luchaban por acercarse a los caballos que daban vueltas salvajemente. Espadas y hachas destellaron por el aire a medida que la lucha se volvía cada vez más desesperada. Grupos de hombres, rodeados por soldados de caballería, fueron abatidos sin piedad. A Alexius no le parecía que los Varegos tuvieran alguna posibilidad real de anular lo que era, por lo que podía ver, una derrota inminente.

A su izquierda llegó un grito salvaje, tan cerca que lo sacó de su estado medio aturdido. Un hombre con una larga cota de malla lo atacaba con la boca abierta, los dientes al descubierto y la espada en alto por encima de la cabeza. En su brazo izquierdo, un escudo de cometa largo. Era un normando y Alexius se quedó paralizado, incapaz de mover un solo músculo. Todo estaba sucediendo de nuevo, pero esta vez no había ningún guardaespaldas que acudiera en su ayuda. Aunque su mente exigía que su cuerpo se rompiera en una especie de vuelo, nada respondió y sintió que toda la parte inferior de su cuerpo comenzaba a derretirse, sin sentimiento, sin fuerza, solo una horrible sensación de ahogamiento que lo vencía.

De algún lugar, logró arrastrar algunos vestigios de fuerza y rápidamente retrocedió, tropezó, tropezó y cayó dentro de la tienda, aterrizando dolorosamente de espaldas. Aturdido, se quedó allí tendido, mirando hacia el techo de lona de la tienda. ¿Sería esto lo último que vería? Se preguntó, y cerró los ojos al sentir que el atacante entraba en los confines de esa tumba de lona. Se incorporó y el normando se quedó allí, avanzando lentamente, con una terrible sonrisa en el rostro. El hombre no habló, simplemente avanzó, paso a paso, disfrutando el momento, confiado y decidido. Alexius podía ver cada pliegue del rostro del hombre, la furia salvaje en sus ojos, el odio apenas controlado grabado dentro de su propia carne. No llevaba casco, solo la cota de malla que le brindaba protección.

Si la cota fuese diseñada para desviar un golpe de espada, podría haber tenido algún uso, pero no tenía protección contra la lanza que estalló a través de su estómago, sin encontrar ninguna barrera. El viaje del arma a través de los órganos vitales del hombre continuó, la punta en forma de hoja se deslizó a través de músculos y tendones con una facilidad bastante aterradora. Alexius miró, con la boca abierta, mientras su aspirante a némesis caía de rodillas, luego se desplomaba de lado, talado como cualquier árbol.

"Malditos sean tus ojos", dijo una voz, que sonaba cruel y áspera. Una mano nudosa puso a Alexius en pie y miró el rostro rubio y salvaje de un guerrero nórdico. "Ranulph dijo que te mantuviera con vida, ¡pero lo estás poniendo jodidamente difícil, idiota! ¡Ahora quédate aquí!" Se dio la vuelta y regresó a la sangrienta refriega afuera.

Alexius se dejó caer en la cama de paja que yacía allí y se quedó mirando el cuerpo inmóvil del normando muerto, el hombre que con mucho gusto le habría cortado el cuello. ¿Cómo podían los hombres hacer esto, con tanto fervor, tan desenfrenado abandono? Matar y ser asesinado, sin pensamiento, conciencia ni piedad. Alexius sabía que estaba en desventaja, su humanidad era una rareza en un mundo donde el salvajismo y la violencia eran la norma aceptada. Las Escrituras daban la guía, pero nadie prestaba atención a las palabras. Aquellos en el poder parecían escuchar, pero Alexius sabía que no eran diferentes de las personas que gobernaban. Había creído que Zoe y su esposo podrían haber hecho algo, despertar un nuevo espiritualismo, un mundo nuevo basado puramente en el amor y la compasión. Pero incluso sus ideas cambiaron cuando se volvió hacia un hombre más joven y permitió que la lujuria dominara su corazón. Alexius sabía que estaba solo con la esperanza de que la humanidad cambiaría, podría cambiar. Quizás algún día, pero no en su vida.

Se puso de pie, se arrastró hasta la entrada y se arriesgó a mirar afuera. La lucha continuaba. Los Varegos cortaban cráneos y los normandos herían torsos con sus lanzas. Por todas partes se oía el grito de batalla, el ruido de las armas de metal, los gritos de heridos y moribundos. Vio a Ranulph, de pie en la parte superior de la barricada, balanceando su gran hacha de batalla como un poseído. Su cabello rubio se agitaba alrededor de su rostro, oscureciendo sus rasgos, pero Alexius sabía de alguna manera, sin poder verlo claramente, que el hombre estaba sonriendo. La sed de sangre había aumentado, el éxtasis de matar que parecía correr por la sangre de los nórdicos, haciéndolos tan temidos, tan indomables en la batalla. Se había apoderado de todos ellos ahora, y los soldados normandos cayeron como tantas gavillas de trigo, cortadas con guadaña para la cosecha.

Volvió entonces, las náuseas se apoderaron de él, y Alexius se dobló en dos y vomitó ruidosamente. Más que nada, el miedo entumecedor le llevó el vómito a la boca. ¿Cómo podía estar seguro de que los normandos no prevalecerían y, entonces, cuál sería su destino? ¿Patriarca de la verdadera fe? Castración, crucifixión... O quizás ambas cosas... Volvió a jadear, incapaz de contener el creciente y abrumador temor que hizo que su estómago se hiciera papilla, y se debilitó, incapaz de pararse y cayó de cabeza en la tienda y se quedó allí, sobre el suelo, rezando para que pronto todo pasara.

13

"Si lo que dices es cierto", dijo Haldor, que se puso en cuclillas junto a sus dos compañeros, "aún te quedará suficiente dinero para asegurarte un lugar en el trono de Noruega".

"Casi con certeza".

"¿Casi?"

Hardrada se tiró de la barba. "Está bien, ¡definitivamente! He acumulado suficiente oro y joyas para comprar un reino entero".

Ulf gruñó. "¿Y cuánto de eso le prometerás a los guardias?"

Hardrada le sonrió a Ulf. "Tanto como sea necesario. Les daré algo para endulzarlos, como prueba de mi sinceridad, y luego los guiaré a más tan pronto como estemos libres".

Haldor y Ulf intercambiaron miradas. "¿Crees que funcionará?" Preguntó Haldor.

"¡Por supuesto que así será! Nada funciona mejor que pensar en las riquezas. Los tendré comiendo de nuestras manos en muy poco tiempo, verás si no lo hago".

"Pero son escitas. ¿Quizás no le dan el mismo valor al oro que nosotros?"

"Tiene razón", dijo Ulf. "Tienen todo tipo de creencias extrañas. No beben para empezar. Nunca confíes en un hombre que no bebe, siempre lo he dicho".

"Y por una vez, esa filosofía tuya es manifiestamente cierta". Haldor se recostó. "Podemos intentarlo, supongo".

Hardrada dijo con voz llena de resignación: "¿Tenemos otra opción?"

Los otros dos hombres miraron a Hardrada durante un largo rato antes de responder, al unísono, "¡No!"

***

Cuando se retiró el cerrojo, con su habitual sonido metálico, los tres vikingos permanecieron en actitudes indiferentes alrededor de la celda. Medio esperaban que los guardias entraran, como siempre hacían, el primero con la bandeja de comida, los otros dos colgando hacia atrás, con las cimitarras desenfundadas, listas. Esta vez fue algo diferente, sin embargo, y Hardrada lanzó una mirada hacia sus compañeros, quienes habían captado el cambio de atmósfera y parecían preocupados, sus rostros muy serios.

"¡De pie, nórdicos!" El principal escita apuntó con su espada hacia Hardrada, con el rostro en un gesto de gruñido. "¡Muévete!"

Con el ceño fruncido, Hardrada se puso de pie, haciendo un gran juego de cepillarse los pedazos de paja empapada de sus pantalones, tomándose su tiempo, sin querer que el hombre se diera cuenta de lo preocupado que se había vuelto.

"¿Qué es lo que quieres, escita?"

"El Emperador desea hablar contigo, así que ponte en movimiento. ¡Ustedes dos, esperen aquí!"

Haldor fue a hablar, pero Hardrada lo silenció con la palma extendida. "Si me quisieran muerto, lo habrían hecho antes".

"No estés tan seguro, vikingo".

Hardrada simplemente sonrió, sin querer crear una situación. Estaba intrigado, más que alarmado y se dejó llevar por los guardias para que lo sacaran de la celda. Se las arregló para mirar a sus amigos y hacerles un guiño antes de que la puerta se cerrara de golpe detrás de él. Miró a los guardias, todos con sus espadas desenvainadas, los dientes apretados, y Hardrada se preguntó si su habitual confianza infalible estaba esta vez un poco fuera de lugar.

El gigante Crethus estaba apoyado contra la pared, con los brazos cruzados sobre el pecho, mirando a la ex emperatriz con una diversión apenas disfrazada en su rostro cincelado. Se sentía incómoda bajo su mirada, sus ojos negros la taladraban como si estuvieran buscando sus secretos más íntimos. Se revolvió en el sofá, cruzó las piernas y se apartó un poco. El hombre era un animal: salvaje y magnífico, pero sobretodo un animal.

Se preguntó, no por primera vez, cómo sería emparejarse con un hombre así. Los músculos de sus brazos hinchados como enormes piedras de mármol, su estómago plano, el pecho hacia afuera. Los rasgos de su rostro, la nariz fina, la boca ancha, la piel inmaculada de un marrón profundo... Si pensaba en ello el tiempo suficiente, tendría que preguntarle si era cierto lo que decían todos los sirvientes. Que su miembro era tan largo como el de un burro y tan grueso como la muñeca de un hombre. Si lo hiciera, probablemente se ofrecería a mostrárselo, y entonces ella no estaba del todo segura de lo que haría. Ella miró hacia él, y sus ojos no se habían movido.

"¿Qué estás mirando?" Exigió.

No cambió la mirada ni la actitud. "Estoy mirando su belleza, mi señora"

Eres un insolente.

"Quizás. Pero reconozco una joya rara cuando veo una, y tú eres una de las más raras de todas. Tal vez deberías considerar ser mi concubina, ahora que has perdido tu posición de poder" Ella jadeó ante su audacia, pero él continuó sin pausa. "La satisfaría, mi señora, como ningún hombre podría hacerlo jamás. Estarías contenta, vivirías una vida de comodidad y seguridad. Soy el nuevo comandante de la Guardia Varega, mi posición es segura. En unos años, seré recompensado con mi propia villa, en la costa. Podrías compartir ese lujo y quedar cautivada por mi destreza".

"¡Piensas muy alto de ti mismo!"

Él se encogió de hombros. "Digo la verdad. ¿Por qué no me permites mostrarte lo que puedo hacer? No te decepcionará, te lo puedo asegurar".

El sudor le brotó del labio superior, pero no se atrevió a limpiarlo. Cualquier signo de debilidad, y este animal se abalanzaría. Podría ser un salto bastante delicioso, pero... Cruzó y volvió a cruzar las piernas, bajó un poco la cabeza. El corazón le latía con fuerza en el pecho y le resultaba difícil hablar, ya que su garganta se había vuelto gruesa y apretada. Sus palabras, tan confiadas y seguras, la enviaron a un torbellino. ¿Cómo podía un hombre estar tan consciente de sus habilidades? Debió haber amado a tantas, satisfacerlas como había dicho y saberlo. Y ahora estaba ofreciendo hacerla suya. "Yo, yo", su mente dio vueltas y cuando su mano se levantó por fin para tocar su labio, sus dedos temblaron. Ella los miró aterrorizada.

En un momento él estaba a su lado, arrodillado, sus enormes manos envolviendo las de ella. Se fue a alejar, pero luego sintió la sensación más deliciosa inundándola, una de total rendición. ¿Por qué no entregarse a este hombre, probar las delicias de su cuerpo finamente perfeccionado? Había tenido muchos hombres antes, algunos buenos, muchos no. Hardrada fue un amante supremo, llevándola a un éxtasis que nunca hubiera creído posible. Pero allí nunca hubo amor, ni afecto.

Este hombre, este escita, le recordaba al vikingo. Aparte de su piel, por supuesto. La forma en que brillaba, tan suave y a la vez tan fuerte.

"Señora. Déjame llevarte a mi cama. Todos tus sueños se harán realidad. Solo dame una señal, una simple señal, de que no me rechazarás".

Su rostro ardía. Quería tanto huir, apartarse de sus ojos, esos ojos penetrantes y sin parpadear que se clavaban en su alma. Una fuerza invisible tiró de su rostro hacia él, y allí estaba, a un palmo de distancia de ella. Sintió como si algo invisible e irresistible la estuviera presionando, y su boca se abrió levemente, los labios preparándose para cerrarse con los de él. Sus ojos se humedecieron y sintió que se deslizaba hacia el lugar más hermoso, cálido y suave en el que había estado antes. Su mano rodeó su cintura y la atrajo hacia sí, tan cerca que podía oler el embriagador aroma almizclado de su cuerpo. Un pequeño gemido emanó de su garganta cuando toda la resistencia se desvaneció.

La puerta se abrió de golpe y Miguel se quedó allí, con una voluminosa túnica púrpura, que le daba incluso a su cuerpo delgado un aspecto imponente. "¿Qué es esto?"

Crethus se puso de pie con dificultad e hizo una profunda reverencia. "Perdón, alteza. Estaba ayudando a la dama con..."

"¡Silencio! No permitiré que la ayudes en nada, ¿me entiendes?"

"Sí, Alteza".

"Ahora lárgate, antes de que te azote públicamente".

Zoe sintió que el gigante escita se tensaba, pero el hombre permaneció callado y salió de la habitación, manteniendo la cabeza baja y la mirada desviada.

Michael vio al hombre partir y luego se volvió hacia su madrastra. "Un astuto, ese escita. No es confiable".

Zoe todavía sentía que su corazón latía en su pecho, haciéndola un poco mareada. Se quitó un mechón de cabello de la cara, para darse un momento para recuperar el equilibrio. "Parece lo suficientemente amable".

"¿Amable? Querido Dios, ¡no me digas que realmente crees eso!" Entró, cerró la puerta detrás de él y se apoyó contra ella. La estudió. "Pareces... Preocupada".

Alisó los pliegues de su vestido largo, más por algo que hacer que por cualquier otra cosa. El escita la había afectado, de una manera que no muchos hombres lo habían hecho antes. No, modificó ese pensamiento casi de inmediato. Solo uno más. Hardrada. Pero Hardrada estaba en una celda. Derrotado. Pronto sería olvidado, su utilidad gastada. "En absoluto, mi señor. Simplemente estoy cansada. Cansada, confundida y...", acercó su rostro al de él, "enojada".

Se burló, "¿No es así como tú, Zoe? Estar enojada por cosas sobre las que no tienes control. No piensas en el futuro, ese es tu problema. Demasiado confiada, eso es otro. Combina los dos y es posible que hayas previsto lo inevitable".

"¿Y qué es eso? ¿Tú, tomándote el trono por tu cuenta? ¿Ilegalmente?".

Él rechazó sus palabras con un gesto de la mano. "El trono es tanto mío por derecho como tuyo. ¡Soy el sucesor de mi tío! Me adoptó, mi señora".

"Él fue solo emperador porque se casó conmigo. ¡Y adoptarte fue el mayor error que cometí! ¡Mira en lo que te has convertido, un pequeño mentiroso intrigante y conspirador!"

"Tut, tut. Siempre he sido misericordioso contigo, mi señora. Pero... La cuestión es que odio la forma en que todo el mundo te proclama como una especie de diosa". Sus ojos se entrecerraron. "Dondequiera que vayas, te bañan con gritos de "Emperatriz, majestad", cuando hacia mí todo lo que me lanzan son insultos. ¿Tienes idea de cómo me hace sentir eso?"

"¿Entonces te vuelves contra mí, porque la gente me ama?" Ella sacudió su cabeza. "Estás cometiendo un terrible error, Miguel. Sin mí no eres nada".

"¡Tú me hiciste Emperador, mi señora! No lo olvides. Me apoyaste en la muerte de mi tío".

"Cuanto antes yo puedo retirarte mi apoyo".

"Haz lo que quieras, no servirá de nada, ahora yo soy el Emperador".

"Solo hay dos verdaderas aspirantes al trono. Mi hermana Theodore y yo".

"¡Ah, sí, la encantadora lady Theodore! ¿Todavía disfruta de los lujos de Macedonia, verdad?"

"¡Cuando reciba noticias de lo que has hecho, milord, ella borrará esa sonrisa insolente de tu rostro traicionero!"

Michael se cruzó de brazos. "Zoe, nos corresponde a nosotros decidir quién es el más adecuado para liderar el Imperio. Ya has hablado por mí, recomendándome públicamente como legítimo sucesor. Cualquier intento de derogar eso caería en oídos sordos. Tengo el apoyo de Orphano, con toda su maquinaria administrativa de gobierno detrás de él, y Maniakes, con su ejército. ¿Qué tienes *tú*, milady?"

"Tengo al pueblo"

"¿*El pueblo*?" Soltó una breve carcajada. "La gente hará lo que se le diga. Si no lo hacen", apretó un puño en la palma de su otra mano, "serán aplastados, forzados a someterse. No tendré disidentes. Solo hay una persona que me preocupa: Alexius. ¿Qué hará Alexius?"

Zoe contuvo la respiración. No se atrevía a dejar que Miguel viera ningún indicio de duda o vacilación en su expresión. Ya debía saber sobre el patriarca, cómo se había escapado, y sin duda Miguel sospechaba que Zoe le había advertido. Había espías por todas partes, filtrando información, fragmentos de noticias. ¿Sin duda habían descubierto algo sobre el sirviente, Clitus? Fiel a la emperatriz Zoe, había arriesgado su vida para contarle lo que había oído. Si Miguel hubiera descubierto la verdad, incluso la hubiera sospechado...

Michael estaba sonriendo, y a Zoe no le gustó eso. Parecía

demasiado seguro de sí mismo, como si tuviera noticias o algún tipo de conocimiento. ¿Podría ser que ya había capturado al Patriarca, lo había traído de regreso a la capital encadenado?

El Emperador rodeó el respaldo de su silla y se quedó allí, con las manos descansando sobre sus hombros. Suavemente comenzó a masajear los músculos tensos, sus dedos se esforzaron en aliviar su tensión con sorprendente pericia. Ella trató de alejarse, pero sus dedos se sintieron bien y sus ojos comenzaron a cerrarse lentamente, permitiéndose relajarse.

"La cosa es", dijo, su voz sonando lejana, tan suave como una nube suave flotando en un cielo de verano. Suave, lento, reconfortante. "Sé que le advertiste a Alexius sobre lo que estaba a punto de suceder. No debes pensar que estas cosas simplemente pasan de largo. Sé todo sobre lo que sucede en estos pasillos abovedados. El palacio no me oculta sus secretos. Lo sé, porque esa pequeña mierda de Clitus me lo dijo". Sus ojos se abrieron de golpe, el cuerpo se enderezó. Sus dedos respondieron, trabajando con más urgencia en sus músculos. Se relajó más casi de inmediato. "No tengas miedo, cariño. Lo que tienes que entender es que he ganado. Tan pronto como aceptes ese hecho, podrás comenzar a vivir una especie de vida, tal vez no la vida a la que estás acostumbrada, pero una vida de todos modos. No soy tonto, a pesar de que tú crees que lo soy. Sé lo que la gente quiere, independientemente de mis sentimientos hacia ellos, que te adoren, te amen. Si estuvieras a mi lado, apoyándome, entonces seguramente verías que el Imperio se beneficiaría".

"¿Apoyarte?" Ella no había querido hablar. Ella estaba a la deriva, sus dedos expertos ejercían su magia, como solía hacer su difunto marido. Anhelaba que las sensaciones que la recorrían continuaran, que no cesaran durante horas. "Ojalá me llamaras *Madre*".

"Nunca me he sentido cómodo llamarte *Madre*". Él se rió y

apretó los labios contra su oído. "Especialmente con los rumores".

"Que nunca fueron probados. Todas eran tonterías". Luchó por abrir los ojos y salir del maravilloso lugar al que la había llevado su suave masaje. De mala gana se liberó y se puso de pie. Girándose, lo estudió por un momento. Pequeño, delgado, siempre un adolescente enfermizo, no había cambiado mucho a lo largo de los años. La tez pálida, el cabello negro aceitoso, los ojos enrojecidos por el cansancio o por algún tipo de enfermedad, Zoe nunca supo cuál. Ahora, ¿emperador del Imperio Bizantino? ¿Qué tan ridículo sonaba eso? Para ella estaba claro que el poder detrás del trono eran los otros dos, Maniakes y Orphano, ambos intrigantes y conspiradores. Los odiaba a ambos, especialmente a ese vil baboso de hombre, Orphano. Hermano del último emperador, creía que la sangre real corría a través de él, haciendo que su traición fuera aún más dolorosa de soportar. "Siempre me has culpado por la muerte de tu tío... La verdad, Miguel, murió de fiebre".

"Conveniente. Para ti".

"¿Para mí? ¿Cómo es eso? ¡Soy de verdadera sangre real! Fue tu tío quien me hizo propuestas, no al revés".

"¿Esperas que me crea eso? ¿El hombre más rico y poderoso de Bizancio? Controlaba las rutas comerciales a Egipto en el sur y Roma en el oeste. Casado con él, tu posición se volvió invencible. Pero envenenaste incluso esa relación, ¿no es así?"

Zoe se apartó ante la mención de esa palabra. Veneno. ¿Cuántas veces se había utilizado en relación con ella, mencionado casi al mismo tiempo? Zoe, la envenenadora. Abundaban los rumores de que ella había envenenado a su anterior esposo, Constantine Romanos, lo había visto revolcarse en su baño y ahogarse bajo el agua cubierta de jabón. Su decisión de correr inmediatamente a los apartamentos de su amante y pronunciarlo como el nuevo líder del Imperio Bizantino no pareció sorprender a nadie. Su amante, el joven y vigoroso Miguel que la había enloquecido incluso cuando estaba casada con el viejo emperador. Aquel al que le había hecho tantas promesas y ahora había nombrado emperador. Al principio, resultó ser una buena decisión. La gente lo aceptó con gran regocijo. Habían odiado a Romanos, su falsa piedad, su glotonería, su avaricia. El nuevo amante, Miguel, parecía ofrecer un nuevo vigor juvenil al Imperio. Zoe lo había manipulado todo, lo tenía todo listo para que tan pronto como el viejo emperador se fuera, extinguido, pudiera abrazar al siguiente. Coronados juntos, vestidos con ropas de estado tejidas con hilo de oro, cien libras de oro ofrecidas a la Iglesia para santificar su unión. Casado y coronado tres días después de la muerte del difunto emperador. Nadie preguntó, nadie se atrevió a criticar la indecorosa prisa. El patriarca Alexius le había dado las gracias con una sonrisa y Zoe había besado a su marido. El nuevo emperador, Miguel IV.

"Murió por causas naturales", dijo en voz baja. Eso era cierto. Le habían dicho mientras estaba sentada en sus apartamentos privados, encerrada por el mismo marido que había sido tan cariñoso y atento con ella. Se había vuelto contra ella, celoso. Y ahora su sobrino, el nuevo emperador, otro Miguel, estaba a punto de hacer exactamente lo mismo. Dios santo, ¿por qué estaba tan maldita?

"Voy a convertirme en el único gobernante", dijo Miguel, ignorando sus palabras. "Y me apoyarás, o te desterraré".

Ella lo fulminó con la mirada. "¿Desterrarme? ¿Por qué no simplemente asesinarme y acabar con eso?"

"No me tientes".

"Pequeño gusano patético", se burló. "¿Cómo pensé que podrías gobernar como emperador?"

Respiró hondo. "¿Me apoyarás?"

Sus ojos nunca dejaron los de él. "No mientras sea capaz de respirar una sola vez".

Él hizo una mueca, como si le hubieran golpeado, y por un

momento ella pensó que podría ceder. ¿Todavía había un destello de humanidad escondido en algún lugar, en lo profundo de él?

"Que así sea", dijo, su voz curiosamente plana y se volvió y dejó a la emperatriz sola con sus pensamientos de errores de cálculo y elucubraciones, todos se volvieron amargos.

14

Condujeron a Hardrada a lo que parecía ser una especie de antecámara, una oficina lateral a una habitación mucho más grande que había más allá. Un empleado estaba sentado en una mesa pequeña, garabateando en una colección de pergaminos, y apenas miró hacia arriba cuando los guardias entraron por la puerta con el vikingo entre ellos.

"Harald Hardrada, según lo solicitado", dijo el tercer guardia, pasando a los demás.

El empleado no pareció darse cuenta y Hardrada no pudo evitar sonreír, sintiendo la irritación del comandante escita. "¿Escuchaste lo que dije?"

Dejando la pluma, el empleado miró hacia arriba, con una expresión aburrida en su rostro y dijo algo en un idioma que nadie parecía entender, luego se acercó a la gran puerta doble contra la pared opuesta. Presionó su oreja contra el roble macizo mientras lo golpeaba con los nudillos. Un gruñido ahogado vino del interior y el empleado abrió una de las puertas, metió la cabeza dentro y volvió a hablar. Otro gruñido y el empleado regresó a su escritorio, señalando la puerta aún abierta.

"Pequeño cabrón ignorante", dijo el comandante y empujó con fuerza a Hardrada por la espalda. "¡Muévete ahí dentro, bastardo!"

Todavía sonriendo, Hardrada se permitió que lo empujaran a la habitación.

El dueño del gruñido, sentado detrás de su propio escritorio, garabateaba frenéticamente en un enorme rollo delante de él. No reconoció a sus visitantes durante unos momentos. Nadie habló y Hardrada aprovechó la oportunidad para mirar a su alrededor. Los pilares de mármol se elevaban hacia el techo profusamente decorado, con incrustaciones de hebras de plata. Las paredes, grandes, amplias y majestuosas, estaban salpicadas de iconos religiosos, algunos de ellos más grandes que cualquiera que Hardrada hubiera visto antes. Un aire de solemnidad lo invadía todo. Aquí, el tiempo se movía muy lentamente.

Por fin, el hombre dejó la pluma con exagerado cuidado y miró hacia arriba. Una máscara inexpresiva, carnosa, un brillo de sudor cubría la piel cetrina. Su cabeza rapada brillaba a la media luz de las muchas velas que emitían una luz enfermiza y aceitosa. Dijo: "Cierra la puerta detrás de ti".

Intercambiando miradas, los guardias dudaron.

John Orphano, eunuco jefe de los emperadores de Bizancio y uno de los hombres más poderosos que jamás haya honrado esa posición, suspiró en voz alta y miró a los soldados con el ceño fruncido. "En otras palabras, *lárguense*".

El comandante escita extendió las manos, "¡Pero señor, este hombre es peligroso!"

"Su preocupación es tomada en cuenta, comandante. ¡Ahora lárgate!"

Esta vez Hardrada se rió a carcajadas, mirando a los escitas hervir con una furia apenas contenida. Los ojos del comandante destellaron hacia el noruego, "Hablaré contigo más tarde".

Hardrada se encogió de hombros, luego esperó, con las manos esposadas entrelazadas frente a él, hasta que los guardias se fueron. Luego se acercó a un sofá acolchado que corría a lo largo de la pared del fondo y se sentó. Orphano no dijo una palabra y volvió a garabatear.

Hardrada estiró las piernas y echó otro vistazo a su alrededor, asimilando la baja opulencia. En una habitación como ésta, un hombre podría engordar, holgazanear. Una propuesta tentadora, vivir los días de una manera tan ociosa. Era cómodamente cálido, calentado por un sistema de suelo que mantenía la temperatura constante. Salpicado de candelabros, con velas encendidas, enviando su resplandor enfermizo a cada rincón. No había ventanas, pero en la pared opuesta no colgaban iconos, sino un tapiz enorme, con escenas de colinas, un río y palomas llenando el aire. En el río, un hombre vertiendo agua sobre la cabeza de otro. "El Bautista", dijo. "Ungir a Cristo".

Orphano miró hacia arriba. "Me complace ver que tienes algún conocimiento de las Escrituras, vikingo".

"Solo lo que me han dicho. Yo nunca he leído el libro".

"¿El *libro?*" El eunuco se echó hacia atrás, con las manos cayendo sobre su impresionante panza. "Ten cuidado de no blasfemar, vikingo. Eso nunca funcionaría".

"Pensé que la blasfemia tenía que ver con Dios, no con sus palabras".

"Entonces pensaste mal. La blasfemia puede ser cualquier cosa que la Iglesia considere que lo es".

Pero, como has señalado con tanta delicadeza, soy un vikingo. No soy cristiano".

Orphano frunció el ceño, "¿Todavía anhelas tus viejas creencias? Interesante. Incluso ahora, con tu mundo al revés, ¿no te detienes a cuestionar nada de eso?"

"¿Crees que mi situación podría mejorar si creyera en tu Dios?" Sacudió la cabeza. "Los escitas no son cristianos, pero ahora se pavonean pretendiendo ser Varegos. Hay más que la simple elección de creer en lo que me ha sucedido a mí y a mis hombres. La traición y el engaño están más allá de la religión".

"Eres todo un filósofo, Hardrada. Estoy impresionado".

El vikingo se sentó hacia adelante, apoyó los brazos esposados sobre las rodillas y midió a Orphano con una mirada gélida. "¿Por qué no llegas a la razón por la que me has traído aquí?"

Orphano tomó la pluma, la estudió un momento, luego la arrojó sobre el escritorio y se puso de pie. Se estiró, exhalando algo parecido al éxtasis. "Trabajo demasiadas horas en este maldito trabajo", dijo. "La maquinaria del gobierno está en constante necesidad de supervisión". Dio la vuelta al escritorio y examinó a Hardrada durante muchos segundos, como si lo considerara por primera vez. "Diplomacia, Hardrada. ¿Sabes algo al respecto?"

"No tengo idea".

"Deberías. Es el aspecto más importante del gobierno. Sin él, no sobreviviríamos. El Imperio está presionado por todos lados. Árabes al sur, sarracenos y persas al este, búlgaros y rusos al norte, y al oeste... Normandos. Es una maraña constante de intrigas con las que tengo que trabajar: promesas, sobornos, obsequios y aquiescencia. Es lo que nos mantiene vivos a todos. Los grandes días de Roma ya pasaron. Ya no podemos mantener todas nuestras fronteras y proteger nuestro capital de tantas presiones, no tenemos ni los recursos ni la mano de obra. Y ahora, con un cambio de emperador, la presión aumenta. Debemos mantener nuestra seguridad mientras los que nos rodean investigan las debilidades. Miguel debe demostrar que es fuerte, inteligente e irreprochable. No solo para aquellos fuera de nuestro Imperio que podrían buscar sacar provecho de cualquier inestabilidad, sino también para aquellos que están dentro, que pueden, por cualquier motivo, no considerar a Miguel como el verdadero y adecuado emperador".

"Tienes mucho trabajo, eso está muy claro".

"Con este fin, Hardrada, sería político contar con el apoyo del patriarca Alexius. Si se ve que la Iglesia apoya a Miguel, entonces la gente se unirá detrás de él. Con eso, nos volvemos mucho más seguros contra nuestros enemigos. Es simple".

Hardrada cambió de posición en el sofá, comenzando a sentirse algo incómodo bajo la mirada sin parpadear del hombre. "Algo me dice que nada de esto va a ser simple". Sacó sus manos esposadas. "¿Por qué no me liberas de estas malditas cosas?"

"Sí, eso te gustaría. ¿Cuánto tardarías antes de que me tomaras por el cuello, exprimiendo mi existencia? En un abrir y cerrar de ojos, ese es el tiempo". Orphano sonrió. "Pero la pregunta es puramente académica. ¡No tengo la llave!"

Hardrada sopló las mejillas y se dejó caer en el sofá. "Entonces sigue adelante con lo que sea el motivo por el cual me trajiste aquí".

"Ya estoy allí, Hardrada. Quiero que vayas a buscar a Alexius y lo traigas de vuelta. No solo traerlo de regreso, sino que le inculques la importancia de convencer a la gente de esta gran ciudad de que Miguel es la verdadera elección como emperador".

"Debes estar enojado para pensar que haría eso por ti".

Orphano esbozó esa sonrisa enfermiza y dulce, una mera hendidura en el rostro flácido. "Oh, creo que lo harás".

"¿En realidad?" Hardrada enarcó una ceja. "Entonces ciertamente no me conoces muy bien. No haría nada por esa pequeña mierda que ahora consideras llamar Emperador, y ¿por qué lo harías? ¿No intentó el hombre envenenarte una vez, antes de que tu hermano muriera?"

Orphano se ruborizó levemente. Hardrada siguió adelante, sabiendo que había tocado un nervio. "¡Entonces, los rumores son ciertos! Verás, aquí es donde caen todos ustedes, malditos diplomáticos. No pueden permanecer fieles a ustedes mismos. Haz lo que sea conveniente por el momento. Si no conviene, cámbialo, deshazte de él, inviértelo. El tuyo es un mundo no de honor y honestidad, sino de subterfugios, verdades a medias y mentiras descaradas. ¡Me enfermas, todo lo patético que son ustedes!"

"Y tú, ¿qué harías, eh? Usas la fuerza, metes la pata sin preocuparte por nadie en el proceso. Tu respuesta sería aplastar todo lo que se interponga en tu camino, Hardrada. Pero tu camino no ha funcionado y nunca lo hará. Roma lo intentó, para afirmar su poder, y todos sabemos lo que sucedió como consecuencia. Vivimos en un mundo cambiante. Tienes que entender eso. Las viejas formas de conquista se han ido".

"No lo acepto. La fuerza es lo único que todos entienden y respetan. Fuerza, resiliencia, destreza en la guerra. Son las verdades inmutables de la naturaleza. De la humanidad".

Orphano sacudió la cabeza. "Siento pena por ti, Hardrada. Estás atrapado en tus propios mitos, tu pasado. Si te niegas a adaptarte, morirás. Finalmente". Extendió las manos. "Así es como es. No puedo prever nada más que un desastre para ti y los de tu especie. Entonces, simplemente, tienes que intentarlo, Hardrada. Intenta hacer las cosas a mi manera. Mis diferencias con Miguel fueron enterradas hace mucho tiempo. Lo que importa ahora es Bizancio y haré todo lo que esté a mi alcance para garantizar su continuidad. Entonces, irás al norte y encontrarás a Alexius. Lo traerás de vuelta, ileso. Y lo convencerás, en el camino, de que su apoyo es vital para que nuestro glorioso Imperio continúe floreciendo".

"No lo haré".

"Lo harás", Orphano se inclinó hacia adelante, con la boca cerca de la oreja de Hardrada, "o la emperatriz Zoe muere".

El escita dio un paso atrás, permitiendo que las esposas cayeran de las muñecas de Hardrada. El vikingo se sentó allí, frotándose la carne. ¿Cuánto tiempo había pasado? ¿Tres días, cuatro? O posiblemente más. Miró los verdugones rojos y enojados y maldijo en voz baja. Cuando la puerta se cerró, miró hacia arriba para ver a Orphano apoyado contra el escritorio, con los brazos cruzados.

"Confío en ti, vikingo. Conozco tu reputación, así que si deseas atacarme, hazlo ahora. No tendrás una mejor oportunidad".

Oh, pero me encantaría… Hardrada forzó una sonrisa, pero por dentro tenía un nudo en el estómago. El eunuco era inteligente y ataba a Hardrada como un pájaro listo para la mesa. No había elección. Todo le había quedado muy claro. O iba al norte para encontrar al patriarca, o se quedaba aquí, sirviéndole a Zoe con una sentencia de muerte. El eunuco siempre había inspirado un gran respeto, y todos conocían su inteligencia, su capacidad para buscar varias soluciones alternativas a los muchos problemas que enfrentaba el Imperio. Ahora esto. El acto supremo. La muerte de una emperatriz. Hardrada tenía pocas dudas de que el hombre llevaría a cabo su amenaza. Infló sus mejillas, "Parece que hay poco que pueda optar, que no sea aceptar hacer lo que me pides".

El rostro de Orphano se dividió en una amplia sonrisa, "¡Excelente decisión, vikingo! Me alegra ver que todavía puedes pensar con sensatez". Dio la vuelta al escritorio, rebuscó en algunos papeles y recogió un pequeño trozo de pergamino. Sus ojos se entrecerraron mientras lo escaneaba. "Leer demasiado me está dañando los ojos. Ah, sí, aquí está. Envié una orden a los comandantes locales de las distintas regiones". Sonrió, mirando a Hardrada, sentado en el sofá, ya no tan relajado. "No soy tonto, vikingo. No voy a confiar completamente en ti. Uno de los lugartenientes más confiables de todo Bizancio te acompañará. Su nombre es Andreas y te recogerá en tu celda mañana por la mañana. Desde allí cabalgarás hacia el norte donde, según tengo entendido, debe encontrarse Alexius.

"¿Por qué simplemente no lo envías a él? No veo para qué me necesitas".

"Bueno, hay un pequeño problema. Verá, mis preguntas sobre el paradero del Patriarca han revelado que se ha dirigido hacia el puesto avanzado de Varegos en nuestras fronteras al norte".

"¿*Varegos*? ¿Te refieres a los mercenarios de Ranulph?"

"El mismo. Y difícilmente confiarían a Alexius a un oficial bizantino, ¿verdad? Ciertamente no después de la historia que les ha contado sobre lo que ha sucedido aquí".

Hardrada se tiró de la barba. "¿Cómo sabes todo esto, eunuco?"

El hombre hizo una mueca ante el uso del eufemismo por parte de Hardrada. Lentamente dejó el pergamino que había estado leyendo sobre su escritorio. "Todo lo que necesitas saber es que si fallas en esta misión, Hardrada, la Emperatriz muere. Si no puedes persuadir a Alexius para que regrese aquí y brinde su apoyo a nuestra causa, Zoe será ejecutada. Tu cariño por ella es bien conocido. Tengo toda la fe en ti".

"Eres un bastardo malvado, Orphano". Hardrada se puso de pie en toda su estatura, su impresionante figura parecía llenar la habitación. Vio al eunuco estremecerse y le agradó. "Espero que cuando todo esto termine y tus planes se hagan añicos, tenga la oportunidad de enfrentarme a ti de nuevo".

"Bueno, dudo que lleguemos a eso. Mis planes son infalibles, pero, solo como un toque adicional de seguridad, una garantía de tu aquiescencia sabiendo lo volubles que pueden ser los hombres como tú... Tus amigos, Haldor y Ulf, también serán ejecutados si fracasas en este esfuerzo".

Hardrada sintió que el calor le subía al pecho. Flexionó sus músculos, preparándose para lanzarse sobre el hombrecillo llorón, envolver sus manos alrededor de su garganta y aplastarlo. Casi de inmediato, se consoló a sí mismo con algunas respiraciones fuertes. Tenía que mantener el control, ser paciente. Por ahora. Pronto llegaría el momento en que sus manos se cerrarían realmente alrededor del cuello del eunuco. Pero ahora mismo, era poco lo que Hardrada podía hacer. La vida de Zoe, la vida de sus amigos, estas cosas eran demasiado preciosas para apostar, incluso si el éxtasis de matar a Orphano era algo para disfrutar. Dejó que sus hombros se hundieran, el fuego se calmó.

"Te odio", dijo en voz baja.

"Bien", dijo el eunuco. "¡No quisiera que perdieras la concentración! Ahora, vuelve con tus amigos y espera la mañana". Orphano tomó una pequeña campana dorada y la hizo sonar. La puerta se abrió y los guardias escitas regresaron. Sin una palabra, cruzaron la habitación para escoltar a Hardrada de regreso a la celda.

"Piensa en esto como una oportunidad para comenzar de nuevo", dijo Orphano. "Siempre has buscado la aventura en tu vida, pero a veces los caminos que has elegido han sido algo inciertos. Aquí tienes la oportunidad, vikingo, de reivindicarte con tu deber hacia el Imperio, sin estar encadenado por la ambición, o incluso el amor".

"No tienes ni idea de mí, o de lo que quiero de la vida".

"Oh, pero sí", dijo el eunuco con una sonrisa, y levantó otro trozo de pergamino. "Y aquí tengo la ubicación exacta de todos los tesoros que nos has robado".

Hardrada se movió entonces, todo su autocontrol previo se desvaneció, sus grandes puños se prepararon para golpear, para aplastar al vil hombre en pulpa. Los escitas reaccionaron justo a tiempo, cada uno de ellos tomando un brazo para tirar de él hacia atrás, mientras que el comandante rápidamente se acercó al frente de Hardrada y aterrizó la parte plana de su espada en su estómago con una poderosa bofetada. Hardrada, el viento lo dejó sin aliento, cayó de rodillas y comenzó a toser.

"Es una tontería, Hardrada".

Harald Hardrada miró hacia arriba con los ojos borrosos y frunció el ceño al eunuco con todo el veneno que pudo reunir.

Orphano simplemente sonrió. "Esta, realmente tiene que ser una oportunidad para que comiences de nuevo, no una para tirar todo por la borda. Ahora, capitán, ¡lléveselo!"

Lo inmovilizaron contra la pared junto a la puerta mientras el comandante de la guardia elegía la llave correcta. "No debería discutir con Su Señoría, Hardrada", dijo. "Un hombre sabio escucharía, no respondería".

"¿Replicar?" A Hardrada todavía le zumbaba la cabeza. Lo habían arrastrado por los sinuosos pasillos, sus pies arrastrándose por los fríos adoquines, y se habían reído y bromeado sobre lo sucedido. Ahora, todavía estaban sonriendo y Hardrada hizo otra promesa de exigir una retribución cuando todo esto terminara. "¿Cómo supo dónde está mi dinero?"

"¿Cómo debería saberlo? Tiene espías por todas partes". El comandante inclinó la cabeza hacia los otros dos guardias. "Algunos probablemente estén al alcance del oído en este mismo momento".

Ninguno de los guardias habló. Hardrada gruñó. "¿Es así como supo adónde se había ido Alexius?"

"No, no por eso. Encontramos a un hombre, un fabricante de sillas de montar, llamado Stracco. ¡Ah, aquí está!" Empujó la llave elegida en la cerradura y la giró, los seguros produjeron un fuerte ruido. "No nos tomó mucho tiempo. ¡El idiota había dejado la túnica de Alexius en su establo! Nos lo contó todo". Guiñó un ojo e indicó a sus hombres que cogieran de nuevo los brazos de Hardrada. "Finalmente".

Hardrada no quería pensar en el destino del pobre. Los escitas eran capaces de cualquier cosa, como lo demostraba el testimonio de lo que les había sucedido a los vikingos Varegos. La puerta se abrió y los guardias lo empujaron hacia adentro.

Cuando la puerta se cerró con estrépito, vio a sus dos viejos compañeros parados allí, con expresión ansiosa en su rostro.

Hardrada todavía no tenía el corazón para decirles lo que había sucedido.

❧ 15 ❧

En medio de un matorral, lejos de las numerosas escenas de la muerte, Alexius construyó un pequeño altar con varias piedras lisas que había alrededor. No era una gran empresa, pero se adaptaría al propósito. Había decidido celebrar una misa para agradecer la victoria. No había pensado en informar a Ranulph, todavía no. Era mejor colocar las piedras primero. Algunos guerreros vikingos se quedaron un poco alejados, la curiosidad los acercó al alcance del oído. Murmuraron cosas en su lengua gutural, cosas que Alexius no tenía forma de entender, pero sintió que sabía de lo que hablaban. Cuando se rieron, sus sospechas se confirmaron. Estos hombres no eran cristianos. Sus dioses paganos todavía dominaban. Quizás esto había sido lo que les dio tanta fuerza en la batalla. La creencia de que solo a través de la batalla, para morir como un héroe, obtendrían la inmortalidad que todos ansiaban. No es de extrañar que muchos de ellos rechazaran la Sagrada Escritura, con su énfasis en el perdón y la no violencia. Alexius siempre se había esforzado por interpretar las palabras de la Biblia, para adaptarlas a cualquier audiencia que tuviera en un momento dado. Pero estos hombres, rechazaron el mensaje

89

de Cristo, se burlaron de la idea de poner la otra mejilla. Para ellos, esto no era más que debilidad y sumisión, cosas tan ajenas a sus corazones que Alexius nunca pudo verlos convertirse. Sabía que Alfredo el Grande de Inglaterra lo había hecho unos doscientos años antes, pero con poco éxito real y duradero. El hombre vikingo era un asesino, duro, sencillo e implacable. Se celebraría la misa, pero Alexius dudaba que asistieran muchos. De hecho, sospechaba que ninguno lo haría.

A pesar de todo siguió construyendo el altar y retrocedió para contemplar su trabajo. Satisfecho, hizo la señal de la cruz y lentamente cayó de rodillas, con las manos entrelazadas frente a la cara y los ojos cerrados. .

"Sus palabras significan poco aquí, sacerdote".

Alexius escuchó la voz del vikingo como si estuviera parado a cierta distancia, y no le importó el tono burlón que escuchó. Continuó con su oración, se persignó varias veces, luego miró hacia arriba, sus ojos volvieron a enfocarse en lo que le rodeaba. "Significan mucho para Dios", dijo en voz baja y se puso de pie. Ranulph se puso de pie y lo miró, un profundo ceño arrugando su duro rostro. Se apoyó en su gran hacha de guerra, con las piernas ligeramente separadas. Alexius notó la mirada demacrada del hombre, las sombras oscuras debajo de los ojos, y luego miró por encima del resto de él. Un rastro de sangre, como un pequeño riachuelo, corría por su brazo izquierdo. Hacía tiempo que se había solidificado, pero estaba claro que la herida era grave. El patriarca asintió con la cabeza hacia el guerrero. "Estás herido. Conseguiré que alguien te atienda".

"No es necesario", gruñó Ranulph. "Hay hombres en peor situación que yo y muchos están muertos. Sanaré en un día".

"Aun así, sería sensato que te revisaran esa herida y la limpiaran".

"No se preocupe. Tenemos asuntos más urgentes". Su respiración se agitaba en su pecho mientras hablaba, otra pista de que sus heridas eran mucho más graves de lo que quería mencionar. "Hemos perdido a muchos hombres y habrá que enterrarlos en caso de peste. También necesitamos reemplazarlos, así que envié exploradores a nuestros otros puestos de avanzada, dándoles noticias de lo que sucedió aquí".

"¿Cuánto tiempo crees que tomará?"

Él se encogió de hombros. "Los normandos fueron fuertemente derrotados. Tenemos algunos prisioneros y los interrogaremos, pero creo que eran simplemente una vanguardia, que las fuerzas principales se encuentran en algún lugar de las montañas. Nunca antes se habían aventurado tan al sur, por lo que deben estar rebosantes de confianza. Este día los retrasará un poco". Él sonrió, pero de repente fue atormentado por un ataque de tos que pareció sacudir todo su cuerpo. Su piel adquirió un brillo enfermizo y Alexius no sabía si debía acudir en su ayuda o no. Luego, tan pronto como comenzó, se calmó y Ranulph escupió una gran esputo de sangre y moco, sacudió la cabeza y sonrió al Patriarca. Alexius pudo ver la sangre entrelazada a través de los dientes del hombre. "Pueden decidir volver, hasta Italia".

Alexius siguió mirando al hombre, preocupado por la sangre y el estertor en el pecho del hombre. "¿Cuánto tiempo será antes de haber reunido suficientes hombres para viajar a Bizancio?"

"Dios sabe". Su sonrisa se amplió cuando Alexius se apartó del uso de la palabra por parte del hombre. "Aquí no hay lugar para la piedad, sacerdote. Puede que seamos Varegos, pero seguimos siendo vikingos de corazón. Incluso los de Suecia, los rusos que hay entre nosotros".

Alexius suspiró. Era cierto y él lo sabía. Muchos de estos guerreros, libertinos y mercenarios todos, se limitaban a hablar de labios para afuera a la religión cristiana. Su trabajo era luchar, no rezar. Sin embargo, todavía le irritaba que el sacro Imperio Bizantino utilizara a tales hombres. Su propio ejército, de poco más de cien mil hombres, ya no era lo que era. No hace mucho, durante el reinado del abuelo de Zoe, el Imperio Bizantino florecía, tan poderoso y respetado como en los días del gran Constantino. Ahora, era una sombra de lo que era antes, nada más que una fachada frágil, delgada como el papel de magnificencia que ocultaba su corazón vacío. Empújelo lo suficientemente fuerte y la piel se romperá, y entonces todo lo que hay debajo quedará al descubierto. Alexius sabía que sin un liderazgo fuerte y una fe profunda en Cristo, el Imperio se rompería y moriría. Ya sus muchas fronteras se estaban desangrando. Esta del norte era una de las más débiles. Los Varegos aquí, bien pagados, eran simplemente intrusos. Tan pronto como se acabara el dinero, se marcharían. Entonces, qué iba a pasar.

"Una semana".

Alexius parpadeó. "¿Qué dijiste?"

"Me preguntaste cuánto tiempo antes de que estuviéramos listos. Una semana. Entonces tendremos suficientes hombres para marchar a la ciudad y hacer lo que quieras que hagamos". Sonrió, se acercó y puso su mano sobre el hombro del patriarca. "Lo que nos dijiste cuando llegaste por primera vez. ¿La recompensa que obtendríamos? Eso nos estimulará, así que no se preocupe demasiado".

"Temo por la Emperatriz, lo que podría sucederle si nos demoramos demasiado".

"Todo está en el regazo de los dioses". Ranulph se detuvo, se mordió el labio y volvió a sonreír. "Perdón. Me refería a *Dios*". Luego le dio una palmada en el hombro al patriarca, se volvió y se alejó cojeando hacia donde sus hombres estaban trabajando para poner a sus camaradas muertos en montones.

Alexius sabía que lo que había dicho el hombre era cierto. No había nada más que hacer que esperar.

¿Una semana? Se llevó los dedos a los ojos y trató de acallar la ansiedad que amenazaba con enviarlo al pánico. El Señor proveería; el Señor guiaría; el Señor haría lo correcto. Alexius suspiró, se arropó con su capa y se dirigió hacia su tienda. Una semana. ¡Por favor, Dios, déjalo ir rápido!

Crethus avanzó por el amplio pasillo tan silenciosamente como una pantera, su enorme figura como la de un ángel vengador. Si alguien pasaba junto a él, tendían a encogerse y apartar la mirada. Les prestó poca atención, pero tuvo que admitir que su reacción le agradó. Solo unos días antes había sido un mero teniente, un desconocido. Había cumplido con su deber, cumplido sus órdenes, vigilando a Lady Zoe siempre que podía, pero en lo que se refería al avance y la ambición, eran cosas que rara vez consideraba. Luego, en el espacio de unos pocos días, todo cambió. Orphano mandó a llamarlo, lo sentó y le explicó la situación. Las promesas. Una villa, dinero, mujeres. Crethus había escuchado y asimilado todo, y su pecho se hinchó con la idea de que por fin su vida podría tener algún sentido.

En cuanto a las mujeres, en realidad solo pensaba en una. La dama Zoe. Su cintura delgada, la hinchazón de su trasero, la forma en que sus enormes ojos dorados lo beberían. Solo pensar en ella envió el fuego a sus entrañas. ¿Cómo sería poseerla, pasar sus manos sobre su carne suave y flexible, enterrar su miembro desenfrenado profundamente dentro de ella, atravesándola? Dios, cómo gritaría ante eso, cómo se rendiría, se rendiría ante su incomparable acto sexual. Allah lo había bendecido con todo el equipo adecuado y el conocimiento de cómo usarlo bien. De hecho, de manera experta. Las mujeres que había conquistado eran tan abundantes como el trigo de Egipto. Joven, vieja, casada, soltera. No le importaba. Esta, sin embargo, la emperatriz, era diferente. Su belleza física fue igualada por su inteligencia, su poder divino. Poseer a una mujer así, ahora ese sería el premio final. Tenerla en su guarida, llevarla cuando quisiera. El pináculo de las ambiciones de su vida.

Su boca estaba salivando cuando dobló la última esquina y caminó por el piso de mármol que conducía a la puerta de la emperatriz. La idea de estar cerca de ella de nuevo hizo que el corazón le martilleara en el pecho. Tendría que detenerse, recuperarse antes de entrar en sus apartamentos. Si ella adivinara el efecto que tuvo en él, entonces tendría la ventaja, y eso nunca funcionaría. Así que hizo una pausa, extendió una mano contra un pilar cercano y respiró hondo unas cuantas veces. Tendría que dejar de lado los pensamientos sobre su delicioso cuerpo por el momento, ¡sin importar lo difícil que pudiera resultar!

Crethus sonrió ante su propia debilidad, porque era una debilidad placentera. Ninguna otra mujer le había hecho esto antes, llenó su mente con imágenes de fervientes relaciones sexuales. Las imágenes de su cuerpo desnudo volvieron a aparecer en el ojo de su mente, las suaves y onduladas curvas de su cintura, los suaves montículos de sus pechos, blancos como la leche, gloriosamente suaves. Acostada en una cama, con los brazos por encima de la cabeza, le sonrió, retorciéndose de anticipación mientras miraba con avidez su miembro erecto, luego se lamió el labio inferior en anticipación de rodar sus labios húmedos sobre su glande hinchado.

"¡Querido Dios!" Dijo en voz alta, luego instantáneamente se arrepintió y miró a su alrededor rápidamente. Se relajó. Nadie estaba al alcance del oído. Se tapó la cara con la mano y cerró los ojos con fuerza, tratando de disipar las imágenes. Tenía que superar estos pensamientos o estaría perdido. Respiró de nuevo, se acomodó, miró a su alrededor para comprobar una vez más que nadie se había dado cuenta, luego siguió caminando.

Estaba listo.

En algún lugar de la oscuridad, en lo profundo de las sombras de las grandes columnas que se extendían hacia el techo abovedado, el espía esperó hasta que el enorme comandante escita había continuado su camino hacia las habitaciones de la emperatriz. Se preguntó por qué el hombre macizo se había detenido, gritó "Dios mío" con tal veneno y luego pareció luchar con algo. El espía había visto mucho en sus años, sabía interpretar acciones y palabras que sonaban inocentes. El hombre estaba cautivado, consumido incluso. Eso era seguro. El bulto en la ingle del hombre lo demostró. Su lujuria estaba en aumento, y toda ella dirigida hacia la emperatriz. Sonrió para sí mismo. Querido Dios, ¡a Orphano le encantaría escuchar esto!

El tentativo golpe en la puerta sacó a Zoe de su siesta de media tarde. Se estiró en su cama y por un breve y glorioso momento, todo fue como lo había experimentado en su sueño. Ella todavía estaba casada con Miguel, disfrutando de su belleza, ambos locamente enamorados y disfrutando cada momento.

Se quedó allí, mirando al techo, el fresco pintado de colores brillantes llenó su visión. Si la vida fuera así de simple, reflexionó. Brillante, inmutable, segura. Ella había creído que sería, casada con el emperador, Miguel IV, la adulación de la gente, la riqueza y el prestigio. Era todo lo que siempre había querido. Y luego cambió, como si fuera de la noche a la mañana. Miguel había cambiado. La había encerrado, le había quitado todo. Había pasado meses escondida de la adoración de su gente y poco a poco, poco a poco, se había ido marchitando por dentro. Por supuesto, sus doncellas la atendieron, su piel se mantuvo, su belleza aún tan cautivadora como siempre, pero arrebatada del amor de su gente, eso la dañó más que nada. Se había vuelto amargada, enojada, impaciente. Sus doncellas a menudo salían corriendo llorando cuando su lengua de latigazo les reprendía por el más mínimo error. Miguel, su amante, la había usado.

Poco tiempo después, murió.

No había derramado una sola lágrima, un hecho que la hizo darse cuenta de cuánto se había endurecido su corazón hacia él. La primera vez que lo vio, casi gritó de deseo. Su cuerpo ágil, gloriosamente musculoso, su rostro finamente cincelado, ojos que ardían con una pasión apenas controlada. Una boca tan llena y suave como la de cualquier doncella. Las partes individuales combinadas como creadas por un artista maestro, cada característica estaba tan cerca de la perfección como cualquiera podría imaginar. Cuando él se desnudó frente a ella, tuvo que luchar contra el desmayo. Nunca había visto a nadie tan hermoso. Los músculos se hincharon con fuerza debajo de la piel aterciopelada, ondeando a lo largo de sus muslos. Las manos, suaves pero fuertes, abrazándola contra él, apretándola contra él para que pudiera sentir su virilidad. Adivinar. Había pasado horas en su cuerpo, explorando cada centímetro con la lengua y los dedos, los labios suaves revoloteando sobre su piel, enviándola al éxtasis. Un hombre cuyo único pensamiento era complacerla, desinteresada y totalmente. Algo culpable, ella se había recostado y le había permitido reinar sobre ella. Cómo no podía hacer menos, el hombre era una maravilla.

Entonces, ella lo mató.

Una sonrisa se extendió por su rostro. Sí, hubiera sido maravilloso, si tan solo su amor hubiera durado. Pero solo Dios conocía los caprichos del corazón humano. Miguel había sido seducido por el poder y los celos. Odiaba la forma en que Zoe capturaba los corazones de la gente. Era su nombre el que gritaban cada vez que desfilaban por las calles de la ciudad. Durante los muchos festivales, Miguel palidecía a su lado, dejándose caer en su silla mientras ella estaba allí, saludándolos, sus gritos llenando el aire.

Y ahora, otro Miguel, tocayo de su marido. El usurpador, su sobrino adoptivo. Joven, ambicioso y tan maleable como un trozo de barro recién cavado. Sin embargo, no había sido Zoe quien lo había moldeado, sino esa serpiente de Orphano.

Orphano siempre había tenido un ojo fijo en el trono, pero nunca había intentado abiertamente convertirse en Emperador. Siempre había trabajado en segundo plano, esperando el momento oportuno, engrasando su máquina de poder. Ahora, controlaba a Miguel, el nuevo emperador, y su objetivo final estaba cerca de realizarse. Miguel iba a despedir a Zoe, pero no como había hecho su marido. No para ella los lujosos apartamentos de apartamentos privados ubicados dentro de los límites del palacio esta vez. No, eso no. Zoe iba a ser enviada muy, muy lejos, a una isla solitaria y a un convento. La única consulta que quedaba pendiente.

Otro golpe, más insistente esta vez. Zoe suspiró, se dio la vuelta y se puso de pie. Se pasó los dedos por el mechón de pelo y dijo: "Adelante".

Las puertas se abrieron y el guardia, con la cabeza baja, se hizo a un lado.

"¿Qué es esto, por el amor de Dios?" Se volvió, su impaciencia ya aumentaba, mezclada con la molestia de ser interrumpida.

Entonces ella lo vio. Crethus. Instantáneamente, todos esos sentimientos desaparecieron y sintió un cálido resplandor irrumpiendo dentro de ella, llenando su pecho. Sus sueños anteriores no eran nada comparados con lo que este hombre le prometió. La vista de él, su tamaño, su rostro duro y anguloso, y ese bulto… ¡Oh, ese bulto!

❧ 16 ❧

Les dieron una buena comida. Haldor y Ulf comieron sin hacer comentarios mientras Hardrada se sentó, desplomado en un rincón, jugando con los mejores cortes de carne con el dedo, sin haber probado un solo bocado. Lo tenían a él, a los bastardos, y no había nada que pudiera hacer. No tenía ninguna duda de que Orphano llevaría a cabo sus amenazas.

Había estado cerca de la muerte muchas veces, luchando junto a sus buenos amigos. Si habían muerto en la batalla, entonces era bueno, porque así era como debería morir un vikingo. Hardrada sabía, si no sabía nada más, que la forma de muerte que Orphano elegiría para sus viejos amigos sería ignominiosa y sin gloria, y no les ofrecería la oportunidad de entrar en los sagrados Salones del Valhalla. Este solo hecho lo obligaría a estar de acuerdo, pero había más. Su tesoro. Lo tenían. Sin él, ¿qué iba a pasar con el futuro, sus planes de regresar a Noruega, reclamar el trono de sus tierras ancestrales, convertirse en un gran guerrero y conquistador, para llevar a su pueblo una vez más a la grandeza? Ese, más que nada, era su deseo.

Para hacerlo, necesitaría ese tesoro y el dinero que traería. Dinero para comprar soldados, construir grandes salones, prodigar obsequios a sus amigos, a su gente... Orphano lo había encontrado. Maldito sea, y maldita su red de espías. Malditos sean todos a su infierno cristiano.

Por supuesto, estaba esa otra complicación: Lady Zoe. Su rostro apareció en su mente. ¿Y ella? Su vida también dependía del éxito de su misión de encontrar a Alexius. Sin embargo, tuvo que admitir para sí mismo que su ardor estaba menguando. Zoe, por hermosa, tentadora e irresistible que fuera, no había hecho nada para ayudarlo. Mientras él se pudría en esta celda, ¿qué estaba haciendo ella? Había pensado que quizás ella también había sido capturada, pero ahora no estaba tan seguro. Tenía el poder y los medios para avisarle, pero no había habido nada. Quizás su afecto se había enfriado. No tenía ninguna base para pensar esto. La última vez que habían intimado, ella había respondido tan bien como siempre y, sin embargo, esta aparente indiferencia ante su difícil situación hizo que él cuestionara la profundidad de sus sentimientos.

Apoyó la cabeza contra la pared y cerró los ojos. En el análisis final, ¿le molestaba? No estaba tan seguro. Después de todo, ella era simplemente una mujer, y en este mundo, las mujeres no tenían importancia. Sabía que no la amaba, que era solo físico. Sin embargo, la idea de su ejecución le perturbó. Habían compartido momentos de ternura, seguro que se merecía algo más, alguna consideración.

Se cubrió la cara con las manos. Este lugar, y él atrapado dentro de los confines de esta celda húmeda y miserable, estaba agitando sus pensamientos, distorsionándolo todo. Por supuesto que ella se preocupaba por él, ¡por supuesto que él se preocupaba por ella! Algo debe haberle impedido enviarle un mensaje. Orphano debió de tenerla encerrada, quizás muy lejos. El eunuco conocía su influencia, la devoción de la gente hacia ella. Lo que sucedía en las calles, las exhortaciones de su nombre, lo demostraban. Entonces, por supuesto, tenía que ser que la tenían en secreto, en un lugar tan remoto, tan inaccesible que ella no tendría la oportunidad de hablar con él. La facción Orphano causó todo esto, no ella. Ellos eran los que pagarían. En el final.

"Harald. ¿Estás bien, viejo amigo?"

Hardrada bajó las manos y miró hacia arriba. Haldor estaba cerca, su boca aún brillaba con grasa, algunos trozos de carne enredados en su barba. Hardrada sonrió. "No te preocupes, todo está bien. Demasiados pensamientos, eso es todo".

"¿Qué te hicieron?"

"Nada. Orphano me habló de su plan. Un trato, probablemente conjurado por su diablo. ¿Cuál es su nombre?"

"Satán".

"Si eso es. Satán. Él debe estar en el centro de todo, porque el trato es malo y tiene pocas posibilidades de éxito. Si acepto, es casi seguro que moriré. Si me niego, nos ejecutarán a todos". Él sonrió. "Si fallo... Todo termina de la misma manera".

Haldor frunció los labios. "Ejecutarnos. ¿Por qué razón?"

"Traición". Hardrada se encogió de hombros. "¿Importa? Pensarán en algo, lo harán todo legal. Estamos atados, mi viejo amigo. No tengo más remedio que aceptar".

"Pero dijiste que había pocas posibilidades de éxito".

"Es mejor eso que verlos cortarles la cabeza a ambos".

Haldor palideció y miró a Ulf, que todavía estaba terminando lo último de su comida. "¿Qué dices a esto?"

Ulf sacudió la cabeza, masticando un último trozo de carne. "Son todos unos bastardos. Lo sabíamos cuando firmamos. Esta fue solo una publicación temporal. Quizás no sabíamos cuán temporal iba a ser".

"Bueno, creo que deberíamos continuar con nuestro plan", dijo Haldor. "Soborna a los guardias, haz que nos ayuden a escapar".

Hardrada gruñó y dijo: "Tienen el tesoro".

Hubo un silencio de asombro. Haldor cayó de espaldas sobre sus cuartos traseros y Ulf farfulló en lo último de su cena. Rápidamente tomó un trago de agua de una copa y jadeó: "¿Qué, todo?"

"Todo".

"¡Mierda!"

"Entonces, como digo, nos tienen exactamente donde nos quieren". Hardrada extendió la mano derecha con la palma hacia arriba. "Justo ahí". Cerró su mano en un puño.

"¿Qué hacemos?" Preguntó Haldor.

"*Nosotros* no hacemos nada. Todo depende de mí. Tengo que aceptar la propuesta, no tengo otra opción. Todo lo que tengo que hacer es esperar. Nos marcharemos pronto, yo y uno de sus hombres de confianza. Un oficial bizantino. Dijeron esta mañana, pero ya veremos".

"Tú lo sabes, ¿no es así?, que nunca cumplirán su palabra. Tan pronto como hayas tenido éxito en lo que sea que te hayan pedido que hagas, nos matarán a todos".

"Sí. Yo sé eso". Hardrada sonrió. "¡Espero que no se den cuenta de que lo sé!"

"No los subestimes", dijo Ulf, pasando el dedo por el borde de su plato, para limpiar los últimos vestigios de su comida. "Orphano lo tiene todo más apretado que el culo de un monje cisterciense".

"Lo sabrías", comentó Haldor, con una amplia sonrisa en su rostro.

"¡No por querer intentarlo!"

Hardrada gimió. Cómo sus amigos se burlan de cualquier situación. Recordó hace años, un encuentro con algunos búlgaros. ¿Cómo, cuando las flechas pasaban por encima de sus cabezas, Ulf dijo: "Me pregunto cómo es estar en celo con una doncella búlgara? Tan peligroso como estos bastardos, no debería extrañarme ". A lo que Haldor había respondido: "¡Sí, pero ni la mitad de satisfactorio!" Y luego ambos se apresuraron hacia adelante, hachas balanceándose, para partir cabezas, riendo mientras repartían la muerte.

"¿No pueden ustedes dos hablar en serio?"

Sus dos amigos lo miraron. Hardrada negó con la cabeza y volvió a cerrar los ojos. De él dependía, como siempre, ser el serio, tomar las dolorosas decisiones. Bueno, él las había tomado y continuaría haciéndolo. Realmente no había otro camino abierto para él.

Crethus mantuvo los ojos bajos mientras avanzaba. Zoe lo estudió mientras se acercaba. Llevaba un jubón escarlata, atado holgadamente en el cuello, un cinturón ancho y calzones hasta la pantorrilla. En sus pies llevaba sandalias de cuero. Para protegerse, todo lo que usaba era una pequeña daga enfundada en su cadera. La última vez que lo había visto, estaba vestido con la armadura completa de un guerrero varego. Debajo de la panoplia, sus secretos físicos estaban bien ocultos, aunque ella sabía cuáles eran. Aquí, con todo mucho más cerca, a solo un dedo de distancia, todo lo que tenía que hacer era extender la mano, tirar del cordón que mantenía unido el jubón y el cuerpo quedaría expuesto.

Le recorrió el torso con los ojos, luego los bajó aún más y los fijó en su entrepierna. Ella notó cómo el material de sus pantalones se estiraba y se tensaba, apenas capaz de contener lo que acechaba debajo. Fue con dificultad que ella acercó su rostro al de él.

Ahora él la estaba mirando. Sus ojos, negros como aceitunas, la taladraban, como lo habían hecho la última vez que se conocieron. Sintió ese dolor familiar y delicioso surgir a través de su corazón, emocionándola con la anticipación de lo que podría suceder, si solo tuviera el valor, el valor para abrir los brazos y permitir que él se moviera dentro de ella.

Podía olerlo, el embriagador olor a almizcle de un hombre en su mejor momento. Ella miró la carne reluciente, los brazos desnudos, el sudor brillando en su labio superior, los tendones de su cuello rígidos, duros como barras de hierro.

"Milady".

Ella parpadeó y contuvo el aliento. Había estado casi tan lejos como cuando estaba soñando. Sin embargo, esto no era un sueño, ni siquiera un recuerdo. Esto estaba sucediendo en este momento: inimaginable, inmediato y absolutamente fuerte. Conquistada. Cerró los ojos mientras su mano se movía hacia adelante como si lo hiciera por voluntad propia. Mientras sus dedos caían sobre el cordón que sujetaba, la mano de Crethus se cruzó sobre la de ella.

"Mi señora". Suave, su voz flotó hacia ella, derritiendo cualquier resistencia y su boca se abrió para aceptar la de él.

El canto sonoro flotaba en la enorme fachada arqueada del techo de la iglesia, un sonido iridiscente y brillante, inspirado por lo divino, creado para elevar los corazones y las almas de los hombres. Con los ojos cerrados, Miguel vagó como si estuviera en un estado de felicidad. No tenía conciencia de nada más que de las suntuosas voces, el cántico repetido lo llenaba de una especie de éxtasis. Cuanto más escuchaba, más deseaba que nunca terminara. Si de hecho todavía estaba en la Tierra, entonces estas voces le prometían un cielo más allá de su imaginación. Si esto era el cielo, entonces estaba contento.

Se paró ante el gran altar y abrió los ojos. La luz de mil velas le hizo parpadear repetidamente, con los ojos un poco llorosos. Sin embargo, no se atrevió a inmutarse. La asamblea se centró en él, la reunión de los grandes y los buenos. Senadores y sacerdotes, resplandecientes en sus mejores galas, todos esperando el más mínimo gesto, el más leve destello de indecisión. Luego saltaban, los gemidos de burla, las críticas murmuradas. Tenía que permanecer distante, fuerte, cada centímetro del Emperador.

El patriarca Alexius se inclinó ante él y le indicó que se arrodillara y recibiera la carne y la sangre de Cristo. Esta fue la comunión inaugural de Miguel, una demostración pública de su obediencia a Dios, con todos los ojos puestos en él: la élite social, generales, jueces, senadores, hombres de Dios. Mientras las voces del coro llenaban la gran iglesia con su mística serenata a la Santa Madre, Miguel se arrodilló y recibió primero el pan y luego el vino. El patriarca hizo la señal de la cruz, inclinó la cabeza y se alejó.

Cada pulgada de ese bendito lugar sonó cuando el Emperador se levantó, se santiguó y retrocedió. El canto de las masas reunidas se unió al coro, voces que declaraban su alegría, su adoración. Al menos, esto es lo que esperaba Miguel. Anhelaba volverse y sonreír, pero resistió el impulso de hacerlo. Mantuvo la cabeza gacha, humilde y sumiso, tal como Orphano le había indicado. "Resiste tu impulso natural de sonreír y responde a quienes te rodean. Ten ojos solo para los iconos de la Santa Madre. Su imagen debe quedar grabada a fuego en tu mente, y ningún otro pensamiento debe invadir tus sentidos excepto para darle reverencia. Esta es tu primera prueba y debes aprobarla.

Miguel creía que lo había hecho bien. Sin arrogancia cruda en exhibición, solo un hombre simple que acepta sus poderes con gracia y humildad. Podía estar adornado en túnicas doradas, pero a pesar de ello, era un simple hombre, lleno de fe. Así era como debería ser.

Se produjo un cambio en la asamblea. El canto coral llegó a su fin y todos empezaron a relajarse cuando la ceremonia alcanzó su punto culminante. Miguel se volvió y se dirigió lentamente por el pasillo central, todavía con la cabeza gacha. Al final, se detuvo y miró hacia arriba, miró el enorme icono de la

Santa Madre enmarcado en oro, dobló la rodilla, hizo la última señal de la cruz y se volvió.

El coro estalló en una nueva afirmación coral de su nuevo emperador, las voces se elevaron hacia la vasta extensión del techo abovedado.

Nadie supo qué pasó entonces, pero algo hizo que el Emperador tropezara. ¿Fue un accidente, o un asistente sacerdotal generosamente sobornado arruinó la alfombra escarlata que había sido enrollada por el pasillo? Miguel atrapó su pie con el borde del material pesado y cuando dio un paso hacia las enormes puertas que conducían al exterior, y la adoración de la gente que esperaba, tropezó, se tambaleó hacia adelante, maldijo en voz alta y cayó.

Un fuerte grito ahogado resonó por toda la enorme iglesia. El coro se desvaneció, todos los cantantes habían visto a su Emperador deslizarse hacia las puertas, tan sereno, tan amable, ahora un idiota que se tambaleaba, las túnicas ondeando a su alrededor, los brazos agitándose, protegiendo a los asistentes que corrían a sus lados.

"¡Déjenme en paz, malditos mocosos!"

Se detuvo, su boca se abrió. Un nuevo temor lo asaltó, una gran losa de hielo creciendo en su estómago, helando la fibra misma de su alma. Querido Dios, ¿realmente dije esas palabras, en este lugar santísimo, la majestuosa Iglesia de Santa María?

Los atónitos asistentes y el grupo de sacerdotes que habían acudido en su ayuda dieron un paso colectivo hacia atrás, con caras horrorizadas. Nadie más habló, nadie más se movió. Incluso las piedras, las columnas de mármol, los adornos de oro y plata, todos parecían estar esperando. Todo lo que Miguel pudo hacer fue balancearse ligeramente, de lado a lado, con la mano sujeta a la boca. No podía continuar, no ahora. No podía salir al Foro de Teodosio, aceptar la adoración de la gente, sabiendo que había proferido tales blasfemias dentro de la casa de Dios.

Fuera, sin embargo, el tumulto creció en volumen, la multitud inquieta. La ceremonia, destinada a ser breve, no fue más que abrir el telón del evento principal: la coronación. Sería un espectáculo digno de ver, todos los señores y damas ataviados con sus mejores galas. Eso había pensado Miguel, en la coronación de su predecesor. Tan majestuoso, tan maravilloso. Saliendo a la luz del sol, con su novia de sólo tres días, la emperatriz Zoe, que acaba de enviudar. Qué maravillosos se veían, casi brillando. La multitud se había vuelto loca ese día, cantando con todo el corazón mientras Zoe les sonreía, saludando con la mano, haciéndoles saber que ellos, por encima de todo, era lo que hacía a Bizancio tan glorioso.

"Mierda".

Miguel agarró al asistente más cercano y le susurró al oído: "Sácame por el camino de atrás".

"¿Majestad?"

"Me escuchaste, pequeña mierda. Sácame por la entrada de los trabajadores. No quiero que la multitud me vea".

"Pero Majestad, no puedo simplemente..."

"¿Hay algún problema, su Alteza?"

Miguel se sobresaltó al oír la voz demasiado familiar del eunuco, Orphano. Lo fulminó con la mirada cuando el hombre se acercó a él. "Pensé que habías dicho que no ibas a asistir".

Orphano sonrió, se agachó y alisó la alfombra con la palma de la mano. "Mmm... Parece como si las uñas se hubieran desprendido". Se puso de pie, hizo un gesto al asistente para que se alejara y sonrió a los demás que se arremolinaban. "Saldremos juntos, su Alteza". Levantó la mano y chasqueó los dedos dos veces. Pronto, un grupo de Varegos bien grandes, inquietos y bien armados se acercó al nuevo Emperador, sus rostros se endurecieron, sus músculos se tensaron.

"No necesito que estos hombres..."

"Oh, pero sí los necesita, su Alteza. No queremos que usted caiga en los escalones, ¿verdad?"

Miguel escudriñó la Iglesia, observó los rostros de todos esos senadores y lores. Cómo sus ojos se ensanchaban, cómo se murmuraban entre sí, cómo el patriarca con todas sus elegantes túnicas se erguía como una estatua, con esa mirada de desprecio burlona escrita en todo su rostro. Incluso desde esta distancia, Miguel podía ver esa mirada. Desaprobando, como sus antiguos maestros de escuela. Entonces, ¿qué pasaba si accidentalmente se le había escapado la lengua, qué demonios importaba?

"El emperador es la representación humana de Dios en la tierra", le había dicho su tío muchos años antes. "El Patriarca encarna el espíritu de Cristo, pero el emperador es la entidad física. El aspecto con el que se relaciona la gente. Recuerda esto, Miguel. Hazle honor a eso".

Miguel tragó saliva. Sí, lo recordaba muy bien. Se había puesto en ridículo y ahora el eunuco quería someterlo a más burlas. Extendió las manos, suplicando a Orphano. "Por favor, ¿no podemos retrasar esto? No siento..." Vio el ceño fruncido sin pestañear del hombre y supo que no había otra opción. Dejó que sus hombros se hundieran. Con la cabeza llena de pensamientos contradictorios, se volvió, resignado y dio el primer paso hacia la luz del sol.

No muy lejos, de pie en el balcón de su residencia en la ciudad, justo al lado del Foro de Constantino, el poderoso general George Maniakes no pudo evitar sonreír al escuchar los grandes rugidos de burla que emanaban del Foro de Teodosio. Ya se sentía cálido y satisfecho después de una sesión de hacer el amor bastante agitada a media mañana con su sirvienta, Leoni, pero esto, el sonido de la gente aullando por la sangre de Miguel, eclipsó todo.

"Mi señor parece feliz".

Leoni se acercó detrás de él, envolviendo sus brazos

alrededor de su cintura, presionando su cabeza entre sus hombros.

"Lo estoy", dijo, cerrando los ojos. El calor de su cuerpo delgado y núbil lo emocionó. Estaba constantemente asombrado por su capacidad para llevarlo a la erección, incluso después de que una follada prolongada le hubiera agotado casi todas sus fuerzas. Sus miembros delgados y fuertes, esos pechos finos y atrevidos, y la forma en que su trasero sobresalía, tan grande, tan redondo. Él gimió. Dios santo, ella era todo lo que siempre había deseado físicamente, pero nunca podría revelar públicamente esos sentimientos. Una sirvienta, una esclava virtual. Demasiado humilde para alguien como él, parte de la élite gobernante. En cambio, tuvo que esconderla, arrastrarse en medio de la noche o aprovechar cualquier oportunidad para tenerla, como ahora, mientras todos estaban en la iglesia, viendo cómo Miguel era humillado. El plan de Orphano había funcionado a la perfección. Los abucheos así lo demostraban.

Se volvió en sus brazos y la rodeó con los suyos, abrazándola. Besó la parte superior de su cabeza. "Estoy feliz, cariño", repitió. "¿Tú lo estás?"

"Más que nada, mi señor".

"¿Estás bien satisfecha?"

Ella se rió. "Mi Señor, eres el amante más perfecto".

Él besó su cabeza de nuevo, mientras su mano se posaba en su entrepierna. Inmediatamente cobró vida y jadeó cuando una oleada de deseo lo recorrió. "¡Dios, mujer!" Él le echó la cabeza hacia atrás y la besó, hundiendo la lengua profundamente en su boca. Sabía a fresas, los dulces restos del vino que habían bebido. Cuando retrocedió, la miró a los ojos. "Quiero que vuelvas a visitar a Miguel al final de la tarde, ya al anochecer".

Maniakes sintió su reacción, la forma en que el color desapareció de su rostro revelando más de lo que las palabras podrían sobre cómo se sentía. Estos enlaces con el emperador estaban pasando factura. Él sonrió, inclinó su cabeza hacia arriba con un dedo debajo de la barbilla. "Querida mía, no creas que no te deseo más que a ninguna otra. Sé que esto es el purgatorio para ti..."

"Mi Señor", intervino ella, los ojos se llenaron de lágrimas, la voz temblaba. "Sé que mi señor es sabio y considerado, pero no veo cómo..." Ella apartó la cara de él y los sollozos se hicieron más poderosos.

Algo parecido a la preocupación conmovió a Maniakes. Pronto lo dejó a un lado. Amaba el cuerpo de esta chica, pero su alma nunca sería algo a lo que él se sentiría atraído indebidamente. Ella era simplemente un vehículo para sus propios orgasmos. La disfrutaba, incluso sentía algo por ella, pero una vez que su utilidad llegara a su fin, la desecharía, como las cáscaras de una fruta. Seguía siendo deliciosa, pero no tan satisfactoria como la carne fresca. Y la carne era algo de lo que siempre podía encontrar más, si era necesario.

"Niña", dijo. "Eres una sirvienta del Sacro Imperio. Una verdadero romana. Leal, obediente, incuestionable". Levantó la cara. "Créeme que todo lo que haces es por el bien del Imperio y por el pueblo. No te estoy pidiendo que lo disfrutes, sino que lo hagas parecer. Entonces, cuando esté totalmente enamorado, lo tendremos".

"Lo tendré, mi señor. Al menos, lo tendré esta tarde".

Ella sonrió, pero él pudo ver el dolor en sus ojos una y otra vez, y esa presión en su pecho aumentó. Quizás él tenía verdaderos sentimientos por ella, sentimientos que iban más allá de lo que ella podía ofrecerle en el dormitorio. Ella era joven, inocente de muchas de las trampas de la vida. Como un niño, con tanto que aprender. Las intrigas y los engaños no eran cosas que le salieran naturalmente, o eso le gustaba pensar. Cuando todo esto terminara, tal vez podría encontrarle un lugar en su corazón.

Sacudió la cabeza. Bueno, si eso sucediera, sería para el futuro, no ahora. Ahora, tenía planes para fermentar. El emperador Miguel era inepto, ingenuo, grosero y tosco, no se diferenciaba de ningún emperador anterior de Bizancio. Sin embargo, el hombre era algo más. Él era peligroso. Y esa sería su perdición.

"Leoni", dijo, y le sostuvo la cara entre las manos. "Entiendo tu repulsión. El hombre es una serpiente, pero pronto terminará. Confía en mí".

"Lo hago, mi señor. Pero no es fácil emparejarse con él, quiero que sepas esto. No es nada comparado contigo". Aspiró el aire cuando su mano volvió a apretar su miembro. Se hinchó bajo sus dedos. "Nada comparado contigo en absoluto".

Él gimió, se inclinó, la tomó en brazos y la llevó hacia su cama. Miguel tendría que esperar porque ahora mismo, Maniakes necesitaba dar rienda suelta a su propia pasión.

***

Orphano vio al hombre parado un poco lejos. Miguel estaba en el último escalón, con los brazos extendidos hacia afuera, pero la multitud no estaba de humor para recompensarlo con júbilo. Lo abuchearon, en voz alta y con marcada hostilidad. Orphano apenas pudo contener su alegría y tuvo que fingir toser para enmascarar la sonrisa que se desarrollaba en su rostro. Miró al hombre y le indicó que se acercara.

"¿Noticias?"

"Mi señor". El hombre miró a su alrededor, aparentemente relajado. Los miembros del Senado pasaron en fila, todos con expresión seria, casi como si estuvieran en estado de shock. La multitud se estaba volviendo fea.

"¡Fuera con eso, hombre!"

"Señor. Perdón. Ha ido a la habitación de su Alteza".

Orphano frunció el ceño. "De hecho, así ha sido. ¿Para preguntarle qué? Me pregunto.

El hombre inclinó la cabeza hacia el emperador. "Entiendo que fue para contarle el plan".

"¿Y qué te hace pensar que fue allí por otra cosa?"

"Su atuendo, señor."

"¿Qué diablos significa eso?"

"No iba vestido de guardia, milord. Sin armadura. Sólo una camisa y pantalones".

"Descarado".

"El palacio está prácticamente vacío, mi señor".

Orphano se mordió el labio. "Podríamos usar esto". Sonrió y le dio una palmada en el hombro al hombre. "Lo has hecho bien. Regresa, averigua si ha sucedido algo. Entonces, vuelve a verme esta noche. Mañana Hardrada se dirige al norte. Un día tarde, pero no importa. Es posible que necesite este fragmento de noticias para mantenerlo bajo control... Si sobrevive".

El hombre se inclinó y se alejó. Orphano se frotó las manos. Las burlas de la multitud eran ahora tan fuertes que llenaban todo el Foro. Miguel parecía agitado, su rostro se desmoronaba, los ojos se movían de un lado a otro. Los miembros del Senado ya estaban desapareciendo, volviendo a sus diversas villas y casas. Nadie dio ni una mirada al Emperador.

Orphano exhaló lentamente. Qué día tan maravilloso había sido: Miguel completamente humillado, Zoe participando en algunas actividades bastante cuestionables con un guardaespaldas y Hardrada cuidadosamente atado. Todo lo que quedaba era encontrar a Alexius, devolverlo a la capital y luego todo el edificio chirriante se derrumbaría. La mayoría de ellos caería, demostrando ser el grupo difamatorio e inepto que realmente eran. Sí, un día completamente exitoso. Ahora, todo lo que tenía que pensar era cómo escapar ileso de la multitud.

La emperatriz Zoe apoyó la cabeza en el pecho como un barril del escita Crethus y dejó escapar un largo suspiro de satisfacción. El hombre había demostrado ser mejor de lo que ella hubiera creído posible. La había tomado de todas las formas imaginables, su enorme miembro chocando contra ella repetidamente, llevándola al orgasmo una y otra vez. Un amante supremo en todos los sentidos, había dominado su cuerpo como nadie más que ella hubiera conocido.

Ni siquiera Hardrada podría compararse con esto.

"Crethus". Formó su nombre con los labios y se acurrucó más cerca. Su gran brazo la sostuvo, protegiéndola, y ella sintió tal brillo dentro de su estómago, creando una calidez que se extendió por todo su cuerpo. A salvo. Así es como se sentía en los brazos de este hombre, y era un sentimiento que había estado sin él durante demasiado tiempo.

Desde muy lejos llegaba el sonido de voces. Distante, pero extremadamente ruidoso. Voces que sonaban enojadas. Ella se sentó. Crethus se agitó junto a ella.

"Deberías irte", dijo ella, mirándolo con tanto anhelo, sabiendo que si tuviera el poder, nunca dejaría esta cama. Permanecer así para siempre más: qué pensamiento tan glorioso fue ese. Ella luchó con su nueva debilidad por él, sabiendo que él tenía que irse.

Él tomó su mano entre las suyas. "Mi señora…"

Ella se inclinó hacia él y lo besó una vez, luego salió de debajo de las sábanas y recogió su túnica. "Parece que la misa inaugural de Miguel no fue como se esperaba".

"¿Eso le agrada?"

Se detuvo en el proceso de ponerse su fina bata de satén y pensó en la pregunta. Le agradaba, pero también le preocupaba que la reacción de la multitud, su respuesta, pudiera convertirse en algo aún más peligroso. Una revuelta. Los enemigos rodeando Bizancio, cualquier conflicto interno podría derribarlo todo, hacer que las hordas paganas atravesaran las murallas de la ciudad y destruir dos mil años de civilización. Mientras respirara, no podía permitir que eso sucediera. Y ahora tenía los medios para superar las maquinaciones de quienes la rodeaban.

Zoe le sonrió a Crethus cuando el hombre se volteó y se sentó en el borde de la cama, mirándola, su cuerpo brillando con los esfuerzos de su amor. "Me complace, Crethus, que tú y yo estemos juntos. Te tendré muchos usos, ¡no menos importantes que esta cama!"

"Mi Señora puede usarme de la forma que considere conveniente".

Zoe asintió con la cabeza, "Eso es exactamente lo que esperaba que dijeras". Se puso el resto de su ropa y ató un cordón alrededor de su delgada cintura. "Tienes que marcharte. No quiero que nadie sospeche lo que ha sucedido aquí hoy. Debemos esperar nuestro tiempo. Los próximos días, quizás semanas, resultarán extremadamente peligrosos. Debo hacer el papel, parecer suplicante, incluso golpeada. No será fácil para mí, pero debo convencer a mis enemigos de que han ganado".

"¿Y si no puede hacerlo?"

"Entonces, realmente habré perdido. Y también lo hará Bizancio".

Crethus asintió con la cabeza, tomó su jubón y se lo puso. Se puso de pie y le sonrió a Zoe mientras dejaba que sus ojos recorrieran su físico una vez más.

"Eres un hombre maravilloso", dijo en voz baja, a punto de acercarse cuando algo la hizo detenerse. Por encima de los aullidos de la multitud, un estruendo amortiguado como todo lo que era, escuchó algo más. El más pequeño de los pasos. Ella se congeló, el miedo se apoderó de ella. De inmediato, Crethus estaba a su lado. "¿Qué es?" Ella presionó un dedo contra sus labios y asintió con la cabeza hacia la puerta de su habitación.

Una mirada oscura se posó en los rasgos de Crethus y, sin decir una palabra, sacó su daga y se acercó a la puerta, moviéndose como un gato, caminando por el suelo con las puntas de los pies. Zoe lo miró, hipnotizada, sin apenas atreverse a respirar. Estaba de pie junto a las puertas, con una oreja pegada al roble. Luego se movió, más rápido que nadie que ella hubiera visto, rasgando la puerta. Más allá, el hombre gritó y trató de alejarse. Pero Crethus fue más rápido, mucho más rápido. Años de lucha habían perfeccionado su cuerpo hasta convertirlo en una máquina perfecta, reacciones finamente ajustadas. Zoe vio el gran brazo del escita agarrando al hombre por la garganta, vio el destello de la hoja mientras cortaba el aire. El grito, la sangre, el cuerpo cayendo como un pesado pedazo de arpillera al suelo.

Corrió, se tapó la boca con la mano mientras Crethus hacía girar al hombre con el pie. Ojos sin vida miraban hacia arriba, la boca era un enorme agujero negro. La actitud de la muerte.

"¿Lo conoce?"

Ella asintió. "Uno de los hombres de Orphano. Debe haber sido enviado a espiarme".

"Entonces el eunuco lo sabe".

"Él sabe todo de todos modos".

Crethus limpió su daga en la túnica del muerto y volvió a deslizar la hoja en su vaina. "Me desharé del cuerpo. ¿Estará usted bien?"

Zoe dejó que su mano cayera de su boca, su cuerpo estaba temblando. "Fue tan rápido. En un momento estaba vivo, al siguiente..." Entonces sintió miedo. "¿Qué hará Orphano?"

"¿Hacer? ¿Qué puede hacer él?" El escita negó con la cabeza. "El hombre desapareció, eso es todo".

"Parece que ha hecho una buena elección, mi señora".

"Creo que sí". Regresó a la entrada de su apartamento y se detuvo en la puerta. "En todos los sentidos", dijo y entró.

17

La noche se hizo fría y Miguel encontró consuelo en el vino. Mucho vino. Cuando llegó Orphano, el emperador estaba bastante borracho. Tumbado en un sofá, con la túnica abierta hasta el pecho, un desastre desaliñado, labios temblorosos, ojos vagabundos, una mano sobre su estómago, la otra apoyada en el borde de una pesada copa de bronce, apenas miró hacia arriba cuando el eunuco se acercó.

Había otros allí, en actitudes similares, en diversos grados de intoxicación. Hombres y mujeres o, más correctamente, chicos y chicas. Algunos de ellos parcialmente vestidos, muchos de ellos desnudos, los cuerpos entrelazados, esparcidos por el suelo como si estuvieran esparcidos allí como si fuera confeti. Orphano suspiró mientras miraba a su alrededor. La decadencia de Roma, vuelve a acechar los pasillos sagrados de Bizancio. ¿Cuánto tiempo se había esforzado por mantener el brillo de este Imperio, para encontrarlo tan empañado y en tan poco tiempo?

El eunuco se abrió camino a través de los cuerpos, algunos de ellos retorciéndose de éxtasis mientras desahogaban su lujuria entre ellos. Cuerpos ágiles, jóvenes, incomparables, magníficamente definidos. Escenas del desenfreno más delicioso. Sin embargo, Orphano no sintió ningún movimiento dentro de él. Esos sentimientos habían desaparecido de su cuerpo hacía mucho tiempo. Ya no era un esclavo de la pasión, podía mantener su mente despejada. A veces, un chico joven, bien dotado, bonito, viril y lujurioso, podía darle una apariencia de placer, pero no era nada comparado con lo que otros experimentaban. Esa dulce liberación, el derrame de la semilla... Todo eso, se había ido.

No tenía envidia. Castrado a los doce años, era la única cosa de su castración por la que se sentía agradecido: la reducción de sus impulsos sexuales. Un honor que les dijeran a sus padres, que sirvieran en la corte de su Alteza Real, que le proporcionaran todo lo que pudiera necesitar. Bueno, fue hace mucho tiempo, y su miembro solo servía para aliviar su vejiga. No podía perderse algo que nunca había tenido. Así que vio a los jóvenes gruñir y gemir en su pasión como lo haría con un rebaño de cabras que pasaba. Sin emoción alguna.

No así las emociones que brotaron cuando puso sus ojos en la visión enfermiza de su emperador, saliva babeando por un lado de su boca, cabello alborotado, cuerpo manchado de vino, restos de comida y manchas de algo más que Orphano no se atrevía a pensar. Respiró unas cuantas veces para contener las náuseas que le iban surgiendo y luego alargó la mano para sacudir el hombro de Michael. "Alteza", siseó. "Alteza, debo hablar con usted".

Los ojos del Emperador parpadearon con algo parecido al reconocimiento, pero luego su cabeza se inclinó hacia un lado y vomitó ruidosamente, el vómito brotó en una larga y apestosa corriente.

"¡Santa Madre!" Orphano se apartó disgustado, tapándose la boca y la nariz mientras el hedor golpeaba sus fosas nasales. Se atragantó, retrocediendo aún más, y tropezó con una pareja que chilló cuando pasó sobre ellos. "*¡Alteza!*"

Miguel, sin embargo, demasiado ido para registrar cualquier cosa que Orphano pudiera tener que decir, se inclinó de nuevo y trajo otro chorro de vómito apestoso.

"Maldita sea", dijo Orphano y se dio la vuelta, marchando fuera de la habitación sin pensar más en quién o qué pisó. Maldito sea el hombre. La turba se había lanzado a las calles, las pandillas recorrían cada callejón y la violencia amenazaba con estallar. La guardia del palacio gritaba y los Varegos se pusieron en alerta máxima. Si el Emperador deseaba holgazanear su tiempo en alcohol y sexo mientras las masas consumían la ciudadela de su Imperio, que así fuera. Había intentado advertirle y no podía hacer más.

Orphano estaba fuera de la habitación, con la espalda pegada a la pared, y miró a Crethus, que estaba a unos metros de distancia, flanqueado por una buena media docena de escitas, erizado de armas. "El Emperador está algo indispuesto. Envíe a sus hombres aquí, capitán, y no deje pasar a nadie, ni dentro ni fuera. ¿Usted entiende?"

"¿Nadie, mi señor?"

Orphano se pasó una mano por la cara y por la parte superior de su cabeza calva. "Salvo yo y el General, nadie debe entrar o salir de esta habitación. Ni siquiera el Emperador".

Los hombres se sobresaltaron e intercambiaron miradas. Crethus frunció el ceño. "No podemos negar el paso a su Alteza Real, mi señor".

"Si sale, uno de sus hombres debe correr hacia mí lo más rápido que pueda. Necesito saber el momento en que el Emperador se recuperará. Pero dígale cualquier cosa para mantenerlo dentro".

"¿Cómo qué, mi señor?"

"¡Maldita sea hombre, usa tu maldita imaginación! Dígale

que el palacio está siendo atacado... ¡Lo cual, por supuesto, muy bien podría suceder pronto!"

"Hay antorchas encendidas en las calles", dijo Haldor. Se las había arreglado para apilar algunos trozos viejos de muebles rotos y ropa de cama y ahora miraba a través de los barrotes de hierro de la ventana de una celda. "Mucha gente, hombres, mujeres, todo. Parecen enojados".

"Suenan enojados". Dijo Hardrada, pero con poco entusiasmo. Estaba preocupado. Orphano le había dicho que debía ir al norte, pero hasta ahora nadie había ido a buscarlo. Ahora ya era tarde. Y con la multitud corriendo salvajemente por las calles, dudaba que fuera a ir a ningún lado esa noche. Apoyó la cabeza contra la pared y cerró los ojos. "Todo el maldito lote se nos cae alrededor de los oídos".

"¿Qué propones que hagamos?" Ulf estaba de pie junto a Haldor, estirando su cuello para ver hacia afuera. Por supuesto, no podía.

"¿Qué más podemos hacer sino esperar?"

"Bueno", dijo Haldor, bajando. "Esperemos que para la mañana, el Imperio haya sido derrocado y podamos escapar".

"Gran oportunidad", escupió Hardrada, con los ojos aún cerrados. "Sin mi tesoro, no tiene mucho sentido. No, tendremos que quedarnos por aquí, ver qué ricas cosechas podemos encontrar".

"¿Qué pasa con la Emperatriz?"

Hardrada abrió los ojos ante la mención de ella. Zoe, la emperatriz Zoe. Los momentos que habían compartido, la amabilidad que ella había mostrado, el cariño. Había creído que ella se había preocupado por él, pero ahora estaba claro que todo había sido un acto. Ninguna otra mujer lo había afectado de tal manera y ese hecho, quizás más que su traición, lo enfureció. Hirvió ahora, el enrojecimiento se apoderó de su visión, y apretó su mano en un puño, aplastando la escoria de sus sentimientos por la fuerza de su rabia. "La Emperatriz puede ir al infierno por lo que a mí respecta. Ella no le importa un comino, así que ¿por qué diablos debería preocuparme por ella? ¿Eh? Respondan a eso".

"No podemos", dijo Haldor.

"Y no me atrevería a hacerlo", agregó Ulf.

Hardrada miró a sus dos amigos y la ira se desvaneció, reemplazada por una creciente sensación de culpa. Se puso de pie, abriendo los brazos de par en par, "¡Oh, mis buenos chicos! ¡Qué idiota he sido, vendiendo mi alma por unos momentos de gratificación sexual, cuando todo el tiempo mis únicos amigos verdaderos y duraderos han estado aquí a mi lado!"

Los demás dieron un paso adelante y los tres se abrazaron. Afuera, la turba arrasaba las calles, gritando su rechazo al nuevo emperador, pero eso no preocupaba a ninguno de esos hombres en este momento. Todo lo que importaba era que estaban juntos.

En su cama, la emperatriz Zoe yacía acurrucada en una bola apretada, temblando de miedo mientras la multitud afuera cantaba su vitriolo. Había intentado salir de su habitación, pero habían apostado guardias y, a pesar de su furiosa insistencia, se habían negado a dejarla salir. Crethus no se encontraba por ninguna parte. No lo había visto desde esa tarde y ahora comenzaba a imaginar todo tipo de escenarios terribles que involucraban a Orphano, espadas destellantes y la muerte. A pesar del frío, el sudor le recorrió la cara. Todo lo que podía hacer era esperar, trató de decirse a sí misma, esperar hasta que la mañana le proporcionara algo de alivio del espantoso y sofocante terror que la acosaba, que le dificultaba la respiración y aceleraba los latidos del corazón. Dormir era imposible; No tenía más remedio que quedarse allí tumbada y rezar para que amaneciera y se encontrara aún con vida.

Leoni se movió y caminó hacia el Emperador. Sus ojos recorrieron la habitación. Orphano se había ido y nadie parecía interesado en ella en lo más mínimo. Los cuerpos copulaban o dormían. Respiró hondo, se sacó el fino vestido por la cabeza y se sentó a horcajadas sobre el emperador dormido.

Su mano se hundió debajo de los pliegues de su túnica y encontró su pequeña polla. Ella dudó por un momento. Maniakes había dado sus órdenes, pero Leoni dudaba que algo funcionara con el Emperador esa noche. Estaba demasiado consumido por la bebida como para siquiera pensar en el sexo, y mucho menos participar en él.

"¡Leoni, cariño!"

Casi suspiró en voz alta, pero se las arregló para ocultar su decepción cuando Miguel extendió sus manos para ahuecar sus pechos. Forzó una pequeña risita, "Majestad. Pensé que estabas dormido".

"Solo estaba fingiendo. ¿Se ha ido ese idiota de Orphano?"

"Sí", Sus dedos rodaron sobre su hombría. Gimió y arqueó la espalda. "¿Está seguro de que está despierto, mi señor?"

"Mmm... Estoy despertando, mi amor".

Podía sentirlo mientras él se endurecía lentamente. "Mi amante me tuvo de nuevo hoy", dijo en tono burlón. Él se endureció aún más en su mano.

"Oh, Dios mío, ¿de verdad? ¿Cuando?"

"Mientras usted estaba fuera, mi señor".

Los ojos de Miguel se abrieron de golpe y por un momento pensó que había cometido un error de cálculo. ¿Quizás la idea de que el buen General la follara duro mientras él mismo sufría la humillación de sus súbditos en la iglesia era demasiado incluso para los gustos pervertidos del Emperador? Pero era demasiado tarde para dar marcha atrás. "Él había deseado tanto estar contigo", se apresuró a seguir, "pero insistí en que me follara. Lo necesitaba, ¿ves?" Sus dedos le dijeron que todo iría bien. El miembro continuó endureciéndose.

"¿En realidad?" Su voz sonaba espesa, sus palabras apenas podían formarse mientras se perdía en el delicioso tormento del momento.

"Oh. Dios. "Sí", dijo, moviéndose por su cuerpo, sus labios húmedos reemplazando sus dedos.

El Emperador gritó, agarró firmemente la cabeza de la chica con ambas manos. "¡Santo Cristo!"

Ella echó la cabeza hacia atrás, "Él realmente es supremo, ya lo sabe". Ella sonrió. "Tres veces me tuvo".

Su boca se abrió. "Tres... No, eso no es posible".

"Oh, pero lo es. ¡Créame!" Su lengua entraba y salía como una serpiente. "Él vino todo el tiempo. No sé de dónde venía todo".

"Oh, Jesús".

"Luego, después de haber bebido un poco de vino, me dio la vuelta sobre mi espalda, me empujó las piernas hacia atrás y me golpeó hasta la empuñadura".

Lo había pasado ahora, su cabeza moviéndose de un lado a otro como si estuviera sufriendo algún tipo de ataque. Ella lo miró, sabiendo que estaba completamente a su merced. De una manera extraña, esto le trajo placer. Nada que ver con el general, por supuesto, que de hecho la había utilizado, pero no de la forma que ella había descrito. El don de la concubina es embellecer, inventar. Agarró el miembro del Emperador, movió su mano hacia adelante y hacia atrás. "Sabes, cuando le hago esto, no puedo evitarlo".

"Jesús... Jesús, ¿es eso cierto?"

Ella soltó una pequeña risa. De hecho, esto era cierto. El general era asombrosamente enorme, pero era un amante considerado, siempre se tomaba su tiempo, se aseguraba de que ella sintiera el menor dolor posible. Cuando el recuerdo de él vino a ella, dejó que sus dedos cayeran sobre su sexo, buscando su propio placer mientras continuaba pasando la otra mano sobre el órgano inflamado del Emperador. Movió los dedos alrededor de la protuberancia de su sexo, imaginando a Maniakes amándola. Ella gimió de abandono. "No tiene que moverse, todo lo que tiene que hacer es mantenerlo en mí y..." Jadeó cuando el Emperador gritó y eyaculó por toda su mano. El orgasmo había llegado inesperadamente, tan perdida se había vuelto en su propia historia. Ella sonrió, continuó por un momento o dos, provocando su propio orgasmo mientras el Emperador se aflojaba en su puño. Un gran escalofrío la recorrió, como una ola que comenzó entre sus piernas, luego recorrió su estómago y subió por sus pechos. Ella gritó cuando el orgasmo se apoderó de ella, las imágenes del cuerpo del General fusionándose con el suyo.

Agotada, cayó sobre el pecho del Emperador.

Su mano acarició suavemente su cabello rubio. "Creo que te amo, Leoni".

La chica contuvo la respiración. Querido Dios, ¿de dónde vino eso? ¿Podría hablar en serio o todavía estaba borracho? Su mente se aceleró, sin saber qué pensar. Atrapada, empujada hacia atrás en una esquina, pasó por una serie de respuestas diferentes, pero ninguna de ellas pudo enmascarar la enorme sensación de pánico que ahora se apoderaba de ella.

"¿Me escuchaste, cariño?"

Por fin encontró la fuerza para levantar la cabeza y encontrarse con su mirada. "Sí, mi señor."

"¿Y qué tienes que decir?" Él se sentó y ella se recolocó, permitiendo que sus piernas se despegaran de su cuerpo, y se deslizó a su lado. El sofá era estrecho y tuvo que acurrucarse contra él con mucha fuerza para evitar caerse. Él pareció responder positivamente, tomando su cercanía como una señal de que estaba complacida. La abrazó y le besó la cabeza. "¿Eres feliz?"

Sus ojos se pusieron vidriosos con una bruma de total y completo terror. ¿El Emperador, enamorado de ella? "Oh, sí, mi señor".

Miguel le apretó los hombros. "Nunca había sabido nada parecido a lo que siento ahora mismo por ti. Lo que me haces, lo que dices... No puedo imaginarme encontrar a nadie que se acerque ni siquiera".

"Mi Señor, soy una simple sirvienta. Nada más".

"Disparates. Eres mi amante, Leoni. Satisfaces todas mis necesidades. Quiero que te mudes a mis aposentos reales, para poder tenerte cuando quiera".

Leoni cerró los ojos con fuerza y tragó saliva. "¿Y el general, mi señor?"

"Ah, sí, el general". Estiró las piernas. "Naturalmente, puedes seguir viéndolo".

Tuvo que controlarse a sí misma, para dejar de llorar. "¿Mi señor?"

"Bueno, no podemos permitir que te nieguen esa polla, ¿verdad?" Giró la cabeza y le sonrió. "Además, me dará la oportunidad de verlos a ustedes dos en acción".

Sus ojos lo sostuvieron con total incredulidad y durante unos segundos suspendidos fue como si ella hubiera perdido el poder de respirar. Luego, él se inclinó hacia adelante y la besó.

"¿Crees que estará de acuerdo?"

Sus labios se separaron, pero no salió ningún sonido. Era como si el núcleo mismo de su ser se hubiera petrificado.

Miguel sonrió. "Oh, mi dulce chica", la besó de nuevo. "¡Qué diversión vamos a tener!" Dejó caer la cabeza hacia atrás. "Tráeme un poco de vino, ¿quieres?"

Leoni no necesitó una segunda invitación. Se puso de pie, recogió su vestido y miró a su alrededor. Varias jarras y cuencos estaban esparcidos por el suelo. Sin embargo, ninguno parecía contener vino. Esas pocas parejas aún conscientes parecían no estar en condiciones de participar en algo parecido a un discurso inteligente, y cuando se volvió para informar al Emperador que tendría que bajar a las cocinas a buscar un poco más de vino, vio que sus ojos se habían desvanecido, cerrado. Su pecho subía y bajaba con el suave ritmo del sueño. Leoni renunció a una pequeña oración de agradecimiento y cruzó ágilmente la habitación hasta la puerta.

El escita en la entrada levantó la palma de su mano, "Lo siento señorita. Tenemos órdenes. Nadie debe irse".

Ella miró boquiabierta al hombre. "Pero tengo un mensaje importante que transmitir".

"Lo siento. Sin excepciones".

Ella se erizó de indignación. "El Emperador me ha dado órdenes expresas para permitir..."

"Esta noche no, señorita". Y con eso, el guardia la empujó suavemente hacia adentro y cerró la puerta.

Leoni se quedó un momento, mirando sin pestañear la superficie de madera de la puerta. Sintió que se le revolvía el estómago, mientras el pánico aumentaba una vez más. Tenía que salir; tenía que hacérselo saber al general. Todo había salido desesperadamente mal. ¿Ser la concubina del Emperador? Eso nunca fue parte del plan. Para estar preparada para él, día y noche, la sola idea le trajo la bilis a la garganta. No, esto nunca podría ser, tenía que haber otra forma. Pero no importa cuánto lo intentara, no podía pensar en nada que pudiera funcionar. Cuando recordó las palabras del Emperador, el odio y la repulsión invadieron su mente. "Oh, mi dulce chica, ¡qué diversión vamos a tener!" ¿Diversión? Santa Madre, la diversión tendría muy poco que ver con cualquier cosa que ocurriera entre ellos. El pensar en él, gruñendo y gimiendo encima de ella... Leoni presionó su cabeza contra la puerta y lloró.

18

La mañana era helada, cortando profundamente los huesos de Hardrada mientras estaba de pie en el patio, esperando que el joven soldado, Andreas, hiciera acto de presencia.

Los guardias habían llegado temprano, sacándolo de la celda sin ceremonia, sin darle tiempo siquiera para despedirse de sus compañeros. Tan pronto como lo dejaron en el patio, volvieron a sus deberes, dejando que el vikingo respirara el aire fuerte y envolviera sus brazos alrededor de su pecho, tratando de hacerse lo más pequeño posible. Su aliento se hizo vapor y maldijo a todos y cada uno por no darle la oportunidad de recoger su capa.

Impresionado por el silencio que reinaba en todas partes, la atmósfera de amenaza e intimidación había desaparecido, reflexionó sobre las multitudes que habían desahogado su ira en las calles, todas dispersas. Era como ellos. Griegos de Bizancio. Tan volubles, mansos, que aceptan la autoridad. Ciertamente podían gritar cuando las cosas no iban bien, pero la promesa de más pan, o la posibilidad de una carrera de caballos hacía que todo el patético lote de ellos volvieran a sus casas contentos.

Hardrada carraspeó y escupió en el suelo. Malditos sean todos, grupo decadente que eran. ¿Conquistadores del mundo conocido? ¡Dios nos proteja de esos debiluchos!

Una pisada que se acercaba le hizo volverse y se tensó al ver quién era. Si hubiese tenido un arma, podría haberla sacado.

George Maniakes, general de los ejércitos del norte, un hombre con el que había luchado en contra y junto a él. Considerablemente talentoso, inteligente y despiadado en sus tratos con los enemigos derrotados, Maniakes se había ganado el respeto a regañadientes del vikingo. Sin embargo, Hardrada no confiaba en el hombre hasta donde lo conocía, y mientras se acercaba, Hardrada se erizó.

"Buenos días, Hardrada. Estás en forma y bien, por lo que veo".

Hardrada bajó levemente la cabeza, pero nunca dejó que sus ojos se apartaran del rostro del general. Conocía demasiado bien su reputación de traición y engaño. "General".

Maniakes respiró hondo, "Por Dios, hace frío. ¿Tienes frío, Hardrada? Se te ve".

"Estaré bien una vez que esté en mi caballo y lejos de este lugar".

"Mmm… Bueno, los mozos estarán aquí en breve con sus monturas. Sin duda tendrán suministros, tal vez un abrigo. Lo necesitarás para el lugar al que te diriges. Las fronteras del norte pueden estar heladas en esta época del año".

"Sabe mucho sobre a dónde voy".

Maniakes se encogió de hombros. "También sé que debes tener éxito, mi viejo amigo". Miró a su alrededor. ¿Comprobando quizás que no había nadie al alcance del oído? Hardrada no lo sabía, pero sospechaba que estaba a punto de servir otro engaño. "Tienes que volver, vivo. La turba estaba salvaje anoche, irrumpió en el arsenal de la ciudad en un momento. Tuvimos que llamar a la guardia del palacio. Eso no ha sucedido en años. Afortunadamente, no mataron a nadie, pero los pacificamos, les hicimos la promesa de un festival, para conmemorar la misa inaugural del Emperador. Es gracioso", soltó una breve carcajada, "eso fue lo que los provocó en primer lugar. ¿Sabes que el Emperador tropezó? Luego blasfemó... En la iglesia". Sacudió la cabeza. "A la gente no le gusta eso. Respetan la virtud, el honor y la lealtad. Creo que creen que Miguel no posee ninguno de esos rasgos".

"¿Qué cree usted, general?"

"¿Yo? Lo que creo no tiene nada que ver con eso. Soy simplemente un soldado, viejo amigo. El comandante de las espadas y lanzas que protegen este gran Imperio. En este triunvirato, que ahora gobierna Bizancio, soy el menor de los tres".

"Eso lo dudo".

"Bueno, eso es muy amable de tu parte, pero me temo que es verdad. Orphano es el verdadero poder, con Miguel como figura decorativa. Los soldados, como bien sabes, tienen un solo propósito. Una vez que se ha cumplido ese propósito, se dejan de lado".

"La gente lo conoce por lo que es, general. Un gran guerrero. He peleado con usted, no lo olvide".

"¿Cómo puedo? Sicilia, ese maldito lugar. Dios mío, te pateé el trasero de varego ese día".

"Soy nórdico, general. No ruso. Puede que les haya pateado el trasero a ellos, pero no el mío".

"No". Maniakes sonrió. "No, no lo hice. Lo siento, viejo amigo".

"Y luego usted dejó que esos bastardos escitas mataran a mis hombres".

Maniakes levantó la mano con el rostro pálido. "¡Agárrate fuerte, Hardrada! Esos bastardos no funcionan para mí. Ellos son los hombres del eunuco, bien pagados y con algunas promesas se esfuerzan aún más".

"¿Todos ellos? ¿No tiene unos pocos que cumplirán sus órdenes?"

"Eres demasiado suspicaz"

"No, he vivido aquí, entre ustedes. Conozco los caminos de la mente bizantina. La traición te resulta tan fácil como atraer abejas en un tarro de miel. ¿O debería ser, como moscas a la mierda?"

El general sopló las mejillas y luego se frotó los brazos enérgicamente. "Maldita sea, hace frío". Sonrió de nuevo. "No voy a esgrimir contigo, viejo amigo. Pero te diré esto... Cuando regreses, mantente en guardia. El éxito puede dejarte abierto. Tu utilidad habrá sido gastada, así que hazte tú mismo *invaluable*".

Más ruido. Hardrada miró a su alrededor y vio que los mozos de cuadra se acercaban, conduciendo dos caballos ensillados y una mula de carga. Detrás de ellos, a una distancia prudencial de la mula, caminaba un oficial bizantino, resplandeciente con una armadura de láminas de bronce, vestido como un *Scutatoi*, un soldado de infantería pesado, hecho que a Hardrada le pareció interesante. No era un soldado de caballería, entonces. Un humilde soldado de infantería. Quizás esto lo haría aún más peligroso, ya que su ambición debe ser grande para que sea elegido para esta tarea, por encima de toda la gran y digna nobleza.

"General". El hombre saludó rígidamente mientras se acercaba a los otros dos. "Es un honor tenerlo aquí, señor, para despedirnos de nuestra misión".

Maniakes sonrió, compartió una mirada significativa con Hardrada y se alejó.

"Parecía amistoso contigo, vikingo".

Hardrada se volvió y miró al joven con mirada escrutadora. "Quiénes son mis amigos", dijo en voz baja, "y quiénes no, solo es de mi incumbencia".

"No tuve intención de ofender".

"Ninguna tomada".

El joven asintió una vez y señaló a la mula. "Hay un abrigo de piel para usted, señor. Suministrado por su Ilustre, John Orphano".

"Sea bendecido"

Si el joven notó el sarcasmo, no dio ninguna indicación. En cambio, tomó la iniciativa, se acercó a la mula y le quitó el abrigo. Lo levantó en sus brazos y lo acercó. "Es de la más maravillosa calidad".

Hardrada lo tomó e instintivamente se lo acercó a la cara, presionó su mejilla contra el suntuoso cuello. Lo que dijo el joven era verdad. El pelaje era cálido, suave, perfecto para un clima tan frío. Con él todavía aplastado contra su cara, miró por encima del borde al bizantino. "¿Y qué hay acerca de ti?"

El joven sonrió. "No necesito tales pertrechos, señor. Soy un soldado de Roma".

Hardrada tuvo que reír. Jugar tales juegos con este chico iba a resultar muy interesante de hecho.

Unos momentos después, se alejaron en la tranquilidad de la mañana, sin nadie que les deseara lo mejor. Vagando por las calles vacías, llegaron a la puerta principal y la encontraron abierta, los guardias de pie como estatuas de piedra, quietos y silenciosos. La gran ciudad de Bizancio, sede del Imperio Romano de Oriente, dormía. Hardrada, con el rostro medio enterrado en la espesa piel de su túnica, mantuvo la mirada fija al frente. De todos modos, no tenía tiempo para despedidas. La ciudad había sido su hogar durante un puñado de años, pero hogar era una palabra que él tampoco era partidario en usar. No significaba nada para él, tener tanta sustancia como una bola de nieve en una olla. Nunca se había considerado sentimental. De hecho, esos pensamientos delataban debilidad, y la debilidad no era una emoción que se podía permitir. La emperatriz casi le había hecho olvidar quién era, pero su indiferencia lo había hecho volver. Sin embargo... Cuando la gran puerta se cerró con un estruendo detrás de él, reinó en su montura y se retorció en la silla para echar un último vistazo.

A solo unos metros de la entrada, tuvo que esforzarse para mirar hacia arriba. Los poderosos muros de Constantinopla se elevaban, diez metros de altura, del color del oro bruñido, grandes torres allí erguidas, eternas, poderosas, seguras. Cuando los vio por primera vez, se sintió casi aplastado por su enorme enormidad. Ahora, no tenían nada para él más que arrepentimiento. Debería haberse ido hace años, tan pronto como tuvo suficiente dinero. En cambio, había permitido que la codicia se apoderara de él y ahora Orphano se había apoderado de ese dinero. Puede que nunca lo vuelva a ver.

"Es hermosa, ¿verdad?"

Hardrada se sobresaltó al oír la voz de su compañero. Se había olvidado momentáneamente que no estaba solo.

"Como una mujer, te atrae. Luego, cuando te tiene, te da la espalda y te deja en el frío".

Andreas se movió en su silla e hizo una mueca. "¡Solo he estado en esto menos de dos minutos y ya mi trasero se siente como si lo hubiera partido la polla de un nubio!"

Hardrada hizo una mueca, "¡Santa Madre, muchacho! ¿Tienes que hacer eso?"

Andreas se rió. "No se preocupe, ¡no es algo en lo que haya participado! Solo utilizo algunas bromas amistosas en el cuartel". Su rostro se endureció. "Y por favor no me llame" chico". Señor".

"Lo suficientemente justo. Pero solo si dejas de llamarme "señor". No soy tu comandante. Soy un guardia varego. ¿Tú eres...?"

"Un soldado de infantería". Tiró de las riendas, dio la vuelta a su montura y le dio una patada en los flancos. El caballo exhaló un gran suspiro humeante y avanzó. "Nunca sabré por qué me eligieron para esta misión. Nunca antes en mi vida había montado más del ancho de una calle".

Hardrada espoleó a su propio caballo para que lo siguiera. "Yo mismo soy un gran experto. No confío en los caballos, nunca lo he hecho. Es el vikingo que hay en mí. Montamos en ponis para la batalla, luego desmontamos para luchar a pie".

"Al menos usted ha cabalgado".

"Bueno, tenemos mucho por delante. Todo el camino a través de Tracia, hacia Nicópolis. Será largo y frío".

"Y peligroso".

Hardrada miró a su compañero. Sabias palabras para alguien tan joven. "De hecho lo será", y espoleó a su montura a un trote constante dejando atrás las magníficas murallas de la ciudad capital de Bizancio.

Miguel entró en el gran salón, adyacente al Palacio Imperial, donde los escritorios estaban dispuestos, fila tras fila. Detrás de cada uno, un escriba calvo trabajaba en varios documentos. El único sonido, aparte de la tos ocasional, el raspado de bolígrafos sobre el velo. El Imperio más ordenado de la tierra estaba trabajando, manteniendo los engranajes bien engrasados. Mientras recorría uno de los pasillos, Miguel se preguntó si esto era realmente lo que quería. Las trampas de ser emperador tenían muchas ventajas, siendo rico el más grande. Esta vorágine de burocracia, sin embargo, no era algo en lo que hubiera pensado, ni siquiera sabía que existía. Para cuando llegó al fondo del pasillo, estaba empezando a dudar seriamente de su idoneidad para continuar. Entonces Orphano se acercó a él, con esa sonrisa aceitosa rezumando por su rostro. "Alteza. ¿Está usted enfermo?"

Miguel parpadeó. "¿Enfermo? No, no estoy enfermo, solo..." Dejó la frase colgando, sin terminar, en el aire. Echó otro vistazo a las apretadas filas de escritorios. "¿Qué es lo que hacen, Orphano?"

"¿Hacer, Alteza? Ellos administran. Sin este ejército de escribas y escribanos, el Imperio no funcionaría. Somos el Imperio más grande del mundo, Alteza, con nuestros territorios que se extienden a lo largo de la cuenca del Mediterráneo, hasta el este de la India y hasta el oeste de Italia. Imagine la complejidad de tal empresa, los idiomas, las costumbres, las creencias de todas las personas sobre las que usted, Majestad, tiene dominio. Hay que mantenerlo, cuidarlo, *amarlo*. Como un tigre cautivo, debemos asegurarnos de que tenga todo lo que necesita para vivir una vida plena y feliz. Si no hacemos estas cosas, como el tigre, se volverá contra nosotros, tal vez incluso nos devorará".

El Emperador sacudió la cabeza. Estaba profundamente preocupado. "No tenía idea de esto, Orphano. ¡La complejidad, como la has descrito, es abrumadora!"

"Majestad", la sonrisa de Orphano se volvió más paternal, y Miguel realmente creía que el hombre realmente tenía corazón después de todo. "Usted tiene trabajando para usted a todo estos hombres. Eruditos. Dedicados, de confianza. Muchos de ellos elegidos a mano por mí. Son expertos en lo que hacen y, lo que debe recordar es que todos trabajan para usted, Majestad. No tiene que preocuparse".

"Pero la responsabilidad, Orphano... No estoy seguro de poder..."

"Si puedo ser tan audaz, Majestad". Orphano tomó al joven emperador por el hombro y se lo llevó, fuera del alcance del oído de cualquier oyente curioso. "Estoy aquí para ayudarle en lo que sea necesario. George Maniakes controla su ejército, yo controlo la maquinaria del gobierno. Somos sus amigos. Estamos aquí para ayudarlo a usted y al Imperio a prosperar. Relájese, Majestad. Estás en el cargo más privilegiado del mundo conocido: ¡Usted es el Emperador de Roma! Piense en su herencia, en todos esos grandes hombres que le han precedido. ¿No crees que ellos también tenían dudas, preocupaciones, incluso miedos? Por supuesto que lo tuvieron. Encontraron la solución y se rodearon de hombres de calibre que los ayudaban en las oficinas de gobierno. Lo mismo le pasa a usted, Majestad. Confíe en mí".

"¿Roma tuvo todo esto?" Su mano ondeó a través del ejército de escribas.

"De manera similar, pero quizás no tan sofisticada. Roma era inmensa, grandiosa y poderosa, pero tan vasta que supervisar los muchos problemas que le sucedieron se convirtió en una tarea imposible. Hacemos las cosas de una manera mucho más organizada, Majestad. Nuestro sistema de comunicación es el mejor que existe, y nuestros numerosos vínculos comerciales mantienen al Imperio rico e ingenioso. Hemos eclipsado incluso a Roma, Majestad. Y ahora usted está a la cabeza".

Michael se mordió el labio inferior mientras consideraba las palabras de Orphano. Las palabras tenían la intención de tranquilizarlo, pero solo sirvieron para aumentar su sensación de ansiedad. Creía que todo iba a ser tan simple, y que todo lo que tendría que hacer era sentarse, sonreír y dejarse colmar de riquezas. Él era el representante de Dios en la tierra, entonces, ¿por qué se sentía tan inadecuado? Dejó escapar un profundo suspiro. "Agradezco tus palabras, pero hay una cosa, una persona que falta en tu lista, Orphano. El Patriarca, Alexius. Necesito su bendición para confirmarme como cabeza suprema a los ojos de Dios. Necesito eso más que cualquier otra cosa".

"Y lo hará, Majestad. Tan pronto como Hardrada regrese con él".

Michael sacudió la cabeza, "No confío en él, ese varego. Nunca lo conocí, pero todo lo que escuché, todo lo que otros me dijeron me lleva a una sola conclusión. El hombre busca una persona y una sola: él mismo".

"Eso es como podría ser, pero traerá de vuelta al Patriarca, no se preocupe. Lo tengo exactamente donde lo quiero. Lady Zoe es mi carta de triunfo en ese sentido".

"Sí. He escuchado los rumores". De hecho, Miguel había escuchado los rumores, a menudo había sentido que debía confrontar a su tía adoptiva acerca de ellos. No hace mucho, ella era la emperatriz, casada con el predecesor y tocayo de Miguel, Miguel IV. La idea de que Hardrada y ella fueran amantes parecía ser un secreto a voces, para todos, excepto para el ex Emperador. ¿Cuál habría sido su reacción? Se preguntaba Miguel.

Quizás sería un poco como su propia reacción a las relaciones de su amante con Maniakes. Se puso la parte superior de la bata alrededor de la garganta, el calor subió de su cuello cuando tuvo una imagen repentina de Leoni, su cuerpo desnudo, extendido ante él, esperando. Luchó por guardar la imagen; No tenía sentido pensar en eso, ciertamente no a esta hora del día. El aire de la mañana era frío y le ayudaba a mantenerse despierto y a no pensar en la debilidad de su carne. Devolvió la conversación al problema en cuestión. "Este soldado al que has ordenado que acompañe a Hardrada, ¿puedes confiar en él?"

"Uno de los hombres más capaces a su servicio, Majestad".

"Ellos deben haber comenzado temprano".

"Sí. Antes de que miradas indiscretas pudieran sumar dos y dos, ¡y sumar cinco!"

"¿Cuánto tiempo les tomará?"

"Eso es difícil de decir. Quizás cuatro días para llegar al puesto fronterizo, un día para organizar su regreso... Poco más de una semana, si todo sale según lo planeado".

"¿Y si no es así? Escuché que todavía hay bandas tracias corriendo por las montañas del norte. No sería prudente cruzarse en su camino".

Orphano frunció el ceño. "Su Majestad está bien informado. Pero, mientras se mantengan en los caminos más transitados, no deberían encontrarse con ningún miembro de la tribu".

Miguel asintió. "¿Y el compañero de Hardrada? Un oficial del ejército, pero no uno que yo conozca. Uno de los más capaces dijiste".

Orphano redujo la velocidad, como si considerara sus palabras con detenimiento. "Sí, Majestad, tal como dije. Un joven teniente, leal y muy hábil".

"¿Quién conoce las carreteras principales?" Miguel se volvió para irse. "¿Uno de tus hombres es él, Orphano?"

"¿Alteza?"

"No importa. De hecho, es ahora que lo pienso", de nuevo, hizo un gesto con la mano sobre las filas reunidas de empleados que continuaban trabajando, "sería difícil encontrar un hombre que no sea de los tuyos".

"Majestad, todo lo que hago, lo hago por usted".

"Orphano", Miguel le dio un ligero golpe en el pecho al eunuco, "la única persona en la que piensas es en ti mismo. Hardrada y tú tenéis mucho en común". Hizo una pausa antes de alejarse y se permitió una amplia sonrisa cuando vio la expresión de horror en el rostro de Orphano. "Una última cosa. La señora Zoe. La voy a enviar lejos".

"¿Lejos?" Orphano dio un paso hacia su Emperador, todos los esfuerzos por mantener la calma, en control, se desvanecieron. "Su Majestad, tenemos que hablar de esto, antes de que usted..."

"¿Antes de qué, Orphano? ¿Que haga algo precipitado, cometa un error?"

"Majestad, Lady Zoe es una parte integral de nuestro plan. La necesitamos para conseguir el apoyo del pueblo".

"El *pueblo*, Orphano, hará lo que se le diga. Estoy organizando una semana de juegos para ellos. Carreras de caballos, obras de teatro, festivales. Yo proporciono todo el vino y la comida".

"El Patriarca, Majestad, no se alegrará de que Zoe no esté aquí".

"Bueno, no lo sabrá, ¿verdad? Todo lo que necesito es su

bendición; todo lo demás se pondrá en su lugar, fíjate en mis palabras".

"Majestad, tengo que rogar por diferir. Lady Zoe..."

"¡Ya no es asunto tuyo, Orphano! Se han hecho los arreglos. Eres muy bueno con la burocracia, Orphano. En la *administración*. Para la acción, la previsión... No busques más allá de tu Emperador". Con una gran floritura de su túnica, Michael se dio la vuelta y atravesó el gran salón, desapareciendo por la salida en el otro extremo sin volver a mirar. .

Después de cerrar la puerta detrás de él, Michael se apoyó en ella con los ojos cerrados. Respiró con dificultad, tomándose el tiempo para controlar su corazón palpitante. ¡Se había enfrentado a Orphano y había triunfado! Todos sus miedos, ansiedades, todo derrotado al fin. Se sentía increíblemente orgulloso de sí mismo y no pudo evitar reír, tan feliz como un niño que acababa de descubrir todo lo que siempre había querido debajo de su almohada en la mañana de su cumpleaños. Victoria. Que dulce era.

No estaba seguro de poder lograrlo. Había ensayado sus palabras una y otra vez, parado frente a un espejo de acero, repasando posibles respuestas y reacciones. Orphano se había quedado atónito ante la noticia del exilio de Lady Zoe. Qué golpe maestro, coser tanta confusión dentro del Orphano generalmente imperturbable, algo que llegaría a consumirlo. ¡La idea en sí era deliciosa! La carta de triunfo. Enviar a Zoe lejos, fuera del centro de atención, para pasar sus últimos años miserables, lejos de la vista del público, exactamente lo que necesitaba para asegurarse el trono para sí mismo. Sin vestigios del pasado. Un nuevo comienzo. La gente se olvidaría, siempre lo había hecho. Un grupo voluble, la mafia. Los romanos sabían cómo lidiar con ellos. Juegos y pan. Bueno, puede que no tenga los viejos juegos de gladiadores, pero tenía la siguiente mejor opción: carreras de caballos. La gente las amaba, amaba apostar en sus equipos favoritos, sus jinetes estrella. Estarían tan borrachos con todo, la comida, los buenos vinos, la atmósfera de abandono, que pronto Zoe no sería nada para ellos. Un recuerdo. Eso era todo. Satisfecho con cómo había ido todo, Miguel casi se salta el camino por el pasillo hacia una de sus muchas oficinas de estado.

Orphano, furioso, se mordió el interior de la mejilla. ¡Maldita sea su impertinencia, el miserable cachorro! ¿No sabía Miguel que al enviar a Zoe lejos, podría poner en peligro todo el plan? Tan pronto Alexius se enterase, no apoyaría a Miguel, más que a un Ostrogoth para que se convirtiera en emperador. ¿Y luego qué pasaría? Más disturbios, quizás incluso un levantamiento. Con Hardrada de vuelta en la ciudad, con sus Varegos y Zoe fuera de aquí, sería una virtual revolución.

Se detuvo, y de repente toda la tristeza desapareció de su mente, sus hombros se enderezaron y sonrió.

¡Por supuesto, eso era todo!

¡El idiota había creado el escenario ideal! ¿Por qué no lo había pensado antes? Su propio plan estaba, de hecho, lleno de peligro e incertidumbre. A través de un puro accidente del destino, Miguel había proporcionado la solución perfecta a todo el miserable problema. Orphano juntó las manos y se las frotó con júbilo. Algunos de los empleados cercanos levantaron la vista de su trabajo y fruncieron el ceño. "¡Todavía no es la hora de descanso, muchachos! ¡Sigan trabajando! ¡Tenemos un Imperio que dirigir!"

Poco a poco, algo más comenzó a moverse dentro de él. El plan de Miguel solo funcionaría si Orphano se comunicaba con Andreas. Eso resultaría difícil. Se habían ido, Hardrada y el oficial bizantino, durante casi la mitad de la mañana. Un hombre en un caballo veloz podría alcanzarlos. Era una oportunidad, pero podría funcionar. Chasqueó los dedos a un empleado cercano, que se acercó arrastrando los pies hacia él. Ve a buscar al comandante varego. Crethus. Dile que ensille un caballo, con provisiones para dos días, y que se reúna conmigo en la puerta de la ciudad dentro de una hora".

El hombre inclinó la cabeza y se alejó al trote. Orphano sintió que su corazón latía con fuerza. Podría funcionar. Podría.

19

El golpeteo en la puerta hizo que Zoe corriera por la habitación con cierta alarma. Todas sus criadas se detuvieron y miraron, intercambiaron miradas. Era inusual que su amante mostrara tanta prisa. Cuando la emperatriz abrió la puerta, todas entendieron.

Crethus inclinó la cabeza, echó un rápido vistazo a su alrededor y la sacó al pasillo.

"¿Qué estás haciendo? Te he estado esperando para..."

Presionó su boca contra la de ella. Completamente desconcertada, ella se derritió en sus brazos cuando sus labios rodaron alrededor de los suyos. Dejó escapar un pequeño gemido, ya que su estómago simplemente se convirtió en agua.

Luego, de forma igualmente inesperada, se retiró. Ella jadeó, parpadeó un par de veces y se las arregló para murmurar: "¿Qué está pasando?"

"No tengo mucho tiempo", dijo en voz baja. "Me han ordenado que me vaya, solo por unos días".

"¿Dónde?"

"No lo sé todavía. Orphano se reunirá conmigo en las puertas. Pero escucha", la apartó de la puerta, por si acaso alguien pudiera tener la oreja presionada contra ella del otro lado. "Algo está pasando. No sé qué. Lo veo en la forma en que la gente corre por los pasillos, con los ojos desorbitados, como si estuvieran en llamas. Quiero que te quedes en tus habitaciones. No confíes en nadie". Ella fue a hablar, pero él presionó su dedo índice contra sus labios. "Cuando regrese... No sé cómo, pero te alejaré de todo esto".

"Crethus, por favor... Estaré a salvo, no te preocupes. Solo asegúrate de regresar sano y salvo".

"Lo haré, no tengo miedo de eso. Mientras tanto..." Se inclinó hacia delante y la besó de nuevo, luego le sostuvo los ojos con una mirada de tal nostalgia que casi se desmaya. La agarró por la cintura. "Sé que este no es el momento o el lugar perfecto... pero, tienes que saber..." Ella sostuvo su mirada, sin atreverse a respirar, preguntándose qué pasaría después. "Te amo", dijo, y luego se dio la vuelta y salió corriendo, desapareciendo antes de que ella tuviera la oportunidad de responder.

Primero se le doblaron las rodillas y tuvo que extender una mano contra la pared para evitar caer.

¿Amor? Levantó la mano para apartar un mechón de cabello, le temblaban los dedos. ¿Cómo pudo...? Era una tontería suponer siquiera que un hombre como él hubiera permitido que su corazón se derritiera. Y, sin embargo, había dicho las palabras. ¿Podría ser realmente cierto que ella lo había conquistado tan completamente? Tantas veces en el pasado, tantos hombres, Hardrada entre ellos. Sentía algo por el vikingo, pero esto... Hardrada nunca le había dado ninguna razón para suponer que él sintiera algo más por ella que lo que generaba su acoplamiento físico. Él *la necesitaba*, la anhelaba, la deseaba, pero ¿amor? No, eso era algo tan extraño para los vikingos como el aire para un pez. Crethus, por otro lado, había demostrado ser mucho más hombre. Apasionado y amable. Amar, en el verdadero sentido de la palabra.

Zoe sonrió, apretó la espalda contra la pared y miró hacia el techo. Un maravilloso resplandor cálido se extendió desde el interior de su barriga, invadiendo todo su ser. ¡Todo se sintió increíblemente delicioso!

La puerta se abrió y ella se sobresaltó, giró la cabeza para encontrar tres caras ansiosas asomándose desde el interior de la habitación. Sus tres doncellas.

"¿Señora?" Dijeron al unísono.

"No se preocupen, mis pequeñas", dijo Zoe y se acercó a ellas, extendiendo los brazos para recibir a las tres mientras caían sobre ella y se acurrucaban todas juntas.

Una de ellas preguntó: "¿Está bien, señora?"

"Estoy mejor de lo que me había sentido antes".

Otro rió y se volvió hacia el tercero. "¿Escuchaste eso, Leoni? ¡Nuestra ama se siente mejor que nunca!"

Leoni sonrió y apretó más el rostro contra el pecho de la emperatriz. "Eso me hace tan feliz, Majestad... Muy feliz".

El general se estaba ajustando el cinturón de la espada alrededor de su cintura cuando la puerta de su oficina se abrió y Leoni entró. Él la miró boquiabierto, furioso de que ella entrara sin previo aviso. Sin embargo, antes de que pudiera hablar, ella corrió hacia él, con el rostro enrojecido por la emoción y las palabras saliendo de su boca a un ritmo frenético. "Perdóneme por la intrusión, milord, pero la emperatriz... Por favor, sólo tengo un momento. Ella está enamorada".

"¿Qué?" Maniakes lo tomó dos veces, su ira disminuyó cuando la curiosidad se apoderó de él. "¿De qué diablos estás hablando?"

"Es el escita gigante. Crethus. Ha capturado el corazón de Milady. Lo sé, ¡ella nos lo dijo!"

"¿El gigante...?" Maniakes dejó vagar sus pensamientos por

un momento. Esto era realmente una noticia. Se pasó una mano por el pelo. "Dime exactamente lo que dijo".

"Él vino a su habitación y ella parecía estar esperándolo. Tan emocionada que estaba. Se apresuró a acercarse, con la cara enrojecida y llena de felicidad. Luego, ella salió con él. No pudimos escuchar lo que conversaron, pero después de un momento ella regresó. Ella sonrió tan ampliamente y estaba tan llena de alegría, simplemente nos reunió y nos dijo a todas: que él había jurado su amor por ella, que se iría pero, cuando regresara, estarían juntos".

"¿Ella dijo qué? Como Emperatriz de un sistema que está lleno de serpientes acechando en cada sombra, me sorprende que ella esté tan persuadida. Entonces… quiero que estés absolutamente segura, Leoni. ¿Ella dijo esas mismas palabras, *estarían juntos*?"

"Sí, mi Señor, lo juro. Luego se acercó a su cama y se tiró sobre ella, riendo como una niña, enamorada por primera vez".

"Bueno, me condenaré". Apretó las mejillas de la niña entre sus dedos y la besó. Buena chica, Leoni. ¡Buena chica!"

Ya era mediodía cuando Crethus subió a la silla de su corcel. Orphano estaba a su lado, sujetando las riendas, acariciando el cuello del caballo de vez en cuando. "Tendrás que montar duro", dijo, con la mirada más fija en el caballo que en Crethus. "No te demores, ni te detengas más que unos momentos. Debes adelantarlos, entrégale mi nota al oficial". Extendió la mano, que sostenía un pequeño rollo de pergamino, con el sello intacto. "Esta es. Para nadie más, ¿me entiendes?"

"Si señor". Crethus tomó el pergamino y se inclinó hacia atrás para guardarlo en una de sus alforjas. El estado de ánimo de Orphano lo sorprendió. El hombre siempre era brusco, pero ese día parecía casi asustado. Ciertamente, la urgencia de esta misión era algo que le daba un grado de importancia que

Crethus no había encontrado antes. El estado de agitación del hombre le daba más fuerza a esta idea. Crethus no había experimentado este tipo de urgencia desde la noche en que lo habían llamado a los aposentos privados del General, para recibir las órdenes secretas de atacar a los nórdicos Varegos en la noche, dominarlos, castrarlos y darlos por muertos. Todos los Varegos habían muerto, salvo Hardrada y sus lugartenientes inmediatos. Crethus lo recordaba ahora, sentado allí en ese caballo, su mente aliviando la forma en que todo sucedió, esa noche algo de su peor pesadilla. El horror de eso, la sangre. Había peleado muchas veces, visto muchas cosas terribles, pero esa noche... Ver guerreros como esos, castrados, los gritos, la agonía... Se estremeció.

"Si tienes frío", dijo Orphano, apretando los dientes, "es mejor que sigas tu camino, conduce rápido y no mires atrás".

"Mi señor". Crethus volvió a pensar en el presente, tomó las riendas y espoleó a su montura, que se puso al galope antes de que hubiera atravesado las puertas de la ciudad.

El camino desde las puertas de la ciudad serpenteaba ante él, dividiendo en dos la llanura periférica, subiendo por las colinas y perdiéndose en la distancia. Bien mantenida, la carretera era otro de esos grandes legados romanos, un testimonio de los antiguos ingenieros que tanto le habían dado al mundo. Los bizantinos se esforzaron por continuar en la misma línea, preservando la gloria de Roma para todas las generaciones. Crethus sabía, sin embargo, que esas antiguas maravillas eran así de antiguas. Ahora no había nada nuevo. Excepto el fuego griego. Los romanos habían tenido cerdos incendiarios, pero el fuego griego, eso era lo que mantendría a los lobos alejados de la puerta. Hasta que, es decir, los lobos se volvieron tan abundantes que ni siquiera su infinito ingenio pudo salvar a los bizantinos. Crethus no tenía idea de cuál era el plan de Orphano, y no tenía intención de romper el sello para leer las palabras del pergamino, a pesar de que podía. Sabía leer, un secreto que guardaba para sí mismo. Era mejor parecer ignorante, era más seguro así. Y mejor ignorar lo que Orphano había escrito para Andreas. Fuera lo que fuera, Crethus sabía, más que nada, que significaba problemas para Hardrada. La razón por la que seguía vivo era un misterio, pero tal vez esta carta aceleraría su final. Al menos, esa era la esperanza. Porque sabía, aunque no se había dicho nada, que Zoe todavía sentía algo por el vikingo. Para quitarlo o sacarlo de la imagen por completo, Crethus no podría desear nada más.

Con la mirada fija en el horizonte lejano, encogió los hombros y espoleó a su caballo hacia adelante.

El mensajero se encontró con el general mientras bajaba los escalones de su cuartel general. Maniakes pudo ver por el estado de agitación del hombre que era el portador de noticias importantes. "¿Qué es?"

"Su Excelencia John Orphano solicita su presencia, señor".

"¿Lo requiere ahora mismo?"

"Sí, señor".

"Inmediatamente, no debería extrañarme".

"Él solicita cortésmente que lo atienda en sus aposentos privados, a la mayor brevedad, señor".

Maniakes infló las mejillas. A veces se preguntaba si Orphano alguna vez se daba cuenta de cuán pesada sería su posición sin el apoyo del ejército. Miró la cabeza inclinada del mensajero, "Bueno, en ese caso, será mejor que me lleves con él".

Cruzaron la gran plaza y se deslizaron por una de las arterias principales que atravesaban el centro de la ciudad hacia los baños de Zeuxippus y la Casa del Senado. Señaló con la cabeza a varios senadores que se mezclaban en el aire frío, todos los cuales tuvieron la gentileza de reconocerlo. Esto le dio a Maniakes un poco de buen humor. Su reputación estaba asegurada, ya que había mejorado a los búlgaros unos años atrás. Sus superiores sociales, sin duda a regañadientes, sabían permanecer a su favor, y Maniakes sonrió mientras atravesaba las puertas y entraba en el complejo del palacio.

La inmensidad del lugar siempre lo sorprendió. Los majestuosos edificios del estado, brillando incluso ese día gris, permanecen como recordatorios eternos de que este era el centro del mayor imperio de la tierra. A su alrededor había un mar de verdes, canelos y olivos, entre los que se sentaban decenas de mansiones, capillas y jardines. Orphano, que tenía habitaciones en el grupo de apartamentos privados al oeste del complejo Royal Bodyguard, realmente debería haber trabajado en el palacio del Gran Chambelán, pero siempre había tenido miedo de los intentos de asesinato y prefería mantener un perfil lo más bajo posible. Entonces, sus habitaciones eran pequeñas, privadas y sin pretensiones. No es que lo que sucedió dentro fuera ordinario. Lejos de ahí. Mientras Maniakes caminaba por la entrada principal, el olor a decadencia invadió sus fosas nasales casi instantáneamente e instintivamente se quitó el pañuelo y lo sostuvo contra su nariz.

"¿Qué es ese hedor infernal?"

"Creo que es simplemente jazmín, señor".

"Bueno, apesta. ¿En qué habitación está?"

El mensajero, horrorizado por las duras palabras del general, señaló con un dedo tembloroso un conjunto de grandes puertas dobles a la izquierda. Maniakes gruñó y siguió adelante, haciendo señas al hombre para que se alejara.

"Bárbaro", murmuró el hombre y se escabulló lo más rápido que pudo.

Orphano estaba en la habitación trasera, sumergiéndose en una enorme bañera cuadrada. A su alrededor, incienso de diferentes tipos, quemado en sus grandes soportes de metal negro, columnas de humo perfumado en espiral hacia el techo. Una espesa capa de jazmín yacía esparcida alrededor de la bañera, una alfombra perfumada sobre la que Orphano podía pisar. Dos jóvenes, probablemente no más de dieciocho o diecinueve, se sentaron junto al eunuco en el agua blanca como la leche, masajeándolo suavemente con grandes esponjas llenas de jabón. Orphano, con los brazos extendidos a lo largo de la parte superior de la pared del fondo del baño, tenía los ojos cerrados, una expresión de indudable éxtasis en su rostro rubicundo.

Maniakes se quedó mirando por unos momentos, con los brazos cruzados, dando golpecitos con los pies. Por fin, incapaz de esperar más, tosió con fuerza.

"Ah, mi buen amigo el general", gritó Orphano, con los ojos abiertos de golpe. "Bien por tu parte por venir".

"Su mensajero dijo que era urgente".

"¿Él lo hizo? Bueno, sí, supongo que lo es". Hizo un gesto con la mano a los jóvenes para que se alejaran y los observó mientras sus cuerpos ágiles y musculosos salían del baño. Ambos estaban desnudos, sus grandes miembros colgando entre sus piernas. Orphano se humedeció los labios mientras los bebía. "Chicos, no vayan muy lejos".

Ambos se rieron, intercambiaron miradas con los ojos muy abiertos y luego salieron corriendo. Uno de ellos miró al general, quien le devolvió el ceño fruncido.

"Debe perdonar mis pequeños deseos y necesidades, general". Orphano se puso de pie. El contraste entre su cuerpo corpulento y barrigón y los cuerpos delgados y duros de los jóvenes era marcado. Orphano pareció imperturbable mientras se liberaba del baño, dejando que el agua goteara de su cuerpo, estirando los brazos y dejando escapar un largo y lujoso suspiro de total satisfacción. Parecía disfrutar exponiéndose, aunque Maniakes no podía empezar a comprender por qué sería así. El miembro diminuto de Orphano apenas era visible entre los rollos de grasa alrededor de su ingle. Maniakes dudaba que el hombre pudiera lograr una erección. No sabía nada sobre las razones de su castración, todo lo que sabía era que a un hombre sin huevos le resultaba imposible emparejarse con una mujer. ¿Pero chicos? Quizás eso le daba algo de placer a Orphano, pero no deseaba insistir en la idea. Le repugnaba y la vista de esta criatura hinchada le hizo subir la bilis a la garganta, lo que le obligó a apartar la mirada, fingiendo buscar una silla en la que sentarse.

Habiendo encontrado uno, se tomó su tiempo para agacharse sobre el frío mármol de un banco de dos plazas. Cuando miró hacia arriba, vio que Orphano, afortunadamente, se había envuelto en una bata de toalla y Maniakes descubrió que ahora podía mirar al hombre una vez más sin sentirse enfermo. "¿Va a decirme lo que quiere?"

Orphano sonrió, "Por supuesto, general. Miguel vino a verme con el germen de una idea que encontré más bien... ¿Cómo puedo expresarlo? *Ingenioso*".

"¿Miguel tuvo una idea ingeniosa? Eso no suena plausible".

"Bueno, por accidente o por diseño, realmente fue el pensamiento más maravilloso e inspirador". Sin dejar de sonreír, se acercó a Maniakes y se dejó caer a su lado. "Nuestro plan original, de enviar a Andreas con el vikingo, de llevarlo hacia el puesto avanzado de Varegos en la frontera noroeste, de permitir que Hardrada convenciera al patriarca de regresar, parecía bueno al principio. A la cabeza de esos Varegos, el vikingo nos daría la seguridad que necesitamos para arrebatarle el control a Miguel". Se frotó las manos. "Lady Zoe estaría allí a su lado, mostrándose a la gente, que se levantaría y enviaría a ese emperador vacilante e idiota que tenemos, al infierno al que pertenece".

"Sé todo esto, Orphano. ¿Qué ha cambiado?"

"Michael está enviando a Zoe *lejos* de aquí".

"¿Qué diablos significa eso, "lejos"?"

"A un monasterio. Dentro de un día más o menos".

"¡No puedes hablar en serio! La gente comenzará..."

"Exactamente, amigo mío. Entonces, he decidido cambiar el

plan. En lugar de llevar a Hardrada con los Varegos, él se encontrará con la muerte en las montañas de Tracia. Serán atacados por esos salvajes miembros de la tribu, y él morirá como un héroe". Orphano se rió. "Entonces Andreas, que milagrosamente logra escapar, continuará hacia el norte, traerá de regreso al Patriarca, solo, y dará la noticia a la gente en el Foro de Constantine. Entonces, apareceremos como los salvadores. Usarás a la Guardia Real para rescatar a Zoe de su destierro y depondremos a Miguel de una vez por todas".

"Entonces, ¿cuál es la diferencia entre eso y nuestro plan original? Ambos tendrán el mismo resultado. Zoe será emperatriz, Miguel será removido, y tú y yo disfrutaremos de la gloria. El Imperio continuará".

"Pero con esos malditos Varegos dando vueltas, haciendo preguntas, ¡Hardrada es demasiado peligroso! Podemos tratar con él y sus hombres en el campo, no en la ciudad. Ni siquiera podemos pagarles, porque Hardrada lo hará. De cualquier manera, no volverán sin Hardrada. Sin él, somos libres de hacer lo que queramos. Zoe estará angustiada, por supuesto que lo estará. Sin duda, no pasará mucho tiempo antes de que encuentre a otra persona que mantenga caliente su cama".

"Ya ella lo tiene".

"¿Eh? ¿Qué quieres decir?"

"Lo que digo. Mira, todo esto está muy bien, pero ¿cómo te propones contarle a Andreas el cambio de planes? Hasta donde él sabe, su misión es asegurarse de que Hardrada haga lo que le dicen, para llevarlo a Alexius. Nada más".

"He enviado un mensajero. Crethus, el comandante de la Guardia Escita y un hombre en quien puedo confiar plenamente. Superará a los demás durante el día, entregará a Andreas el cambio de plan. Hardrada está casi muerto, así que no tendremos más preocupaciones al respecto. Los Varegos pueden quedarse en el norte. ¡Todo está cuidado, mi querido general, con toda mi meticulosa atención al detalle habitual!" Sonrió de nuevo. "Ahora bien, por favor dime lo que sabes sobre Zoe. Estoy intrigado, tal vez un poco preocupado".

"Deberías estar preocupado. Porque, si lo que sé es cierto, entonces es posible que descubras que tus planes se han desmoronado un poco antes de siquiera haber comenzado. En igualdad de condiciones, creo que quizás mantener vivo a Hardrada sería lo más rentable".

"No entiendo tu razonamiento. Explícate".

Fue el turno de Maniakes de sonreír. "El problema es que puede que sepas mucho, pero no lo sabes todo. Tu mensajero y el amante de la emperatriz son la misma persona".

Los ojos de Orphano se agrandaron. "¿Crethus?"

Maniakes asintió. "El mismísimo. Complicado, ¿no es así?"

20

Se detuvieron en un claro, a pocos metros de donde pasaba el río. El sol había asomado su rostro y la tarde se había vuelto agradablemente cálida. Hardrada maneó a los caballos mientras Andreas preparaba la estufa de campamento. Durante siglos más allá de lo imaginable, el legionario romano había llevado todo lo que necesitaba a la espalda. Parecía tener poco sentido cambiar algo tan bueno, así que ahora Andreas, el soldado bizantino, heredero de muchas costumbres del ejército romano, preparó las latas para comer. Sirvió unos guisantes secos y mezcló una variedad de hierbas, se llevó la lata a la nariz y olió. Gruñó de satisfacción y se puso de pie. "Iré a buscar un poco de agua". Hurgó dentro de una de sus mochilas y arrojó un bulto hacia Hardrada, quien lo atrapó en pleno vuelo. "Pedernal y acero", explicó Andreas. "Enciende un fuego, ¿quieres? Por favor".

Hardrada gruñó y recogió algunas ramitas, junto con un poco de hierba seca, ambas en abundancia, ya que no había llovido en semanas, tal vez incluso meses, y la maleza áspera estaba seca como la yesca. Sin mirar hacia arriba, Hardrada se esforzó en hacer una chispa mientras Andreas se dirigía al río.

Fueron necesarios algunos intentos, pero por fin la hierba seca prendió y el vikingo se inclinó para soplar suavemente las crepitantes llamas hasta que estuvo ardiendo. Avivó el fuego con más palos, luego más hasta que pudo calentarse las manos. Feliz con su obra, se balanceó sobre sus talones y miró hacia las llamas, amando la sensación del calor en su rostro. Cerró los ojos y suspiró. Si pudiera permanecer así, simple y sin refinar, sería un hombre feliz. Toda esta intriga, deseo, sexo... Sacudió la cabeza y se frotó la barba. Le picaba por el calor. Podía prescindir de todas las complicaciones de su vida, pero ahora mismo podía prescindir del calor del fuego. Se puso de pie y se estiró, miró hacia abajo a las latas y las llenó con los guisantes secos. Un tipo curioso, ese Andreas. Tranquilo, decidido, como debería ser un soldado de Roma. ¿Cuál era la palabra que usaban para describir a un hombre como él? Sin quejarse, fuerte, valiente probablemente... Estoico, eso era todo. Estoico. Simplemente seguía adelante, no parecía preocupado por los pensamientos. A diferencia de él mismo. Zoe. Ahora había alguien en quien pensar. Esas piernas delgadas y fuertes, buen trasero, la forma en que podía moldear sus manos alrededor de cada regordete y jugoso...

Hardrada abrió los ojos y miró hacia el río. ¿Dónde diablos se había metido ese maldito Andreas? ¿Cuánto tiempo se tardaba en llenar una lata de agua? Estaba a punto de gritar cuando algo lo detuvo. Un pensamiento, minúsculo al principio, solo molesto en el borde de su conciencia. Creció, y con él vinieron los zarcillos de un miedo helado, arrastrándose lentamente por su espalda, jugando en su nuca. Se puso en cuclillas y sacó con cuidado su espada.

Esto no estaba bien; podía sentirlo, sintonizado como estaba con el peligro. Hardrada avanzó, con cuidado en el lugar donde plantaba los pies. Abrió la boca para escuchar mejor y cuando salió de la espesa maleza que marcaba el borde de la orilla del río, se aplastó contra el suelo y avanzó poco a poco.

Desde la ligera subida, podía mirar directamente al otro lado del río y a lo largo de los lados. Andreas no estaba a la vista. El sol se estaba hundiendo en el cielo, pero aún proyectaba su rostro sobre la superficie del río, con rayas plateadas jugando a través del lento meandro. En algún lugar cercano, una garza, o una grulla, voló desde el otro lado de la otra orilla, en busca de su próxima comida. El único sonido era el juguetón goteo del agua al pasar. Hardrada miró el agua. Parecía bastante tranquila y, sin embargo, cuanto más miraba, más podía distinguir remolinos y remolinos, lo que indicaba que, de vez en cuando, poderosas corrientes ocultas acechaban a los incautos. No hubo voces, ningún viento susurrando entre los árboles, solo el suave gorgoteo del río que pasaba. Una noche de otoño perfecta. Y todavía...

Lo vio a poca distancia de la orilla del río. La otra lata, la que Andreas iba a llenar de agua. Yacía allí, de lado, abandonada. Hardrada apretó la empuñadura de su espada con mucha fuerza, miró a la izquierda, luego a la derecha, buscando cualquier señal que pudiera indicar que Andreas había sido emboscado y llevado. Nada. Si alguien había atacado al joven soldado, debían haber sido expertos. No había habido ningún sonido de advertencia y ahora no había pruebas. Se regañó a sí mismo. Bien podría haber habido un sonido, por supuesto, pero estaba tan perdido en sus pensamientos que no habría escuchado el disparo de una ballesta mientras atravesaba el aire. Hardrada se permitió una exhalación de aire, maldiciendo a Andreas por tener que llenar la lata, y al mundo entero en general por meterlo en esta situación en primer lugar. Echó otro vistazo a la orilla del río. Había sucedido, pensó filosóficamente. No podía hacer mucho al respecto ahora; lo que había sucedido, había sucedido. El problema ahora, ¿cómo diablos resolver la situación? No había mucho que pudiera hacer, excepto quizás mostrarse y esperar que los malditos bastardos que habían secuestrado a Andreas intentaran el mismo truco por segunda vez.

Echando la cabeza hacia atrás, lanzó un salvaje grito de batalla y se puso de pie, balanceando su espada por encima de su cabeza, y corrió por la colina hacia la orilla del río.

Se detuvo, respirando a grandes ráfagas, y se preparó, preparado para enfrentar el ataque. Los segundos se alargaron hasta convertirse en minutos dolorosamente lentos. ¿Dónde estaban, malditos sus ojos? Con el cuerpo rígido, se obligó a esperar un poco más. Podrían estar mirándolo, incluso ahora, tal vez incluso nivelando sus arcos sobre su cuerpo. Instintivamente se agachó, los ojos escudriñaron la línea de árboles, luego cruzó el río hasta el otro lado. No había nada ni nadie. Al crujir una rama de la maleza, se dio la vuelta, medio esperando que un grupo de guerreros diabólicos salieran corriendo de los árboles, con las espadas levantadas, pero de nuevo, nada.

Captó un movimiento y contuvo la respiración.

Apareció un pequeño ciervo, con la nariz crispada, probando el aire. Lo vio y por un segundo lo miró fijamente. Luego, salió disparado, desapareciendo como un fantasma entre la vegetación.

Hardrada se permitió relajarse y se enderezó en toda su imponente altura. Esto era más que extraño, era asombroso. Había escuchado historias de duendes y espíritus malignos que acechaban en estas tierras remotas y dispersas, pero siempre las había descartado como cuentos para niños. ¿Podría haber algo de verdad en ellas? ¿Existieron realmente seres más allá de la comprensión de los hombres, cosas que se alimentaban de almas? Su propia gente creía en ellos, antiguas leyendas de monstruos, demonios. ¿Quién iba a decir que no eran reales? ¿Podría ser esto lo que le había sucedido a Andreas? ¿Una bestia mística, invisible, había surgido y se lo había llevado? Los ojos de Hardrada, llenos de lágrimas de terror, vagaron una vez más por la superficie del agua. Un demonio de las profundidades, acechando en las oscuras y heladas profundidades, esperando hambriento, desesperado... Sabía que tales cosas existían. No es un fantasma, es una criatura real. Los egipcios hablaban de monstruos gigantes que vivían en el Nilo, que consumían a la gente entera, sin previo aviso. Tan rápido como un parpadeo, bocas enormes con una serie de dientes afilados que sobresalen, agarrarían a algunos pobres desafortunados, los arrastrarían al fondo del agua turbia y los devorarían.

Él temblaba.

Un único grito quejumbroso, casi un quejido. Se quedó inmóvil, conteniendo la respiración, la cabeza inclinada hacia un lado. Vino de nuevo, como un susurro en el viento, "¡Hardra-a-daaa!"

Saltó hacia la orilla del río, levantó la mano para protegerse los ojos del sol poniente. Entrecerrando los ojos, miró lentamente a través del agua, hasta que sus ojos llegaron a un afloramiento de grandes rocas, enormes rocas suavizadas por el juego constante del río que se arremolinaba y arremolinaba a su alrededor. Una pequeña barrera entre la rápida corriente.

Él estaba allí, alojado entre dos enormes pináculos de roca. Andreas, agitando el brazo patéticamente, su voz como la de un niño pequeño, "Hardra-a-daa..."

Inmediatamente, el vikingo resumió lo sucedido. El joven se había resbalado, caído a las profundidades y había sido llevado río abajo, su armadura lo hundió tan fácilmente como el demonio marino que Hardrada había conjurado en su imaginación. Lo más probable es que los jóvenes tampoco supieran nadar. ¿Quién diablos podría en un lugar como este? Un soldado bizantino, entrenado en todos los aspectos de la lucha, ¡en tierra! Pero Hardrada era un vikingo, nacido para navegar, y había vivido la mitad de su vida a bordo de lanchas, visitando costas lejanas. Había naufragado más de una vez y era un buen nadador. Se arrancó la espada y el cinturón, tiró las botas y se sumergió en el río sin pensarlo más.

Lo tomó por sorpresa; la fuerza de la corriente, la aguda y dolorosa frialdad del agua que le quitaba el aliento. Por un momento se tambaleó mientras luchaba por recuperarse. Entonces sus fuertes brazos cortaron el agua y permitió que la corriente lo llevara hacia su compañero herido.

Por suerte para ambos, el río no estaba en crecida. La falta de lluvia había sido su aliado ese día, y Hardrada descubrió que podía negociar fácilmente un camino hacia Andreas. A medida que se acercaba, podía ver la neblina azul en la piel del joven y supo que era más probable que Andreas muriera de frío que de ahogarse. El pensamiento hizo que golpeara aún más fuerte, y en unos segundos estaba al lado del soldado, presionando su palma contra su mejilla, dándose cuenta de que el tiempo se estaba acabando.

"Tienes que aferrarte a mí". Tuvo que gritar aquí, el río alrededor de las rocas, aunque no poderoso, creaba suficiente ruido para amortiguar su voz. "Maldita sea, ¿entiendes?"

El joven logró asentir y Hardrada sonrió aliviado. Agarró uno de los brazos del muchacho y se lo puso alrededor del cuello.

Escucha, quiero que te agarres fuerte. Imagina que me estás estrangulando". Él sonrió y agregó con ironía: "Lo disfrutarás, supongo". Andreas simplemente gimió. "Iremos al otro banco. Esa es nuestra única oportunidad". Sabía que si intentaba regresar a su campamento, la carga del joven sería demasiado grande contra la corriente, y ambos serían arrastrados río abajo. Su única oportunidad era cruzar al lado opuesto. Respiró hondo, Hardrada gritó: "Ahora", luego se sumergió de cabeza en el agua helada.

21

Crethus subió a su caballo por la empinada pendiente y lo ató mientras se tendía en una especie de cueva en la ladera de la montaña que acababa de escalar. Desde este punto, tendría la ventaja de una buena vista de la llanura circundante, pero ahora necesitaba descansar. Su caballo estaba agotado y sabía que si lo empujaba mucho más fuerte, se rendiría por completo. Así que se acostó, cerró los ojos, trató de calmarse y encontrar su segundo aire.

Cuando abrió los ojos, supo que había estado dormido durante demasiado tiempo. La tarde se había prolongado y ahora era de noche. El aire se había vuelto mucho más frío. Se sentó, frenético, desorientado durante unos horribles segundos. ¿Cuánto tiempo había dormido? Desesperado, recogió sus pocas pertenencias y se acercó al caballo, que parecía mucho más feliz ahora que había descansado. Le dio avena de las alforjas. Mientras el animal masticaba el grano, Crethus miró hacia la llanura plana de abajo. Estaba anocheciendo. Realmente, si tuviera algún sentido, se quedaría donde estaba. Estaba bien protegido, esta hendidura en el suelo que quería llamar cueva, era un lugar tan bueno como cualquier otro para descansar unas horas más. Pero entonces, captó el resplandor rojo en la distancia lejana y supo que era una fogata. Más allá, el hilo plateado de un río que atraviesa la tierra como una arteria de esperanza. Hizo los cálculos y decidió que aún podía hacer el campamento antes de que cayera la noche por completo. Rápidamente guardó la avena, tomó las riendas y comenzó el lento y cauteloso descenso.

Hardrada le quitó el chaleco armadura de Andreas. Tenía las manos entumecidas por el frío y le resultaba extremadamente difícil deshacer las hebillas y los broches. Toda sensación había abandonado sus dedos, pero apretó los dientes y continuó lo mejor que pudo mientras Andreas yacía allí, temblando, con la piel teñida de azul.

Hardrada se quitó la armadura y la descartó con un gruñido de satisfacción y miró a su alrededor. La luz se estaba apagando rápidamente y sabía que la temperatura seguiría bajando. Si no lo mantenía caliente, Andreas moriría, de eso no cabía duda. Hardrada lo había visto antes; hombres arrastrados a la orilla, convulsionados por el frío, agonizantes, con el cuerpo endurecido y los músculos incapaces de trabajar. Le había aterrorizado entonces y le hizo lo mismo ahora. Si tan solo tuviera una manta seca, podría envolver al bizantino en ella, acurrucarse y calentarse el uno con el otro. Sobrevivir.

Al otro lado del río, pudo ver que el fuego del campamento ardía. Había hecho un buen trabajo con eso, reflexionó. Mucho bien les haría ahora. Si quería salvar la vida de Andreas, tendría que cruzar el río a nado con él, acercarlo al fuego, calentar su cuerpo para devolverle la vida a las extremidades. Miró al joven y supo, con esa única mirada, que no iba a suceder. Suspiró y se sentó en la áspera grava de la orilla del río. Temblaba terriblemente de frío y se abrazó, tratando de crear algo de calor. Quizás juntos puedan generar suficiente calor. Si pudiera llevar a

Andreas por la orilla, hacia los matorrales circundantes, encontrar algún refugio, tal vez una zanja en la tierra, cualquier cosa que les proporcione algún fragmento de refugio. Sentado aquí, así, expuesto a los elementos, probablemente él mismo no vería la mañana. Agarrado por esta comprensión, respiró hondo unas cuantas veces y se puso de pie. Ya se le estaban agarrando las piernas y le asustaba pensar que podría morir así, en la orilla de un río solitario, sin nadie que cantara sus grandes esfuerzos, convirtiéndose en mera comida para los cuervos. Apretó los dientes. Esta no sería la forma de su fallecimiento. Se ciñó, apretó los puños y sintió la rabia arder a través de su cuerpo, el ánimo en aumento. Se acercó a Andreas y tiró al joven para que se pusiera en pie, luego lo columpió sobre su hombro. Hardrada tuvo que obligar a sus piernas a moverse, el cerebro gritando sus órdenes. Primero a la derecha, luego a la izquierda. Un paso a la vez, conduciendo él mismo. No había sensación en sus músculos, tenía las piernas entumecidas. Sabía que podían hacer el trabajo, siempre lo habían hecho, pero el frío lo estaba conquistando. Había invadido sus ligamentos y tendones, pero sabía que no podía sucumbir. Una vez que se detuviera, todo habría terminado. Se acostaría y moriría. Adelante entonces, nada más para ello. Dio rienda suelta a su furia, lanzó su grito de batalla característico y siguió adelante, abriéndose paso por la orilla del río, subiendo y continuó hacia la maleza que bordeaba el área. Gruñendo como un cerdo, se sumergió entre los árboles colgantes. Solo cuando estuvo entre los matorrales ásperos se cayó, sin importarle si Andreas estaba muerto o herido. Todo lo que sabía era que lo había logrado y el alivio lo abrumaba. Rodando sobre su espalda, se quedó allí, mirando hacia el cielo ennegrecido, buscó la primera estrella que pudo encontrar entre las ramas, y dio gracias a sus dioses por haberle dado la fuerza para sobrevivir.

· · ·

Se las arregló para cavar un agujero poco profundo en la tierra blanda, recogió algunos helechos y hojas, hizo un tipo primitivo de almohada para ambos. Luego llevó a Andreas al refugio improvisado y se acostó a su lado. El joven respiraba muy lentamente ahora y, a pesar de todos sus esfuerzos, Hardrada no había podido revivirlo por completo. El hecho de que todavía respirara era una pequeña victoria, supuso Hardrada. Al menos le dio la esperanza de que si los dioses seguían sonriendo, la mañana los encontraría a ambos con vida. Apretándose lo más cerca que pudo, rodeó con sus brazos al bizantino sorprendentemente frío, tiró más hojas sobre ambos, cerró los ojos y trató de calmar el castañeteo de sus dientes.

El sueño no llegó. El frío lo carcomía y los sonidos del bosque parecían amplificados de alguna manera. Los animales crujían entre la maleza. Roedores, lagartos, ocasionalmente zorros o jabalíes. Los jabalíes le preocupaban. Enojado de que pudieran ser peligrosos, y no tenía armas para defenderse. Y había dejado la armadura y la espada de Andreas junto a la orilla del río. Maldijo su estupidez, no entendía por qué el sentido común lo había abandonado. ¿Eso también tenía algo que ver con el frío? ¿Atacaba tanto el pensamiento como el músculo? No lo sabía, no le importaba. Andreas durmió, pero para él, no hubo tal alivio.

Los ruidos se hicieron más fuertes.

Y más cercanos.

Se sentó, alerta. Podría ser un jabalí, pero sonaba más grande. Mucho, mucho más grande. Algo grande atravesaba los matorrales y no hacía ningún esfuerzo por ocultar su avance. Miró a su alrededor, pero no vio nada. La noche los había envuelto por completo ahora. Con sus sentidos enfocados, Hardrada esperó, sin atreverse apenas a respirar.

Fuera lo que fuese lo que se abría paso entre la maleza venía directamente hacia ellos. El vikingo apretó los puños, las únicas armas que tenía ahora, y se puso de pie. Algo de la sensibilidad había regresado. Apenas se atrevía a esperar que fuera suficiente.

Crethus dejó su caballo un poco lejos y desenvainó su espada. Podría mudarse al campamento de los vikingos, pero de nuevo puede que no. Otras personas se movían por esta tierra, algunas de ellas peligrosas. Los miembros de las tribus tracias eran famosos por su ferocidad y su obstinada resistencia al dominio bizantino. Muchas historias se filtraban de regreso a la ciudad, de secuestro, esclavitud, muerte brutal. Nunca había oído hablar de ellos invadiendo este lejano este, pero no estaba dispuesto a correr riesgos. Furtivamente, se movió con cuidado del tocón de un árbol al afloramiento rocoso. Aunque la noche era su escudo, los sonidos de la tierra periférica parecían ser mucho más fuertes que durante el día, como si todo estuviera conspirando contra él. Alerta, ojos muy abiertos, mirando a través de la oscuridad, el fuego del campamento era el foco de todo su ser, se movía como un ratón, corriendo, pero en silencio.

Abandonado. Lo vio a medida que se acercaba, gracias al fuego. Latas, todavía llenas de comida, iluminadas por el crepitante fuego que luchaba valientemente por continuar. No había sido alimentado por un tiempo. Se puso en cuclillas, agitó las brasas con la punta de su espada y miró hacia el río cercano. Esto era realmente extraño. Casi como si un pájaro enorme hubiera arrancado de la tierra a quien hubiera acampado aquí.

Un crujido a su derecha hizo que se pusiera de pie de un salto, con la espada lista para atacar. Un caballo relinchó. Golpe de cascos sobre la tierra. No su montura, eso era seguro. Se arrastró hacia el sonido.

Dos caballos, maniatados, estaban entre los pocos árboles escasos. Les dio unas palmaditas en los flancos, los calmó. Nerviosos, se alejaron, pero él los acercó y ató las riendas a una rama cercana. Rebuscó en las alforjas, pero solo pudo encontrar algo de ropa y trozos de comida. Nada que lo llevara a la identidad de los jinetes. Hasta que, es decir, se acercó al segundo caballo. Su silla era inequívocamente la de un oficial bizantino. En ese momento, Crethus se dio cuenta de que los había encontrado.

Se puso rígido cuando un chillido sobrenatural rompió el silencio invasor, un sonido diferente a todo lo que había escuchado antes. Animal, salvaje, desconocido. Se paró y esperó, sabiendo que seguramente vendría un ataque.

La figura, una sombra contra la oscuridad de los árboles, se puso de pie, respirando lentamente, y esperó, esperó a que Hardrada se moviera. Bien versado en el arte de matar, Hardrada sabía que era mejor no apresurarse al ataque. Así que él también esperó.

Ambos se quedaron allí, como convertidos en piedra. Hardrada no experimentó ansiedad ni miedo. La figura no parecía tener un arma y una gran capucha ocultaba sus rasgos. Pero fue leve, en absoluto lo que esperaba Hardrada. En verdad, se había sorprendido un poco al descubrir que la cosa que hacía el ruido se había revelado a sí misma como humana. Qué tipo de humano quedaba por ver. Bruja, mago, algún extraño habitante del bosque... No podía empezar a decirlo, pero cuanto más tiempo permanecía allí, tan quieto como el aire, examinándolo, más aumentaba el nerviosismo de Hardrada. Lo estaba midiendo, midiendo su fuerza. Pronto determinaría que su fuerza había menguado, succionada por el frío. Entonces, ¿lanzaría su ataque? Decidió actuar, pero tal vez no de la forma que esperaba la figura. Lentamente levantó las manos, abiertas, con la palma hacia afuera, y dijo: "Estoy desarmado y no te deseo ningún daño".

Inclinó la cabeza. Quizás su lengua le era desconocida. O tal vez, mucho más probable, en lo que respecta a Hardrada, simplemente estaba esperando su momento, sabiendo que el vikingo estaba débil y desarmado.

"¿Tu compañero está herido?"

Hardrada casi se cae del susto. Era una mujer.

Ella se acercó, a un brazo de distancia, tirando hacia atrás la capucha para revelar un rostro de asombrosa belleza. Una amplia, completa sonrisa y ojos redondos lo atrajeron. El cabello caía hasta los hombros de ella e incluso en la oscuridad, podía ver que brillaba con oro. Un rostro de elfo, la barbilla ligeramente puntiaguda, los pómulos altos. Hardrada sintió que su boca se abría y luego, sin previo aviso, la fuerza se le escapó de las piernas y cayó al suelo duro, lo último que registró su llanto quejumbroso, un chillido fuerte, atravesó la noche quieta.

Desde esta distancia era imposible medir la dirección del grito. Crethus estaba junto a la orilla del río, tenso, listo para luchar. Había sonado como una mujer, pero ¿por qué iba a estar una mujer aquí, sola? ¿Y qué la haría llorar así? Había resonado en la llanura y sin duda había penetrado en los árboles de la orilla opuesta. Era inútil tratar de ver algo, así que retrocedió hacia el fuego que, en ese momento, apenas chisporroteaba. Rápidamente arrojó algunos trozos de leña sobre las brasas restantes y, afortunadamente, se incendiaron. En poco tiempo, había amontonado algunas ramitas más, frotándose las manos frente al fuego.

Era una situación deplorable. No tenía ni idea de qué hacer, pero una cosa era segura: la mañana traería respuestas. Hasta entonces, se acurrucaría aquí junto al calor del fuego, dormiría todo lo que pudiera y luego investigaría tan pronto como las primeras luces aparecieran en el horizonte. Con esto en mente, fue a su propio caballo, lo ató junto a los otros y sacó la manta de sus alforjas. Envuelto, con su espada a su lado, hizo todo lo posible para obtener el descanso que pudo en ese lugar extraño y ligeramente amenazador.

Estaba caliente. La sensación había vuelto a sus dedos de manos y pies y, lo más importante, a sus brazos y piernas. Le cubría un pelaje espeso. Durante mucho tiempo se permitió revolcarse en el lujo de acurrucarse profundamente en la piel; había tenido frío antes, pero nunca lo había mordido tan profundo.

Hardrada abrió los ojos y tuvo que cerrarlos casi al instante. La mañana había regresado, el sol brillante y acogedor. Flexionó las articulaciones, respiró hondo y se sentó.

Estaba en el hueco que había logrado excavar con las manos la noche anterior. Al menos, asumió que era la noche anterior. No tenía términos de referencia reales desde su colapso. ¿Había estado dormido solo una noche o muchas? Ciertamente se sintió renovado, listo para enfrentar los desafíos que traería un nuevo día. Mientras miraba a su alrededor, lo único que podía ver eran los árboles, los matorrales y las rocas. A su derecha, podía oír el gorgoteo del río. Entonces, no lo habían llevado a otro lugar. Debe haber sido la mujer que lo había cubierto con la piel, y tal vez simplemente lo había arrojado a la zanja. Sería difícil para ella cargarlo, si estuviera sola.

Si ella estuviera sola.

Ahora miró a su alrededor con más ansiedad. Andreas se había ido. No había ni rastro de él en absoluto. Con el corazón latiéndole en los oídos, Hardrada se puso de pie, se sacudió las hojas secas de los pantalones y se escabulló hacia el río.

Estaba desierto y se parecía mucho a como lo recordaba. Incluso la panoplia de Andreas seguía estando donde la había arrojado. Miró a través del agua, agua que parecía mucho menos peligrosa ahora que la luz del sol jugaba con las suaves ondas en la superficie. Sin embargo, recordó lo fuerte que había sido la corriente. Eso no habría cambiado, ya sea que hubiera dormido un día o un mes entero. Apretó los dientes. En la orilla opuesta estaban los caballos, todo su equipo, provisiones y armas. Tenía que encontrar alguna forma de cruzar que no pusiera en peligro su vida.

"Hay un vado".

Se dio la vuelta y la vio, como antes, en silencio, mirando. Por segunda vez, la mujer se había topado con él sin que la oyeran. Era un pensamiento que lo inquietaba. ¿Estaba perdiendo su renombrado sexto sentido, esa capacidad de actuar sobre la base de su infalible intuición y estar listo para defenderse cuando los demás todavía se preguntaban por qué tanto alboroto?

¿O era una cazadora experta, capaz de moverse entre la maleza sin ser escuchada, sin ser vista? Este escenario era aún más escalofriante, porque con él llegó el conocimiento casi seguro de que en cualquier momento ella podría haberle degollado.

Encontró un poco de consuelo en el hecho de que ella no lo había hecho. Ella no representaba ninguna amenaza, pero ¿quién era exactamente? Ella lo había salvado, lo había mantenido caliente, lo había protegido del frío. Andreas también. Andreas. Hardrada inclinó la cabeza hacia un lado, "¿Dónde está el bizantino?"

Ella frunció el ceño profundamente. "¿Bizantino? ¿Es eso lo que es?"

"Entonces, ¿todavía está vivo?"

"Por supuesto. Él es fuerte como tú".

Entonces ella dio un paso hacia él y él contuvo la respiración para evitar soltar un gemido. Ella era hermosa. Nunca tuvo un rostro tan perfecto; piel clara y lechosa, que parecía brillar a la luz de la mañana. La luz que se filtraba entre los árboles daba un extraño efecto moteado a la pátina de su carne y él la miraba sin pestañear, pensando que en cualquier momento se rompería el hechizo y volvería a encontrarse solo en esa zanja, que todo había sido un sueño.

Ella le tocó el brazo y él se sobresaltó, dándose cuenta de inmediato de que eso era realmente la realidad. Ella estaba aquí, muy cerca, ese rostro incomparable, hipnótico en su hermosura.

"Te llevaré con él", dijo, sus rasgos no expresaban ninguna emoción. Una voz plana, casi aburrida en su timbre. "Si deseas cruzar el río, hacia sus caballos, también puedo mostrarle el vado. Pero", sus dedos rozaron su brazo, "necesitas saber algo. Al otro lado, en tu campamento, hay otro hombre".

Hardrada se dio la vuelta de inmediato, agachándose, medio esperando que una flecha o una jabalina atravesaran el aire, como si sus palabras fueran a señalar un ataque. Ella se rió, le agarró el brazo de nuevo y lo atrajo hacia ella. "Se ha ido".

Tan cerca que ahora podía oler su perfume. Cerró los ojos, se dejó llevar por el olor. Una mujer del bosque. ¿Es eso lo que ella era? ¿Tan limpia, tan hermosa? Viviendo aquí, sola, ¿cómo era posible? Abrió los ojos de nuevo y la encontró mirándolo, esos ojos ardientes escudriñando su rostro, buscando una señal, cualquier cosa que pudiera decirle lo que estaba pensando. Permaneció neutral, sin atreverse a perder la guardia. Ella es una zorra, eso es lo que es. Él podría decirlo. Esa intuición comenzaba a funcionar de nuevo.

"¿Viste a ese hombre?"

Ella asintió. "Lo miré. Era enorme, con la piel como polvo de carbón. Durmió en tu campamento, cuidó de sus caballos, los alimentó y dio de beber, y luego, al amanecer, atravesó la maleza a lo largo de la orilla del río". Señaló con el dedo hacia la distancia, en dirección opuesta a donde había indicado que estaba el vado. "Él te está buscando, sabiendo que debes estar cerca".

Hardrada se mordió el labio inferior. Crethus, el comandante escita de la nueva guardia Varega. ¿Qué demonios estaba haciendo aquí? Siguiéndolos, pero ¿por qué?

"¿Quiere hacerte daño?"

"Él podría querer hacerlo". Vio una mirada interrogante destellar sobre sus rasgos, un rastro de miedo revoloteando a través de sus ojos. "Ha sido enviado a seguirnos, por qué razón no puedo decirlo porque no lo sé".

"Si continúa así, morirá".

"¿Qué?"

"Oh sí. No soy la única que te ha estado siguiendo. Haces más ruido que una fiera. Hay una banda de guerreros en el exterior y te tienen medido. Quieren robarte y matarte, si te encuentran vivo después de tu aventura en el río".

"¿Cómo diablos sabes todo esto?"

Ella sonrió y comenzó a tirar de él más hacia los árboles, "Yo soy una de ellos".

Vinieron por ella temprano. Dos guardias, voces ásperas, golpeando la puerta de su habitación. Las doncellas habían hecho todo lo posible, gritando y exigiendo que se fueran. ¿Cómo se atreven a irrumpir así?

Los hombres no les prestaron atención y atravesaron el apartamento exterior, ignorando los intentos de demora de las chicas. Zoe, ya despertada por los gritos, se sentó en su cama. Esto nunca habría sucedido en la época de su marido. Así no. Tantas impertinencias, tanta desfachatez.

"Señora", dijo el primero, con los dientes brillando en su rostro duro y negro, "debe vestirse usted misma y acompañarnos al salón del trono de su Alteza Real".

Ella hervía de rabia. "¡Fuera de aquí!"

El hombre miró a su compañero que estaba impasible, con los ojos mirando al frente. "Señora. *Se le ordena* que nos acompañe".

Se echó hacia atrás la ropa de cama, pasó las piernas por encima de la cama y se puso de pie. "¡Dije que te vayas, mientras yo me visto, canalla ignorante!"

Los dos hombres gruñeron, se volvieron y salieron a la antecámara.

"Ella es una maldita marca de fuego", dijo el orador principal.

"Sí. ¿Viste sus tetas debajo de su camisón? ¡Ella es jodidamente hermosa!"

El otro hizo una mueca. "¡Baja tu maldita voz! Te cortarían los huevos por hablar así de la familia real".

"¡No es de extrañar que a Crethus le guste quitarle las bragas!"

"Bueno, esa es otra cosa de la que quieres callarte. Te arrancará la cabeza si alguna vez dices eso al alcance de su oído". El hombre miró a su alrededor, tomó a su compañero del codo y lo condujo hacia la puerta principal. Todas las doncellas se habían dispersado, algunas de ellas iban a atender a su ama. "Escucha. Creo que está sucediendo algo grande. Su señoría -señaló con el pulgar hacia la puerta del dormitorio- no necesitará a todas estas encantadoras doncellas, así que creo que habrá una rica recompensa para nosotros.

"¿De verdad lo crees?" El hombre se humedeció los labios. Las chicas eran todas muy delgadas y muy sabrosas y él había estado mucho tiempo lejos de su tierra natal. "Ahora *eso* vale la pena considerarlo".

"Demasiado correcto. De todos modos, mantén la boca cerrada, ¿sí? Tendremos que esperar y ver qué pasa. Mientras tanto, haremos nuestro trabajo, sin hacer preguntas".

El otro hombre le guiñó un ojo y permitió que su imaginación fluyera con imágenes de chicas desnudas y nubiles rebotando por todo su cuerpo desenfrenado.

Miguel estaba ansioso. Zoe era una adversaria formidable, así que, para minimizar los problemas, había repasado mil veces lo que diría. Era mejor estar completamente preparado cuando se trataba de una víbora como ella. Siempre que todo se haya hecho de forma rápida y silenciosa, no debería haber ningún problema. La llevaría lejos en secreto, disfrazada, con muy poco alboroto y nadie sospecharía. Para cuando se hiciera de conocimiento común, a nadie le importaría. Ya había entrenado a sus heraldos, que comenzarían a ocupar puestos en las principales partes de la ciudad. Una vez que se hubiesen hecho los anuncios de una semana completa de festivales, nadie pensaría ni un momento en la emperatriz. La multitud estaría tan borracha de vino, banquetes y alegría, que a ninguno de ellos le importaría. No, era un buen plan y todo de lo que realmente dependía era del momento. Para alejarla en una hora, esa era la clave. Miguel sabía que eso podía suceder, siempre y cuando no le permitiera reinar libremente para hacer algún tipo de escena.

La sala del trono estaba vacía, salvo para él. Miró hacia el largo camino hacia su estrado. Grandes columnas de mármol se elevaban hacia arriba, donde se arqueaban sobre el techo asombrosamente decorado. Escenas de las vidas de los emperadores pasados, todos ellos instalados a salvo en la gloria que era el cielo. Verdes, colinas onduladas, ríos azules, soles brillantes cayendo. Miguel contempló su belleza. ¿Fue realmente así? Y si fue así, ¿cómo lo supieron los artistas? ¿Tendría ya él, Miguel V de Bizancio, un lugar reservado para él, para compartir con esos grandes hombres de épocas pasadas? ¿Y alguna vez podría escalar a sus alturas? ¿Constantino, Vespasiano? ¿Qué podía hacer para ser recordado, para grabar su nombre en los anales de la historia? Era un pensamiento que lo carcomía, se había convertido en su constante compañero. La necesidad de fama, de gloria. Para ocupar su lugar entre esos grandes. Cuando estuvo de pie y observó las filas de empleados garabateando en la montaña de la administración que los envolvía, tuvo dudas, pero ahora, después de haber tenido tiempo para pensar, sabía dónde estaba su destino. Él era el amo de todo, pero no necesitaba saberlo todo. Sus asesores de confianza podrían manejar todas esas tonterías. Hombres como Orphano.

El problema, por supuesto, residía en el hecho de que despreciaba a Orphano. Sonrió para sí mismo. El hombre hizo que se le erizara la piel, y la idea de derribarlo, destruirlo, era deliciosa. Los rumores sobre los excesos sexuales del hombre habían circulado por el palacio durante muchos años, pero nunca se había probado nada. ¿Cómo iba a ser posible, cuando Orphano trataba con tanta eficacia a cualquiera que se atreviera siquiera a insinuar alguna falta de corrección? Miguel se prometió a sí mismo que tan pronto como se concluyera con éxito este asunto insignificante de esconder a Zoe lejos de allí, volvería su atención al eunuco real. Para hacer eso, necesitaría un aliado, y Miguel sabía exactamente a quién podía reclutar.

Un golpe urgente en la puerta lo sacó de su ensoñación. "Entre", dijo automáticamente, todavía disfrutando de la idea de cómo podría destruir a Orphano.

Su sonrisa se amplió cuando vio a los dos guardias escitas escoltando a una silenciosa y seria Zoe.

"Ah, mi querida tía, qué gusto verte". Ella permaneció de pie, imperturbable y su sonrisa se desvaneció instantáneamente. Hizo un gesto a los guardias para que se alejaran.

Cuando se fueron, su mirada volvió a Zoe. Por un momento, Miguel creyó que ella no hablaría, que su pobre intento de ingenio no ofrecería el resultado que deseaba: un destello de ira, un destello de molestia. Sabía que lo que estaba a punto de hacer era el camino correcto, la única forma de resolver el dilema en el que se encontraba, pero ese conocimiento no lo hacía más fácil. La mujer lo había apoyado, lo había llevado a las vertiginosas alturas de convertirse en emperador. Ella tenía que irse, pero no era fácil.

Zoe se acercó lentamente al estrado y al trono. Miguel la miró y ella se movió como si flotara, sin hacer ningún sonido, su avance como un cisne real deslizándose sobre la superficie vidriosa de un lago tranquilo. No podía apartar la mirada y odiaba eso. Odiaba su belleza, su suprema majestad. Odiaba la forma en que subía los escalones hacia el trono como si fuera suyo.

Miguel estaba parado justo a la izquierda. Ahora, corrió hacia el trono, agarrando la manga de su túnica, evitando que ella siguiera adelante.

Dejó caer la cabeza y luego suspiró. Ella lo miró por encima del hombro. "Quítame la mano de encima, Miguel".

Sus palabras lo golpearon como bofetadas en la cara, lo picaron y lo obligaron a parpadear para eliminar las lágrimas. "¡Soy su Emperador, Señora! Usted me llama Majestad o Alteza..."

"Te llamo como diablos me plazca, advenedizo insolente". Ella liberó su brazo de su agarre, dio media vuelta y se sentó en el trono. Ella se sentó allí, mientras él hervía, y se pasó la lengua por el labio superior. Saboreando el sabor de su inminente comida, como una mantis, preparada, lista para atacar. "¿Qué quieres, Miguel?"

Maldita perra. Ella siempre podía hacer esto; reducirlo a su nivel más bajo, como si fuera un niño travieso. Quería lastimarla, con el puño, no con palabras. Barrer esa sonrisa de su hermoso rostro. Entonces, se le ocurrió la respuesta, y se incorporó, sonriendo. "¿Cuántos años tienes ahora, tía?"

"¿Qué?"

"Primera señal, eso. Oyendo ir". Él sonrió, deliberadamente levantó la voz, "Dije, *¿cuántos años tienes?*"

Se levantó a medias de la silla, un tigre salvaje, preparándose para atacar. Ella lo fulminó con la mirada, pero luego se volvió a sentar, sonriendo ella misma ahora. Miguel sabía que su victoria había sido de corta duración. Ni siquiera una victoria en realidad, solo un golpe indirecto a través de su suprema confianza en sí misma. No es suficiente para hacer caer un ratón.

"Tienes mucho que aprender, Miguel, sobre las sutilezas de ser un gobernante".

"Debes saber todo acerca de las sutilezas, por supuesto".

"La sangre real corre a través de mí, sería bueno que lo recordaras".

"¿Sangre real? Bueno, puede que sea así, pero tú me adoptaste oficialmente, ¡no lo olvides! Entonces, el linaje real también es mío".

"Pero lo que se puede dar, se puede quitar tan fácilmente".

Sintió que se le erizaban los pelos de punta y se inclinó hacia ella, con la saliva volando de su boca mientras gritaba: "¡No me amenaces! ¡Soy el Emperador del Imperio Bizantino, elegido por Dios como su representante supremo en la tierra! ¡No tienes derecho a hablarme de esa manera! Ningún derecho".

"¡Deja tus rabietas, Miguel, y madura! ¡Tienes tanto fervor religioso recorriéndote como un trozo de plomo! Mira lo que has hecho desde que decidiste convertirse en el único gobernante: Asesinato. ¿Crees que Dios mira con bondad esos actos?"

"¿Asesinato? ¿Me hablas de asesinato, cuando tu último marido murió tan joven y el anterior se ahogó en su propio baño?"

"Ninguno de los dos tuvo nada que ver conmigo".

"Bueno, Dios será el juez de eso".

Se reclinó en el trono, una uña golpeando sus dientes. "¿De cuántas muertes has sido responsable en el poco tiempo que llevas sentado aquí? ¿Cincuenta, cien? Todos esos Varegos, asesinados por orden tuya... Creo que cuando Dios cuente los números, tus pecados superarán con creces los míos".

"¡Todo lo que hice fue limpiar el palacio de indeseables, paganos!"

"¿Y reemplazarlos con Infieles?" Ella sonrió. "No intentes esgrima conmigo, Michael. Perderás".

Se apretó las sienes con el dedo índice y el pulgar y dejó escapar un suspiro largo y entrecortado. "Está bien. Entonces nos detendremos". Ella tenía razón, por supuesto. Había vivido toda su vida en este lugar, inhalando el poder. La fuerza guía detrás de tres emperadores, dos de los cuales la enviaron lejos, pero no tan lejos como él estaba a punto de hacerlo. Ella lo recordaría por eso, en cada momento de vigilia. Dejó que su mano cayera a su costado. "Tienes que irte, tía".

Se detuvo, arqueó una ceja. "¿Irme? ¿Irme cuándo? ¿Dónde?"

Extendió las manos. "Todo está organizado, así que no hay necesidad de preocuparse".

Esta vez ella se paró por completo del trono, se acercó a él, tan cerca que pudo sentir su aliento en su rostro. *"¿Preocupado?"* Bajo, en control, pero la ira se tambalea al borde de las palabras. "Hay momentos, Miguel, en los que casi te admiro. Las cosas que dices, la forma en que las dices, es casi... Es casi como si lo hubieras ensayado todo".

Dio un paso atrás. ¿Qué era ella, una adivina? "Te vas lejos".

"Eso ya lo dijiste. Quiero saber dónde".

"Principus".

Su rostro lo dijo todo. Ceniciento, incapaz de pronunciar una sola palabra. La mirada de la derrota y su victoria.

Más tarde, en la quietud de su habitación, Zoe se sentó en la silla, las lágrimas corrían por su rostro mientras su doncella, Leoni, cortaba con mucho cuidado el cabello de la emperatriz. Leoni también sollozaba y tenía que concentrarse mucho en su tarea, en caso de que su mano temblorosa se resbalara y rasgara el cuero cabelludo de Zoe con las tijeras que usaba. Las otras sirvientas se ocuparon de empacar las cosas de Zoe; artículos personales y algo de ropa. Nada extravagante, eso era lo que había dicho Miguel. Después de todo, ella iba a ser monja a partir de ahora, encerrada en la isla de Principus, en el Mar de Mármara. El monasterio allí la esperaba, pero la aceptaría de la misma manera que aceptarían a cualquier otra novicia. Allí sería anónima, sin adulaciones ni reverencias por ella. Vivir una vida al servicio de Dios, una vida pura, inocente. Todos los pecados pasados perdonados. La abadesa había estado de acuerdo con Miguel cuando se hicieron los arreglos para aceptar a Zoe en el convento. La simple obediencia sería todo lo que se requería a cambio.

Zoe resopló ruidosamente. No se atrevió a mirarse en un espejo de acero, para ver sus hermosos cabellos cortados, una coronilla rapada, tosca y fea con pequeños mechones de cabello salpicando su cuero cabelludo. Una maldición sobre Miguel por hacer esto. Ningún otro hombre la había tratado de esta manera. Es cierto que sus otros amantes, emperadores, la habían encerrado, pero en sus propios aposentos, rodeada de sus sirvientes y todos los adornos que acompañaban a su personaje real. Esto, esto estaba más allá de cualquier cosa. Miguel se había convertido en un monstruo y ella lamentó el día en que respondió a la llamada de su marido, se paró junto a él mientras él yacía en su lecho de muerte, el cuerpo hinchado como una calabaza, toda su belleza desaparecida y, sin embargo, aún tan joven, el dolor grabado en su cuerpo, cara, y aceptó el plan - arreglado, como siempre, por John Orphano- para anunciar a Miguel como el nuevo emperador. Ella ya lo había adoptado como su hijo, aunque prefería pensar en él como un sobrino. Ahora, él sería el gobernante. Zoe había creído que podía controlarlo; después de todo, era un simple niño sin experiencia en las maquinaciones del gobierno. Desafortunadamente, había subestimado a Orphano y su vil engaño. Fue él quien había manipulado todo el plan para favorecer a Miguel, de modo que él fuera el poder detrás del trono. Emperador en todo menos en el nombre.

Esta no había sido la primera vez que Orphano había ascendido a otro al puesto de Emperador. Él había sido quien había puesto al ex emperador, Miguel IV en el trono; un hombre tan maravilloso en esos primeros días, recordó Zoe con tristeza. Impresionantemente hermoso, ella lo había deseado tan pronto como lo vio, y cuando Romano, su esposo, murió, se casaron y fueron coronados. Sin embargo, tan pronto como se convirtió en emperador, todo comenzó. El socavamiento de su posición. Excluida de la cama real, encerrarla en sus habitaciones. Orphano al principio había estado delirando de alegría, pero pronto también se dio cuenta de que el nuevo emperador no era tan maleable como esperaba. Trabajó muy duro, se volvió piadoso y *responsable*. Luego, se puso enfermo, peligrosamente enfermo. Tendría ataques, tan terribles que tuvieron que cerrar las cortinas alrededor de su trono para que nadie lo pudiera ver. Todos lo sabían, por supuesto. Entonces, los planes habían sido una locura y Zoe había estado de acuerdo con ellos, para reemplazar a su esposo e instalar a Miguel *Calaphates* como el próximo emperador.

Ella había subestimado a Miguel desde el principio, pero también lo había hecho Orphano. Miguel sólo había tardado unos meses en maniobrar hasta su posición, eliminando todos los obstáculos a su control exclusivo sobre Bizancio. Todos habían sido engañados y ahora, no quedaba nada más que resignarse a lo inevitable.

Una vida, como monja. Qué final tan cruel e ignominioso para una vida de lujo y privilegios. Si tan solo Alexius hubiera estado aquí, para evitar que todo esto sucediera. Pero no estaba, y tampoco Crethus. ¡Nadie que pudiese venir en su ayuda y detener este acto vil e injusto!

Leoni se apartó de su ama, miró su obra y se vio envuelta por una nueva ola de lágrimas. Sin un sonido, Zoe se pasó la mano por la parte superior de la cabeza y se puso de pie, dejando que la tela que había envuelto alrededor de sus hombros cayera al suelo para unirse a los mechones de cabello que estaban alrededor. La emperatriz se volvió hacia Leoni y, con extrema ternura, extendió la mano y acarició la mejilla de la joven. "Te extrañaré, Leoni".

La criada lloró abiertamente, presionando su rostro contra sus manos, todo su cuerpo temblaba.

"Debo emprender este viaje sola", continuó la emperatriz, apartando algunos mechones de cabello caídos de su sencillo vestido. "Sin duda encontrarás a otra persona a quien servir".

"¡Pero yo no quiero estar con nadie más!"

"Tonterías". Zoe agarró suavemente las muñecas de la chica y apartó las manos de su rostro. "Eres una buena chica, Leoni. Una trabajadora, diligente, leal, incluso si le informas a tu amante, el General, con todas las noticias y chismes que escuches".

Leoni se quedó boquiabierta y tuvo que tragar saliva antes de poder hablar. "Mi señora, yo..."

"Por favor". La voz de Zoe estaba apagada. "No importa ahora, nada de eso. El general probablemente estaba al tanto de eso de todos modos".

"No creo que él haya sido, mi señora".

"Bueno, eso es como tal vez. Realmente ya no me importa. El resto de mi vida ha sido planeado para mí y no hay mucho que pueda hacer al respecto".

Leoni se mordió el labio, "Mi señora, podría hablar con el general, decirle lo mal que está esto, pedirle que..."

"No. Suficiente es suficiente. Tenía la esperanza de que viniera el Patriarca, pero me temo que ya es demasiado tarde para ayudar. Se le enviaron mensajes, según tengo entendido. Pero dudo que pueda salvarme, no ahora".

Se acercó a su cama y miró los pocos artículos restantes que aún tenía que empacar. Esto era todo, la última vista que tendría de esta habitación, este lugar. ¿Cuánto tiempo había estado ella aquí? Un año, posiblemente dos. Ni una sola vez pensó, ni por un momento, que nada de eso llegaría a su fin. ¿Por qué debería ella? Miguel estaba en su posición gracias a ella. Ella lo había apoyado, convencido al Senado, a la Iglesia, a todos. Y ahora, él la había dejado a la deriva.

"No dejaré que me vea llorar", dijo, más para sí misma que para nadie.

Leoni se acercó a ella y le puso la mano en el hombro, tentativamente. "Señora. Debe haber algo que podamos hacer".

"¿Nosotras?" Ella negó con la cabeza, resignada a todo ahora. "No, Leoni. Ocúpate de que lleven mis cosas al puerto. Ella levantó la cabeza y sonrió. "Tengo un barco que abordar".

❦ 23 ❦

Andreas dormía en la pequeña cabaña, envuelto en pieles. Se había despertado una o dos veces, y cada vez la chica lo había atendido, dándole sopa caliente o lavándole la frente. El joven bizantino fluctuaba entre fiebre ardiente y escalofríos extremos.

Cada vez que Hardrada asomaba la cabeza por la puerta para echar un vistazo, la chica lo hacía salir de nuevo. Pero había visto la palidez mortal en la piel del joven y no le gustó lo que vio. Era la máscara de la muerte, algo que se encontraba muchas veces en los rostros de los heridos después de la batalla. Mientras yacían en la tierra húmeda, los cortes de los golpes de hacha o espadas, la forma en que las heridas chupaban y rezumaban, como si ellos mismos fueran seres vivos. La forma en que la carne se convirtió en piedra pálida, luego se convirtió en una cera enfermiza. Él lo había visto, y no conocía a ningún hombre que hubiera vivido después de que ese yeso se había apoderado de su carne.

Excepto uno.

Él mismo.

Sintió a la chica en su hombro y se volvió. Se estaba secando las manos con un paño viejo. "Está muy enfermo", dijo, sin mirar a los ojos del vikingo. "Si no lo hubieras ayudado, ya estaría muerto".

"Tenía frío, lo calenté. Eso es todo".

"Bueno, sin ti él estaría en su cielo cristiano en este momento". Ella tiró la tela. "Voy a preparar algo de comer para nosotros".

"¿Por qué?"

Ella frunció el ceño, luego una leve sonrisa de desconcierto. "¡Porque tenemos hambre! Lo necesitamos".

"Quise decir, ¿por qué nos ayudaste? Me dices que mantuve vivo a Andreas, pero sin ti, los dos estaríamos muertos".

"¿Ese es su nombre, Andreas? Es realmente hermoso, ¿no crees?"

Fue el turno de Hardrada de fruncir el ceño, "Oh, sí, como un ángel".

"Eso es exactamente lo que estaba pensando", dio un pequeño salto y luego juntó las manos. Por un momento pareció una niña pequeña y Hardrada tuvo que reír. Su mordaz sarcasmo se había perdido por completo en ella. Una curiosa mezcla de niña inocente, ingenua en su trato con los demás, pero sumamente segura de sí misma en su entorno. Ella se ganó una vida entre los bosques, lejos de las miradas indiscretas, y salió adelante allí.

"Tengo que preguntarte", dijo rápidamente, cambiando de tema. "Mencionaste una banda de guerra. Y que tú eres una de ellos..." Pasó su mano señalando el pequeño campamento, con su tienda de campaña con paredes de cuero, las ollas y sartenes esparcidas aquí y allá, una piel de animal clavada para secarse. "¿Este también es su campamento?"

Se mordió el labio, miró hacia la tienda por un momento y luego negó con la cabeza. "A veces pasan por aquí, pero no a menudo".

Él no entendió eso. ¿Una mujer, tan hermosa como ella,

viviendo aquí en la naturaleza, abandonada completamente sola? ¿Quiénes eran estos hombres que no venían a visitarla? ¿Y quién era ella que podía mantenerlos alejados? Guerreros, hombres diestros en la muerte, ¿por qué elegirían dejarla en paz? Había algo que no estaba del todo bien en todo esto.

"Me casé con un romano", dijo, a modo de explicación, posiblemente sintiendo sus preguntas no formuladas. "Me dejó riquezas, una hermosa casa, sirvientes. Lo di todo para vivir mi vida aquí, como lo había hecho mi madre".

"¿Tu madre? No entiendo".

"¿Por qué deberías?" Ella se encogió de hombros y se agachó para recoger una olla. La miró mientras iba a buscar una piel de animal, llena de agua. Vertió la mayor parte en la olla y la depositó en el brasero improvisado sobre las llamas del fuego del campamento. Ella echó algunas hierbas. "Mi madre era una adivina".

Un pequeño escalofrío le recorrió la espalda. "¿Una hechicera?"

Ella soltó una pequeña carcajada, recogió algunas verduras y comenzó a cortarlas en trozos crudos, dejando caer cada una en el agua. "Eso es lo que cree la banda de guerra. ¿Quién soy yo para decirles lo contrario? Tal conocimiento me mantiene a salvo de ellos".

"¿Porque creen que tú también eres una hechicera?" Hardrada sopló las mejillas. "Debemos dar gracias por su estupidez. O ceguera".

"No son estúpidos, y ciertamente no son ciegos. Simplemente están equivocados. Mi madre era famosa por su conocimiento de las hierbas medicinales. Todos acudían a ella cuando estaban enfermos o tenían alguna enfermedad que no podían curar. Entonces, un día, le trajeron un joven soldado, agonizando a causa de sus heridas. Y no importa cuánto lo intentó, no pudo salvarlo. Murió allí mismo". Señaló un pequeño claro de tierra desnuda a unos pasos de distancia. "Nada crece allí, no desde que la sangre de su vida se filtró y se empapó en el suelo".

"Los hombres mueren todo el tiempo por sus heridas. Debería saberlo, lo he visto con bastante frecuencia".

Ella sacudió su cabeza. "No, esta fue como ninguna otra muerte. Era el hijo de un noble, de alto rango, y no mueren así. Solo, en la tierra fría y húmeda. Entonces, la mataron. A mi madre. Sus compañeros la atravesaron con sus espadas. Los miré, traté de detenerlos. Pero, ¿qué podía hacer yo, una simple niña contra esos brutos? El comandante, era el más cruel de todos. Parecía disfrutar de mi sufrimiento". Su corte de verduras se volvió mucho más violento, el pesado cuchillo en su mano cortando los diversos ingredientes para la sopa, como si fueran los cráneos de los hombres que habían matado a su madre. "Fue solo después de que ella yacía allí, muerta en el suelo, que sucedió".

Hardrada contuvo la respiración. Algo en ella, la forma en que había cambiado, la hizo parecer de repente capaz de violencia. Mirando hacia atrás al terrible hecho, sus ojos se entrecerraron y se pusieron vidriosos, era casi como si hubiera regresado a ese momento. Su voz era dura, controlada, pero con un tono que no había estado allí antes. Hizo que su corazón se congelara. "¿Qué pasó?" Se las arregló para decir.

"El soldado, el chico. Se sentó, completamente curado".

Le tomó un momento reaccionar. Escuchó las palabras, pero no el significado detrás de ellas. La forma en que hablaba, su rostro, todo lo hacía sentir muy incómodo. "¿Qué quieres decir? Dijiste que estaba muerto".

"Así estaba. Mi madre colocó las hierbas en sus heridas, dijo las palabras, puso sus manos sobre su cuerpo y luego murió. Al menos, pensé que había muerto. Todos los demás también. Pero no lo hizo. Se sentó, parpadeó un par de veces y sonrió". Miró al vikingo con los ojos llenos de lágrimas. "Ahora, ¿entiendes por qué no vienen?" Sus ojos, ahora tan negros como las brasas, se clavaron en él. "Mi madre lo había resucitado de entre los muertos".

El día ya se había vuelto frío cuando Hardrada se paró en el lado opuesto del vado. La chica le había dado una bolsa llena, un brebaje de hierbas que, según dijo, curaría cualquier herida y un mapa. Lo había estudiado antes de su partida y parecía bastante claro. Un camino a través de las traicioneras montañas reduciría su tiempo de viaje hasta la frontera norte en al menos un día. Con buen tiempo, debería encontrar el campamento de los Varegos mañana como a esta hora. Andreas, aún no apto para viajar, se quedaría allí y Hardrada podría recogerlo a la vuelta. Al principio se había mostrado reacio, pero las imágenes de Zoe y la muerte de sus dos amigos a manos del detestable Orphano ocupaban un lugar preponderante en su mente, y consintió.

Ella lo miró desde un poco más lejos y él levantó levemente la mano mientras daba el primer paso hacia el agua helada. Contuvo el aliento bruscamente. Hacía incluso más frío de lo que recordaba. Debía estar nevando en las montañas, un pensamiento que no mejoró su estado de ánimo, pero apretó los dientes y cruzó el río hasta la orilla opuesta, el agua rara vez llegaba por encima de sus rodillas.

Se volvió de nuevo mientras subía a la orilla. La chica se había ido, desapareciendo entre los árboles como un fantasma. Por alguna razón se estremeció e instintivamente tiró de la piel alrededor de sus hombros. Toda esa charla de brujería y resucitar muertos, no le cayó bien. Hardrada, que nunca había sido un hombre supersticioso, había conocido a brujas en su propio país. Por lo general, viejas y deformes, había descartado sus artes como una tontería, aunque siempre se mostró cauteloso con ellas, nunca les hizo preguntas ni buscó su ayuda de ninguna manera. Quizás había algo en lo que hacían; simplemente no quería pensar en eso.

A lo largo de la orilla del río, se encontró con su espada y vaina, exactamente donde las había dejado. Rápidamente, se abrochó el cinturón alrededor de su cintura y levantó la hoja en su mano. Fue bueno tenerla de vuelta; esto lo tranquilizó, lo hizo sentir seguro. Luego, se dio la vuelta y trepó por la orilla y entró en el terreno accidentado y la escasa línea de árboles que había sido su campamento. Las cenizas del fuego eran grises, frías y muertas. La olla con los guisantes también estaba allí, la mayoría de los guisantes ya no estaban. Alguien estuvo aquí, había cocinado con este fuego, en fin, se puso cómodo.

Efectivamente, mientras investigaba más, se encontró con los signos inconfundibles de que alguien había habitado. La leve huella en la tierra, pisadas y, más allá entre los árboles, la defecación.

Un caballo relinchó.

Quienquiera que se hubiera sentido como en casa en este lugar no era un ladrón. Los caballos estaban amarrados en un pequeño claro y, una vez más, vio los restos de avena en el suelo. El visitante había alimentado a los animales, los había cuidado. No eran las acciones de alguien egoísta y despreocupado. ¿Un amigo? ¿Pero quién? Hardrada se mordió el labio, las sospechas crecieron, pero mantuvo su mente ocupada con otras cosas. Ensilló su caballo, ató las alforjas y la manta, ató las riendas del otro a las suyas y luego se subió al lomo de su caballo. La montura de Andreas resopló ruidosamente y Hardrada los sacó del claro y puso su curso en el camino que corría junto al río.

Miró hacia donde la chica tenía su propio campamento, pero no pudo ver señales de ella ni de su tienda. Era como si todo el bosque se lo hubiera tragado todo. Si aún no sabía que existía, ciertamente no lo sabría ahora. No es de extrañar que pudiera sobrevivir a duras penas sin ser molestada. Quizás, después de todo, no tenía nada que ver con la hechicería. Ella simplemente era desconocida para cualquiera. Esa debía ser la explicación lógica.

Seguramente.

❦ 24 ❦

En sus oficinas de estado, Orphano estaba sentado en su escritorio revisando algunos papeles cuando la puerta se abrió de golpe y dos guardias enormes entraron. Levantó la vista de su trabajo y les dirigió una mirada férrea. "¿Qué significa esto?"

"Por orden de Su Real", dijo el primer bruto, manteniendo sus ojos lejos del rostro del eunuco, "Su Majestad le llama a su presencia".

"¿Lo hace por Dios?" Orphano se reclinó en su silla, con las manos cruzadas sobre su amplio estómago. "¿Y sobre qué desea convocarme?"

"No puedo decirlo, señor, porque no lo sé".

"Muy bien". Orphano tiró el bolígrafo y parte de la tinta se derramó sobre el papel. "¡Marcus!"

Al instante, un hombre bajo y rechoncho apareció en el rincón oscuro. Se acercó al escritorio con la cabeza gacha. "¿Maestro?"

"Haga estos papeles y luego vaya y dígale al general que he sido... *Convocado*".

Marcus hizo una reverencia. "Señor".

Orphano se puso de pie, se puso un abrigo corto sobre su habitual hábito de monje e hizo un gesto a los soldados para que abrieran el camino. Trató de mantener la calma exterior, pero por dentro su corazón estaba acelerado. La manera de ser de estos soldados, su brusquedad, no era algo que hubiera sucedido antes, no en todos sus años de servicio a la corte imperial. No solo eran hoscos, sino que obviamente tenían prisa. Orphano había trabajado diligente e incansablemente para todos ellos, incluso Miguel. Le había ofrecido todos los consejos que pudo y, hasta hace poco y la ruptura de las relaciones con Zoe, siempre había tenido las mejores intenciones del Emperador en su mente. No podía ser que Miguel hubiera descubierto lo que realmente había en el corazón de Orphano. A menos que el General... Pero no, descartó ese pensamiento de inmediato. El general era de la misma opinión.

Cruzaron el patio principal, los tres. Algunas personas les dirigieron miradas interrogantes y el senador ocasional se inclinó, pero nadie se detuvo a hablar. Incluso los pocos guardaespaldas escitas, que holgazaneaban, no le dirigieron más que una mirada de pasada. Era como si todo fuera como debía ser, un hecho que ponía cada vez más nervioso a Orphano. Parecía como si toda la ciudad de Constantinopla supiera lo que estaba sucediendo. Todos, que se salve a sí mismo.

El palacio estaba lleno de la habitual multitud de cortesanos, alta nobleza, parásitos. El murmullo y el ocasional estallido de risa cesaron casi tan pronto como Orphano entró en la gran antecámara. Una vez más, se quedó perplejo ante esto. Evidentemente, se había corrido la voz. Curioso por no haberle informado.

Luego, cerca de las enormes puertas de entrada a la sala del trono del Emperador, vio por qué. El joven al que le había confiado casi todo, el que incluso había compartido su baño, se quedó allí, con los brazos desnudos cruzados sobre el pecho, una mirada rencorosa en su rostro terso y en ese momento

Orphano experimentó una opresión en el pecho, como el acero, bandas que se contraen. Tuvo que detenerse, recuperar el aliento, y cuando levantó la mano para secarse la frente sudorosa, vio que le temblaba. Uno de los soldados le dio un codazo insolente en la espalda.

"Siga adelante", gruñó. "Su Alteza lo espera".

Orphano estaba a punto de decir algo, pero se mordió la lengua. El hombre, de aspecto peligroso y pecho de barril, no era la razón. Era la multitud reunida. Todos los ojos estaban puestos en él. Los buitres, esperando su comida, reflexionó. Entonces, se dio la vuelta y caminó hacia las grandes puertas y las abrió sin ni siquiera un golpe en la superficie de madera.

"¡Déjennos solos!"

Michael se deslizó desde detrás de su trono y miró hacia sus visitantes. Los soldados se inclinaron e hicieron lo que se les ordenó, cerrando la puerta con un estruendo. El sonido hizo eco en la vasta habitación, algo que sirvió simplemente para exagerar la creciente sensación de aislamiento de Orphano.

Orphano hizo una reverencia. "Majestad".

"Mi querido amigo". Miguel sonrió, dio unos pasos en el estrado y se sentó en su trono. Extendió las manos. "Confío en que estás bien".

Orphano, con la cabeza aún agachada, tuvo que reprimir la impaciencia en su voz. ¿Qué está pasando? "Majestad. Muy bien gracias".

"Bien. Acércate, querido amigo. Deseo hablar contigo en un tono más, cómo debería decirlo... Paternal".

Orphano miró a su emperador desde debajo de sus cejas. Ese uso del término "querido amigo", ¡cuánto lo agravaba! Miguel solo usaba un lenguaje tan servil cuando tenía algún ingenioso plan que revelar, algo que creía que sería lo más maravilloso de toda la creación. Lo había insinuado en su último encuentro, cuando se le ocurrió el plan para interceptar a Hardrada. Orphano se incorporó y se acercó más al estrado.

Miró a su alrededor. No había otras sillas, así que se quedó allí y esperó.

Miguel tenía una sonrisa sin humor plasmada en su rostro, como un elemento permanente. "Tengo algo que mostrarte en un momento, querido amigo. Pero primero, tengo esto". Metió la mano en su bata y sacó un delgado trozo de pergamino, cuidadosamente enrollado. Lentamente, Miguel lo abrió, lo escaneó rápidamente y luego se lo pasó al eunuco.

Orphano lo leyó y sintió que todo su mundo comenzaba a desmoronarse. Todo, todo su poder, su influencia, nada de eso importaba ahora. Las palabras le quemaron el alma. Lo volvió a leer, solo para comprobarlo, y luego respiró hondo. Tendría que tener cuidado, mantener la calma, poner en práctica toda su inteligencia e intentar recuperarse lo mejor que pudiera. "Obviamente es una mentira, Majestad". Miguel frunció los labios y luego extendió la mano para coger el rollo. Orphano vaciló por un momento.

"¿No crees esto, seguro?"

Miguel hizo un gesto de impaciencia con la mano y Orphano puso el rollo en la palma del emperador y suspiró.

"Hay testigos, Orphano".

"Usted sabe que es mentira".

"¿Yo? Entonces, ¿por qué iban a mentir todos, estas personas que han venido a mí? Por su propia voluntad, Orphano. Nadie se vio obligado a hacer nada de esto. Esta declaración —levantó el rollo— es tu sentencia de muerte. Lo entiendes, ¿no es así...? Tío, y querido, querido amigo".

"¡Majestad!" Orphano podía sentir cómo aumentaba el pánico, pero no había nada que pudiera hacer para evitarlo. "Obviamente, los enemigos han inventado todo este asunto. ¿No puedes pensar que planearía envenenarte?"

Miguel se recostó y se tocó la barbilla con el extremo del rollo. Durante mucho tiempo se quedó sentado, como si estuviera sopesando sus acciones, considerando la mejor forma de proceder. Detuvo el golpeteo abruptamente, de repente gritó: "¡*Guardia*!"

Orphano se dio la vuelta, sin saber qué esperar cuando las puertas se abrieron y el mismo soldado brutal que lo había escoltado hasta el palacio entró. Hizo una reverencia. "¿Mi señor?"

"Tráelo. Y al otro también".

El guardia hizo una reverencia y luego salió. Orphano miraba, paralizado. Se dieron unas cuantas órdenes de ladridos y luego entraron dos soldados más con el joven que se había parado tan descaradamente junto a la puerta. Otro joven también estaba allí, uno que Orphano recordaba como el joven que a menudo lo abanicaba durante las noches calurosas y bochornosas. Ambos se pararon en actitudes relajadas, burlas hoscas en sus hermosos rostros.

La voz de Miguel era práctica y sin emoción, "Díganme exactamente lo que ustedes les dijeron a mis guardias. Palabra por palabra".

El primer joven hizo una reverencia. "Majestad. Ambos observamos a nuestro maestro, Orphano, preparando un brebaje una noche. No sabíamos qué era y nos quedamos en un rincón, fuera de la vista, para mirarlo. Entonces..." Miró a su compañero, quien tosió nerviosamente y dio un paso adelante. Él también hizo una reverencia.

"Mi señor. Vimos a Lady Zoe entrar en la habitación de nuestro amo. Se saludaron como viejos amigos. Luego, nuestro maestro le entregó el frasco, en el que había colocado un poco de su brebaje y dijo estas palabras: "Pon esto en...' Perdóneme, señor..."

El chico de repente se puso muy rojo y miró a su alrededor de una manera desesperada, como si sus palabras fueran a deletrear su propia perdición, no la de otra persona.

Miguel rugió: "¡Continúa, maldita sea!"

El chico hizo una reverencia aún más baja: "Señor, dijo: 'Pon esto en... El vino de Miguel antes de que se duerma esta noche, y todo será como debe ser'. Luego, ella lo tomó, lo besó en la mejilla y se fue".

"Esto no tiene sentido", intervino Orphano, dando un paso hacia el joven. Al instante, el brutal soldado se movió entre ellos, con la mano en la empuñadura de su espada. Orphano se giró para mirar a su Emperador. "¡Esto es un tejido de mentiras, Majestad! ¿Por qué haría algo así? ¡Te he apoyado en cada paso del camino, te he prestado mi servicio ininterrumpido desde el momento en que subiste al trono!"

"Sí, y esperaste tu momento para atacar", siseó Michael. "¡Como la víbora que eres!"

"Majestad, nunca he tenido tanto como..."

"¡Silencio!" Miguel se inclinó hacia adelante en su silla. ¡Hiciste lo mismo con mi tío, el emperador Miguel IV! ¡Maldita sea, lo pusiste en el trono, tu propio hermano, después de haber asesinado a Romano! ¡Toda la ciudad conoce tus mentiras e intrigas, Orphano! Has manipulado y maquinado durante demasiado tiempo. Bueno, ahora has conocido a tu pareja. ¡Al llevarme al trono, has apresurado tu propia sentencia de muerte! Chasqueó el dedo hacia el bruto. "Haz que entre la señora".

El soldado hizo una reverencia y marchó a través de la habitación hasta el rincón más alejado, donde una pequeña puerta conducía a una de las muchas oficinas y vestidores adyacentes. Unos momentos después apareció Zoe.

Sin lugar a dudas, era ella. El rostro, los pómulos altos y los ojos ovalados que te embriagaban. La fina figura, perceptible incluso bajo el sencillo y liso vestido que llevaba, acordonado alrededor de la cintura. Descalza y, lo más impactante de todo, una cabeza calva, cortada hasta la piel. Orphano jadeó y se tapó la boca con ambas manos. "¡Querido Dios!" Logró decir.

"Querido Dios, en verdad", dijo Miguel, disfrutando del espectáculo. Lady Zoe está desterrada a un monasterio, Orphano. No te diré dónde. Basta que sepas que ella va allí para pasar sus días en tranquila contemplación y al servicio de Cristo Nuestro Señor. Ella se va esta misma noche. ¡Y tú, "bajó los escalones", no podrás pronunciar una sola palabra maldita sobre nada de eso!".

Orphano negó con la cabeza, mudo por lo ocurrido. Sabía de los planes para enviar a Zoe al exilio, pero siempre había creído que sería como antes, bajo arresto domiciliario. Para encerrarla en un monasterio, ¿cómo podría el Emperador siquiera contemplar tal cosa? Orphano había subestimado completamente a Miguel, nunca había creído que pudiera ser capaz de tal duplicidad, tan descarado subterfugio.

"Verás, querido amigo", Miguel metió la mano dentro de su bata y levantó una pequeña botella de piedra. La levantó y la miró, inclinándolo ligeramente. "Este es el veneno, Orphano. Lo probé en uno de los perros. Cayó muerto en unos momentos. Realmente bastante horrible". Miró a Zoe. "Ella no lo ha negado. ¿Cómo podía ella...? Lo tenía en su poder.

"No", logró decir Orphano y se movió hacia el estrado, "¡No, eso no está bien! ¡Nada de eso! ¡Majestad, esto no va a resolver nada! ¡Me estás matando, desterrando a Lady Zoe, nada de eso funcionará! ¡La gente, Majestad, la gente lo *sabrá*!"

"¿Lo harán? Dudo que siquiera les importe. Me dirijo al Senado esta noche y mañana abriré una semana de juegos y festejos para el pueblo. Creo firmemente que al final de sus siete días de borrachera y fornicación, les importará un carajo tú, Lady Zoe o cualquier otra cosa que pueda entrar en sus pequeñas y patéticas mentes. Y además", señaló con la cabeza a los soldados, "no los voy a matar, Orphano. Yo también te voy a despedir. Eres mi tío, después de todo. ¿Qué dirían mamá y papá?"

"Jesús, eres un pequeño canalla pecador e insolente. ¿Qué diría tu mamá? Ella te pondría sobre su maldita rodilla y te azotaría como la luz del día, eso es lo que haría".

Antes de que nadie supiera lo que estaba sucediendo, Miguel

había subido al estrado a toda velocidad y golpeó a Orphano en la cara. El golpe hizo tambalear al eunuco, y dio un par de pasos tambaleantes hacia atrás, agarrándose la mejilla, los ojos llorosos por la conmoción más que por el dolor.

Miguel se puso de pie, respirando con dificultad y con el rostro enrojecido. Él gruñó: "Bueno, mamá no está aquí, ¿verdad? Todavía me consideras un bebé, Orphano. La forma en que te pavoneas, con la cabeza erguida, la nariz en el aire, como si fueras el verdadero poder. No soy un niño y soy yo quien toma las decisiones, no tú. Ya no. ¡Guardias!"

Orphano se tensó, listo para que los fuertes brazos lo agarraran y lo arrastraran hacia el destino que Miguel le tenía reservado. Pero, mientras cerraba los ojos y esperaba, no pasó nada. Los gritos a su derecha lo obligaron a volverse, y vio que eran los dos jóvenes los que estaban siendo maltratados. Observó con total asombro y creciente horror cómo los soldados agarraban a cada joven uno por uno, y el brutal desenvainaba su espada, se volvía hacia el Emperador y esperaba. Orphano lo vio, el leve asentimiento, luego los labios curvados hacia atrás. "Mátalos", dijo Miguel en voz baja.

Antes de que alguien pudiera moverse, o gritar, o incluso entablar algún tipo de lucha, el bruto atravesó con su espada al primer joven, la cruel hoja cortando hacia arriba hasta su esternón. El segundo joven gritó e intentó liberarse, pero fue inútil. El soldado que lo sujetaba era demasiado fuerte y mientras pateaba y se retorcía en las enormes manos del hombre, el joven pudo ver que su fin estaba cerca. El bruto sacó su espada del torso del otro, una gran gota de sangre y un revoltijo de intestinos grises con venas rojas cayeron al suelo, que ignoró, dio un paso hacia el otro y lo cortó en la garganta. Ambos jóvenes estaban en el suelo, algunos gorgoteos provenían de las profundidades de sus cuerpos mientras su vida se les escapaba.

El brutal soldado limpió su espada en los pantalones cortos

de una de las víctimas muertas. Envainó la hoja, se puso firme y esperó.

Orphano cerró la boca, trató de tragar, pero descubrió que toda su saliva se había ido. Con la garganta seca de terror, volvió los ojos hacia el Emperador, trató de hablar, pero no pudo.

"Dios mío", dijo Miguel, cayendo de nuevo en su trono. "¿Tuviste que hacer tanto lío? Limpia todo eso antes de que vomite".

"Tut, tut, Miguel". Era Lady Zoe, hablando por primera vez desde que había entrado en la habitación. Había visto todo el espantoso episodio sin pronunciar una sola palabra. Ella no parecía afectada en absoluto por lo que había ocurrido, e incluso sonrió mientras negaba lentamente con la cabeza en un gesto de lo que parecía decepción. "¿Qué te pasa? ¿No tienes estómago para eso?"

"¡Cállate, perra!" Miguel soltó una breve carcajada. Sé que tienes estómago para eso, mucho. ¿A cuántos maridos despediste? ¿Dos? ¿Los viste morir, como tú hiciste las rondas? Sin duda te estaban cogiendo mientras ellos se retorcían en agonía".

"Has mejorado tu vocabulario", dijo, "así como tu habilidad para asesinar".

"¡No me sermonees, maldita sea!" Se secó la boca. "Tenía que hacerse, imbéciles que eran".

"Naturalmente. No querríamos que saliera el hecho de que fueron títeres pagados, ¿verdad?"

Miguel la fulminó con la mirada, luego señaló a Orphano, que todavía estaba completamente desconcertado. "Te van a llevar lejos, Orphano. Colocado bajo arresto domiciliario, hasta que pueda decidir qué hacer contigo. Esos dos bastardos han sellado tu destino y no creas que no usaré esto", volvió a levantar el pergamino, "si mencionas a alguien una palabra de lo que has visto hoy aquí. ¿Me entiendes, querido amigo?"

Orphano asintió con la cabeza, luego miró a Zoe, quien no lo miró a los ojos, sino que se volvió, juntó las manos frente a ella en una práctica actitud de oración y dijo al hacerlo: "Iré y me prepararé, Miguel. Dudo que vuelva a verte".

"No en esta vida", se rió el Emperador.

"No. Ni quizás en la próxima".

Michael le lanzó una mirada que se habría marchitado mucho, pero Zoe simplemente se alejó, tan silenciosamente como había entrado, y se deslizó hacia la antesala, cerrando la puerta suavemente detrás de ella.

"Maldita sea", espetó Michael. "Me alegrará verle la espalda con sus aires y gracias". Se volvió para examinar a Orphano. "Pareces enfermo, querido amigo. Sé que sentías algo por esos chicos, pero incluso tú debes haber sabido que no podrían vivir".

"Espero que no. Yo no he sido... Majestad, lo que está haciendo..."

Michael levantó la mano con la palma hacia afuera. "No quiero escucharlo, Orphano. Tus días de consejería terminaron. Mis hombres te acompañarán a tus aposentos, donde podrás recoger tus cosas. No demasiadas, claro. Quiero que viajes ligero. Además, adónde vas, no necesitarás mucho".

"Usted no llegará lejos con esto".

"¿No lo haré?" Michael sonrió y miró a su alrededor con aire de suficiencia, "Parece que ya lo hice".

25

A medida que el horizonte distante se tiñó de tonos violáceos, Hardrada sintió que el pesado cansancio comenzaba a aplastarlo. Rindiéndose a él, se inclinó hacia adelante sobre el cuello del caballo, permitiendo que sus ojos se cerraran. Había estado vagando por el camino elegido durante horas, la quietud de su entorno lo arrullaba hacia el sueño. Había luchado contra eso, con éxito también, pero ahora se estaba volviendo demasiado. Entonces el caballo relinchó y él abrió los ojos de golpe y se sentó. Se maldijo a sí mismo por ser tan débil. Sin dormir, no hasta que cayera la oscuridad y pudiera instalarse en un lugar fácilmente defendible.

El camino se arqueaba hacia arriba por fin, dándole un momento para controlar su montura, y miró a su alrededor antes de bajar de la silla. Palmeó el costado del caballo, lo ató a un árbol cercano y luego bajó por la pequeña pendiente hacia el río.

A lo largo del camino, el río había sido su compañero constante, siempre a solo unos pasos de distancia, y sus suaves meandros le proporcionaban una sensación de comodidad. Un salvavidas que lo llevaría de regreso a la chica y Andreas. ¿Qué necesidad tenía de un mapa cuando tenía este gran dedo plateado, siempre señalando el camino a casa?

Se puso de rodillas, tomó un puñado de agua helada y se salpicó la cara. Se frotó los ojos y el cabello, sacudiéndose como un gran gato, revitalizándose. Se sintió instantáneamente mejor, el cansancio se desvaneció cuando agujas frías de agua pincharon su carne.

La pisada podría haber sorprendido a alguien con menos experiencia que él. Hizo como si continuara con su lavado, pero se preparó. El segundo paso lo hizo moverse, levantándose y girando en un movimiento fluido, la mano ya sacando la espada, parando el ataque. Puso su hombro en el asaltante, tirándolo de vuelta al suelo cuando un segundo asaltante se acercó. Hardrada giró en redondo, manteniéndose agachado, la espada cortando las espinillas del hombre. El atacante gritó mientras caía. Al otro lado, los caballos relincharon y patearon y Hardrada los vio, por el rabillo del ojo, encabritarse. Otros hombres se acercaban tratando de llevarse los caballos. Hombres rechonchos, envueltos en pieles. La banda de guerra.

Un golpe de espada llegó de la nada. Hardrada lo interceptó, pasó su espada por la del otro, la giró y luego la pateó, alcanzando al hombre en la ingle. Gruñó, se lanzó hacia adelante y Hardrada bajó su espada por la nuca del hombre. Sin tiempo para admirar su obra, Hardrada se sumergió y esquivó otro golpe. Éste era mucho más fuerte. Un hombre corpulento, ojos salvajes, dientes astillados en una boca abierta y cavernosa. Blandía un hacha sobre su cabeza, gritando de una manera extraña y grotesca. Otros tomaron el grito de batalla. Hardrada no supo cuántos, no tenía tiempo para pensar. Tres estaban abajo, un cuarto avanzando. Otros se acercaban y supo, en ese instante, que eran demasiados. Quizás podría matar a tres más, pero no a tantos. No importaba, él lucharía, acabaría con todo aquí y ahora, cayendo en la gloria de la batalla. Un verdadero vikingo. Rugió, paró y cortó.

De entre los árboles surgió un espectáculo terrible. Un hombre enorme, de piel negra, brazos enormes, empuñando una cimitarra curvada y malvada que cortaba carne y hueso con una facilidad horrible. El vikingo vio caer a dos, luego a tres de la banda de guerra salvaje, los cuerpos abiertos, la sangre brotando.

Hardrada levantó la voz en su propio gran grito de batalla y golpeó a su atacante con el hacha, el hombre cayó con un profundo y gutural gemido. A estas alturas, el primer atacante estaba volviendo a ponerse de pie y, sin girarse, Hardrada empujó hacia atrás, sintió el impacto satisfactorio del metal pesado hundiéndose en la carne blanda. Soltó la hoja de un tirón y el hombre cayó al suelo. De repente, todo se quedó en silencio, el sonido que se alejaba de los guerreros que huían fue lo único que interrumpió la calma, pero pronto eso también desapareció. Hardrada se acercó listo, con la espada delante de él, y allí estaba el gran escita moreno, sonriendo, ebrio del éxtasis de matar, con la sangre y el cerebro de sus víctimas rociadas por su pecho.

"Crethus", respiró Hardrada. Permaneció tenso, sin saber qué haría el enorme escita a continuación. Entonces, vio al gran guerrero envainar su cimitarra y se permitió relajarse un poco. Sin embargo, se aferró a su propia espada y esperó.

Crethus avanzó entre los asaltantes caídos, se acercó al vikingo, inclinó ligeramente la cabeza y sonrió. "No has perdido tu toque, ya veo".

"Ni tú el tuyo". Hardrada deslizó lentamente su espada en su vaina. "Excepto que este día no castraste a nadie, mientras dormían".

La sonrisa se congeló en el rostro del escita y durante mucho tiempo ambos se miraron mutuamente, hasta que por fin Crethus miró hacia otro lado y contó a los caídos. Sacudió la cabeza. "Dos se escaparon. Eran un grupo de exploración y pronto los demás estarán sobre nosotros". Miró hacia arriba. "Debemos irnos".

"¿Ir? ¿Ir adónde?"

"Tengo órdenes de acompañarte hasta donde está el Patriarca". Apareció un ceño fruncido. "¿Dónde está el bizantino que te acompañó?"

"Está a salvo".

"¿No está muerto entonces?"

"No. Todavía no. ¿Por qué preguntas? ¿Él también forma parte de tus órdenes?"

Otro ceño fruncido. Hardrada sabía que había tocado un nervio, había hecho una incursión. ¿Quién enviaría al escita hasta aquí y por qué motivo? Algo debe haber cambiado, el plan necesitaba ser modificado, tal vez incluso abandonado por completo. ¿Se había enviado al poderoso Crethus para asesinarlos? ¿Y al Patriarca también?

"Mis órdenes son escoltarte al campamento de los mercenarios Varegos al mando de Rufus Wolfberdbrüder, y asegurarme de que regreses a Bizancio a toda prisa. Eso es todo".

"Pero vamos a hacer eso de todos modos". Hardrada se acercó. En esta proximidad, Hardrada pudo decir que era una fracción más alto que el escita, pero aparte de eso, eran casi imágenes inversas el uno del otro. Donde el escita era de piel oscura, músculos bien definidos, carne suave, casi brillante, el cuerpo de Hardrada parecía tallado en granito, las extremidades peludas, ásperas, con cicatrices y del color del alabastro. Serían buenos camaradas o, más probablemente pensó Hardrada con sombría aceptación, enemigos acérrimos. Bien emparejado, es igual. El escita había luchado como un demonio y había revelado sus habilidades con una confianza aterradora, casi indiferente. Un oponente peligroso en todos los sentidos. Golpeó al escita en el pecho, solo una vez. "¿Por qué te enviaron realmente?"

Desde lejos llegó el sonido de voces elevadas. Crethus giró

bruscamente la cabeza. "¡Están más cerca de lo que pensaba! Debemos irnos". Corrió hacia donde había dejado su propio caballo y saltó a la silla.

Hardrada se movió rápidamente, desató el caballo de Andreas del suyo y le dio una fuerte palmada en la grupa. El animal se sobresaltó, relinchó ruidosamente y se alejó al galope, de regreso por el camino hacia el campamento ahora distante. Necesitaba velocidad ahora, y habría otros caballos para Andreas. Se montó en la silla y espoleó a su caballo, golpeando tras el veloz Crethus.

Para cuando cayó la noche, habían logrado superar a la banda de guerra. Aunque ambos sabían que el enemigo continuaría siguiéndolos, ninguno permitió que la idea los preocupara. Porque allí, sobre la colina, se encuentran las hogueras del puesto avanzado de los Varegos. Detuvieron sus caballos y se sentaron allí, mirando a través del vasto plano hacia los límites más septentrionales del imperio bizantino. Más allá, lo desconocido. Rusos, normandos, quizás búlgaros. Enemigos todos, y todos con la intención de destruir la mayor civilización de la tierra. La cuna del conocimiento, el receptáculo de la sabiduría colectiva de los antiguos. Un tesoro frágil, que requería defensa y mantenimiento constantes.

"Llegaremos por la mañana", dijo Crethus, reposicionándose en su silla. "Acamparemos por la ladera de la montaña, encontraremos una cueva. Si esos cabrones deciden atacarnos, podemos defendernos bastante bien desde allí. ¿Tienes las órdenes selladas?"

Hardrada señaló con la cabeza sus alforjas. "Sí. Las he mantenido a salvo".

"Eso es bueno, porque las voy a necesitar".

El brillo de sus ojos parecía acentuado por la noche, y era toda la advertencia que Hardrada necesitaba. Mientras el escita giraba en redondo, la daga que sostenía atravesaba la oscuridad con un destello de plata, Hardrada golpeó, bloqueando el brazo del cuchillo mientras golpeaba poderosamente con el otro codo. El golpe alcanzó a Crethus bajo la mandíbula y lo levantó de la silla con una fuerza tremenda. Con una expulsión gutural de aire, el escita se lanzó hacia atrás y golpeó el suelo con un ruido sordo y espantoso. Incluso mientras intentaba incorporarse a una posición medio sentada, Hardrada estaba encima de él, tirándolo del cuello para que se pusiera de pie. El vikingo lo golpeó con fuerza en la cara y lo envió por el borde de la ladera donde desapareció, tragado por la negrura.

Hardrada se puso de pie y escuchó. El sonido del cuerpo golpeando la tierra parecía amplificado en la noche quieta, y podía escucharlo deslizándose por la ladera de la montaña. Permaneció allí hasta que no pudo oír más, luego, satisfecho, volvió a los caballos, ató la montura del escita a la suya y continuó por el camino que finalmente conduciría al campamento varego. No tenía intención de esperar hasta que llegara la mañana. Ese había sido el plan de Crethus, pero ahora estaba muerto y los planes habían cambiado.

26

"General, necesito hablar con usted, señor".

Maniakes estaba sentado en sus habitaciones privadas, relajándose, después de haber terminado su cena. El soldado que estaba frente a él parecía preocupado, con profundas líneas de ansiedad grabadas en su rostro.

Leoni salió del respaldo del sofá, se inclinó sobre el hombro del general y lo besó suavemente en la mejilla. "Estaré en la habitación de al lado", dijo en voz baja y se escabulló.

Maniakes sonrió para sí mismo. Leoni era una chica inteligente e ingeniosa. Con ella él había tomado una decisión acertada como compañera de cama. Arqueó una ceja hacia el soldado, que estaba estudiando el cuerpo en retirada de la chica con una mirada de intenso deseo. "¿Cuál es su nombre, Capitán?"

El soldado giró la cabeza, "Nikolias, señor".

"Muy bien, Capitán Nikolias. Hable".

El Capitán inclinó la cabeza y se acercó. "La señora Zoe será trasladada esta noche, señor. Pensé que usted querría saberlo".

Maniakes no cambió de posición en el sofá. Se acercó y tomó

una aceituna de uno de los muchos cuencos que estaban esparcidos por la mesa baja frente a él. La estudió detenidamente antes de llevárselo a la boca. "Capitán, sé todo sobre el exilio de Lady Zoe".

"Señor, con el debido respeto, hay más".

"¿Más?" El general mordió la aceituna y luego la regó con un poco de vino. "Estoy muy emocionado, Capitán".

"Su Alteza, el Emperador Miguel también ha exiliado a su Señoría Orphano".

Maniakes casi se atragantó con el último trago de su vino y se sentó tosiendo roncamente. Nikolias rápidamente le sirvió un poco de agua y el general se la tragó, se tomó un momento para recuperarse, calmando su respiración. "¿Orphano? ¿Cuándo sucedió esto?"

"Dentro de una hora, señor. Pensé que usted debería saberlo. Su señoría le envió un mensajero, señor. Desafortunadamente..." Nikolias se pasó el dedo índice por la garganta, uno de los guardias del Emperador lo atacó primero.

Maniakes se puso de pie y puso una mano contra su pecho. Su corazón latía con fuerza. De hecho, esta era una mala noticia y totalmente inesperada. Miguel se estaba moviendo contra todos ellos y por un momento Maniakes no sabía qué hacer. Su mente recorrió toda una serie de posibilidades, una de las cuales incluía huir de la capital y dirigirse a sus tropas en Italia. Miguel no se atrevería a moverse en su contra con todo un ejército para acudir en su ayuda. Se mordió el labio inferior y luego miró al Capitán con una mirada inquisitiva. "¿Por qué me está diciendo esto?"

"¿Señor?"

"Usted, un leal oficial bizantino, está rompiendo su juramento contra el Emperador".

"Yo no hice tal juramento, señor. Mi lealtad está en el ejército. Hago lo que me ordenan, señor, pero a veces... Tuve que matar a dos conspiradores, señor. Dos chicos, de apenas dieciocho años, a los que se les había ocurrido una historia de fantasía sobre Orphano y Lady Zoe. Maniakes miró al oficial de cerca mientras el escalofrío lo recorría. "Le dijeron al Emperador que tanto Orphano como su Señoría habían planeado envenenar al Emperador, y habían hecho testamentos firmados al respecto".

"Eso no es cierto. Orphano me lo habría dicho. Además, no serviría de nada matar al Emperador, un acto así podría hundir al Imperio en una guerra civil".

"Mis pensamientos exactamente, señor".

"Sus pensamientos… Capitán, usted es un hombre interesante. ¿Qué más le dijeron sus pensamientos?"

"Veo a Lady Zoe como una fuerza para el bien, señor. Aportando solidez y gracia al Imperio. Creo que su exilio está equivocado, señor. Lo mismo podría decirse de Orphano, señor".

El general, recuperado de su conmoción, se sirvió otra copa de vino. Hizo una pausa por un momento, considerando al Capitán, luego le sirvió al hombre una copa llena también. Se la entregó. Nikolias lo miró con cautela antes de tomarla de la mano que le ofrecía.

"Dígame, Capitán. ¿Por qué usted es solo un soldado? Un hombre con su perspicacia debería ser un político".

"Mi familia eran políticos, señor. Preferí hacer mi propio camino. Pero", levantó la copa, "me temo que se acerca el momento de que intervenga el ejército". Tomó un sorbo de vino.

"Tenga cuidado, Capitán, de que sus ambiciones emergentes no se apoderen de usted. Si el Emperador puede eliminar tanto a Lady Zoe como a Orphano, le resultará muy sencillo destruirle".

"Por eso vine aquí, señor".

"¿Oh? ¿Y qué le hace pensar que no soy leal al Emperador?" Maniakes consideró al soldado con atención. ¿Podría ser realmente el caso de que el ejército estuviera al borde del motín? La ciudad capital no tenía acopladas a muchas tropas de primera línea, y lo que quedaba de la Guardia Imperial se había visto mermada por los deberes fronterizos. La ciudad tendía a depender de la guardia Varega para defenderse. Los Varegos, sin embargo, estaban en total desorden. Los nórdicos habían sido reemplazados violentamente por escitas, el grupo de perros más indigno de confianza que se pueda imaginar. La escena se estaba preparando para un monumental choque de armas, especialmente si Hardrada regresaba a la cabeza de los Varegos nórdicos de Rufus, con Alexius a remolque. Quizás sería mejor que Hardrada sobreviviera y Crethus fallara en su misión. La olla estaba bien y verdaderamente removida, y Maniakes tenía que encontrar alguna forma de diluirlo todo. Al final, lo único que importaba era la estabilidad del Imperio; su continuidad como un poder fuerte y floreciente era absolutamente imperativo.

Nikolias se tensó. "Creo que es leal al Imperio, señor".

"Has corrido el riesgo de venir aquí. Podría denunciarte".

"Sí, usted podría, señor. Pero creo que no he malinterpretado la situación. Tampoco usted, señor.

"¡No sea tan malditamente impertinente! Todavía soy su comandante en jefe, recuérdelo".

El soldado bajó la cabeza. "Sí, señor, por eso creo que hará lo correcto, señor. Siempre lo has hecho".

"Bueno, en esta ocasión, ha elegido sabiamente". Nikolias levantó la cabeza de golpe y un leve fantasma de sonrisa apareció en sus labios. Los ojos de Maniakes se entrecerraron. "Pero no asuma que lo sabe *todo*, Capitán".

"No señor. Absolutamente no, señor".

"Lo has hecho bien". Maniakes apuró su copa. "Tengo que pensar en todo esto. No podré evitar que Orphano o Lady Zoe se exilien, pero al menos puedo hacer algo para disminuir el impacto". Él sonrió, una idea comenzaba a tomar forma en su mente. "Sí, creo que podría tener la respuesta. Capitán, quiero que continúe siguiendo órdenes. Debe haber alguna razón por la que el Emperador está esquivando a la guardia escita. Quizás no confía en ellos, quién sabe. Déjelo creer que tiene su lealtad y no haga ni diga nada que pueda alertarlo para creer lo contrario. Mientras tanto, consideraré las opciones que tengo".

Nikolias tragó su vino y dejó la copa con cuidado sobre la mesa. Se puso firme, saludó y salió.

Maniakes se quedó allí durante mucho tiempo. Leoni se acercó a él.

"¿Escuchaste todo eso?"

"Cada palabra". Ella tamborileó ligeramente con los dedos sobre su hombro. "¿Qué va a hacer?"

Maniakes le sonrió. "Es hora de que vuelvas a hacer tu parte, mi pequeña arpía".

"¿Tengo que hacerlo?"

Le acarició la mejilla con tanta ternura como jamás le había mostrado a nadie. "No será por mucho tiempo. Confía en mí".

"Sabes que lo hago. Pero odio estar con él. Es como un gusano". Ella se acercó a su frente y se acurrucó en su pecho. "Prefiero tener un carnero".

Le acarició la cabeza. "Siempre tendrás eso. Solo unas pocas veces más, eso es todo. Entonces, todo habrá terminado".

Ella cerró los ojos y suspiró profundamente. El general miró hacia adelante. No tenía idea de lo que podía hacer. Leoni estaba destinada a extraer información del Emperador, información que finalmente podría usarse en su contra. Pero Miguel los había superado a todos y, sin duda, continuaría haciéndolo. En la superficie, un chico torpe, de hecho, era un oponente extremadamente tortuoso e ingenioso. Bueno, Maniakes lo había subestimado una vez, no volvería a suceder. Al menos, eso es lo que esperaba. De ahora en adelante, tendría que considerar con mucho cuidado cada uno de sus movimientos e intentar, de alguna manera, prever todos los resultados posibles. No sería una tarea fácil, pero había usado tácticas superiores en el campo de batalla muchas veces para vencer a adversarios astutos y dignos. Esto no sería diferente. Todo lo que se necesitaría era planificar y mucha suerte.

El sonido de la serie de trompetas llenó la vasta casa del Senado, proclamando la llegada del emperador Miguel V, elegido por Dios como gobernante supremo del Imperio Bizantino. De sus asientos de piedra, los senadores se levantaron como uno, sus cabezas inclinadas en súplica.

Miguel se movió en lo que pensó que era un estilo regio. Su túnica larga y pesada, con incrustaciones de oro puro y una multitud de piedras preciosas, se arrastraba detrás de él, haciendo un sonido suave y susurrante a través del mármol pulido. Miró a su alrededor, esperando encontrar al menos una cara vuelta hacia arriba. No había ninguno y sonrió. Este era el poder de hecho.

La cacofonía de los toques de trompeta se elevó a un crescendo cuando subió al estrado central y se sentó en el trono. Sus sirvientes personales estaban cerca para asistir, y un puñado de Varegos escitas se extendía a ambos lados, armados y con casco. Miguel sonrió a la asamblea y esperó hasta que cesaran las trompetas antes de comenzar, en un tono suave y sin pretensiones, "Senadores. Por favor tomen asiento".

Como uno solo, los hombres se volvieron a sentar, moviendo

las túnicas, asintiendo entre sí, pero sin murmurar. Todos ellos, la colección de la aristocracia más rica y poderosa del Imperio, fueron silenciados al ver a su nuevo emperador, que se encontraba entre ellos por primera vez desde su ascensión. En su primera misa inaugural, lo habían visto en toda su majestad, y el completo y total asno que había hecho de sí mismo. Pero eso fue en terreno neutral. Aquí, la Casa del Senado era su guarida. El emperador había acudido a ellos. Esperaron, en un silencio cortés y digno, pero confiaban en su poder y prestigio. Ningún emperador podía esperar gobernar sin su apoyo y eso, por encima de todo, era su as en la mano. Entonces, aunque en silencio, vieron a este joven como nada más que como un intruso que puede, o no, sobrevivir por mucho tiempo.

"La última vez que nos vimos", comenzó Miguel, a gusto consigo mismo, reclinándose en el trono, con un codo apoyado en el brazo, sus dedos golpeando contra su barbilla, "estaba algo... Cómo debería decir... Angustiado". Alguien, en algún lugar, soltó una fuerte carcajada. Los senadores se giraron, estiraron el cuello y empezaron a murmurar. "Senadores", ladró Miguel. Todos se calmaron, volvieron sus rostros hacia él.

"Senadores... Fui precipitado, ignorante, y debo haberlos avergonzado a todos. Pero un día es mucho tiempo en la vida de un emperador de Roma. Ciertamente mucho tiempo. He aprendido mucho, y ahora confieso libremente que mi arrebato fue injustificado y nunca debería haber sucedido". Más murmullos; muchos asentimientos de cabezas. Miguel permitió que continuara esta vez y sintió que la atmósfera se relajaba. Se sentó hacia adelante, ansioso por aprovechar su ventaja. "Por supuesto, todo fue gracias a Lady Zoe, quien me ha dado tanta orientación durante estos últimos días. Sin ella..." Extendió las manos, "¿dónde estaría?"

Esperó un comentario inteligente y sarcástico de algún lugar profundo dentro de las apretadas filas, pero no llegó. Cogiendo confianza, se puso de pie. "Fue ella quien me enseñó a comportarme en el futuro, a parecerme y actuar de manera regia. Todo esto en unas pocas horas". Él rió. "Es una mujer extraordinaria, tan sabia, tan llena de vida. ¡Imagínense, por tanto, mi horror cuando descubrí que fue ella quien ordenó que se levantara la alfombra de tal manera que me haría tropezar! Sí, senadores, esa es la simple verdad: Lady Zoe, la misma mujer que me educó tan bien, antes y después de la ceremonia, ¡fue la responsable de mi vergüenza!"

Los senadores quedaron atónitos. Parecían tantos niños castigados, marchitándose bajo una buena reprimenda de un tutor enojado. Por fin, un alma valiente gritó: "¡Eso no puede ser! ¡Lady Zoe es una defensora pura y noble de nuestra verdadera Iglesia!"

Cuando las voces se juntaron en acuerdo, Miguel levantó ambas manos para calmarlas. "Por favor, senadores... Sé que esto debe ser una gran sorpresa para ustedes, pero tengo otros anuncios lamentables". Chasqueó los dedos. De inmediato, uno de sus sirvientes se acercó y sacó un delgado trozo de pergamino, que deshizo con la debida reverencia y comenzó a leer. "Juro ante Dios que este es un testimonio verdadero y certero. Estoy en el servicio doméstico de John Orphano y vi, una noche, a mi amo darle a Lady Zoe una ampolla de ungüento. Él declaró que era un veneno, para ser usado contra la persona de nuestro más glorioso Emperador, Miguel Quinto. Que tal veneno haría que el Emperador muriera dentro de un período de velas y que luego podrían mudarse para reinstalar a Su Señoría como la verdadera Emperatriz de Roma. Lo juro". El sirviente mantuvo la cabeza gacha mientras le entregaba el pergamino al emperador.

"Este testigo", continuó Miguel, sosteniendo la confesión como si fuera algo frágil, para ser mimado, manejado con sumo cuidado, "este salvador, pagó con su vida por divulgarme las verdaderas profundidades de la ambición de Lady Zoe".

"¡Nunca!" Gritó alguien más.

"Es una mentira", dijo otro.

Michael negó con la cabeza, una lágrima rodando por su mejilla. "No. Yo mismo lo pensé, hasta que otros se adelantaron. Todos contaron la misma historia: un complot de asesinato. Para asesinarme. Y los perpetradores: John Orphano y Lady Zoe".

El murmullo se hizo más fuerte, convirtiéndose en un parloteo de indignación. Se levantaron voces, dedos y manos gesticularon de esta manera, algunos senadores se pusieron de pie y gritaron: "¡Qué vergüenza!" Dijeron unos, y: "¡Mentiras!" Dijeron otros.

Miguel resistió la tormenta, se mantuvo concentrado, se negó a dejarse abrumar por esta creciente ola de indignación. Sabía que sería así, que ninguno de ellos aceptaría que Zoe fuera capaz de tal cosa.

Se había sentado en sus aposentos privados, ensayó sus palabras, imaginó las respuestas. La realidad, sin embargo, era mucho peor de lo que podía haber imaginado. La vehemencia de sus negaciones fue, en cierto modo, una negación también de él y de su autoridad. ¿Pero cuántos de ellos sabían, se preguntó, que Zoe había sido fundamental en la muerte de sus maridos? Seguramente algunos de ellos, y fue a estos pocos a los que más dirigió sus palabras. No sabía quiénes eran, pero estaba seguro de que una vez que comenzaran a vacilar en su convicción sobre la culpabilidad o inocencia de Zoe, sería capaz de aprovechar su ventaja.

Escudriñó la masa de senadores mientras despotricaban y deliraban entre ellos y los vio, esos hombres que siempre habían albergado sospechas sobre la autenticidad de la rectitud de Zoe. Estaban sentados allí, en dos grupos separados a unos pocos pies el uno del otro, todos mordiéndose los labios con furia, los ojos mirando alrededor, sin saber si unirse a la cacofonía o simplemente sentarse. Miguel hizo su movimiento.

. . .

El general Maniakes marchó por el pasillo con columnas que conducía al salón del trono del Emperador. Detrás de él repiqueteaba media docena de soldados de la guardia de palacio, adornados con armaduras completas, empuñando escudos y espadas. En las puertas, dos guardias escitas de aspecto nervioso se pusieron atentos.

"Le ruego me disculpe, general", dijo el primero, mirando al frente. "Su Alteza Real ha ido a la Cámara del Senado".

La noticia llegó como un golpe. ¿Por qué no le habían informado? Miguel se había movido rápido en un intento deliberado de superarlo. Por un momento o dos, no supo qué hacer y reflexionó sobre el mejor camino. Por supuesto, podía ir a la Cámara del Senado y averiguar qué estaba pasando. O podría esperar. Su impaciencia natural rechazó el último curso, se dio la vuelta y caminó por el pasillo una vez más, los soldados, reprimiendo los cansados gemidos, lo siguieron.

Si Michael hubiera convocado al Senado, debería haber sido informado. La cortesía común lo exigía. A menos que, por supuesto, Miguel ya se estuviera distanciando, creando facciones, preparándose para otro ataque. Leoni tenía su trabajo que hacer, pero tal vez eso no fuera suficiente. Quizás habría que explorar otras vías. Él tenía una gran idea, por supuesto, y había sido su deseo usar a Leoni, permitirle plantar la semilla. ¿Debería actuar de forma preventiva, poner las cosas en marcha más temprano que tarde? No lo sabía. La indecisión siempre lo enojaba. Si sufriera de tal rasgo en el campo de batalla, habría perdido todas las campañas que había realizado. En el campo de batalla, era supremo, uno de los mejores generales que habían tenido los bizantinos. En el cerrado y sofocante mundo de la diplomacia imperial, sin embargo, su forma brusca y temeraria era inapropiada, fuera de lugar y, a veces, peligrosa. Tenía que esperar el momento oportuno, dejar que los planes se formularan con cuidado, darle a Miguel la impresión de que era él quien los había ideado.

Salió a la noche. Una brisa fresca jugaba alrededor de la plaza abierta y el cielo estaba despejado, las estrellas salían para iluminar la amplia extensión que tenía ante él. ¿Debería irrumpir en la Cámara del Senado? Había llegado tan lejos, seguramente sería mejor...

Un soldado le dio a su brazo un roce tentativo, sacándolo de sus contemplaciones.

"¿Señor? Su Alteza Real se acerca".

Maniakes se volvió y miró hacia el otro extremo de la plaza donde la procesión real estaba a la vista. Una guardia de honor al frente y a los lados y dentro de ella, el propio Miguel, acompañado de un grupo de senadores, todos parloteando.

A medida que se acercaban, Maniakes pudo ver esa sonrisa hosca en el rostro de Miguel. Se estaba divirtiendo, lamiendo los elogios aduladores de sus miserables partidarios, partidarios cuya única aspiración era su propia supervivencia y avance. Cuando Miguel se acercó a los escalones, levantó la mano y de inmediato todos dejaron de hablar y todos miraron hacia Maniakes.

"General", sonrió el Emperador, subiendo los escalones solo, dejando atrás a los demás. "Esto es una agradable sorpresa".

Maniakes hizo una reverencia. "Majestad. Quería hablar con usted, pero me dijeron que estaba con los senadores".

"Sí". Michael se frotó las manos. "Tenía que contarles sobre Zoe y su plan de envenenarme".

Maniakes parpadeó una o dos veces con incredulidad. "¿Majestad?"

¿Sorprendido, general? Parece sorprendido, pero debería estarlo. Lady Zoe ha sido arrestada y se la van a llevar fuera de la ciudad. No se ha resistido porque sabe que no tiene sentido. Ella es culpable".

"¿Culpable? ¿Culpable de qué?"

"¿No escuchó lo que dije, general? Ella planeaba envenenarme. Eso es traición, General Maniakes, así como una afrenta ante Dios. Entonces, la han llevado a otro lugar, donde puede pasar el tiempo considerando lo espantoso de lo que se proponía hacer".

"Debo decir, Majestad, que siento que es un error".

"¿En realidad? Interesante que diga eso, general. Su amigo Orphano dijo lo mismo. Y adivine quién le suministró el veneno a Lady Zoe, si puede.

Maniakes tuvo que evitar otro arrebato. Ahora estaba en terreno traicionero. Detrás del emperador, al pie de las escaleras, el pequeño grupo de senadores murmuraba entre sí, la manada esperando permiso para darse un festín con la presa. Dejó escapar un largo y controlado suspiro. "Entonces... ¿Qué ha pasado con él?"

Michael se encogió de hombros, "General, no somos monstruos". Él sonrió, puso su mano sobre el hombro de Maniakes y lo palmeó, tranquilizador. "Basta decir que él también está considerando sus acciones". Hizo un gesto para que su séquito lo siguiera y, como uno solo, comenzaron a subir los escalones.

"Sólo una cosa más, general, en caso de que tenga alguna duda".

"¿De qué se trata, Majestad?"

"El Senado respalda mis acciones... Para con el hombre".

Se alejó, barriendo su lujosa túnica a su alrededor, sirvientes, senadores y soldados dando vueltas, desesperados por captar un rayo de su resplandor antes de desaparecer dentro del palacio.

Durante mucho tiempo, Maniakes se quedó allí, echando humo. ¡Maldito sea su pellejo, el hombre era un pequeño mocoso hosco! Pagaría por su arrogancia, de eso no cabía duda. Chasqueó los dedos y Nikolias dio un paso adelante. Maniakes presionó un trozo de pergamino enrollado en la mano del capitán. "Tome esto y no se detenga por nadie más hasta que llegue allí. Lleve a sus hombres con usted, capitán".

"Pero eso lo dejará totalmente indefenso, señor".

Maniakes sonrió con genuina amabilidad. "Bendita sea su lealtad, Capitán. No lo olvidaré. Pero estaré a salvo". Palmeó la empuñadura de su espada. "Esto no es solo para decoración".

Nikolias saludó y se alejó con sus hombres detrás de él. El general los observó irse e hizo un cálculo rápido de cuánto tardarían en llegar a su destino. Estaba cortando todo muy bien. Mañana comenzarían los juegos y Miguel los abriría con un discurso público. Maniakes rezó para que la turba no se levantara ante lo que el Emperador tenía que decir. Al menos, todavía no.

❧ 28 ❧

Hardrada condujo su caballo por el empinado sendero que conducía a la llanura abierta. Estaba bastante oscuro ahora, solo unas pocas estrellas titilantes para iluminar su camino, por lo que tuvo que mantener la precaución como lo más importante en su mente mientras se movía por el terreno accidentado. El caballo estaba seguro de sí mismo, seguro de su propia capacidad para sortear el camino, pero el camino era estrecho y estaba lleno de esquisto y rocas. En cualquier momento el caballo podría tropezar, torcerse un tobillo o, peor aún, arrojar a su jinete. De modo que Hardrada se inclinó sobre el cuello del caballo, lo palmeó suavemente, mantuvo la mirada en el suelo, advirtiéndose a sí mismo de cualquier peligro que pudiera presentarse.

Alcanzó el plano de la llanura y exhaló un suspiro de alivio. Su primer instinto fue espolear a su montura, pero sabía que no era así. Llegar a cualquier campamento por la noche era peligroso; y moverse hacia uno varego, más aún. Con un puesto fronterizo tan sensible, establecido como amortiguador de los enemigos del norte que pudiesen sentirse inclinados a entrar en el Imperio, las tropas estarían naturalmente nerviosas y sospecharían de cualquiera. Así que mantuvo el ritmo constante, las luces distantes de las fogatas del campamento lo guiaron.

Para cuando estuvo a unos cientos de pasos, supo que no estaba solo. Los ruidos a su derecha, como sonidos de correteos, hicieron que el caballo frenara aún más. El animal se puso nervioso y Hardrada pensó que los sonidos podrían ser de lobos. Vagaban por estos pasos de montaña en grandes manadas y ningún hombre estaba a salvo de sus ataques. ¿Debería arriesgarse y correr con su montura hacia el campamento, esquivar algunas flechas, o una jabalina o dos, por sus dolores, o debería mantenerse en su curso firme y arriesgarse a un ataque?

Vio el brillo de los ojos en ese momento. Como fragmentos diminutos y brillantes de una antorcha, intensamente brillante, mirándolo. Luego otro par y otro. A su izquierda, más ruido. Lo flanqueaban, cortando su ruta de escape. Tenía que actuar ahora. Sacando su espada con mucho cuidado, echó la cabeza hacia atrás, soltó un poderoso rugido, bajó la parte plana de la hoja a través de la grupa del caballo y cargó hacia adelante.

El caballo respondió y se alejó galopando a través de la inmensidad de la llanura abierta. Pero los cazadores también estaban allí, su trote a pocos pasos de él. Atropellaban al caballo, turnándose para liderar la manada, sus ilimitadas reservas de energía les permitían continuar así durante millas.

Hardrada, al escuchar la cercanía de sus gruñidos, el chasquido de sus mandíbulas, obligó al caballo a seguir, gritando de aliento, sin atreverse a mirar hacia atrás para que eso frenara al caballo. Incluso la más mínima desaceleración significaría una muerte segura.

Un sabueso, tal vez el líder de la manada, un gran fantasma gris que se asomaba desde la negrura como la tinta, estrelló su masa contra el flanco del caballo. Relinchó, casi tropezó, vaciló y luchó por recuperar su velocidad. Fue suficiente para estimular a los otros lobos, y sus aullidos y ladridos crecieron en intensidad al sentir la victoria.

Querido Dios, así era como iba a terminar, pensó para sí mismo, mientras imágenes aterradoras saltaban a través de su mente. ¿Desgarrado en una llanura sin amigos, nada logrado, sin esperanza de reunirse con amigos y seres queridos, de ver el viaje hasta el final de un guerrero? ¿Ser consumido por las apestosas mandíbulas de los perros? Pateó los flancos del caballo, pero esta vez no respondió. Su fuerza estaba menguando; El miedo a los lobos lo obligó a continuar, pero Hardrada sabía que el final estaba cerca, y aun así el campamento estaba a unos cien pasos de distancia.

La primera mordida debió haber sujetado la pata trasera derecha del caballo. Gritó, pateó, perdió impulso y cuando llegó el segundo, agarrándose a su trasero, el pobre animal se salió de control. Hardrada se agarró al cuerno de la silla de montar, sabiendo que estaba a punto de ser arrojado. Eso en sí mismo podría ser el final. Apretando los dientes, se las arregló para volver a montarse en la silla, hizo todo lo posible por calmar al histérico caballo y luego dio un salvaje golpe con su espada. La satisfactoria penetración del acero en la carne hizo resonar la hoja y atravesó su brazo. El lobo en la grupa del caballo aulló y volvió a caer al suelo. Pero no fue suficiente. El perro había hecho su trabajo y el caballo se encabritaba y pataleaba, el dolor en el costado era intenso. Hardrada lo detuvo y ya estaba saltando al suelo cuando dos lobos más salieron de la noche, con la boca llena de dientes afilados y relucientes, y se estrellaron contra el pobre caballo, llevándolo al suelo donde relinchó y luchó por llegar de nuevo sobre sus pies. Hardrada ya no tuvo tiempo de presenciar. Corrió, con la cabeza gacha, siguiendo un camino hacia el campamento, con la esperanza de que los lobos se concentraran en la mayor recompensa del caballo en lugar de las exiguas raciones de sus huesos.

Sin embargo, a unos pocos pasos, el aterrador sonido de un gruñido se hizo más fuerte. Sabía que lo atropellarían; los lobos lo abruman, rasgando su carne. Estaba condenado si moriría así, y decidió que llevaría consigo al menos a uno de los apestosos sabuesos antes de que le clavaran las mandíbulas en la garganta. Se detuvo, se giró medio agachado, con la espada lista, mirando hacia la noche.

Lo escuchó. Un solo animal. Enorme. También se había detenido, olfateando el aire, juzgando la distancia, preparándose para saltar. Hardrada lo sabía demasiado bien. Había visto lobos antes, conocía su fuerza y ferocidad, pero sobre todo su coraje. También sabía que eran criaturas inteligentes, que podían sentir debilidad o miedo. Con los pies separados, bien equilibrado, se tensó, sabiendo que no rehuiría. Tenía su espada. Esta no iba a ser una pelea fácil, y tal vez el lobo lo supiera y quizá se alejara.

No lo hizo.

Los ojos brillaron como pequeños cristales y luego llegó el rugido cuando la bestia surgió de la oscuridad. Pillado fuera de balance por sorpresa, Hardrada casi tropezó con sus propios pies mientras se tambaleaba hacia atrás, tratando de mantener cierta distancia entre él y su feroz atacante. Levantó la espada, se desvió hacia la izquierda en el último momento y lo derribó. Así de cerca, ahora podía ver claramente al animal. Maldice las nubes bajas que ocultan las estrellas. Maldice este maldito lugar y maldice su vida por terminar así. La hoja se hundió en el costado del animal y este chilló y cayó al suelo, retorciéndose y chillando.

No tenía tiempo de saborear su éxito, porque otra gran bestia había surgido de la oscuridad. Éste se mantuvo agachado, sus afilados y relucientes dientes eran visibles a medida que subía. Hardrada se preparó.

Y entonces, las nubes se separaron. Quizás algún dios olvidado de los vikingos había estado escuchando, porque por un breve momento, toda la llanura se iluminó en una especie de misteriosos cuerpos celestes lejanos, a media luz púrpura, que distinguían las formas de al menos diez lobos, más de la mitad de que se deleitaban con el cadáver del caballo. El estómago de Hardrada dio un vuelco cuando vio a los cuatro animales frente a él, desplegándose a ambos lados, bajos, con el pelo erizado y los dientes al descubierto. Sintieron la victoria, a pesar de que su compañero caído abierto y muerto a los pies del hombre.

Otro vino, corriendo hacia adelante. Hardrada apenas tuvo tiempo de virar, atacó primero con su bota, luego con un movimiento de su espada. Le dio al animal un golpe de mirada, pero fue suficiente para disuadirlo mientras el siguiente presionaba a casa, luego otro. Como golpeado por la ceguera, golpeó y cortó con la espada en un santiamén, golpes salvajes lloviendo sobre formas pesadas y sombrías que se movían y se retorcían, esquivando golpes, arremetiendo, las mandíbulas chasqueando, los gruñidos crecían en confianza.

No pasaría mucho tiempo antes de que las nubes se cerraran de nuevo. Se avecinaba una tormenta, la temperatura bajaba, el viento se hacía más fuerte. Qué momento para morir, qué lugar para morir. Gritó, golpeó a otro lobo, giró y luego uno aterrizó de espaldas, dejándolo sin aire. Se produjo una pelea loca mientras trataba de agarrar su pelaje y rasgarlo para limpiarlo de su cuerpo. Podía sentir su aliento caliente y apestoso, sabía que los dientes se hundirían en su carne, y luego caería y eso sería todo. No pudo conseguir un ángulo sobre el perro para apuñalarlo y era fuerte y pesado, sus patas rastrillaban su chaleco. Se dio la vuelta y avanzó, tirando del lobo por encima del hombro, pero este se aferró y se vio obligado a soltar la espada, llevar la otra mano para sostenerse, soltó al animal y lo arrojó en un amplio arco lejos de él.

Hizo una pequeña oración de agradecimiento porque el bruto no había logrado morderlo. Si lo hubiera hecho, estaría acabado. Sabía todo sobre las mordeduras de animales salvajes, había visto a demasiados compañeros retorcerse de agonía mientras el vil veneno de sus colmillos hacía su trabajo grisáceo. No para él, todavía no. Se agachó para levantar la espada y luego atrapó al otro lobo que saltaba hacia él, con la gran boca abierta. El líder. El que había iniciado el fatal asalto al caballo. Era un animal colosal, mucho más grande que los demás de la manada. Hardrada se congeló, miró a sus ojos maniáticos y supo, en ese mismo momento, que su vida había terminado.

La primera flecha golpeó al lobo de lleno en el pecho. Aulló, rodando sobre un costado cuando otro dardo se estrelló contra su cuello y un tercero se estrelló contra su boca abierta. Se retorcía, golpeaba con sus patas, débiles intentos de arrancar las flechas ofensivas. Pero ya sus esfuerzos se debilitaban y cuando dos flechas más impactaron en su costado, la luz se apagó de sus ojos y se quedó flácido.

A su alrededor, los otros perros sintieron que debían huir y lo hicieron, como uno solo, con la cola entre las piernas, saliendo disparados hacia la oscuridad justo cuando las nubes volvían a juntarse y cubrían la llanura una vez más en una negrura impenetrable.

Las piernas de Hardrada se debilitaron, como ramitas, y cayó de rodillas, sin atreverse a pensar quiénes podrían ser los arqueros. Solo sabía que seguía vivo, al menos por el momento. Estar tan cerca de la muerte, de una manera tan horrible, lo había desconcertado. Luchar con espada y hacha contra hombres era una cosa, pero luchar contra bestias salvajes, con toda su imprevisibilidad inherente, era algo más allá de su experiencia.

Una sensación aplastante se extendió por su pecho y cayó hacia adelante, con las manos presionando el suelo, evitando que su rostro mordiera el suelo. Su respiración se volvió dificultosa y tardó muchos minutos en controlarse. Durante ese tiempo, fue vulnerable a más ataques y, cuando su mente se despejó, vio su espada. Yacía en la tierra, a un alcance de distancia, pero cuando encontró la fuerza para tomarlo, una bota cayó sobre la empuñadura.

Miró hacia arriba para ver la silueta de un hombre de cabello largo mirándolo. Luego otro y, desde algún lugar detrás de él, un tercero. Cuando se dispuso a moverse, le siguió una repentina ráfaga de viento y supo que alguien estaba intentando golpearlo. También sabía que habían esperado demasiado tiempo.

La fuerza, nacida de la ira, el terror, la frustración o una combinación de los tres, surgió a través de sus extremidades y su brazo derecho se levantó para bloquear el golpe esperado, pero no hubo ninguno. Hardrada se movió de todos modos, no dispuesto a arriesgarse. Agarró la muñeca del hombre, la torció y, sin pausa, siguió adelante con un puño cerrado que se hundió profundamente en el plexo solar del atacante. El hombre gruñó y se dobló. Agarrándolo por el cuello, Hardrada le dio la vuelta y lo envió volando por los aires para golpear a uno de sus compañeros. Cayeron en un montón, ambos enloquecidos de piernas revueltas. Hardrada ya había encontrado la empuñadura de la espada y se estaba girando para despachar al tercero cuando una voz familiar atravesó la oscuridad. "¡Mantente fuerte!" decía.

Hardrada entrecerró los ojos y miró a través de la penumbra mientras la forma se enfocaba. La voz, mucho más suave ahora, lo calmó. "Puedes estar tranquilo, Harald. Somos tus amigos".

El ceño fruncido de Hardrada se convirtió en una amplia sonrisa y envainó su espada y abrió los brazos para abrazar a su viejo amigo.

Era Rufus, el líder de la fuerza mercenaria del norte de Varegos. Hardrada había sobrevivido y una tremenda sensación de alivio se apoderó de él.

"Tranquilo, viejo amigo", dijo Rufus, agarrándose a Hardrada mientras el gran hombre se quedaba flácido en sus brazos.

"Por la barba de Odin, nunca pensé que volvería tu cara otra vez", dijo Hardrada.

"Por la barba de Odin, lo has hecho", respondió Rufus, sosteniéndolo firme. "Y todo irá bien".

Hardrada cerró los ojos y por un momento pensó que iba a llorar, el alivio era tan grande. Pero no lo hizo y, en cambio, lanzó un gran bramido y, junto con su viejo amigo, cruzó la vasta extensión de llanura abierta hacia las murallas del campamento Varego.

Ella yacía en decúbito supino sobre su cama, una fina sábana de satén colgando entre sus muslos, una pierna apoyada, los pechos expuestos. Tenía el dedo meñique de la mano izquierda descansando en la comisura de la boca y sus ojos, muy abiertos y llenos de asombro, se arrugaron de placer cuando Miguel se acercó a ella y dejó que su boca se abriera.

"He estado esperando, mi señor", dijo Leoni, con una sonrisa caprichosa jugando en sus labios. "Pensé que nunca vendría".

Ella rezumaba sexualidad y Miguel tuvo que agarrarse a un lado del poste de la cama para evitar tambalearse. Tenía la boca seca, los lomos quemados y la erección presionada contra sus delgados pantalones mientras dejaba que sus ojos recorrieran su exquisito cuerpo. Momentos antes había despedido a esos malditos y aduladores senadores, y ahora, aquí estaba ella.

En una ráfaga, se quitó la bata, se quitó los pantalones y se deslizó sobre ella. Ella gimió cuando el peso de él presionó contra ella, y sus brazos se deslizaron alrededor de su cuello.

Presionó sus labios contra los de ella, sintiendo su lengua

estallar en su boca, para sondear y explorar. Su corazón golpeaba contra su pecho mientras la abrazaba. Olía divina, una mezcla de dulce miel y jazmín fresco, un contraste que lo sorprendió y lo excitó. Se liberó de su boca, deslizó las manos sobre sus firmes pechos, maravillándose de su joven cuerpo, de lo ágil que era, de cómo los músculos se extendían sobre su vientre plano, el vello suave alrededor de su ombligo dorado, reluciente. Él arrastró su lengua alrededor de sus pezones, saboreando la suculenta suavidad de su carne y gimió cuando su mano apretó su dureza.

"Querido Dios", dijo, su voz llena de deseo. Cómo le cautivaba esta chica. Estaba más allá de la comprensión. La necesidad de emparejarse con ella, de sentir sus delgados muslos envueltos alrededor de él, de hundirse en el húmedo calor de su sexo, era demasiado. Él ya se estaba acercando al orgasmo, y luego sus palabras llegaron y supo que estaba perdido. "El general me tuvo antes, espero que no le importe".

"Oh Dios".

"Por eso estoy tan mojada. Siénteme". Ella tomó su mano y la apretó contra su sexo. Eso era cierto. Los jugos latían entre sus piernas. "Tuvo que apresurarse y me dejó suplicando por mí".

"¿Estaba dentro de ti?" Apenas se atrevía a creer que en un momento se estaría mezclando con los restos del acto sexual del general, en lo más profundo de ella.

"Oh, sí, pero no he tenido la oportunidad de lavar los restos de su amor".

Su mente gritó. Tenía que tenerla y la inmovilizó por los brazos y la embistió. Era cierto, podía sentir la humedad, cómo la llenaba, y tuvo un orgasmo después de una sola embestida, echó la cabeza hacia atrás y gritó su nombre.

Miguel se derrumbó junto a ella, incapaz de creer la increíble intensidad del sentimiento que acababa de experimentar. Él rodó fuera de ella y se quedó jadeando de espaldas. Ella se apoyó en un codo y jugó con los pocos pelos de su pecho. "Esta noche eras como un animal", dijo, con la voz llena de lujuria. "Me encanta cuando me abrazas así. Tan maravillosamente dominante".

"¿De verdad?" Él la miró, casi sin poder concentrarse en su rostro. Nunca antes había conocido algo así en su vida. Sus deseos secretos todos revelados por esta increíble chica, y se preguntó si siempre se sentiría así. Satisfacción total y absoluta. Le acarició el largo cabello rubio, le pasó el dorso de la mano por la mejilla y sonrió. No hubo culpa, no hubo vergüenza. Ella entendía qué hacer, cómo llevarlo al colmo del éxtasis, y así debería ser. Por su parte, sabía que lo que pasara entre ellos, en esta cama, se quedaba entre ellos. Este era su mundo privado y cerrado, donde la fantasía podía tener rienda suelta.

"Sí", dijo ella. "Puedes ser muy magistral y eso me encanta".

"¿Por eso te follas al general?"

Ella se humedeció los labios. "Bueno... Más concretamente, él me folla. Siempre se ha hecho cargo. Nunca tengo muchas opciones, simplemente sucumbo a sus amplios encantos". Mientras hablaba, su mano se deslizó hacia abajo desde su pecho y comenzó a jugar con su flácida masculinidad. "Por supuesto... Mmm... ¡Solo el conocimiento de que él pondrá esa cosa dentro de mí, Dios mío, simplemente no puedo resistir!"

Miguel cerró los ojos, dejándose llevar de nuevo por sus palabras, las imágenes que conjuraban y el constante trabajo de su mano. En unos pocos minutos volvería a estar duro y volvería a tenerla.

Se acostó boca abajo, desnudo, mientras ella masajeaba sus hombros y espalda. Ella había rociado con aceites aromáticos todo su cuerpo y no estaba trabajando en sus músculos, aliviando toda la tensión del día. Estaba destrozado, los rigores del día habían hecho mella y ahora solo necesitaba relajarse y dormir. Su acto sexual durante la segunda ronda había sido salvaje y frenético, y esta vez prolongado. Ella había arañado su pecho mientras rebotaba arriba y abajo por encima de él, y había tenido un orgasmo más fuerte y más fuerte que nunca. Cuando ella se derrumbó junto a él, con la cara resplandeciente, supo que le había dado casi tanto placer como ella le había dado a él. Eso se sintió bien y luego ella puso su brazo alrededor de ella y la atrajo hacia sí. Ella, en respuesta, se acurrucó contra él. Tal afecto genuino le dio un cálido resplandor por dentro. Ahora, sus dedos ejercieron su magia en los músculos de sus hombros y espalda.

"¿Hoy ha sido un día agotador?" Preguntó, su voz suave y ronca.

"Sí", dijo, casi al borde del sueño, pero disfrutando de la cercanía de ella. "Y mañana, me acompañarás a la ceremonia de apertura del festival. Creo que serás un triunfo, Leoni. Lo suficiente para eclipsar a Lady Zoe". Se movió, volviéndose para mirarla. Ella parecía preocupada. Un ceño fruncido en su rostro. Levantó la mano y le acarició la mejilla.

Ella no parecía convencida, el ceño todavía estaba allí, profundo. "Podría eclipsar a Lady Zoe... ¿Eso crees?"

Él se rió de su incredulidad. "¡Por supuesto! Tienes la mitad de su edad y el doble de su belleza. La gente te adorará".

Ella frunció los labios y apoyó la cabeza en su pecho, pero él pudo decir cómo se sentía, su cuerpo todavía tenso. "La quieren mucho, y cuando la noticia se haga pública..."

"¿Noticias?" Estiró el cuello para mirarla, "¿Qué noticias?"

"De su partida, mi señor".

Se sentó, una punzada de pánico atravesó su corazón. "¿Cómo diablos sabes de eso?"

"¿Mi señor? Es de conocimiento común, toda la cancha está llena de eso. Y, olvidas que soy... Era la criada personal de su Majestad.

Se relajó un poco. Era cierto, los rumores y los chismes circulaban por la cancha con una velocidad alarmante, por lo que no debería alarmarse indebidamente. Sin embargo, algo molestaba en un rincón de su mente, algo que lo hacía sentir incómodo. No había olvidado por completo que Leoni era la doncella de Zoe, pero ahora que ella se lo había recordado, comenzó a sentirse un poco incómodo. Ella estaba cerca no solo de Zoe, sino también del General. ¿Podría ser esa la razón por la que el general parecía saber tanto sobre el funcionamiento de la ex emperatriz? ¿Podría ser que Leoni estuviera actuando como una especie de espía? Y si le estaba pasando información a Maniakes sobre Zoe, ¿no podría estar pasando también otras cosas sobre él? Tenía que admitir que era un pensamiento que había estado rondando por su mente antes, pero al que nunca le había prestado mucha atención. Hasta ahora.

Michael volvió a acariciar el pelo largo. Ella era una chica inocente en muchos sentidos. Aparte de su experiencia en el dormitorio, se comportaba en todas partes con timidez y encanto. Los hombres se quedaban boquiabiertos cuando la veían pasar, tal como habían hecho con Lady Zoe. Sin embargo, en sus respuestas a Leoni había algo más. Cautivación. Zoe era demasiado poderosa para la mayoría, una estrella inalcanzable, alguien con quien fantasear, pero nada más. Leoni, sin embargo, parecía accesible. Bueno, todo eso cambiaría pronto. Cuando la presentaba como su compañera, adornada con ricas y suntuosas túnicas, su cabeza adornada con una corona reluciente de oro, zafiros y esmeraldas, la gente quedaría atónita, embelesada. Ella entraría en su mundo, trayendo con su luz y esa cautivadora inocencia que todos adoraban. Ella sería un triunfo, y él disfrutaría de su brillo y Zoe sería olvidada.

"Orphano también se ha ido".

Él contuvo la respiración. Muy bien, ella era un conducto de chismes. Esto podría ser una ventaja para él. Podía desarrollar intrigas, medias verdades, fantasías... Saber del exilio de Zoe era comprensible. Desafortunado, pero nada sorprendente. Orphano, sin embargo, era otro asunto. Eso debería haber tomado a todos por sorpresa. Era obvio que alguien la estaba alimentando, y sin duda ella le estaba devolviendo el cumplido. Él necesitaba ser cauteloso.

Besó la parte superior de su cabeza. "Mi niña, algunas cosas están más allá de la comprensión. No tienes que preocuparte u ocuparte por cuestiones de estado".

"Lo entiendo, mi señor. Simplemente repito lo que escucho de los demás. Los rumores vuelan como murciélagos en una cueva, nunca sé qué es verdad o mentira".

"La mayor parte de lo que escuchas es casi con certeza una mentira".

"¿Entonces su señoría Orphano no ha sido expulsado?"

Hizo una nueva pausa antes de responder. No era Leoni buscando respuestas, era el general. El hombre jugaba un juego inteligente y Miguel tendría que moverse con mucha precaución contra él. Después de todo, comandaba la mayor parte del ejército. Aunque el imperio bizantino se dividía en distritos, o *themas*, cada uno con su propia responsabilidad para la defensa y el levantamiento de tropas, Maniakes tenía el control de la Guardia Imperial y supervisaba el equipamiento y mantenimiento de los mercenarios Varegos. Eso lo hacía poderoso y peligroso. "Orphano había transgredido", comenzó Miguel, imaginando que estaba hablando con el general. "Él me traicionó a mí y al Imperio al conspirar con su Señoría para envenenarme".

Leoni se sentó, con una expresión de horror abyecto en su rostro. "¿Lady Zoe planeaba matarte?"

Casi se rió de su asombro con los ojos muy abiertos. ¿Podría ser que ella en realidad no estaba al tanto de lo que había sucedido, la razón por la que Zoe había sido expulsada? Quizás el general no se confió totalmente en ella. Miguel rechazó su aparente sorpresa. "Niña, los detalles no importan. La señora se ha ido y también Orphano. Créeme, estamos mejor sin ninguno de ellos".

"Pero, Alteza... ¿Orphano? ¿Qué harás sin él y sus habilidades en administración y diplomacia?"

Contuvo su creciente ira. Nada de esto tenía nada que ver con ella, y su tono y modales prepotentes le hicieron arder los dientes. Luchó por recordar que todo esto era un subterfugio, toda una farsa. Todo por el bien del general. "Tendré que encontrar a alguien más. No debería ser tan difícil de reemplazar".

"Mi señor", pasó la pierna sobre su cuerpo y se sentó a horcajadas sobre él. Él miró su desnudez, los pechos jóvenes firmes y tan bien desarrollados, la cintura delgada, la hinchazón de sus caderas. Él se movió debajo de ella y miró su rostro radiante. "Creo que conozco a alguien".

Entonces, pensó Michael, así es como se jugará el juego. Atrapamiento, maniobras inteligentes, arrullarlo con sus brazos suaves y abiertos... ¡Dios mío, qué descarada! "¿Conoces a alguien? ¿Qué quieres decir con que *conoces a alguien*? ¿Cómo puedes?"

"Es obvio, mi señor". Ella sonrió y se inclinó para mordisquear su oreja. Se retorció, sintiendo un escalofrío helado recorriendo su nuca. "Su propio hermano. ¡El hombre más inteligente de todo el imperio, el hombre al que Orphano mismo había exiliado!" Ella se sentó, colocando la palma de sus manos sobre su pecho. "Si lo reincorporas..."

Michael la miró boquiabierto. Querido Dios, si esta era su idea, ¡entonces él había subestimado seriamente su inteligencia y perspicacia política! Si era del general... D cualquier manera, era algo que nunca había considerado y debería haberlo hecho. Era evidentemente obvio, la solución más natural al problema de quién debería controlar la administración del Imperio. ¿Por qué no lo había pensado él mismo? La chica era una maravilla.

Levantó ambas manos y le tomó el rostro. "Leoni", dijo, radiante, "¡Eres bastante brillante!"

Y luego, antes de que él pudiera decir otra palabra, sus manos se deslizaron hasta su entrepierna y de inmediato todo lo demás se volvió borroso y fue olvidado mientras sus dedos se pusieron a trabajar en su carne congestionada de sangre.

❧ 30 ❧

El pequeño bote atravesó la superficie del agua como un espejo, con los remos ahogados, tan silencioso como un búho que surca el cielo nocturno, con una presa moteada, la muerte cerca. Ella se sintió así. Una presa. Michael había golpeado, sus garras la agarraron y ella no tenía forma de escapar. No tenía sentido resistirse. ¿Qué podía hacer ella, una mujer soltera contra el hombre más poderoso del mundo? Todas sus intrigas, sus planes, todo se fue a la deriva. No así este barco, los hombres que lo tiraban hacia la isla, el contorno del monasterio apenas visible en la noche sin luna. Qué frío hacía aquí en medio del mar. Qué frío y qué solitario. Se acurrucó dentro de su túnica gruesa forrada de piel y miró hacia el agua negra. Nada para mirar atrás, aceptar una serie de matrimonios inútiles, amantes, escapadas, una montaña de ropa fina, joyas, todos los adornos de la realeza. Nada de eso importaba ahora. Todo había pasado; ahora todo lo que poseía era su ingenio y algunas baratijas. No más visitas a los salones de reyes lejanos, banquetes, retozos, bailes con música salvaje e indómita. Sin brazos fuertes para abrazarla, labios para acariciarla. Todo se había ido.

Recordó a Crethus, su último amante. Si se esforzaba lo suficiente, aún podía saborear su aroma. Sí, probarlo. Tan fuerte, tan varonil. Su magnífico cuerpo amoldándose al de ella, llevándola a alturas desconocidas. Le había dicho que no se preocupara, que regresaría. ¿Podría ser eso cierto, podría ser esa la única esperanza que la sostendría? ¿Que el poderoso escita regresaría y la liberaría de la esclavitud? Eso sería suficiente para ella aferrarse, para pasar los próximos días, semanas, incluso meses.

El piloto dio una orden brusca y los remeros alzaron sus remos como uno solo y dejaron que el barco se fuera a la deriva. Otros hombres corrieron hacia la proa y una sombra cayó sobre ella. Zoe miró hacia arriba.

"Señora. Hemos llegado".

Andreas estiró los brazos y se sentó. Se frotó la barbilla, sintió la barba incipiente y reflexionó sobre lo que había sucedido. Mirando a su alrededor, estaba claro que no estaba en peligro inmediato. La tienda era grande y los lados de cuero ofrecían una buena protección contra los elementos. A su alrededor estaban los adornos de una vida sencilla, pero limpia y ordenada. Quien lo había salvado estaba bien organizado y sabía lo que estaba haciendo. Ese tenía que ser el caso. Él estaba vivo.

Flexionó las piernas, se frotó los brazos vigorosamente y se puso de pie. Una repentina oleada de debilidad lo recorrió y tuvo que esperar un momento para recuperarse. Se sintió mareado por la repentina prisa de ponerse de pie. Respiró unas cuantas veces y se agachó para ponerse un jubón grueso de lino. Notó que la parte inferior de su cuerpo estaba cubierta con un simple taparrabos y se preguntó dónde podrían estar sus pantalones y quién era el que le había quitado la ropa original.

Allí de pie, atándose el jubón, volvieron a él trozos de

memoria, fragmentados, desordenados. Recordó haber ido al río, de estirar la mano para recoger agua, cómo la marea se había llevado la olla y él se había aferrado a ella. Qué fría estaba el agua, cómo se quedó sin aliento y con qué espantosa velocidad fue arrastrado. Manos, recordó manos grandes y fuertes, llevándolo a alguna parte, y voces. Voces suaves, llenas de preocupación. Pero eso era todo. Nada más.

Hardrada. Recordó a Hardrada, quedándose atrás para encender el fuego. Los caballos, sus cosas. Su búsqueda. Se le ocurrió apresuradamente; sus órdenes, lo que tenía que hacer.

"¡Cristo!" Ansioso por ponerse en camino, Andreas echó hacia atrás la solapa y salió.

Era temprano en la mañana, el sol aún no había salido por encima del horizonte, el cielo tenía un tono gris metálico opaco. La lluvia estaba en el aire y podía oler la humedad adherida a todo. Se estremeció mientras trataba en vano de ubicar su equipo, su armadura y sus armas.

"¿Cómo estás?" La voz vino de algún lugar más allá de los árboles.

Se dio la vuelta, levantando instintivamente las manos en actitud defensiva. El campamento se encontraba entre un anillo natural de grandes rocas, salpicado de espesas zarzas y aulagas. Más allá, un montículo protegía de los elementos, y los árboles añadían a esto, a la vez una barrera y un velo, difícil de ver más allá. No sabía de qué dirección había venido la voz. Una voz de mujer, no amenazante, pero amable. Sin embargo, permaneció tenso, dispuesto a actuar si la necesidad lo exigía.

Ella pareció materializarse entre los árboles. Su vestido era verde, moteado de marrón, un disfraz perfecto para cuando se encontraba entre el follaje. Ella se deslizó hacia él, su rostro dividido por una abierta y acogedora sonrisa. Andreas estaba hipnotizado, su rostro tan hermoso, como algo sacado de un sueño. No creía que alguna vez hubiera puesto los ojos en alguien tan divino. Incapaz de apartar la mirada, su hechizo lanzado, todo lo que pudo hacer fue temblar y disfrutar de su belleza.

Andreas se quedó paralizado cuando ella se acercó a él, lo miró profundamente a los ojos y luego le acarició la barbilla. Con el toque de sus dedos, casi se desmaya, pensando que había sido transportado a un claro místico, el enclave de alguna princesa Elvin. Los sonidos de la naturaleza a su alrededor parecían aumentar, la belleza del canto de los pájaros reflejaba la hermosura de su rostro; la calma se apoderó de él, no muy diferente de lo que solía sentirse cuando era niño cuando su madre lo abrazaba y lo mecía suavemente para dormir.

Ella lo tomó del brazo y lo ayudó a bajar hasta un tronco de árbol volcado, que le servía de asiento. Él la miró, deslumbrado, mientras ella preparaba unas gachas de la olla suspendida sobre el fuego del campamento. Con cuidado, acercó el cuenco humeante. "Come", dijo, acariciando su rostro de nuevo. "Has estado dormido durante mucho tiempo y tu cuerpo necesitará nutrirse".

Eso era cierto; el olor de la sopa flotaba en sus fosas nasales y de repente se dio cuenta de lo hambriento que estaba. Tomando el cuenco y la cuchara de madera que ella le tendió, él se sumergió directamente, llenándose la boca sin ceremonia.

Ella se puso de pie y lo miró, con una expresión de tranquila diversión en su rostro, hasta que él terminó y chasqueó los labios, pasando el dorso de la mano por la boca. Ella quitó el cuenco y la cuchara y los dejó en el suelo, luego se sentó a su lado y tomó su mano entre las suyas. "Bien. ¿Quieres algo más?"

Andreas negó con la cabeza, "Quizás más tarde".

La chica asintió. "Hay mucho en la olla. Y luego te haré un guiso de conejo y hierbas. Eso debería sostenerte por un tiempo".

No pudo reprimirse más y soltó: "¿Quién eres tú?"

"Nadie realmente. Una habitante del bosque, nada más".

"¿Nada más? ¡Me salvaste la vida!"

Ella le apretó la mano y él miró hacia abajo y se dio cuenta de que le gustaba la sensación de su piel, tan cálida, tan suave. "Hice lo que creí correcto". Cuando levantó la cara, vio que la humedad se acumulaba en sus ojos. "¿Supongo que te irás pronto?"

"No estoy seguro... Mi compañero, el gran hombre. ¿Lo has visto?" Ella asintió. "¿Qué le sucedió?"

"¿El vikingo? Sí, se fue, yendo hacia el norte, o eso dijo".

"¿Norte? Entonces, ¿estaba bien?"

"¿Bien? Por supuesto, también lo atendí. Te sacó del agua, se envolvió contra ti y te mantuvo caliente. Sin él, habrías muerto. Simplemente continué con lo que él ya había hecho".

Andreas apartó la mirada. ¿Hardrada lo había salvado, lo había sacado del agua? ¿Por qué haría tal cosa? Y ahora había continuado su viaje hacia el norte, hacia el Patriarca y ahora Andreas no tendría la oportunidad de cumplir sus órdenes secretas. Le quitó la mano de entre los dedos y se puso de pie. "Debo ir tras él".

"No puedes".

Sintió una repentina oleada de ira. "¿No puedo? Haré lo que me plazca: soy un soldado de Roma y mis órdenes son claras".

La chica se aferró a su brazo. "Por favor. No quise ofender. No puedes, porque se llevó tu caballo".

Andreas se tambaleó como golpeado. Maldito sea el hombre. Después de llegar tan lejos, sin un caballo, bien podría haber sido dejado por muerto en el río. Cayó hacia atrás sobre el tronco del árbol. "Entonces estoy deshecho".

"Él regresará. Él dijo lo mismo".

"No. No hay razón. Lo conozco".

"Obviamente no lo suficientemente bien. Te salvó la vida. No tenía necesidad de hacer eso si tenía la intención de abandonarte. Creo que es un hombre de honor, un verdadero guerrero. Si dijo que volverá por ti, entonces lo hará".

Andreas dejó que sus palabras hirvieran a fuego lento en su mente. Podría ser cierto, aunque no podía empezar a comprender por qué Hardrada elegiría regresar por él. Si la situación se invirtiera, dudaba que lo hiciera. Dudaba que tampoco hubiera salvado al hombre de un ahogamiento seguro. Sabía poco sobre Hardrada, salvo que una vez había sido el comandante de la Guardia Varega antes de demostrar que era un mujeriego y ladrón, desenterrando hordas de dinero en efectivo robado para alimentar su estilo de vida licencioso. En lo que a él respectaba, el hombre era una abominación, una nada. Su único valor en la búsqueda era que dominaba a los Varegos acampados en la frontera norte. Confiarían en él y lo seguirían. En cuanto a cualquier otra cosa, Andreas dudaba que el hombre tuviera poco valor real para el nuevo emperador, su Alteza Real Miguel.

Pero Hardrada le había salvado la vida. ¿Cómo podría olvidar eso? Era una deuda que había que saldar.

"Pareces preocupado por todo esto", dijo. "Estoy segura de que cuando regrese, todo estará más claro".

"Parece que le concedes mucha importancia a este hombre. ¿Qué más sabes de él?"

"Nada. Mis instintos naturales para guiarme. Lo han hecho bastante bien para ayudarme en esta vida de aislamiento que he elegido. Hay algo muy diferente en él. Una fortaleza, no solo física, sino mental. Se comporta como un rey y vaticino grandes cosas para él".

"¿En realidad? ¿Y qué predices para mí?"

Ella inclinó la cabeza, frunció el ceño y luego presionó la palma de su mano contra su frente. Sintió que la frialdad se extendía a través de él, lo tranquilizaba, acallaba sus preocupaciones, sus ansiedades. Cerró los ojos y se dejó llevar.

"Tu camino está nublado", dijo en voz baja. "Te enfrentas a emociones conflictivas, dividido entre cumplir con tu deber y lo que sabes que es correcto. Te veo montado en un caballo blanco, obsequiado con las elegantes ropas de un gran oficial o un noble. Cabalgas a la cabeza de muchas tropas y la gente te anima. Creo que al final vencerás, vencerás tus miedos y saldrás triunfante, en paz con tu dios".

Abrió los ojos de par en par. "¿Eres una bruja?" Jadeó.

Entonces ella sonrió, negó con la cabeza y dejó caer la mano de su rostro. "No, no una bruja. Tengo el don de profetizar, eso es todo".

"Algunos podrían llamar a eso brujería".

"Entonces estarían equivocados. No lanzo hechizos, pero sí mezclo pociones que curan y alivian. A menudo, mi propia gente me visita en busca de remedios para la fiebre y otros males. Lo hicieron con mi madre y lo siguen haciendo conmigo".

No le gustó el sonido de esto. Pociones: ¿no era una palabra más para venenos? La belleza de su rostro ocultaba una personalidad mucho más profunda y peligrosa que acechaba en su interior. Ella se había preocupado por él, pero ¿por qué motivo? ¿Qué era lo que ella quería de él? El contuvo el aliento.

"¿Por qué me salvaste?"

"¿Por qué?" Frunció el ceño de nuevo, como si la pregunta no solo fuera innecesaria sino también un poco ofensiva. "Porque estabas enfermo, al borde de la muerte".

"Pero dijiste que Hardrada me salvó. ¿Por qué te encargaste de mantenerme aquí, de darme pociones que me hicieran dormir?"

"Mi único pensamiento fue por tu bienestar". Extendió la mano para tocarle la cara de nuevo, pero esta vez Andreas la apartó de un golpe. "Por favor", dijo, con los ojos llenos de lágrimas. "Tu mente está trastornada, descansa un rato, ordena tus pensamientos".

"He descansado lo suficiente", dijo. "¿Dónde están mis cosas? ¿Mi armadura, mi espada?"

"Pero no tienes adónde ir. No tienes caballo, no tienes medios para viajar".

Ella tenía razón, por supuesto, y ese pensamiento hizo que

saliera a la luz otra ola de ira. ¡Maldito ese vikingo bastardo por meterlo en esta mezcla en primer lugar! Hubiera sido mejor si hubiera llegado la muerte. Una eternidad bajo el agua sería más preferible que vivir un momento más en este lugar abandonado por Dios. Apretó su puño. "¡Por Dios, no seré tentado por una bruja!"

Ella retrocedió, su mano volando a su boca. "¡Por favor, créeme, no he hecho nada malo! Todo lo que hice, lo hice por tu bienestar. Nunca te *he tentado* ni siquiera pensé en hacerlo".

"Vives aquí sola, en este lugar salvaje y desolado, sin ningún hombre que te proteja. Dices que tu gente viene aquí por pociones y cosas por el estilo. Y me salvas la vida, la de Hardrada también... No, hay algo más en todo esto de lo que dices. ¿Eres una espía, tal vez?"

"¿Una espía?"

"Sí. Tal vez alguien te haya enviado aquí para esperarnos, para atraernos a una especie de trampa". Se frotó la frente. Dios, cómo le dolía la cabeza ahora. Todo este pensamiento, la confusión. Había dormido demasiado, su mente se estaba volviendo loca. Nada de eso tenía sentido, nadie era tan bueno, de este tipo. Siempre había motivos ocultos de por qué la gente hacía lo que hacía. La humanidad era pecadora y malvada, no había bondad en ninguno de ellos.

Sus pensamientos daban vueltas dentro de él, todo se volvía aturdido y confuso, como si alguien estuviera agitando su cerebro una y otra vez. "Oh, Dios", dijo, dando bandazos hacia adelante, con las manos extendidas frente a él, el suelo debajo de él se sentía como barro o agua. No tenía solidez. "Oh, Dios mío, la sopa". Era cierto, ahora lo sabía. Él miró fijamente, vio su cuerpo moviéndose hacia adentro y hacia afuera, como si fuera líquido, sin sustancia. Una pesadez lo envolvió, espesa, devoradora, presionándolo hacia abajo, hasta el suelo. La tierra líquida, abriéndose para abrazarlo. Podía saborear la tierra en su boca. Sabía que se había derrumbado, la fuerza desapareció de sus miembros. Por eso tenía estos pensamientos contradictorios, estas apariciones. Ella lo había drogado.

La perra lo había drogado.

"Asegúrenlo".

Una voz ronca y distante. Manos ásperas sobre sus hombros, levantándolo. Un sol brillante invadiendo sus sentidos, más voces, cada vez más distantes ahora. Voces griegas. Entendió algo, pero no mucho. Ya no le importaba. Una maravillosa calidez se filtraba a través de él, tan seductora. Todo lo que tenía que hacer era cerrar los ojos y rendirse, entonces todo estaría bien.

Así lo hizo.

Alejo, el Patriarca de la gran ciudad de Constantinopla, atravesó el campamento a grandes zancadas, con los brazos abiertos en señal de saludo y una sonrisa radiante en el rostro.

"Bienvenido, Harald!"

Tomó al enorme vikingo en sus brazos y le dio una palmada en la espalda, retrocediendo para mirarlo con admiración. "¡Gracias al Señor que has venido! ¿Qué novedades traes, amigo mío?"

"¿Noticias?" Hardrada movió los pies, volvió un rostro cauteloso hacia Rufus, que estaba allí, sin revelar nada. "Me enviaron para llevarlo a usted y a los Varegos de regreso a la ciudad, señor. Tengo pocas noticias".

"¡Pero cuando me fui, había un caos! Miguel había enviado hombres para arrestarnos a mí y a Lady Zoe. Zoe me rogó que viniera aquí, que trajera a estos hombres a la ciudad y la ayudara a superar la tiranía que amenazaba con abrumar a todo y a todos". Giró la cabeza hacia Rufus. "Permítame unos momentos".

Rufus se inclinó levemente, le dio una palmada en el hombro

a Hardrada y se dirigió hacia sus tropas. Alexius tomó a Hardrada del brazo y lo condujo a su tienda. No habló con el vikingo hasta que estuvieron adentro.

"Fuimos atacados", comenzó, sirviendo un poco de vino para ambos. Le entregó una copa a Hardrada, quien bebió el líquido de una. Alexius cargó la taza, luego tomó un sorbo de la suya antes de sentarse en su cama plegable. "Fue espantoso. Nunca había visto tanta ferocidad. Ha retrasado nuestra partida, un hecho por el que siempre estaré agradecido". Cerró los ojos e hizo la señal de la cruz. "El Señor está conmigo, eso es cierto. Estuve cerca de la muerte, de una manera en la que no deseo detenerme por mucho tiempo". Esbozó una sonrisa de pesar y tomó otro trago. "Creo que eran normandos, o quizás rusos, no sé qué".

"Si fueran normandos, eso es realmente una noticia seria. Si han logrado llegar tan al este... Hardrada miró fijamente su vino. "Los rusos serían mejor... Pero no mucho".

"Bueno, eso es como tal vez. Sin embargo, cualquier noticia que me puedas dar sobre lo que está sucediendo en Constantinopla es mucho más urgente. ¿Debe haber algo que puedas decirme, algún desarrollo?" Lo miró con los ojos muy abiertos y suplicantes, pero Hardrada negó con la cabeza. "¿Pero qué te dijo mi señora que hicieras?"

"¿Quién, Zoe? No fue Zoe quien me ordenó venir, fue Orphano".

"Orphano". Alexius se puso de pie, con el rostro dolido, perdiendo el poco color que ya tenía. "Entonces, está comenzando, como sabía que debía ser".

"Me ha dejado sin entender, señor. ¿El principio de qué?"

¡Guerra civil, por supuesto! Orphano se está moviendo contra Miguel. Quiere que estos Varegos lo ayuden en sus planes, y por eso te envió. No le importa Zoe ni yo. Todo lo que quiere es poder para sí mismo, siempre lo ha hecho. Ha esperado a que Miguel golpee, lo que traería el caos a las instituciones de Roma, y ahora se mueve para contrarrestar". Se frotó la cara, luciendo cansado. Pero te ha subestimado, amigo mío. Contigo liderando a los Varegos, podemos superarlo, reinstalar a Zoe en el lugar que le corresponde como Emperatriz, y bendeciré la ceremonia. La gente estará extasiada".

Hardrada apretó los labios. Las palabras del hombre tenían sentido, por supuesto que lo tenían. Miguel era un incompetente y Orphano era una comadreja que quería el poder por sí mismo. Lo mejor para todos sería que Zoe ascendiera al trono una vez más. Sin embargo, Orphano tenía a Hardrada donde lo quería, y no había forma de escapar de eso. "Me dijo que si no hacía lo que me dijeron, mataría a mis amigos".

"¿Tus amigos? ¿Qué quieres decir con 'amigos'? No podemos permitir que los apegos personales nublen nuestros juicios, Hardrada. Roma es más grande que cualquier hombre".

"¿O mujer?"

Alexius se detuvo y arqueó una ceja. "¿Qué?"

"También amenazó con matar a Zoe".

Andreas se despertó. La luz del sol le hacía daño a los ojos, aunque todavía no los había abierto. Esperó, midiendo el número de quienes lo rodeaban. Se movían, unos hablaban, otros se reían. Mientras tanto, Andreas permaneció inmóvil, manteniendo su actuación a pesar del terror que se apoderó de él.

Lo peor de todo era la chica. Un enigma en todos los sentidos. No podía entender por qué ella al principio lo ayudaría, lo cuidó hasta que se recuperó, solo para luego drogarlo. Por su vida, no podía entender por qué sería así, a menos que ella estuviera involucrada en algún medio perverso de tortura psicológica. Toda esa charla sobre predecir el futuro, la imagen que ella trajo de montar un caballo blanco; todo parecía tan irreal, casi forzado, que lo arrullaba haciéndole creer mientras preparaba ese maldito brebaje que lo arrojó a la nada. No sabía qué le esperaba, pero tendría que darse algo de tiempo, así que fingió dormir y esperó el momento adecuado.

Cuando la mano fría tocó su frente, sin embargo, no pudo evitar abrir los ojos. Era la chica, mirándolo, sonriendo. Por un momento casi creyó que había sido un sueño, pero luego la otra cara se alzó hacia él y supo entonces que la realidad era tan terrible como había imaginado.

El hombre, una bestia de aspecto salvaje con el rostro manchado de tierra, ojos negros y la boca llena de dientes astillados y amarillentos, se agachó y agarró a Andreas por el cuello. "¡El bastardo se despierta!" Luego tiró al joven oficial para que se sentara y lo golpeó una vez, una bofetada con el revés en la cara.

"¡Stefano!" La chica chilló, arañó el brazo del bruto mientras se preparaba para otro golpe. El hombre se encogió de hombros y la echó hacia atrás con un fuerte empujón en el pecho.

Andreas, todavía dolorido por la bofetada, se puso de pie y subió la rodilla hasta la ingle del hombre. Antes de que el hombre hubiera caído, Andreas ya se estaba girando para recibir al siguiente atacante.

Como capitán de la Guardia Imperial, Andreas no era un simple oficial. Era un luchador entrenado, muy capaz de defenderse de cualquier atacante, grande o pequeño, armado o desarmado. El hombre que corría hacia él no entendió esto o, si lo hizo, optó por ignorarlo. Sintiendo una victoria fácil, el hombre avanzó, sacando su espada. Independientemente de lo que esta gente tuviera reservado para Andreas, la muerte ciertamente parecía una de las principales opciones. Mientras el hombre se acercaba y se balanceaba, Andreas lo esquivó limpiamente, golpeando con fuerza a su oponente en las tripas, luego se giró para un segundo golpe contra la sien del hombre.

Gruñó, se lanzó hacia adelante y Andreas agarró su espada que caía y se aferró a la chica.

"Vamos", espetó, levantándola y alejándola.

Pudo ver que era demasiado tarde. Incluso con dos de ellos abajo, esto no hacía nada para que los demás reconsideraran sus acciones. Había al menos cinco de ellos, vestidos con pieles de animales, capas ondeando en la brisa, espadas curvas, de aspecto malvado en sus manos. Habían notado la destreza de lucha de Andreas, ahora eran cautelosos, rodeándolo, preparándose para un ataque.

Se preparó. Si iba a morir, que así fuera, pero se llevaría consigo a tantos de ellos como pudiera. No tenía idea de quiénes eran, o qué pretendían, pero tampoco deseaba compartir sutilezas con ellos. Parecían gente primitiva, sucia, encorvada, que se ganaba la vida a duras penas en las estribaciones y montañas de esta tierra implacable. Cómo lograban sobrevivir estaba más allá de sus conocimientos. Los placeres simples les eran ajenos. Nacidos en el aire helado de las montañas, así vivían sus vidas hasta que encontraran su fin, sin duda con crueldad, cuerpos envejecidos antes de su tiempo, una loca lucha hacia el olvido. Querido Dios, ser así. Apretó su muerte, sopesó la hoja y se preparó.

"No puedes ganar", dijo la chica, soltándose de su agarre. Ella tropezó, volvió a caer y lo miró con desesperación. "Por favor, baja tu espada".

"¿Qué, y morir como un perro por estos animales? No, no cederé". Se agachó medio, "¡Vamos, paleros de mierda, venid y averiguad cómo es luchar contra un romano!"

Tres de ellos se abalanzaron sobre él, moviéndose como uno solo, espadas en alto, sus gritos de batalla perforando el aire y congelando su alma. Él mismo rugió para disipar su inercia, se movió, paró y contraatacó, pero era inútil y él lo sabía. Eran demasiados y los restos de las drogas en su sangre lo hacían lento, sus músculos como pesas de plomo. No pasaría mucho tiempo antes de que sucumbiera, y este pensamiento, perversamente, lo espoleó un poco, y golpeó con éxito, el filo de su espada atravesó a uno de los hombres, la vena yugular arrojó una cinta carmesí.

Retrocedió, parando, cortando y cortando, haciendo todo lo posible por mantenerlos a raya, pero luego los otros dos, que hasta ahora se habían retenido, se unieron a la refriega y, más allá de ellos, los otros que había golpeado se estaban recuperando. La chica escapó a un lugar seguro, se apretó contra un árbol cercano y soltó un lúgubre lamento que no hizo más que aumentar el horror resultante.

También había algo más. De entre los árboles, una forma enorme. Parecía dominar todo, una gran cosa parecida a un oso, un rugido gutural brotando de su boca abierta. El hombre que había abofeteado a Andreas se volvió demasiado tarde, una espada brilló y su cabeza se arqueó en el aire, el cuerpo chorreando sangre, talado como un árbol. Andreas apartó los ojos asustados, se concentró en su propia lucha, encontró la fuerza en algún lugar para parar, girar la espada de su oponente y cortarlo en el flanco. El hombre gritó, se retorció y tropezó con uno de los otros. Andreas aprovechó su ventaja y atravesó a otro salvaje.

En la parte trasera, estaba claro quién era el misterioso asaltante. Un hombre enorme, con los brazos erizados de músculos, su rostro negro iluminado por una amplia sonrisa, cortando a los captores de Andreas con facilidad, como si fueran gavillas de trigo. Cuando el último de ellos yacía tendido sobre el suelo salpicado de sangre, el extraño aspiró grandes bocanadas de aire y se volvió para sonreír a Andreas. "Por Alá, eres difícil de encontrar".

La chica gritó, correteando hacia atrás, con los ojos muy abiertos por el terror. Andreas sonrió, arrojó la espada curva y alzó la voz: "¡Crethus! Dios te bendiga, hombre". Luego tomó la mano del enorme escita y la estrechó y sacudió furiosamente.

Crethus miró más allá de Andreas y asintió. "¿Quién es esa?"

Andreas se inclinó y miró a la chica con el ceño fruncido. "Casi me mata. Veneno".

"¡Ramera!" Crethus fue a moverse hacia ella, la espada, todavía goteando sangre, agarrada en su mano con tanta fuerza que los nudillos se mostraban blancos debajo de la piel.

"No, espera, Crethus". Andreas detuvo al enorme escita. "Creo que se vio obligada a hacerlo. Por estos animales, sean quienes sean".

"Tracios".

Andreas frunció el ceño. La chica había hablado, su voz era baja, temblorosa. "¿Tracios? ¿Por qué querrían los tracios asesinarme, un soldado de Roma?"

"No para matarte. Querían retenerte para pedir rescate".

Andreas miró a Crethus y luego volvió a mirar a la chica. "¡Pero nadie pagaría nada por mí!"

"Les dije que eras un príncipe".

Andreas parpadeó y Crethus soltó una sonora carcajada. "Dios mío", gritó, "¡Andreas, el Príncipe! Tú serás el próximo emperador".

A pesar de sí mismo, Andreas no pudo evitar unirse a la risa de su amigo y pronto, más aliviado que divertido, se rió tanto que las lágrimas rodaron por sus mejillas.

"Tenía que hacerlo", gritó, poniéndose de pie, pasando una mano por su rostro, un rostro enrojecido por la ira. "Si no lo hubiera hecho, te habrían degollado". Los dos hombres dejaron de reír, aunque Crethus no pudo contener la risa. Andreas, por su parte, se puso de pie y la miró, como si la viera de nuevo. Dio un paso hacia ella, retorciéndose las manos, avergonzado de pensar que esta chica lo había traicionado. "Vinieron cuando estabas durmiendo y querían matarte entonces. Les convencí de que eras un hombre importante en Bizancio, que te había encontrado arrastrado a la orilla del río, habiéndote hundido la corriente".

"Casi la verdad".

"Sí. Casi. Ellos me creyeron, los cretinos. Su líder", señaló vagamente con un dedo hacia la distancia, más allá de Crethus. "El que no tenía cabeza, fue a quien se le ocurrió la idea de llevarte por rescate. Cuando descubrieron tu armadura y tu espada, sabían que eras un guerrero, que serías peligroso. Así que me obligaron a hacer un brebaje, para someterte".

"Quizás no fue lo suficientemente fuerte".

"Se suponía que esa era la idea. Creo que tal vez me equivoqué un poco con la mezcla. Ellos me cuidaron, nunca me perdieron de vista. Lo siento. Nunca quise hacerte daño".

"No lo hiciste". Andreas le pasó los dedos por el brazo y ella se estremeció un poco. Se dio cuenta de que no era por aborrecimiento y cuando ella apartó la mirada, algo tímida, aprovechó la oportunidad y colocó sus manos sobre sus hombros, haciéndola girar nuevamente para mirarlo de frente. "Nunca me dijiste tu nombre".

"Analise".

"Hermoso", dijo, los ojos fijos en los de ella, ardientes como estaban, atrayéndolo. Sabía que no podía resistirse, que su deseo de poseer cada centímetro de ella era demasiado fuerte. Sus labios se separaron y él se inclinó hacia ella.

"¡Andreas!"

Se detuvo, cerró los ojos por un momento con frustración y miró al escita. "¿Qué?"

El enorme guardia volvía a sonreír. "Tenemos que hablar", se inclinó, haciendo una amplia floritura de su brazo derecho, "¡oh, príncipe!"

"Bastardo", suspiró Andreas, le dio a la chica una sonrisa y se dirigió hacia su amigo. "Será mejor que esto sea bueno".

Crethus lo condujo lejos, fuera del alcance del oído de la chica, lo que significaba caminar de puntillas a través del montón de muertos que yacían por todos lados. Cerca de la tienda en la que Andreas había pasado la mayor parte de su tiempo de recuperación, Crethus bajó la voz a un susurro. "Tengo órdenes".

"¿Órdenes? ¿De quién?"

"El propio Emperador. Debemos matar a Hardrada".

Andreas se puso rígido. Por un momento no supo qué decir y su mente giró en espiral en cien direcciones diferentes. Matar a Hardrada, el hombre que le había salvado la vida, ¿cómo podía justificar tal cosa? Y, sin embargo, era un oficial de la Guardia Imperial, un Dekarchos a cargo de diez hombres. Sabía que no era un alto cargo, sino un primer paso importante. Había jurado lealtad al Emperador, obedecerle bajo pena de muerte.

"Ya lo he intentado", dijo Crethus, interrumpiendo los pensamientos de Andreas. Se tocó la barbilla y Andreas pudo ver la desagradable mancha púrpura y roja que seguía la línea de la mandíbula del hombre. "Conseguí esto por mi problema. El hombre es un monstruo. Casi muero, atrapado entre unas zarzas. Para cuando logré salir, él se había ido al campamento Varego".

"Pero no lo entiendo. Estaba destinado a asegurarme de que cumpliera sus propias órdenes, para traer de vuelta a los Varegos, para obligar a Alexius regresar y apoyar a su Alteza Real. Todo estaba arreglado". Palmeó su ropa, buscando sus órdenes, pero ya no estaban allí. No importa, se las había transmitido a Crethus. Y ahora, a pesar de todo, habían sido reemplazadas.

Lentamente, los ojos del escita se convirtieron en cuentas negras, "Los planes cambian. Los tiempos cambian. Miguel está flexionando sus músculos y no quiere obstáculos en su camino". Crethus apretó el brazo del joven. "Orphano ha tenido su tiempo, Andreas. Ahora hay una nueva orden. Y la orden es simple. Hardrada debe morir".

❧ 32 ❧

El campamento se llenó con el sonido de un ejército que se preparaba para marchar. Los Varegos habían cargado sus carros hasta que gimieron bajo el peso del equipaje; los arrieros gritaban y tiraban de mulas y burros obstinados, y los oficiales les gritaban a los hombres que se pusieran en fila. Desde la entrada de la tienda de Alexius, Hardrada levantó la gran hacha de batalla en sus manos. Se sintió bien tenerla de vuelta. Durante demasiado tiempo había estado sin el reconfortante peso del arma favorita del huscarle. Las espadas eran apreciadas, pasadas de padres a hijos, y las runas estaban inscritas en las hojas para otorgar poderes místicos a algunos de ellos. Posesiones preciadas, que no debían perderse ni romperse en el fragor de la batalla. En esos momentos, era el hacha que reinaba supremamente y, sosteniéndola ahora, Hardrada sintió el calor de su sangre latir a través de ella, llenándolo con el deseo urgente de cerrar los cuernos y asestar golpes mortales a sus oponentes.

Pero antes de que esto sucediera, sin embargo, él tendría que desviarse.

Ya se lo había insinuado al Patriarca, que no pareció muy

complacido cuando Hardrada le contó sus planes para ir a buscar a Andreas.

"Perderás tiempo vital", había dicho el Patriarca mientras guardaba sus pocas pertenencias. "Es una desviación sin sentido, Hardrada. Tu deber consiste en regresar con nosotros".

"Mi deber consiste en hacer lo que decreta mi corazón, mi Señor. No tardaré tanto en no poder adelantarte en el camino. Los Varegos marchan, mientras yo cabalgo".

"Sin embargo, siento que es una pérdida de tiempo y energía, que se emplea mejor liderando a estos hombres".

"Rufus es más que capaz. Debe confiar en mi".

Alexius había levantado la vista de su equipaje, sus ojos se encontraron con los del gigante escandinavo. "¡Por supuesto que confío en ti! Tu lealtad y valentía están fuera de toda duda. Es solo que tengo un mal presentimiento sobre todo esto. No puedo explicarlo, y ni siquiera conozco a este hombre del que hablas, este Andreas, pero..." Sacudió la cabeza. "Puedo ver que estás decidido. Vete antes que nosotros, cabalga con fuerza, luego reúnete con nosotros más adelante en el camino. Como dices, los Varegos marchan".

Hardrada hizo una reverencia. Se alegraba de que el Patriarca le hubiera dado una especie de bendición, pero sabía que habría ido a buscar a Andreas sin ella. El porqué de que Alexius tuviese un 'mal presentimiento' sobre algo era curioso, pero Hardrada no se detuvo en esas tonterías supersticiosas. Ahora, allí de pie, observando a los mercenarios Varegos que se preparaban para abandonar el campamento, sintió un repentino orgullo por lo bien que se veían con las cota de malla limpias, los escudos redondos atados a la espalda y las hachas inclinadas sobre los hombros. Los hombres parecían duros y eso eran, tal como deberían serlo los vikingos, sus filas aumentaron por otros regimientos que venían del oeste.

Por la barba de Odin, harían que esos escitas desearían no haber traicionado nunca a la Guardia Varega y haber hecho cosas tan viles a hombres tan grandes. Al pensar en ello, Hardrada apretó el mango de su propia hacha e hizo una promesa silenciosa de que cortaría tantas cabezas escita como pudiera, y disfrutó de la idea de poder hacerlo.

Sin pensarlo más, se acercó a donde estaba su caballo, atado a un poste. Lo desenganchó, echó el petate por la espalda y se subió a la silla. Rufus se acercó, palmeó el cuello del caballo, "No te demores".

"No temas, viejo amigo", sonrió Hardrada, "cuando tú y yo estemos de vuelta en la ciudad, será como en los viejos tiempos".

"Mejor, espero".

Hardrada asintió. "Sí. Mejor". Luego agitó las riendas y guio al caballo a través del campamento hacia la entrada. Tan pronto como cruzó las puertas, espoleó al animal y se puso a galope tendido, poniendo distancia entre él y los Varegos. No miró hacia atrás; no había necesidad. Estaban en movimiento y pronto todo Bizancio temblaría con el sonido de sus pies al marchar.

Muchas millas al sur, Nikolias bajó del pequeño bote de remos a la playa de guijarros e hizo una señal a sus hombres para que esperaran. Subió por la ligera pendiente que se alejaba del mar y pronto se internó en la hierba áspera y encontró el camino que lo llevaría tierra adentro. Sabía que la villa no estaba lejos. Las instrucciones de Maniakes hasta ahora habían demostrado ser acertadas.

Aquí estaba tranquilo, la madrugada traía poco calor, sin embargo, la proximidad de tanta maleza hacía que el aire se sintiera cerrado y húmedo. En unos momentos, el sudor le corría desde la frente hasta los ojos y se detuvo para quitarse el casco y se pasó el antebrazo por la cara. Suspiró, se volvió a poner el casco y se puso en movimiento.

Después de una corta distancia, la hierba dio paso a un espacio abierto con tierra áspera, dura y compactada seca por el sol del verano. Incluso ahora, con el clima más frío, seguía siendo árido y las suelas de sus botas con clavos crujían ruidosamente mientras cruzaba hacia la villa, que se revelaba a unos cincuenta pasos de distancia.

Aquello era lujoso; paredes blancas brillantes sonreían bajo un techo de tejas rojas. Los árboles de acacia y naranjo daban sombra, los patrones moteados se extendían por el frente y una pequeña galería protegía la casa aún más del sol. Dispuestos alrededor de la terraza, había varios sofás y asientos donde uno podía relajarse en el aire de la tarde, beber vino y reflexionar sobre todas las pequeñas idiosincrasias de la vida. Nikolias anhelaba una vida así, sentarse, no preocuparse por nada excepto si la siguiente botella de vino sabía tan bien como la presente. Pasar el tiempo sin hacer nada: eso era lo que anhelaba. Su vida como soldado había sido peligrosa y agotadora, y no sabía por cuánto tiempo más podría hacerlo. Aún faltaban muchos años para la posibilidad de una buena pensión, y el general sería el árbitro sobre la cantidad que recibiría Nikolias. El servicio fiel a menudo disfrutaba de recompensas, si uno vivía lo suficiente. Ésa era su preocupación. Sabía de los rumores de guerreros de Rusia en el norte, normandos en el oeste, sarracenos en el este. Todos ellos presionando sobre las fronteras bizantinas, estirando los recursos limitados del imperio hasta un punto de ruptura. ¿Durante cuánto tiempo más podría el gran imperio mantener alejados a los bárbaros? Le había pasado a Roma. Extendidos, sus defensas resquebrajadas, las hordas habían entrado. Bien puede ser llamado muchas veces para luchar. Roma había luchado y perdido. Había escuchado las historias, imaginado la gran ciudad en su apogeo. Ahora, así decían las historias, era un lugar podrido, sus una vez espléndidos edificios deteriorados y rotos, la gente viviendo como ratas, sin orden, sin control. Solo la poderosa iglesia de San Pedro y sus alrededores, donde residía el Papa. No sabía nada sobre el Papa, quién era o qué representaba; todo lo que sabía era que la religión que dirigía era cercana a la suya. Cercano, pero no igual. Por un lado, no tenían un emperador, que fuera el representante de Dios en la tierra. Quizás el Papa era una especie de emperador, pero no uno que tuviera nada que ver con Dios. Nikolias se encogió de hombros. Tales pensamientos eran para hombres mucho más inteligentes que él. Por ahora, debería concentrarse en cumplir las órdenes del general. De esa manera, Bizancio podría recuperar a su gobernante adecuado, su representante adecuado de Dios: la emperatriz Zoe.

El lugar estaba muy tranquilo. Era temprano, por lo que quizás los ocupantes estaban durmiendo. No había guardias, pero de nuevo el general le había dicho que no habría ninguno. Sacando su espada, Nikolias se colocó frente a la puerta principal y golpeó la madera con el pomo de su espada.

Él esperó. Cuando no salió ningún sonido del interior, atacó la puerta de nuevo, esta vez con mucha más intención y durante un período más largo.

Una voz disgustada gritó: "¿Quién en el nombre de la Santa Madre es ese?"

La puerta se abrió de par en par, y allí estaba un hombre bajo, de aspecto rechoncho, el pelo erizado, los ojos llenos de sueño, una fina bata de algodón que apenas cubría su cuerpo hinchado y redondo. Nikolias no pudo evitar sonreír. Si se afeitara la cabeza, sería idéntico.

Allí estaba uno de los grandes funcionarios del estado, un hombre que había servido con distinción a emperadores anteriores antes del destierro de Zoe. Constantine, el hermano de John Orphano, y el hombre que el general Maniakes creía que podría ayudar al Imperio a sobrevivir.

• • •

La chica se quedó mirando. Andreas estaba consciente pero no le prestó atención mientras ella permanecía en silencio, estudiándolo, mientras él empacaba sus pocas pertenencias. Su espada la había limpiado meticulosamente, engrasó la hoja, la movió dentro y fuera de la vaina unas cuantas veces. El resto de su panoplia estaba arruinado, las bandas de hierro de su chaleco estaban oxidadas, los remaches rotos, las correas de cuero deshilachadas y quebradizas. Tendría mucho que explicar cuando finalmente regresara a la gran ciudad. Más que eso, tendría que intentar evocar una historia creíble sobre por qué no había matado a Hardrada. Eso era una certeza, y no había nada que pudiera hacer, o quisiera hacer, para cambiarlo. El hombre le había salvado la vida, arriesgó la suya para sacarlo del agua. ¿Cómo se esperaba ahora que se volviera contra su salvador y lo asesinara? Entonces, había tomado la decisión de que Crethus tendría que hacerlo por su cuenta, mientras Andreas regresaba a Bizancio. Cuando Crethus hubiera terminado la escritura, podría alcanzarlo en el camino. Pero en lo que respecta al asesinato de Hardrada, no quería tener nada que ver con eso.

"Parecías preocupado".

Él se sobresaltó por su voz. "¿Qué? Oh, no, nada".

"Algo, es lo que pienso".

Andreas cerró su mochila. Ella les había preparado cosas; frutos secos, algunas verduras, harina y sal para hacer *Paximadion*, el pan duro que era el alimento básico de los soldados durante la campaña. Su amabilidad había sido excepcional y se preguntó qué haría ahora, con la banda de guerra salvaje despachada. Ya no necesitaría vivir con miedo, preocupándose por siempre sobre cuándo podrían aparecer desde el bosque. Ella estaba libre ahora y él tomó aliento, reuniendo el coraje para preguntarle lo único que se había estado formulando en su mente desde el momento en que se acercó para besarla. "Me pregunto si podría..." Su voz se fue apagando. ¡Esto era más difícil que cualquier batalla contra tribus bárbaras! Se frotó la cara y se enderezó. "Escucha, ¿por qué no vuelves conmigo a Bizancio? No hay nada para ti aquí ahora. Vuelve conmigo".

Parpadeó, desconcertada, su rostro perdió el color por la conmoción. Le tomó unos momentos recuperarse y cuando habló, su voz sonaba insegura, como si sus pensamientos estuvieran revueltos, confusos. "¿Yo que? ¿A la ciudad, *yo*? ¿Contigo?"

"¿Por qué no? Podrías vivir una vida cómoda. Tengo ambiciones, y esta búsqueda, una vez que se cumpla, me resultará muy útil para la promoción. Podría ser el comandante de un bandon. Eso significaría más paga, una oportunidad de ahorrar para el futuro. Nuestro futuro".

Sus ojos se agrandaron y se dio la vuelta. "No lo sé, Andreas. He vivido toda mi vida aquí, entre árboles y animales. Para comenzar una nueva vida, en la ciudad..." Ella negó con la cabeza. "No sé"

"Escucha", se acercó y colocó las manos sobre sus delgados hombros con ternura. "Di que lo considerarás. Por favor".

Perdida en sus pensamientos por unos momentos, sus rasgos revelando las luchas que estaban ocurriendo en su interior, finalmente sonrió. "Sí. Lo consideraré. Quizás estás en lo cierto. Tal vez no haya nada aquí para mí ahora".

Entonces sintió tal sensación de alivio, y la abrazó y su corazón dio un vuelco cuando ella respondió, deslizando sus brazos alrededor de él, abrazándolo con fuerza. Habló en su nuca. Iré a la ciudad con Crethus y luego regresaré. Una semana, quizás diez días. Será tiempo suficiente para que consideres mi propuesta".

"Lo consideraré".

Levantó la cabeza, le volvió la cara y la besó. Sus labios se abrieron y pronto se perdió cuando su abrazo se hizo más poderoso, su suave boca fusionándose con la de él. Sus rodillas se debilitaron cuando probó la dulzura de ella, inhaló su perfume, sintió sus entrañas anhelando.

Sin aliento, se apartó, sonriendo, toda la timidez anterior había desaparecido. "¿Prometes que volverás?"

"Con todo mi corazón", dijo, su voz era un mero susurro, consumido por la necesidad de ella.

"Y cuando regreses," dijo ella, con un dedo índice recorriendo su labio. "¿Puedes contarme todo sobre tus aventuras, tu ciudad, tus esperanzas y sueños?"

Parpadeó, sintió que sus mejillas se enrojecían mientras el calor subía desde lo más profundo de su interior. "Creo que ya sabes cuáles podrían ser".

"No, supongo, pero no lo sé". Ella sonrió, cerrando los ojos mientras sus labios se apretaban una vez más.

Sintió que el aire se calentaba mientras todo su ser se concentraba en su boca. Pronto, su pasión fue en aumento, elevándose en varias direcciones diferentes. Estaba perdido en un torbellino de deseo y pasión, sus manos recorrían su cuerpo delgado y tenso. Ella respondió, sus manos sujetando su dura espalda y él gimió cuando cayeron al suelo. Tiempo y pensamiento perdidos mientras se abrazaron, labios por todas partes, ambos gimiendo en su necesidad compartida, urgente ahora, sin pensamientos para nada más.

Algún tiempo después, Andreas se dio cuenta de la existencia de Crethus. Ambos estaban todavía en el suelo, una simple manta cubría sus cuerpos. Mientras el escita estaba en la entrada de la tienda, Andreas se sentó y comenzó a ponerse el jubón. Le dio a Analise una sonrisa incómoda y se puso de pie, alcanzando su mochila. "Parece que debemos irnos".

Crethus se asomó allí, su gran tamaño llenando el espacio reducido. Él estaba sonriendo. "Lamento interrumpir", dijo, su voz mezclada con sarcasmo, "pero me pregunto si podría pedirle perdón, señor, y pedirle que venga a inspeccionar su caballo".

Andreas sacudió la cabeza, pasó la mano por el brazo de Analise y luego siguió al escita gigante afuera hasta donde los dos animales estaban ensillados y esperando.

"Puse los cuerpos en una fosa", dijo Crethus, señalando un pequeño montículo de tierra a unos pasos de distancia. "Los cubrí bien. No debería haber ningún peligro de plaga".

"Bien hecho. Y estos animales", Andreas palmeó el cuello del más cercano, "¿cómo los encontraste?"

Crethus se encogió de hombros. "Mi gente siempre han sido buenos rastreadores, Andreas. No es algo que puedas olvidar fácilmente. Usaré la misma habilidad para encontrar a Hardrada. Ni siquiera sabrá que estoy allí, hasta que sienta mi espada a través de su garganta".

Andreas hizo una mueca, arrojó su mochila sobre el lomo de su caballo y puso el pie en el estribo. "No quiero saber, Crethus. ¿Tú entiendes?" El escita asintió. "Nunca. Ni una palabra. La próxima vez que te vea, estarás en Constantinopla". Se volvió para regresar a la tienda, pero Crethus levantó una mano.

"Es mejor si te mueves con rapidez", dijo el escita. "Nos hemos demorado demasiado".

Andreas hizo una mueca, pero se dio cuenta de que las palabras del escita eran sabias. Habría tiempo suficiente para pasar toda la vida con Analise. "Dile que volveré lo más rápido que pueda". Se subió a la silla de montar, se sentó allí por un momento, luego se alejó, siguiendo la pista que lo llevaría al vado, y finalmente al camino viejo que bajaba hacia la gran ciudad.

Analise se ocupó de limpiar las pocas ollas que había utilizado para preparar las escasas raciones de Andreas. Deseó haber podido hacer más. A veces Andreas parecía un niño pequeño, desesperado porque alguien lo cuidara, viera por él. Sin embargo, al mismo tiempo, era fuerte, viril, y no le traería tonterías a nadie. Lo había visto pelear, y eso la había asustado pero al mismo tiempo la emocionaba. Su cuerpo era delgado y duro.

Recordó su cuerpo, delgado y duro, cuando lo acostó en la cama plegable y le quitó los calzones empapados. No había estado con un hombre durante tanto tiempo que había comenzado a creer que nunca volvería a disfrutar de la sensación de tener músculos duros, de ser tomada por completo. Entonces, se habían unido, y era como nada que ella hubiera conocido. Él era tan cariñoso, tan consciente de sus necesidades, y sus ojos, la forma en que brillaban, sin dejar de mirar nunca los de ella.

Cuando él le pidió que lo acompañara a Constantinopla, fue como si se hubiera deslizado hacia un mundo de sueños. ¡Qué idea! Vivir con él, en ese maravilloso lugar. El lugar de las fantasías. Calles doradas, gente alegre y sonriente, comida y bebida en abundancia. Nunca más volver a pasar hambre, acostarse en suaves colchones, vestirse con los mejores rasos y sedas, ser amada por un hombre como Andreas. Exitosa, encantadora, amable y generosa. Ella sería una tonta si no aceptara su oferta.

Una sombra cayó sobre ella y se estremeció cuando el enorme escita se dejó caer en cuclillas. "Es un buen hombre, Andreas".

Ella frunció. Algo brillaba en el tono del hombre, no amistoso, casi acusador, pero ¿acusándola de qué? "Sí, sí lo es".

"No es rico, pero podría serlo. Un día. Él tiene algo para ti".

Esos ojos, como carbones encendidos, la atraviesan. Quería darse la vuelta, pero no tenía ni la fuerza ni el coraje para hacerlo. "¿Lo tiene?"

"Oh, sí, y lo sabes. Te pidió que volvieras a Constantinopla, ¿verdad?"

Ya conocía la respuesta. Obviamente, él había estado escuchando, así que ¿era una especie de prueba para medir su honestidad? "Él lo hizo. Y lo pensaré".

"Gracioso de tu parte".

En ese momento sintió una punzada de miedo. Su voz se había endurecido aún más y antes de que pudiera reaccionar, la agarró por el cuello y la empujó al suelo. Ella luchó por zafarse de su agarre, pero él era demasiado fuerte, más fuerte que cualquiera que hubiera conocido. Su mano era tan grande que casi le rodeaba el cuello por completo. Su rostro negro se acercó al de ella, su aliento flotando sobre ella.

"Fíjate en esto, mujer. Si regresa, lo rechazarás. Una ramera como tú no pertenece a la gran ciudad. Andreas tiene un futuro, un futuro basado en la fidelidad y la lealtad. No necesita distracciones, y ciertamente ninguna de personas como tú". Él se acercó aún más y ella cerró los ojos mientras saliva salía de su boca mientras él jadeaba: "*No* vuelvas con él. Si lo haces, te degollaré. ¿Nos entendemos?"

Sus intestinos se aflojaron cuando el miedo se apoderó de ella. Sus palabras, tan vehementes, tan horribles, la golpearon como golpes y aunque no la hubiera sujetado por el cuello, le habría costado responder. Ella se las arregló para gemir, "Sí", y luego él la soltó y se alejó.

Ella yacía allí, jadeando por aire, agarrándose la garganta magullada. Querido Cristo, ¡qué animal! ¿Y por qué estaba tan decidido a que ella no fuera con Andreas? ¿Qué era lo que tenía reservado para él, qué era lo que le tenía tanto miedo? Ella no lo sabía ni quería saber. Sus palabras la habían conmovido hasta la médula y ahora todo lo que anhelaba era su partida, que le permitiera un poco de tiempo para pensar. Sin embargo, ya se había decidido una cosa. Una nueva vida en Constantinopla sería lo que siempre había sido: un sueño y nada más que un sueño, ahora más lejano que nunca.

❧ 33 ❧

La procesión se abrió paso a través de las Puertas Reales hacia la imponente vista del Hipódromo. Toda la familia real extendida se había reunido, con sus mejores ropas de estado, para emprender su camino hacia el lugar donde comenzarían los juegos. Parecía que toda la población de la ciudad había salido a las calles para presenciar la marcha lenta y deliberada. El guardaespaldas real, con su armadura de láminas, escudos de cometa y *rhomphaia* colgando de sus espaldas, lucía resplandeciente, todo finamente pulido, caballos con crines y colas decoradas e incrustadas con joyas preciosas y semipreciosas. Rara vez la gente común tenía la oportunidad de ver a la guardia imperial, pero ahora trotaban fila tras fila, siendo las *Scholae* las más experimentadas y más antiguas de todos los regimientos a la cabeza. El general Maniakes cabalgaba a la cabeza y mucha gente se inclinaba ante él, sabiendo que era su mayor defensor contra las incursiones de tantos enemigos. No eran muchos, no más de doscientos, la grupa de lo que alguna vez fue una fuerza formidable. Los deberes fronterizos, la constante amenaza de los enemigos, hacían que el alojamiento de tropas en la ciudad misma fuera un lujo ahora. Sin embargo, eran una vista impresionante.

Las trompetas sonaron y los músicos marcharon, dando un ritmo constante, mientras los carruajes dorados pasaban retumbando, el carruaje estatal reluciente, con Miguel de pie en el centro, saludando a la gente cuando pasaba. A lo largo del paseo, a ambos lados del carruaje, bailaba una multitud de doncellas vestidas de blanco, arrojando racimos de pétalos de camelia blanca. Un aire de festividad y felicidad lo invadía todo y Miguel se sintió relajado y confiado. Había dispuesto que Leoni lo recibiera en el palco real del Hipódromo, desde donde se dirigiría a la gente. Un túnel subterráneo corría desde el complejo del palacio hasta el palco real, pero en esta ocasión, el emperador había decidido que la procesión debía estar a la vista de todos, y estaba resultando un triunfo.

Este iba a ser el comienzo de cinco días de banquetes y entretenimiento, destinados a presagiar el comienzo de una nueva era. No durante una generación se había prodigado tanto en juegos gratis para la gente, y Miguel había apostado por su gratitud y buena voluntad. Desde la debacle de su investidura, estaba decidido a que nada saliera mal. Para cimentar esto, los Varegos escitas se alinearon en la calle principal del Hipódromo, colocados estratégicamente entre la gente, con los ojos alerta, en busca de posibles saboteadores. Quienquiera que hubiera arruinado esa alfombra no tendría una oportunidad similar de interrumpir los procedimientos y traer más vergüenza al Emperador.

La procesión entró por debajo del arco principal del hipódromo, dividiéndose en dos, un brazo hacia la izquierda y el otro hacia la derecha. Aquí también los Numeri, la guardia permanente de la ciudad, se mantuvieron firmes, con los escudos brillando bajo la brillante luz del sol. Miguel había rezado por el buen tiempo. Ya se había prometido a sí mismo que asistiría a una misa especial esa misma noche para dar gracias a Dios por bendecirlo con un clima tan magnífico.

Michael estaba vestido con su túnica púrpura y, ese día, se había adornado con una coraza de oro puro. De su cintura colgaba una espada ceremonial, envainada en una vaina de cuero de color escarlata, que hacía juego con sus grebas y su capa. Llevaba una sencilla banda de oro alrededor de la cabeza, sin querer parecer demasiado opulento; Una de sus reformas más publicitadas fue que el dinero no debería desperdiciarse en las mejores galas de la casa real, sino en la seguridad continua del imperio. Creía que había elegido sabiamente y cuando bajó de su carruaje y la multitud se apretujó hacia adentro, sus rostros estaban llenos de asombro, abundando las amplias sonrisas. Les saludaba constantemente mientras subía los escalones. Las trompetas sonaron y todo el sonido dentro del Hipódromo creció, bañándolo en el asombro y la admiración que siempre había anhelado. Este fue el regalo de ser Emperador, el embajador elegido ante Dios. El vértigo se apoderó de él cuando se paró en el palco real y miró el mar de personas que treparon a las gradas a ambos lados para obtener el mejor asiento posible.

Las carreras iniciales fueron un retroceso de los antiguos juegos de Roma. Los carros, relucientes con adornos de plata y marfil, repiqueteaban contra el suelo de arena, los caballos haciendo cabriolas, los conductores luchando por mantenerlos a raya. Miguel había querido organizar algunos viejos juegos de gladiadores, pero Maniakes lo había persuadido de que tal espectáculo sería demasiado para el gusto griego más refinado. "Es mejor dejar algunas cosas en los libros de historia, señor", había dicho el general, y Miguel tuvo que aceptar, aunque insistió en la recreación de una batalla o dos, sin el derramamiento de sangre, por supuesto. El pilar, como siempre, serían las carreras de caballos, salpicadas de varios otros entretenimientos, desde acróbatas artísticos hasta corrientes de bailarines semidesnudos danzando la música recién compuesta. Miguel estaba deseando que llegara y dio un paso adelante para dirigirse a la multitud. Las trompetas sonaron para advertir a los que estaban al alcance del oído que el Emperador estaba a punto de hablar, y la asamblea se sentó. Se colocaron cortesanos por todo el Hipódromo listos para repetir las palabras del Emperador a aquellos que estaban demasiado lejos para escucharlo por ellos mismos.

Las trompetas cesaron y un silencio expectante se instaló sobre la multitud.

Miguel respiró hondo. Nunca antes había visto a tanta gente en un mismo lugar, y todos y cada uno de ellos tenían la cara vuelta hacia él. Trató de calmar su estómago, que estaba comenzando a girar de manera bastante alarmante, y extendió sus manos temblorosas para darse unos momentos para prepararse.

"Pueblo de Roma", rugió". ¡Les doy la bienvenida!"

La multitud estalló, vitoreando y gritando, arrojando sus gorras y cualquier otra cosa que tuvieran a mano al aire. Cómo les encantaba que los llamaran romanos y cómo Miguel lo aprovechaba, sonriéndoles y asintiendo con la cabeza en señal de aceptación arrogante de sus elogios. Esto era mejor de lo que esperaba.

Haldor saltó desde la ventana enrejada y gruñó: "No está bien, no puedo ver ni oír nada".

Ulf hizo una mueca, "Bueno, no es normal. ¿Ningún ruido en absoluto?" Se acercó a la puerta y trató de mirar a través de la diminuta rejilla hacia el pasillo más allá. Su estómago retumbó con fuerza. "Nadie. ¿Cuándo fue la última vez que nos alimentaron?"

"No puedo recordar". Haldor se sentó.

Ulf tiró de la parrilla y alzó la voz. "¡Oye! ¿Alguien ahí?

Necesitamos comida, malditos sean sus corazones negros, ¡*comida*!"

"¿Crees que eso funcionará?"

"Bueno, es mejor que estar sentado aquí muriendo de hambre".

Haldor negó con la cabeza, un poco triste. "Siempre piensas en tu estómago..." Él ladeó la cabeza. "¿Escuchas eso?"

Ulf escuchó un rugido muy leve desde la distancia. "Suena como una multitud".

"¡Es una multitud, maldita sea!" Haldor se levantó de un salto y se acercó a la ventana enrejada de nuevo.

"Tal vez sea una especie de celebración... Un festival".

A Ulf no le gustó cómo sonaba eso. Los festivales o fiestas religiosas siempre significaban que todos tenían que asistir, incluidos los guardias. Volvió a agarrar la parrilla. "¿Alguien? ¡Vamos, holgazán, holgazán! ¡Quiero mi cena!"

Al final del pasillo oyeron una tos leve y gutural, seguida de un fuerte salivazo. Ulf trató de entrecerrar los ojos por el pasillo para poder vislumbrar a quienquiera que fuera, pero el ángulo era demasiado agudo. Dejó caer los hombros y se apartó de la puerta. "Hay alguien ahí fuera". Golpeó la puerta, enojado, rugiendo: "¡*Vamos, mierda ociosa!*"

"Baja el ruido, ¡bestia ruidosa!"

Ulf se volvió hacia Haldor y le guiñó un ojo. "Déjame esto a mí. Tú, hazte un montón en el suelo, ¡ahora!" Haldor frunció el ceño, pero hizo lo que se le pedía con cierta desgana. "Ahora, gime un poco, como si tuvieras dolor".

Ulf regresó a la puerta, golpeándola con ambos puños, "¡Deprisa! Mi amigo está enfermo". Vio una pequeña figura rechoncha que se acercaba.

"¿Qué diablos te pasa?" Solo la parte superior de su cabeza se podía ver a través de la parrilla.

Ulf apretó la cara contra la parrilla. "Él está enfermo. No

hemos comido en horas y no creo que le haya hecho ningún bien".

"Bueno, no hay nada que pueda hacer. Los escitas están todos en el Hipódromo".

"¿El Hipódromo? ¿Qué diablos está pasando?"

"Juegos", dijo la voz, y Ulf pudo oír al hombre girarse para alejarse.

"¡*Espera!*" Ulf se aferró a la parrilla. "¡Por el amor de Dios, mi amigo necesita comida! Tiene fiebre y no puede pararse".

"No creo que haya nada", dijo el hombre.

"Por favor", dijo Ulf, poniendo tanta autenticidad en su voz como pudo reunir, "cualquier cosa servirá, incluso un poco de pan".

Se hizo un largo silencio, luego finalmente el hombre murmuró: "Veré qué puedo hacer". El sonido de sus pies, arrastrando los pies por el pasillo, pronto se desvaneció.

"Demasiado para tu plan", dijo Haldor, sentándose de nuevo.

"Regresará", dijo Ulf, todavía tratando de mirar por el pasillo. "Lo sé. Y cuando lo haga, te vuelves a tirar al suelo, realmente te das la vuelta, actúa como si tuvieras un dolor terrible".

"Y si vuelve, ¿crees que abrirá la puerta?"

"Una vez que él te vea y le diga lo que sucederá si no te ayuda, recuerda, ¡somos prisioneros del Emperador! Somos valiosos para él y nos quiere vivos".

"Te has convertido en una especie de estratega de repente, viejo amigo. Estoy impresionado".

"Estarás más que impresionado cuando ese tipo regrese, ¡serás libre!"

George Maniakes estaba a cierta distancia del palco real. Nunca se había sentido completamente cómodo con las trampas del privilegio, incluso cuando había atravesado las Puertas Doradas a la cabeza de sus tropas victoriosas. La turba se había vuelto loca ese día, bañándolo con pétalos de flores, cantando su nombre. El defensor del Imperio, el triturador de almas. Cierto, lo había llenado de un sentimiento de orgullo que tantos salieran a saludarlo, pero nunca se sintió cómodo con nada de eso. Era un soldado de corazón, brusco y duro. Cuando devolvió sus pensamientos a la batalla, los muertos y los moribundos, toda esta pompa lo llenó de repulsión. Contempló la asamblea de parásitos reales, la llamada familia extensa de la dinastía macedonia, y bajó la boca con disgusto. Eran suaves, mimados e indolentes. Los senadores eran los mismos, especialmente los aduladores, los que con mucho gusto besarían el trasero de Miguel si se lo pidiera. Anhelaba volver a los días del gran emperador Basilio, que domesticaba a sus enemigos con duras batallas, no con palabras torpes. En Sicilia había sido así, cuando él y Hardrada lucharon contra los normandos hasta paralizarlos. Quizás podría volver a ser así. No entendía el gran plan de John Orphano, por qué Hardrada representaba una amenaza para todos. El hombre era controlable siempre que tuviera algo que hacer. Matar y luchar en la batalla eran las cosas que mejor hacía. Para controlar a Hardrada, lo pones a trabajar, no lo matas.

Orphano se había equivocado en esa parte. Y ahora, el eunuco real, una vez tan orgulloso y tan poderoso, había sido secuestrado por Miguel. Como la emperatriz Zoe. Todo el edificio se estaba derrumbando. Al principio, Maniakes se había equivocado, pero ahora se había recuperado. Con el hermano de Orphano regresando a la escena, Maniakes podría manipular toda la situación a su gusto, devolver a Zoe al trono y volver a hacer lo que mejor sabía hacer: la guerra.

Captó un movimiento hacia su izquierda y se volvió para ver a un soldado cubierto de polvo parado allí, pateando sus talones, luciendo un poco avergonzado. Inclinó la cabeza hacia el general, quien le hizo señas para que se acercara. El hombre se apresuró hacia adelante y, manteniendo el rostro apartado, farfulló: "Él está aquí, señor".

Maniakes llenó su pecho, despidió al soldado con un movimiento rápido de la mano, luego sonrió a la multitud. A veces se siente bien estar vivo.

La llave traqueteó en la cerradura y Ulf se alejó de la puerta cuando se abrió.

El hombrecillo rechoncho se quedó allí, mirando al retorcido Haldor con clara inquietud. "¿Qué pasa con él?"

"No lo sé", dijo Ulf, haciendo todo lo posible por parecer preocupado. "Sus tripas probablemente, no ha comido en días. Creo que está envenenado".

"¿Envenenado?" El rostro del hombre palideció. "¿Por esos escitas?"

"Más que probable. Si el Emperador se entera, tendrá un ataque. Exigirá que se corten algunas cabezas".

La boca del hombre se abrió. Se quedó un poco atrás, en el pasillo, y la hoja curva en su mano parecía afilada. Sus hombros eran anchos, tensos por los músculos y Ulf lo tomó como un adversario bastante peligroso. "No hay nadie aquí excepto yo, todos están de guardia". Se frotó la cara. "Iré a buscarle un poco de agua".

Se volvió y Ulf aprovechó su oportunidad, deslizándose hábilmente por la puerta, agarrando al hombre por el cuello con un brazo, agarrando la mano que sostenía la espada con el otro. Pero el hombre, de hecho, no era un caminante. Gritó, echó la cabeza hacia atrás y golpeó la nariz de Ulf con un crujido maligno. Cuando Ulf se tambaleó hacia atrás, la sangre brotaba de su rostro, el hombre se volvió y gritó: "¡Bastardo!"

De la nada, Haldor dio un paso adelante y lo pateó, un golpe perfecto, justo entre las piernas del hombre. Chilló, se dobló en dos y vomitó en el suelo mientras Haldor recogía cuidadosamente la espada caída y cortaba la garganta del hombre en un solo movimiento rápido.

Ulf se tambaleó hacia atrás, sujetándose la cara mientras Haldor limpiaba la hoja del jubón del muerto. Haldor miró a su viejo amigo a su alrededor. "Maldita cosa estúpida que hacer. ¿Por qué no le pegaste?"

"Lo intenté, ¿no?" Su voz estaba ahogada bajo sus manos. La sangre se filtró entre los dedos. "No creo que debiste haberlo matado. Cuando lo encuentren, esos escitas, querrán nuestras bolas en un plato".

"Que se jodan", escupió Haldor. Sopesó la espada en su mano, estudiando la hoja curva escita con algo parecido a la admiración. Maldita sea esto. Me complacerá mucho cortar a algunos de esos bastardos antes de que me atrapen. Vamos". Extendió la mano y tiró a Ulf para que se pusiera de pie.

Ulf dijo: "Pongámoslo en la celda. Eso nos dará algo de tiempo".

"¿Tiempo para qué?"

"Para irnos lejos". Ulf olisqueó y retiró la mano, miró la sangre y volvió a olfatear. Creo que el bastardo me rompió la nariz.

"Deberías acostumbrarte a eso, además, mejorará tu apariencia".

Ulf se pasó la parte de atrás de la manga por la cara. La sangre casi se había detenido. "Necesitamos salir a las calles, quizás llegar a los límites exteriores de la ciudad. Podríamos robar un par de caballos y escapar".

"¿Y Harald?"

"Bueno, tendremos que intentar encontrarlo, ¿no es así?"

"¡Será difícil, ya que no sabemos dónde está, y esta es la ciudad más grande del mundo!"

Entonces, ¿qué diablos quieres que hagamos? No escucho que surjan grandes ideas de tu boca".

Haldor sonrió. "No, eres el cerebro del equipo, solo seguiré tu ejemplo. Señor".

"¡Vete a la mierda!"

Haldor hizo una reverencia. "¡Graciosa majestad!"

Ulf gimió y pateó al carcelero muerto. "Va a ser un bastardo pesado para mover. No va a ser fácil".

"Sí. Será mejor que empieces a hacerlo, ¿no es así?"

❧ 34 ☙

Hardrada dudaba que fueran los normandos los que habían atacado el campamento Varego. La idea de que esos bastardos pudieran haber venido tan al este era demasiado terrible para contemplarla. Sus sospechas se centraban en los rusos, o incluso en los malditos Patzinaks.

Repartidos a lo largo de la costa norte del río Danubio, habían estado invadiendo constantemente el sur durante años. Hace algún tiempo, llegaron informes de una masa de ellos descendiendo muy cerca de la ciudad de Adrianópolis. Se hablaba de casi un millón de exploradores fuertes, grandes rastros de ellos serpenteando hasta donde alcanzaba la vista. Eran un enemigo temible y Hardrada estaba seguro de que, dentro de pocos años, Bizancio tendría que enfrentarse a ellos en una batalla campal para detener su avance.

Para esta incursión actual, en su mente estaba seguro de que tenían que ser rusos. Por las descripciones que le había dado Rufus, la forma en que vestían los hombres, su forma de ataque, la palidez de su piel, seguramente debían provenir de los ejércitos del líder ruso, el Gran Príncipe Yaroslav de Kiev, conocido como 'El Sabio', un manto, se había asumido a sí

270

mismo debido a su cautelosa diplomacia con sus enemigos. Esto incluyó a los emperadores de Roma. Quizás él también estaba sintiendo la amenaza de los normandos y quería extender sus fronteras.

Cuanto más pensaba en ello, más se convencía Hardrada de que su mandato con la Guardia Varega estaba llegando a su fin natural. Tenía ganas de volver a casa, de cumplir su destino como rey, no de servir a los demás. Tenía los bolsillos bien forrados, y cuando regresara a la Gran ciudad, lo primero en su lista sería localizar a ese canalla, Orphano, y exigirle que le devolviera el dinero, el dinero que el detestable eunuco había escondido. Si eso no sucedía, entonces el hombre moriría y Hardrada tomaría todo lo que pudiera encontrar de todos modos. Ya estaba harto de que otros le dijeran lo que podía y no podía hacer. A la cabeza de sus tropas Varegas, les haría pagar a todos.

El camino serpenteaba a través del bosque, descendiendo suavemente hasta el río. Reconoció ciertas características del paisaje y se sintió tranquilo. No pasaría mucho tiempo antes de que llegara al lugar del cruce y al pequeño campamento. Se preguntó en qué condiciones encontraría a Andreas. Había algo en el muchacho que admiraba Hardrada. Al principio había parecido hosco, casi como si el gran peso de sus responsabilidades hubiera absorbido su humanidad, su personalidad. Sin embargo, a medida que avanzaba el viaje, Hardrada empezó a gustarle a regañadientes. Su sentido del deber era admirable y Hardrada sintió que si alguna vez tuviera un hijo, desearía que fuera como el joven oficial griego.

Una fuerte lluvia debió caer en las montañas distantes, porque la velocidad del río había cambiado, ahora se volvió mucho más fuerte y considerablemente más crecido. Hardrada miró repetidamente hacia el otro lado, buscando señales de movimiento, humo o cualquier cosa que indicara que estaba cerca del campamento. Cuando llegó al vado, se preguntó si era seguro negociar este cruce. La corriente era rápida aquí, el agua corría, furiosa y peligrosa. Sin embargo, tenía pocas opciones y tentativamente instó a su caballo a bajar la ligera pendiente hacia donde el agua se volvía un poco menos profunda.

El caballo relinchó cuando se resistió, reacio a sumergirse en las heladas profundidades. Hardrada lo instó a seguir, pateando con fuerza en sus flancos y luego entró, con la cabeza en alto, las fosas nasales dilatadas mientras se abría paso. El agua casi llegó a la parte superior del muslo de Hardrada, lo que le provocó una mayor alarma. Era un hombre grande y su montura era igualmente enorme. Tenía que serlo para soportar el peso de su jinete. Aun así, el puro poder del agua los obligó a ambos río abajo. Pronto estarían en el río propiamente dicho, con profundidades insondables. El miedo de ser arrastrado pareció espolear al caballo y se esforzó y sudó mientras luchaba por cruzar, todo el tiempo Hardrada alentándolo con palabras tranquilizadoras.

Por fin, el caballo trepó por la orilla opuesta, resbalando en el barro pero consiguiendo mantener el equilibrio. Empapado hasta la cintura, Hardrada saltó del lomo del caballo y se sacudió, el caballo lo imitó, enviando un fino chorro de agua en todas direcciones. Relinchó de nuevo, pateando con una mezcla de ira y alivio. Hardrada le dio unas palmaditas en el cuello tembloroso, acarició su rostro con la piel y lo calmó con más palabras tranquilizadoras.

Comprobó su espada y hacha de batalla, limpiando el exceso de agua con un paño. Su petate se retorcía y tendría que exponerlo al sol para secarlo antes de que cayera la noche. Calculó que era más de mediodía, pero no mucho. Había estado en la carretera unas buenas cuatro horas o más y hasta ahora había hecho un excelente progreso. Sin embargo, no podía esperar que el caballo volviera a enfrentarse al río ese día, así que, tan pronto como encontrara a Andreas y le contara sobre el avance de los Varegos, pasaría la noche allí, en el campamento. El viaje hacia la Gran Ciudad continuaría al día siguiente y probablemente todavía estaría por delante de Rufus y el patriarca Alexius.

Llevando al caballo por las riendas, Hardrada se dispuso a caminar a través de la espesa maleza de la orilla opuesta. Aquí la tierra era mucho más boscosa y nuevamente, sus ojos seguían girando hacia el bosque, entrecerrando los ojos para ver si alguien o algo acechaba allí. No quería repetir su encuentro anterior con los lobos, incluso con su hacha en las manos.

Ahora estaba cerca, solo unos pocos pasos más. Consideró gritar; Al llegar a un campamento, cualquier campamento sin previo aviso era siempre peligroso. Pero la chica no era una amenaza y Andreas pronto lo reconocería, así que siguió adelante, sin preocuparse por cualquier ruido que pudiera hacer.

Lo primero que vio fue un gran montículo recién llenado. Junto a él, una colección de brazos. Se detuvo frunciendo el ceño. Eso no había estado allí antes. Levantó la vista, mirando a través de los árboles raleando el pequeño campamento cuyo contorno apenas podía distinguir. Estaba tranquilo, sin movimiento, sin fogata. Pateó el montículo suavemente, derribando parte de la tierra con el pie. Se sobresaltó cuando una mano blanca y rígida cayó de debajo de la tierra. Su caballo se estremeció, golpeó de nuevo las patas y tiró de las riendas. Hardrada lo calmó y lo ató a un árbol cercano. Tomando su hacha de alrededor de su hombro, avanzó hacia el campamento, mucho más subrepticiamente ahora, sintiendo que algo andaba mal, muy mal.

Se arrastró hacia adelante medio agachado, asegurándose de que cada pisada fuera lo más ligera posible. De vez en cuando se detenía, inclinaba la cabeza hacia un lado y escuchaba. Nada. Ni siquiera el canto de los pájaros para interrumpir la quietud. Esto en sí mismo era extraño. Un bosque como este, repleto de vida salvaje... Apretó la mandíbula y siguió adelante.

Usando un brazo, partió algunas ramas que le cerraban el camino hacia adelante y casi gritó alarmado. Por un momento tuvo que volver a concentrarse, porque lo que vio fue increíble.

La tienda estaba allí, con las solapas echadas hacia atrás, revelando el interior vacío. Delante, el fuego del campamento, muerto, las ollas y sartenes todavía alineadas listas para usar. Pero la madera debajo de la barra colgante casera sobre la que se suspenderían las ollas no era más que un montón de cenizas frías. No hay necesidad de fuego, no hay necesidad de nada más.

Ella yacía allí, tendida en el suelo, con las piernas abiertas de par en par, la fina camisola de algodón abierta, dejando al descubierto su cuerpo desnudo debajo. Sus ojos miraban ciegamente hacia el cielo, y la herida abierta en su garganta estaba negra con sangre coagulada. Hardrada avanzó sin pensarlo más, dejó caer el hacha a un lado y se inclinó hacia ella. Sabía que estaba muerta incluso antes de tomarla en sus brazos y sentir la frialdad de sus miembros, rígidos como tablas. Él jadeó ante eso y suavemente la volvió a dejar en el suelo. Una ligera brisa silbó a través del campamento, alborotando el cabello de la chica, y él se lo apartó de la cara y luego cerró los ojos, sin querer contemplar más su muerte.

¿Quién pudo haber hecho esto y por qué? Se arrodilló allí, presionando su puño en su boca. Por la barba de Odin, descubriría quién era el culpable y lo despellejaría vivo. O algo peor.

La enterró junto a la tienda, cubriendo la pequeña fosa con algunas pieles que encontró y a ella la cubrió con una manta vieja para que la tierra no ahogara directamente sus hermosos rasgos. Cuando terminó, se sentó en el tronco de un árbol volcado y miró hacia la nada. Estuvo sentado así durante mucho tiempo.

$$❈ \quad 35 \quad ❈$$

"¿**P**or qué estoy aquí y cuánto tiempo me vas a hacer esperar?"

Nikolias cambió su peso incómodo, furioso por la arrogancia del hombre. Le había costado mucho persuadirlo para que viniera, subiera al bote y tomara el corto cruce hacia la ciudad. Incluso entonces había murmurado y gemido durante todo el camino. Al entrar en el complejo del Palacio, el hombre ni siquiera se había detenido a contemplar la maravilla de las oficinas de Estado circundantes. Su aire indiferente irritaba a Nikolias más que cualquier otra cosa acerca de este hombre hosco y pomposo. Ahora, mientras estaban sentados fuera del aposento privado del General Maniakes, Nikolias deseaba con todo su corazón poder dejar a este llorón endogámico a cualquier destino que Maniakes tuviera reservado para él. Solo esperaba que fuera desagradable.

"Quiero un poco de vino", dijo el hombre por fin. Bien acostumbrado a dar órdenes, miró con desprecio a Nikolias y olfateó ruidosamente. "Ahora".

Cuando Nikolias se levantó, se escuchó un gran rugido en la distancia.

El hombre frunció el ceño. "¿Qué es eso?"

"Es la apertura de los juegos".

"¡Bah! Juegos de hecho. ¿Cuál es el punto de esto?"

"No tengo ni idea".

"¿Cómo dijiste que te llamabas?"

"No lo hice",

El hombre apretó los labios mientras sus mejillas se enrojecían, "Déjame decirlo de otra manera, ¿cuál es tu nombre?"

"Nikolias. Soy un *Dekarchos* del *Tagimata*".

El hombre resopló. "¿Se supone que debo estar impresionado por eso?"

"No me importa lo que usted sea, me importa lo que yo soy. Usted me preguntó, yo le contesté".

"Le vendría bien lecciones sobre servilismo, joven. No me importa si eres un oficial humilde de la Guardia Imperial, me darás el respeto que merezco".

Nikolias contuvo la respiración por un momento. Sintió un impulso repentino de golpear al hombre en la cara, pero sabía que era mejor no hacerlo. En cambio, permaneció inmóvil como una roca, controlando su temperamento. La arrogancia del hombre lo enfermó. "Iré a buscarle un poco de vino".

El hombre asintió con la cabeza, luego cruzó los brazos sobre su generoso torso y cerró los ojos. Mientras Nikolias se alejaba, pudo escuchar al hombre que ya roncaba.

Fuera, Nikolias encontró un sirviente y lo envió a buscar un poco de vino. Otro rugido sonó. Suspiró, deseando poder estar allí, en el Hipódromo, para ver las carreras. Nunca las había visto, no en todos sus años de servicio. La campaña había dominado su vida, desde sus primeros años cuando se convirtió en soldado. Su padre había sido soldado, después de servir durante un corto tiempo como secretario de un senador. Se convirtió en *Drakonarius*, abanderado de la Guardia Imperial. Era un puesto que le otorgaba un gran privilegio, tanto en el campo de batalla como en la ciudad. Ahora Nikolias seguía sus pasos y estaba seguro de que su padre estaría orgulloso. Su padre había muerto luchando contra los normandos en Sicilia, rechazándolos, defendiendo el estandarte hasta que un cobarde le disparó por la espalda con una flecha. Traición típica normanda.

"¡Nikolias!"

El joven se dio la vuelta y se puso firme. El general Maniakes avanzó resueltamente hacia él, su rostro severo y un poco preocupado. "¿Dónde está Constantine?"

"Lo acabo de dejar, para ir a buscar un poco de vino, señor".

Maniakes frunció el ceño y colocó un dedo índice en el pecho del soldado. "No lo vuelvas a dejar nunca".

Nikolias se puso rígido. "No señor. Lo siento, señor."

Sin embargo, debería estar bien. Todos están en los juegos. Vamos, llévame con él".

Nikolias se marchó por el pasillo hasta la antesala del apartamento privado. Abrió la puerta y se hizo a un lado para que Maniakes pasara.

Constantine todavía dormitaba, exactamente como lo había dejado Nikolias. El general soltó una breve carcajada. "Querido Dios, ese es un gordo bastardo".

"No solo uno gordo, señor".

Maniakes le lanzó una mirada inquisitiva. "¿Qué significa eso?"

Nikolias se encogió de hombros, "¿Permiso para hablar libremente, señor?"

"Adelante".

Es un cerdo hosco y arrogante, señor. Le gusta dar órdenes, espera que le entreguen las cosas en un plato sin hacer preguntas".

Maniakes se rió de nuevo. "Nikolias, el hombre es parte de la Familia Real. Bueno, le gusta pensar que lo es. Está acostumbrado al respeto".

Nikolias tragó saliva, recibiendo la cautelosa reprimenda en el mentón. "Sí, pero seguramente todavía no está pensando que tiene alguna influencia, señor?"

"Oh sí. Nuestro querido y dulce amigo, Constantine, hermano del ilustre eunuco John Orphano, tiene una gran influencia. O, debería decir, la tendrá, si las cosas salen como espero. Escucha, Nikolias, quiero que te quedes en el salón del trono de Su Alteza Real. Tengo la sensación de que pronto te pedirán que vayas a buscar a nuestro querido amigo Constantine.

"¿Ir a buscarlo, señor? ¿Dónde, a su oficina, señor?"

"No, a su villa isleña".

Nikolias no podía comprender esto. "Este... No estoy muy seguro de entenderlo, señor. Lo acabo de traer de su villa en la isla".

"Sí, lo has hecho. Pero Miguel no lo sabe, ¿verdad? Y no quiero que lo sepa. Tampoco quiero que lo sepa nadie más. Debe ser idea de Miguel. Mientras finges ir a buscarlo, tendré una pequeña charla. Asegúrate de que él esté al tanto de la situación".

Nikolias todavía no estaba muy seguro de los procesos de pensamiento del general, pero decidió que era mejor no continuar con el asunto.

El sonido de pasos que se acercaban hizo que Maniakes agarrara con tensión a Nikolias del brazo. "¡Nadie debe verlo, todavía no!"

"No se preocupe, señor". Nikolias desenvainó su espada cuando apareció el criado, llevando una pequeña bandeja con una jarra de vino y dos copas.

"Su vino, señor". El hombre sonrió, inclinó la cabeza y colocó la bandeja en una mesa cercana. "¿Desea algo más, señor?"

Nikolias asintió con la cabeza, se volvió hacia el general y dijo: "No será un momento, señor". Luego tomó al criado del brazo y lo llevó afuera.

Una vez más, desde la distancia llegó un fuerte rugido. Maniakes exhaló el aliento antes de cruzar la habitación hacia la mesa donde se sirvió una copa de vino. Lo probó, hizo una mueca y lo volcó en la jarra. Se volvió cuando Nikolias regresó.

"¿Todo listo?"

Nikolias asintió. "Todo hecho, señor".

Incluso Maniakes se estremeció un poco ante lo indiferente que parecía Nikolias después de lidiar con la muerte con tanta pasión. "Recuérdame tenerte siempre de mi lado, Nikolias".

"Sí señor. Puede confiar en eso, señor".

"Eso espero, amigo mío. Eso espero".

❈ 36 ❈

Como era su deseo, Miguel cambió de opinión. Se estaba divirtiendo, sentado en su trono, mirando los diversos juegos, disfrutando del deleite de la multitud mientras bebían del espectáculo. Hizo una señal a uno de sus sirvientes para que le pasara el mensaje. Presentaría a Leoni mañana. Para entonces, la multitud estaría tan borracha de felicidad que seguramente la recibiría con tumultuoso agradecimiento. Luego, se recostó, tomó un sorbo de su enésima copa de vino y continuó entreteniéndose.

Tuvo otra idea un poco más tarde, pero necesitaba hablar con Maniakes al respecto. Ahora que ni Zoe ni Orphano estaban cerca, el general era la única persona real a la que podía pedir consejo. A menos, por supuesto, que siguiera la brillante idea de Leoni. Ponerse en contacto con el hermano de Orphano, traerlo de regreso a la corte y reintegrarlo en un alto cargo del estado. Reconocido como la mente más brillante de todo el Imperio, él podría ayudar a Miguel a restablecer la autoridad. Sí, era una idea majestuosa y estaba ansioso por poner en marcha ese plan.

A última hora de la tarde, relleno de huevos de codorniz, pechugas de pollo y varios platos condimentados, Miguel le dijo a su séquito inmediato que había llegado el momento de irse. Se puso de pie, extendió los brazos hacia la multitud que aullaba y se despidió de ellos hasta el día siguiente. "Voy a tener algunas sorpresas para ustedes, mi amado pueblo", les dijo y mientras vitoreaban y saludaban, salió del Palco Real hacia las puertas principales del Hipódromo. Saludó con la cabeza a un par de guardias escitas de aspecto brutal. "Me voy a ir caminando por las calles. El túnel puede esperar hasta mañana".

El regreso al Palacio Real fue un asunto mucho más conservador. Las calles estaban en silencio, todos estaban en los juegos o presionando alrededor de las paredes laterales para echar un vistazo a los procedimientos. A su alrededor yacían los detritos de la procesión anterior y Miguel, eligiendo dejar atrás el carruaje real, se tomó su tiempo, deambulando por la vía principal, mirando alrededor de un lado a otro. Tenía una curiosa sensación de depresión que se apoderaba de él. La ceremonia de apertura había sido un triunfo. Había esperado que la multitud exigiera que Zoe apareciera, pero no sucedió nada. Las carreras de carros habían demostrado su valía y mañana les regalaría algo más. Lo había pensado antes, se lo había mencionado a una o dos personas, pero todos parecían reacios a estar de acuerdo. Bueno, ya no; envalentonado por su éxito, Miguel creía que no podía hacer nada malo. La gente lo amaba y él los recompensaba con un espectáculo del glorioso pasado. Combate de gladiadores.

Caminó a través de la Puerta del León, su guardaespaldas moviéndose a su alrededor, pero nadie más. Los había despedido con un gesto, deseando estar solo. Mientras subía los escalones del Palacio, reflexionó sobre lo afortunado que había sido. Sus planes habían encajado perfectamente, la multitud estaba feliz, el futuro parecía brillante. Y sin embargo, a pesar de todo esto, todavía se sentía vacío de alguna manera. Al entrar en el pasillo principal del palacio, miró a su alrededor las hermosas estatuas y pinturas que adornaban la pasarela. Se puso de pie y contempló los tesoros de todas las épocas, los mejores artistas y artesanos que producían artículos decorativos que adornarían incluso los salones más sagrados del emperador Augusto. Por esta avenida de riquezas pasarían los hombres más poderosos del mundo para rendir homenaje. Miguel había enviado mensajeros a todos los rincones del Imperio. Era hora de que el mundo supiera que el Imperio estaba bajo el mandato de un líder reformador y proactivo. Vendrían y se inclinarían ante él. Debería sentir júbilo. En cambio, todo lo que podía pensar era en sus fríos y vacíos aposentos; sin compañeros, amigos íntimos, confidentes para pasar las horas. Otra noche solitaria.

Excepto por Leoni.

Se sonrió levemente. Sí, ella siempre estaba. Cuando la vio por primera vez, sintió una oleada de deseo irrumpir en sus entrañas. La curva de sus pechos jóvenes, la hinchazón de sus nalgas bajo la fina camisola de algodón. Ella goteaba sexo y él la había querido allí y en ese momento. Ella había sucumbido a sus encantos, a pesar del hecho de que era la amante del general, un hecho que hizo que todo el menaje fuera mucho más emocionante, incluso delicioso.

La idea de ella ahora, esos miembros delgados y largos, lo plano de su vientre que contrastaba tan gloriosamente con la plenitud de sus nalgas hizo que su erección floreciera por completo. Aceleró el paso y casi echó a correr para llegar a las habitaciones interiores de sus aposentos privados.

Llegó a las grandes puertas dobles y las abrió con un fuerte empujón. Se quedó allí, con una mano en cada puerta, jadeando.

Allí estaba ella, acostada en la cama, con una fina sábana de satén cubriendo una pierna, el resto expuesto. Ella sonrió cuando lo vio y él se volvió y le ladró a sus guardias: "¡Dejadnos!" Luego cerró las puertas de golpe y se apoyó en ellas. "Dios mío, pero eres hermosa".

"Te extrañé hoy, mi señor".

"¿Me extrañaste? ¡Por Dios, yo te extrañé!" Prácticamente

corrió hacia ella, quitándose las pesadas túnicas ceremoniales mientras lo hacía, dejándolas caer al suelo en montones rebeldes. Se quitó la blusa y luchó con sus pantalones escarlata. Ya estaba duro y listo y Leoni extendió la mano y lo guio hacia ella, tirando la sábana y abriendo las piernas para recibirlo.

Miguel demostró ser un amante apasionado y ella se sintió viva debajo de él, en su atención, en su deseo. Ella había luchado contra eso, no permitiéndose aceptar que pudiera tener sentimientos por este hombre. Ella le había dicho a Maniakes muchas veces que detestaba emparejarse con el Emperador, pero de alguna manera nada de eso parecía importar ahora. Su corazón se estaba calentando hacia él. Tan atento, tan urgente. Ella apretó sus nalgas, instándolo a seguir; respondió, sus embestidas se volvieron más rápidas y ella se entregó a la maravillosa sensación de apertura desenfrenada que la envolvía. Ella lo sintió tensarse, su respiración se tornó en jadeos agudos mientras conducía a mayores alturas, luego dio un gran rugido cuando sus caderas se apretaron contra ella, sujetándola con fuerza, los dedos clavándose en la carne de la parte superior de sus brazos, y luego se derrumbó a su lado. tragando saliva en el aire.

Leoni yacía allí, mirando al techo, consciente del resplandor que la envolvía. Nunca podría haberlo creído posible, pero sus sentimientos por este hombre eran reales y cada vez más fuertes. Ella se volvió hacia él y lo miró a la cara. Tenía los ojos cerrados y ella lo estudió sin interrupción. La nariz aguileña, los pómulos altos, los labios carnosos. Algunos podrían llamarlo afeminado, otros ya lo habían etiquetado como una parodia de los antiguos emperadores de Roma, la forma en que deliberadamente se rizaba el cabello, el colorete que se frotaba en las mejillas, el delineador negro que se aplicaba en los ojos. Se sospechaba que prefería a los niños, pero Leoni sabía que no podía ser así. Es cierto que la idea de que el general la follara parecía provocarle una oleada de deseo incontrolado, pero ella creía que tenía más que ver con la emoción de ser humillada que con cualquier deseo físico que el Emperador pudiera tener por otro hombre. La idea de que ella debería ser violada por un amante tan poderoso lo excitaba. Así de sencillo. Y, para ser honesta, le gustaba bastante la idea de que dos hombres se dieran un festín con su carne. ¿Qué más podría querer alguien...? A menos que, por supuesto, uno buscara el amor.

Amor. Dejó escapar el aliento en una corriente larga y lenta. Dudaba que Miguel fuera capaz de tal emoción. El general ciertamente no lo estaba. La usaba y, cuando engordara, prescindiría de ella. Ella no se hacía ilusiones. Entonces, había decidido aprovechar al máximo su tiempo con sus amantes. Su herbolario siempre le daba los brebajes correctos para prevenir el embarazo, hasta ahora habían funcionado. Quizás, si se detuviera, se dejara embarazar por el Emperador, eso le otorgaría un grado de poder y privilegio que nunca había soñado. Ella reprimió una risita. ¿Qué diría el general a eso?, se preguntó.

Miguel se movió y se volvió hacia ella. Él sonrió y extendió la mano para rozarle las mejillas. "Mañana te presentaré al mundo. Quiero que te vistas con las mejores túnicas. Hazte un peinado y prepárate para el mejor día de tu vida".

"Oh, mi señor", se acurrucó contra él y él la rodeó con el brazo. "Eres tan generoso".

"¿Eso crees?"

"Oh, sí, definitivamente, mi señor. Generoso y amable".

Él soltó una ligera carcajada, "¡Dudo que muchos estén de acuerdo con eso!"

"Eso es porque no conocen la verdadera naturaleza de tu corazón".

"¿Es eso cierto?" Arqueó una ceja. "¿Y tú la conoces?"

"Sé de tu amabilidad, tu abnegación, tu consideración".

"Una vez más, dudo que la mayoría esté de acuerdo con tu opinión, por muy bien intencionada que sea". Miró hacia el techo. "He estado pensando en lo que mencionaste la última vez, sobre el hermano de Orphano".

"¿Oh?" Ella se apoyó en su codo. "¿Crees que es una buena idea?"

"Creo que es una idea maravillosa". El la miró. "De mi inspiración".

"¡Por supuesto!" Sus dedos trazaron una línea sobre su pecho, se posaron en su pezón derecho y lo rodearon. Dio un pequeño gemido.

"Quiero que vayas y les digas a mis guardias que vayan a buscar a Constantine y lo lleven a la corte. Y luego, ve e informa a Maniakes de mi intención".

"¿El general? ¿Por qué, mi señor?"

"Oh, creo que se sorprenderá adecuadamente". Rió de nuevo. "¡No puedo esperar a ver la expresión de su rostro!"

Leoni se sonrió y apoyó la cabeza en el pecho del Emperador. "Eres tan sabio, mi señor". Cerró los ojos, deseando agregar: "¡Pero no tan sabio como el General!" Qué maravilloso era tener el oído de dos hombres tan importantes, y qué decididamente perverso verlos mientras peleaban.

Nikolias miró hacia arriba cuando la chica llegó caminando por el pasillo. Podía ver a través de su delgado vestido y contuvo el aliento mientras observaba su esbelta figura, la redondez de sus caderas. Ella sonrió mientras se acercaba. No había ocultado su mirada lujuriosa y ahora, con ella de pie tan cerca, sus pechos llenos a un simple brazo de distancia, le resultó difícil ocultar su deseo.

"Hola, Capitán", dijo, con ese tono burlón arrastrándose en su voz. Ella le dio una mirada de admiración, sus ojos se detuvieron en el evidente bulto de sus pantalones. "¿Has estado esperando mucho tiempo?"

"No, señora", respondió, haciendo una pequeña reverencia. Dios mío, estar tan cerca de ella. Su corazón martilleaba contra su pecho mientras la miraba una vez más bajo sus cejas. Había escuchado los rumores de su sensualidad, pero hasta ahora lo había descartado como una invención de la barraca. Tenerla aquí, su olor, el largo cabello rubio cayendo sobre su rostro, esos labios... Se pasó una mano por la cara, una cara que había estallado en sudor. "Tiene instrucciones".

"Sí. Dígale al general que está hecho. Tienes que ir a buscar a Constantine".

Se dio la vuelta y se alejó. Se puso de pie y observó cómo sus voluptuosas nalgas se balanceaban primero de esta manera, luego de otra. A ella le encantaba mostrarse de esa manera, pensó. Debe amar toda la atención, el efecto obvio que tenía en los hombres. Dios, cómo le encantaría domesticarla, atarle los brazos contra la cama, violarla. Cerró los ojos, todo su cuerpo temblaba ante la idea. Una mujer así podría hacer que un hombre se volviera loco de deseo. Tendría que tener cuidado. Tanto el Emperador como el General disfrutaron de su carne suave y generosa. Si siquiera sospecharan que podría albergar deseos por ella, entonces su cabeza estaría en una bandeja.

Lo que necesitaba era una mujer propia; difícil en su posición, un soldado rudo y endurecido. Conocer mujeres no era la parte difícil, encontrar mujeres de calidad sí lo era. Alguien con un cuerpo como el de Leoni y la mente de una doncella talentosa y educada. Tan inalcanzable como las estrellas. Hizo una mueca para sí mismo. Nunca sucedería, y todo lo que tendría serían sus fantasías.

De mala gana, obligó a su mente a concentrarse en cosas mucho más mundanas y se apresuró a alejarse. Sin embargo, su erección seguía presionando contra sus mallas y sabía que antes de hacer cualquier otra cosa, se necesitaban grandes cantidades de agua fría para apagar el fuego furioso que lo atormentaba.

Sentado en su escritorio, Maniakes ya había puesto en marcha toda una serie de medidas que ayudarían a llevar sus planes a su conclusión natural. Constantine estaba ahora en el centro de ellos, pero el hombre no debía saberlo. Era peligroso, impredecible. Todavía había facciones en la corte que lo apoyaban, que no podían entender al emperador anterior, Miguel el Paflagónico, por no darle las recompensas que merecía tan justamente. En cambio, Constantine había sido exiliado, obligado a vivir como un recluso mientras su otro hermano, Orphano, echaba un cucharón sobre el éxito y las riquezas sobre su propia cabeza. Qué familia eran; un nido de víboras para un hombre.

Se oyó un golpe indeciso en la puerta y Nikolias asomó la cabeza. "¿Señor?"

Maniakes le indicó al Capitán que entrara. "¿Está hecho?"

"Sí señor. El Emperador cree que incluso ahora estoy organizando el viaje a la casa de Constantine. ¿Cuánto tiempo debemos esperar?"

El general se encogió de hombros. "Lo dejaremos hasta esta noche. Cuando terminen los juegos del día y la gente se dirija a casa, llevaremos a Constantine al palacio. El séquito del Emperador estará allí para darle la bienvenida para entonces, si todavía están lo suficientemente sobrios para ponerse de pie".

Nikolias tuvo que sonreír ante eso. "El momento perfecto, señor".

"Entonces, quiero que entregue estas órdenes a las distintas unidades de guardia". Empujó una colección de pergaminos enrollados hacia el Capitán.

"¿Señor?"

"Nuevas órdenes". Se puso de pie, se acercó a su terraza abierta y respiró profundamente el aire de la tarde. "No pasará mucho tiempo ahora, Nikolias. El Imperio está pasando a una nueva fase y el futuro es brillante".

"¿Y luego qué, señor?"

Maniakes frunció el ceño y se volvió para mirar al soldado que aún se mantenía firme, con los ojos al frente. "¿Qué quieres decir?"

"Quiero decir… ¿Qué pasará cuando Lady Zoe regrese? Al Imperio, señor".

"¿A qué quieres llegar, soldado?"

"Bueno, no es ningún secreto, señor. Nuestros enemigos se están reuniendo por todos lados. Turcos, rusos, normandos. Los Themas están en apuros para mantener sus contingentes. Los generales y los nobles se disputan un puesto. Si creen que tienen la oportunidad de promover sus ambiciones, la aprovecharán. Entonces, los peligros vendrán tanto desde dentro como desde fuera".

Maniakes escuchó sin hacer comentarios y luego volvió a contemplar la tranquila ciudad. En la distancia, los rugidos de la multitud se volvían más erráticos. El vino estaba tomando fuerza, como él sabía que sucedería. Bebida y pan gratis, en abundancia. Lo que Nikolias había hablado estaba en el corazón de sus miedos más profundos. El Imperio necesitaba fuerza, no solo adoración por su líder. Zoe reinstalada tenía que ser buena, pero la dirección y la seguridad eran lo más importante. Constantine podría ser el hombre para entregarlo todo, o tal vez había otras vías que explorar, por si acaso… "Habla sabiamente, capitán. Para ser un hombre de su humilde posición, parece tener una gran cantidad de conocimientos en su interior. ¿De dónde sacaste tu sabiduría?"

"Mi padre, señor. Abanderado de la Guardia Real. Usted luchó junto a él, señor".

"¿Yo lo hice?" Maniakes estudió a Nikolias una vez más. "Sí, lo hice. Dios mío, ¿a dónde van los años?" Sacudió la cabeza. "Ese fue un día terrible. Troina. Cómo luchamos, cómo morimos. Ese fue el día en que Hardrada recibió su reconocimiento, *Bolgara Brennir* - Devastador de los búlgaros. Ese día era un perro rabioso, blandiendo su gran hacha. Pero tu padre…" Maniakes volvió su mirada a los tejados de la ciudad. "Lo había olvidado, Nikolias. Perdóname".

"No es necesario, señor. Mi padre fue un gran hombre, señor. Destinado a cosas mayores. Pero murió como hubiera querido, cortando las cabezas de los enemigos del imperio. Me enseñó mucho en su vida. Cómo leer situaciones, cómo responder. Lecciones que me han dejado bien. Como ahora, señor. Hay muchos peligros por delante, peligros que tenemos que afrontar, señor".

"¿Juntos, Nikolias?"

"¿Señor?"

"Dijiste que tu padre estaba destinado a la grandeza. ¿Tú que tal?" Maniakes se dio la vuelta para considerar al Capitán, cruzó los brazos sobre el pecho y esbozó una pequeña sonrisa. "¿También estás destinado a la grandeza?"

"Estoy aquí para servir, señor, por el bien mayor del Imperio. Si, al final, debo beneficiarme de mi servicio, entonces eso es todo para bien. Pero no es algo que busque por sí mismo".

"Entonces, ¿eres un hombre honesto, Nikolias? ¿Es así?"

"Me gusta pensar que sí, señor. ¿Usted duda de mí?" Giró su rostro hacia el general, un leve ceño arrugando su rostro.

Maniakes sostuvo la mirada del hombre por un momento, resistiendo el impulso de reprender a Nikolias por su insolencia. Mejor mantenerlo a bordo. Los hombres honestos eran pocos y distantes entre estos días. Si Nikolias iba a permanecer fiel, entonces se le debería dar un cierto grado de libertad, siempre y cuando eso no le proporcionara ideas por encima de su posición. "No lo dudo, Nikolias. Si lo hiciera…", se adelantó y le dio una palmada en el hombro al Capitán, "su cabeza ya estaría exhibida en las puertas de la Ciudad". Sonrió mientras se sentaba de nuevo detrás de su escritorio, "Ve y tráeme a Constantine. Tengo mucho que discutir con él".

Nikolias saludó con rigidez, recogió los trozos de pergamino y se volvió para marcharse.

"Serás recompensado, Nikolias. No temas".

Observó la espalda del hombre y esperó que estuviera sonriendo.

Tan pronto como Nikolias salió y cerró la puerta, dejó escapar un largo suspiro de alivio y abandonó una oración silenciosa de agradecimiento a Dios porque Maniakes no lo había interrogado más. Incluso insinuar que su lealtad podría estar en duda era un insulto al que habría respondido violentamente si alguien más que el general lo hubiera expresado. El hombre tenía todo el futuro del Imperio bajo su control, y el emperador Miguel no sabía qué le iba a pasar.

Cuando todo esto hubiera terminado, y el polvo se hubiera asentado, entonces Nikolias habría mirado profundamente en su corazón para descubrir dónde estaba su verdadera lealtad; porque aunque sabía con certeza que Miguel no era lo que el Imperio necesitaba, tampoco estaba seguro de la elección del General. Zoe estaba demasiado acostumbrada a la ropa elegante y a la vida elegante. ¿Cómo se suponía que iba a dirigir un imperio por su cuenta? Por supuesto, el general lo tenía todo arreglado. Zoe sería la figura decorativa, Constantine se encargaría del gobierno de todo Bizancio y Maniakes sería el verdadero poder detrás del trono.

¿Dónde dejaría eso a Nikolias? Tendría que desempeñar su papel con mucho cuidado, aliarse con las facciones adecuadas, guardar sus opiniones para sí mismo. Con el tiempo, es posible que recibiera la llamada para ayudar al Imperio en grandes esfuerzos, tal como lo había hecho su padre. Cuando llegara esa llamada, tendría que estar listo.

Abrió los ojos. Listo. Miró el paquete de rollos de pergamino que contenía las órdenes de Maniakes para la Guardia. ¿Estaba a punto de hacerse esa llamada?, se preguntó.

Sumido en sus pensamientos, caminó por el pasillo, con el corazón lleno de incertidumbre sobre lo que vendría.

Frenando su caballo en lo alto de la colina, Andreas miró a través de la vasta llanura hacia la resplandeciente ciudad de Constantinopla. Ya el sol se estaba poniendo detrás de las montañas y podía ver claramente las muchas luces que la señalaban como la ciudad más grande de la tierra, enorme, sólida, eterna. Cambió su peso en la silla y echó la cabeza hacia atrás. Sus órdenes habían sido explícitas: asegurarse de que Hardrada convenciera al Patriarca de regresar a la ciudad, llevar a los Varegos en triunfo a través de las puertas de la ciudad. Reincorporar a Zoe al trono. Con la llegada de Crethus, todo había cambiado. Hardrada iba a morir. Los Varegos tenían que permanecer en el campamento fortificado. Alexius iba a ser escoltado de regreso a la ciudad, solo.

En lo que respectaba al éxito, no tuvo ninguno. Excepto por la esperada muerte de Hardrada. ¿Qué había de Alexius y los Varegos? ¿Cómo iba Crethus a impedir que volvieran a la ciudad?

Y luego estaba Analise. Nunca había experimentado algo como esto, un fuego ardiente en lo profundo de él, inextinguible. Su rostro vino a su cabeza, sus ojos absorbiéndolo. ¿Cómo pudo suceder esto, ahí afuera, en medio de la nada? Una mujer así, viviendo una vida de soledad, peligro. Dios sabe que había luchado contra eso, había intentado en vano apagar el fuego. Ella no se marcharía, no importaba lo que hiciera. Estaba enfermo, sin cura. Y sabía, si no sabía nada más, que no deseaba curarse. La había encontrado, esa amante esquiva que se aferra a tu corazón y se niega a dejarte ir. Estaba consumido y eso era lo que quería. La amaba.

Se apretó los ojos con los dedos. Tenía que detenerse, acampar en alguna parte. El viaje de regreso había sido solitario y frío. Por la mañana, las cosas podían parecer mejor. Se acomodó en la silla y miró a su alrededor en busca de un trozo de tierra que pudiera brindarle algún refugio, donde pudiera pensar qué hacer, cuál era la mejor manera de continuar. Por la mañana, se recordó a sí mismo, el hombre que le había salvado la vida, Harald Hardrada, estaría muerto.

Por todo lo que sabía, Hardrada ya estaba muerto.

Hardrada había decidido establecerse un poco lejos del devastado campamento de la chica. Una profunda depresión se había apoderado de él. La chica había sido amable, los había salvado tanto a él como a Andreas y no había pedido nada a cambio. Pudo haber sido una adivina, pero amable y generosa a pesar de todo.

Mascando ruidosamente de las duras provisiones que tomó de una de las alforjas, se recostó en la dura tierra y miró hacia el cielo que se oscurecía rápidamente. Empezaría temprano, quizás incluso antes de que los pájaros comenzaran a cantar. Incluso podría dar media vuelta y encontrarse con la columna de Varegos. Andreas podía estar muerto y, al pensarlo, una pequeña punzada de dolor le atravesó el corazón. Debe haber sido la banda de guerra que la chica había mencionado. Quizás habían venido al campamento, la encontraron con el oficial bizantino y los despacharon a ambos. Sin embargo, si eso hubiera sido así, ¿dónde estaba el cuerpo de Andreas? ¿Por qué dejar expuesta a la chica y no a Andreas? ¿Y qué hay de ese montículo, con el cadáver tendido debajo? Se mordió el labio. Debería haber cavado en él para comprobar si Andreas yacía allí, frío. Maldijo y se prometió a sí mismo realizar una investigación por la mañana.

Se volvió de costado, todavía mordisqueando el pan. Por supuesto, probablemente no fue Andreas. ¿Quién lo habría enterrado allí? ¿La mujer? Eso significaría que había muerto primero. Quizás los efectos prolongados de su casi ahogamiento en el río. Había oído hablar de personas que morían días, a veces semanas después de ese trauma. ¿Le había pasado eso a Andreas? Si hubiera muerto, inesperadamente, la chica lo había enterrado y luego…

Permitiendo que su mente divagara, sintió la pesadez de sus miembros y el frío punzante en sus huesos. Se echó la capa sobre los hombros para protegerse de la temperatura que bajaba rápidamente. Cerró los ojos.

Los sonidos del bosque estaban cambiando. Los pájaros no habían cantado durante toda la tarde y las primeras horas de la noche. Ahora, otros animales estaban emergiendo. Los cazadores de la noche. Consideró hacer un pequeño fuego, en caso de que los lobos se aventuraran en el campamento.

Ciertamente, algo parecía moverse por ahí.

Se quedó inmóvil como una roca. Algo grande se movía, pero los lobos siempre se movían en manadas. Este era un solo animal y estaba tratando con todas sus fuerzas de permanecer callado.

Hardrada se tomó su tiempo y cerró la mano alrededor de la empuñadura de su espada. Su hacha estaba apoyada contra un árbol cercano. Nunca había considerado que podría necesitarla.

Cuando su caballo relinchó y pateó alarmado, Hardrada se echó hacia atrás la capa y se levantó, sacando la espada de la vaina. Estaba medio agachado, la mano izquierda estirada, la palma hacia adelante, la mano derecha agarrando la espada.

En un instante, un hombre salió de los árboles con la espada en alto por encima de la cabeza, con las dos manos, preparándose para asestar el golpe mortal. Gritó mientras cargaba y cualquier hombre menor se habría congelado de terror. No así Hardrada, que esperó, perfectamente equilibrado y, en el último momento, se desvió, tomando el golpe descendente y oscilante con él, su espada desviando el golpe, usando el impulso hacia adelante del atacante para ayudarlo en su camino, enviándolo tambaleándose como un borracho.

Hardrada contraatacó, su propia espada cortó el aire y alcanzó al hombre en el hombro. Gritó de nuevo, pero esta vez a través del dolor. Recuperándose, intentó dar otro golpe, pero Hardrada tenía el control total, su dominio de la espada más allá de los límites. Paró, empujó, contraatacó, cortó y apuñaló, haciendo retroceder al atacante, hacia los árboles. El rostro del hombre estaba cubierto por una especie de bufanda, y solo se veían sus ojos. Ojos que brillaron blancos en la oscuridad. Sin embargo, su gran tamaño delató su identidad. No podría ser nadie más.

Moviéndose con gracia y ligereza, Hardrada hizo una finta a la derecha, el hombre lo siguió, pero de repente Hardrada no estaba allí. Su pie giró, se conectó con la ingle del hombre y, mientras se doblaba, otro golpe, esta vez del pomo de la espada del vikingo, golpeó al hombre de lleno en el costado de la cabeza y cayó hacia adelante con un fuerte gruñido, su espada repiqueteando sobre el terreno.

Hardrada retrocedió y esperó mientras el hombre se levantaba, tambaleándose bajo las piernas inseguras. Sintió arcadas, extendiendo una mano para estabilizarse, encontró un árbol y se quedó allí, inclinado hacia adelante, respirando con dificultad. Hardrada se acercó, la punta de su espada flotando a una mano de la garganta del hombre.

"Quítate el disfraz", dijo Hardrada.

Crethus cedió sin pausa, se quitó la bufanda y la dejó caer al suelo. Miró de reojo al vikingo. Hardrada pudo ver, a pesar de la oscuridad, que la expresión del hombre era de dolor, angustia. Y derrota.

"Pensé que estabas muerto".

Crethus carraspeó y escupió en el suelo: "Entonces pensaste mal".

"Antes de morir", dijo Hardrada fácilmente, "dime ¿quién te envió a matarme? ¿Las órdenes de quién sigues?"

Malditos sean tus ojos, vikingo. No te diré nada".

"Entonces te colgaré de ese árbol, te castraré y veré cómo los cuervos se deleitan con tu carne maligna". Él sonrió. "Tomaré tu pene como un trofeo y se lo presentaré a Lady Zoe".

Crethus se estremeció. Cerró los ojos por un momento e hizo una mueca cuando se enderezó. "Miguel".

"¿El Emperador te ordenó que me siguieras y me mataras?"

"Sí. Contraordenó las órdenes de Orphano para ti y Andreas".

"¿Y Andreas?" Levantó la hoja y presionó la punta en la garganta del hombretón. "¿Qué órdenes te dieron sobre él?"

"Ninguno". Crethus sonrió, "Tú eres la amenaza, Hardrada, no él. Andreas ha regresado a la ciudad".

"Ya veo". Giró la hoja, haciendo que el hombretón se estremeciera y le hizo la pregunta que necesitaba la respuesta. La identidad del asesino. "Entonces, ¿dónde está la chica?"

Crethus frunció el ceño. "¿Chica? ¿Qué chica?"

Hardrada gruñó, empujó la punta de la espada hacia adelante, rompiendo la piel. "La chica que nos cuidó a mí ya Andreas. Sabes a quién me refiero".

Haciendo una mueca de nuevo, Crethus tragó saliva, "No sé a qué te refieres. La dejé junto con Andreas. Hasta donde yo sé, ella todavía está allí... A menos que haya regresado a la ciudad con él".

Hardrada pensó en eso. El escita tenía un corazón negro, como todos lo tenían, pero ¿podría ser que dijera la verdad? Debía saber que cualquier duda en la mente de Hardrada provocaría una muerte rápida y dolorosa. "Entonces, ¿Andreas todavía estaba allí, en el campamento?"

"Todavía no había recuperado completamente sus fuerzas. Hubo una pelea, con algunos hombres de aspecto salvaje. Llegué al campamento y ayudé a Andreas a superarlos".

"Conveniente".

"Te lo dije, me enviaron a matarte, Hardrada. No tiene sentido que mienta sobre otra cosa".

Parecía plausible, pero algo no encajaba bien en el rompecabezas. "Entonces, ¿luchaste contra estos hombres, los mataste...? ¿A todos?"

"Había una banda de quizás cinco o seis. Pero sí, los matamos".

"Pero dijiste que Andreas aún no había recuperado sus fuerzas. ¿Cómo podría pelear?" Para dar mayor énfasis, volvió a empujar la hoja hacia adelante, esta vez extrayendo sangre de la garganta del hombre. Crethus se puso rígido, sus ojos se abrieron en pánico. "¿Qué hiciste con los cuerpos?"

"Los enterré a todos".

"¿Y Andreas resultó ileso, y la chica también?"

"Ambos salieron ilesos. ¿Sabes algo diferente?"

"Ella está muerta".

Los ojos de Crethus se abrieron como platos, el sudor brotaba de su frente. "¿Muerta? ¿Pero qué hay de Andreas?"

"Ninguna señal. Supongo que el montículo que descubrí tiene los cuerpos de la banda de guerra muertos". Hardrada consideró las palabras del escita, palabras que debían ser verdaderas a menos que fuera un actor de consumada habilidad. El terrible pensamiento se apoderó de su mente. Andreas debe haberla matado. Bajó la espada y notó que el escita se relajaba cuando la presión se liberó de su garganta. "¿Por qué tendría que hacer eso?"

Crethus negó con la cabeza una o dos veces y bajó la boca. "Quizás se pelearon, o quizás ella trató de robarle. ¿Quién sabe?"

Eso no tenía sentido para Hardrada. "¿Por qué salvarle la vida aunque sólo sea para robarle? ¿Y robarle de qué?"

"Como dije, ¿quién sabe? Las mujeres son criaturas extrañas y frívolas. Quizás ella era una hechicera. Es extraño que viva sola, a kilómetros de cualquier lugar. Quizás ella trató de hechizar a Andreas y él luchó contra eso".

Eso sonaba más razonable. Hardrada dio un paso atrás, enfundó su espada y miró al escita de cerca. "Debería matarte, pero algo me dice que aún podrías ser útil".

"¿Útil? ¿De qué manera?"

"Quiero que regreses a la ciudad. Dile al Emperador que has tenido éxito en tus planes, que me has matado y que los Varegos no están en camino".

"Pero él querrá saber sobre Alexius. ¿Qué debería decirle sobre el Patriarca?"

"Dile que él continua la marcha. No le des ninguna razón para sospechar".

"¡Pero si sospecha, me matará en un abrir y cerrar de ojos!"

"Crethus, si no haces esto, personalmente me ocuparé de que los Varegos te suban al muro más alto de Bizancio y te desuellen vivo para que todos lo vean". Se inclinó hacia adelante, usando su gran altura y tamaño para intimidar incluso a este gran guerrero. "Una vez que los Varegos hayan entrado en la ciudad, el tiempo de Miguel en el trono terminará. Elige, Crethus. Elige entre vivir o morir".

$$\text{❧ } 38 \text{ ❧}$$

El pensamiento había estado creciendo en su mente durante algún tiempo. Mientras estaba sentado de espaldas a un árbol cercano, la pequeña fogata emitía apenas suficiente calor para calentar sus dedos, Andreas consideró sus opciones una vez más.

Continuar o esperar. Si continuaba, ¿los guardias lo dejarían atravesar las grandes Puertas del León de la Ciudad? Ya no poseía todas las trampas de su condición de oficial; su armadura, casco, grebas, todo se había perdido o habían sido robados. Solo quedaba su espada. Los guardias podrían confundirlo fácilmente con una especie de bandido, o incluso con el mismo ladrón que lo había despojado de todas sus pertenencias, especialmente la espada. Miró la vaina, de color escarlata con accesorios de bronce. El signo de su rango. Y luego, con una creciente sensación de desesperación, dejó que sus ojos recorrieran el resto; la camisa sucia, las polainas rotas, las sandalias que estaban unidas por correas de cuero deshilachado.

No, los guardias echarían un vistazo y lo llevarían a las mazmorras de la ciudad. Probablemente nunca más volvería a ver la luz del día.

Andreas apoyó la cabeza contra el tronco del árbol y cerró los ojos. Lo mejor para él era esperar a que Crethus bajara por el camino, luego podría unirse al escita y dejar que explicara la situación a sus compatriotas en la puerta. Debería estar aquí dentro de unas horas, luego podrían esperar hasta la mañana para continuar la corta distancia que quedaba antes de llegar a la ciudad.

Cerró los ojos y trató de dormir.

Maniakes tenía mucho que hacer. Había preparado bien a Constantine. El hombre había escuchado la historia con creciente alarma, pero le había contado todo al general. Durante la última administración, Constantine se había alegrado de dejar que su hermano John tomara las riendas. Estar en la corte, con todas sus intrigas y facciones, no era algo que a Constantine le hubiera gustado nunca. Cuando Miguel el Paflagoniano se movió contra él, Constantine no intentó defenderse. La idea de vivir su vida en silencio, en reclusión o no, era algo para saborear.

Ahora, con todo lo que el general le había prometido, la idea de regresar no le parecía tan mala como había pensado al principio. Con Miguel fuera, Zoe reinstalada, John desterrado, podía comenzar a hacer las cosas como quisiera. Y siempre habría la posibilidad, según había sugerido Maniakes, de que Zoe quisiera buscar otro marido.

Por encima de todas las cosas de las que había hablado el general, esta era la más seductora. El rostro de Constantine contaba su propia historia, mientras miraba a lo lejos, con los labios húmedos, la lengua recorriéndolos, una serpiente a la caza. "Para encontrarme en los brazos de esa gloriosa mujer, probar las delicias de su cuerpo firme y redondeado", dijo en voz alta, sin importarle quién lo escuchara. "¡Incluso la sola idea me provoca tal fuego en la cintura, dudo que sea capaz de mantener el control una vez que la vea!" Maniakes parecía divertido por el bulto muy obvio en los pantalones del hombre y se alejó, riendo para sí mismo.

Se estaba riendo de nuevo ahora. Constantine tenía debilidades. Ya se estaba formulando un plan en la mente del general, algo que podría causar a Miguel tal angustia, tal confusión que sentiría que todo su mundo se estaba desmoronando. Y cuando esos Varegos regresaran...

Si regresaban.

Deberían estar aquí ahora, con Alexius. Crethus debería haber cumplido sus órdenes, atar todos los cabos sueltos, sacar a Hardrada de la escena.

Entonces, ¿por qué no estaban aquí?

Mañana serían el segundo día de juegos. La gente querría ver a Zoe. Michael tendría que hacer sus anuncios y las reacciones de la multitud podrían no ser las que esperaba.

Esa era la esperanza. Mientras tanto, quedaba mucho por hacer.

La Guardia tenía sus órdenes. No se repetiría su presencia al día siguiente. A primera hora, se habrían marchado y salido del centro de la ciudad, lejos del enclave real, y habrían tomado sus posiciones lejos de cualquier problema grave. Incluso podría darse el caso de que Maniakes los llevara más al norte, lejos de la ciudad misma. Si los Varegos no regresaban, los resultados podrían ser un poco difíciles de medir. Los escitas eran formidables; muchos ciudadanos morirían si reaccionaran con enojo. Con los Varegos, el resultado sería muy diferente; no seguro, pero casi.

Tantas variables, tanto que considerar. ¿Y si las cosas salieran terriblemente mal? Otra vía a considerar. Maniakes se abrochó el cinturón de la espada, reposicionó su casco y salió de su oficina.

Tenía una cita.

. . .

Leoni estaba en la antecámara, reajustándose mientras Miguel dormía. Se tomó un momento para mirarse en el espejo de acero, bajó el párpado inferior para revelar la esclerótica ligeramente inyectada en sangre y suspiró.

Miguel.

Lo que había comenzado como uno de los muchos planes del General se había convertido en algo significativo. Había visto la vulnerabilidad del Emperador, sus debilidades, experimentado sus necesidades y deseos y, aunque al principio le disgustaba, gradualmente sus sentimientos se habían ido alterando. A veces hablaba con tanta dulzura, con tanta franqueza que ella sentía una creciente calidez hacia él. Miguel había abierto una nueva puerta de oportunidad. Permitiéndose entrar, ella también le permitió entrar en su corazón.

Puso su cara en su mano, trató de pensar las cosas. Era una tontería, por supuesto que lo era. Miguel, el Emperador, solo otro hombre. Un mentiroso, tramposo, sinvergüenza. Todas las cosas que son los hombres. Había conocido a muchos hombres, todos ellos aprovechados. Él no era diferente. En muchos sentidos, era peor. La usaría, había dicho tanto. Mañana la presentaría como su "compañera", lo que sea que eso signifique. Tenía el vestido para ponerse, la tiara, las joyas. Era maravilloso ser mimada de esta manera, tener todo lo que alguien podría desear. Entonces, ¿por qué tenía las dudas? ¿Era porque se suponía que debía ser indiferente, indiferente, solo tenía que seguir las instrucciones del general y atraer a Miguel a la red? Las emociones estaban involucradas, y Leoni sabía lo peligroso que podía ser eso.

Emociones. Peligro. Una mezcla embriagadora.

La puerta se abrió y se dio la vuelta para ver a Maniakes de pie allí. Ella jadeó y él dio un paso adelante sin previo aviso, presionando su mano alrededor de su boca.

"Tranquila, mi mascota". Miró furtivamente a su alrededor. "¿El Emperador duerme?" Ella asintió. "Bien. Ahora, quiero que me escuches con mucha atención, Leoni. Tengo una pequeña tarea para que la realices". Dejó que su mano se deslizara de su boca y ella lo miró con desconcierto mientras él comenzaba a delinear su próximo plan.

Hardrada decidió dar marcha atrás, ahora que había convencido al gigante escita de que se fuera a la ciudad. Conduciendo suavemente su caballo a lo largo de la orilla del río, hizo un buen tiempo, acampando en el lado más alejado de donde su punto de vista elegido le daría una vista perfecta del avance de los Varegos.

Era una vista que no necesitaba; el ruido de sus pies se podía oír a kilómetros de distancia mientras la llanura rodante y enyesada se extendía ante él. En la oscuridad, esta era una mejor señal que cualquier remolino de polvo que pudiera ver durante el día. Aunque todavía distante, calculó que estaban a un par de horas de distancia, por lo que se dispuso a descansar un poco. Cuando amaneciera el nuevo día, los interceptaría, les diría a Alexius y Rufus lo que había descubierto y luego marcharía hacia la ciudad misma. El ajuste de cuentas estaba cerca. Un ajuste de cuentas para el Imperio, para Miguel y Andreas.

Por su parte, Crethus estaba empujando a su caballo con fuerza. Nunca le había gustado montar a caballo de noche. Demasiados encuentros con algunas de las personas más peligrosas del planeta le habían enseñado la seguridad de los números, de los campamentos, de estar preparado. A este paso, con la cabeza gacha y el caballo tronando por la llanura, se sentía expuesto a pesar de la noche. Las nubes eran mucho más delgadas y su camino estaba bien iluminado. Pronto, las luces de la ciudad lo dirigirían y su objetivo se acercaría. Así que siguió moviéndose, como una flecha apuntada al horizonte. Quizás lo que había dicho Hardrada fuera cierto. Se había echado la suerte y él tenía que hacer su propia elección. No podía haber segundas oportunidades. Lady Zoe le ofrecería algo de protección, estaba seguro. Tan pronto como llegara a la ciudad, la visitaría, se arrojaría a sus brazos y luego, después de haber disfrutado de sus delicias, iría a ver a Miguel y le diría que Hardrada estaba muerto y que el patriarca Alexius viajaba en carruaje y estaría allí a media tarde. Rezó para que Miguel le creyera.

Si el Emperador no se convencía, entonces Crethus siempre tenía su espada.

✤ 39 ✤

Maniakes estaba de pie en el parapeto, contemplando la inmensidad de la llanura abierta que atravesaba esta parte de los accesos a la ciudad. Nikolias estaba a su lado, desesperado por no temblar. La noche era terriblemente fría, la ausencia de nubes hacía que el aire helado se sintiera mucho más intenso.

"Tenemos que intentar poner en marcha nuestro plan tan pronto como Miguel se despierte", dijo el general, de cara al frente. Te quiero cerca. No debe pasarle nada a Constantine, ¿comprendes?"

"Por supuesto, señor".

"Si Miguel se vuelve loco, lo cual podría suceder, tienes que evitar cualquier violencia innecesaria".

"Como desee. Señor, tengo otras noticias que informar".

Maniakes apenas miró. "¿Qué? Espero que no sean malas".

"Eso depende. Al regresar a sus deberes después de que terminaron los juegos del día, un par de guardias escitas descubrieron que los dos escandinavos habían escapado".

"¿Cuáles dos escandinavos?"

"Compatriotas de Hardrada. Estaban retenidos en una torre, cerca de su antiguo cuartel. Mataron a su carcelero y han escapado".

Maniakes arqueó una ceja. "No creo que debamos preocuparnos por una cosa tan insignificante, Nikolias. Ponga una alerta, encuéntrelos y ponga sus cabezas en la Puerta de los Leones". Volvió a mirar al otro lado de la llanura. "Tengo cosas mucho más importantes de las que preocuparme. Ahora, ve al dormitorio de Leoni y asegúrate de que no pase nada".

Nikolias se puso firme, saludó y se marchó.

Cerró la puerta del apartamento y dejó escapar un largo suspiro. Maniakes no parecía darse cuenta de los peligros de tener a dos hombres como Ulf y Haldor sueltos por las calles secundarias de Constantinopla. Eran comandantes de la Guardia Varega, juraron defender al Emperador con sus vidas. No mercenarios, como esos perros escitas, sino hombres de honor, coraje y tenacidad. No serían fáciles de encontrar, ni de someter.

Más peligrosa sería su capacidad para reunir hombres. Nikolias no tenía ni idea de qué planes y maquinaciones pasaban por la cabeza del general, pero en este aspecto había calculado mal. Puede que todo salga bien; los hombres podrían ser encontrados. Nikolias, sin embargo, pensó que era muy poco probable.

Algo se movió cerca. Andreas se despertó sobresaltado, pero antes de que pudiera cerrar las manos alrededor de la empuñadura de su espada, la mano de otra persona se cerró alrededor de su boca, seguida de una hoja afilada como una navaja presionando contra su garganta. Se quedó helado, sintiendo que sus intestinos se aflojaban. ¿Era esto, el final? Ofreció una pequeña oración y esperó a que la sangre de su vida se derramara por su pecho.

La voz respiró por su oído, "¿Ves lo fácil que es?"

La mano se relajó y Andreas también cuando el enorme escita Crethus se dio la vuelta para mirarlo. El joven oficial griego apoyó la cabeza contra el árbol y exhaló un suspiro. "Querido Dios, no vuelvas a hacer eso nunca más".

"Tengo noticias. Graves noticias. Noticias que no creo que quieras saber".

"¿De qué estás hablando?"

"No encontré a Hardrada. El hombre es como una especie de fantasma. Sin embargo, seguí su rastro, que me llevó de regreso al campamento".

Andreas se sentó, presa de un terror frío y penetrante. "¿El campamento? Analise ¿Estaba ella allí?

Crethus dejó caer la cabeza. "Amigo mío, debes ser valientes".

"¿*Valientes*?" Se inclinó hacia adelante y agarró el brazo del otro. "¿Qué ha sucedido?"

"No puede haber ningún error. Fue el vikingo".

Andreas sintió que el mundo le oprimía los oídos; la presión aumentó, volviéndose casi demasiado para desnudarla. Su voz era un susurro ronco cuando habló, "Por favor. Cuéntame".

Crethus levantó la cabeza y sostuvo a Andreas con una larga mirada. "El la mató. La encontré allí, con la garganta cortada. Debe haber sido Hardrada, no había otras señales".

Por un momento, una enorme nube negra descendió sobre Andreas y lo consumió. No podía pensar, y mucho menos respirar. Analise, ¿muerta? ¿Asesinada por Hardrada? "¿Por qué haría tal cosa?"

"No sé. Debes preguntarle la próxima vez que lo veas".

"¿Verlo?" Andreas juntó los dientes con un chasquido, gruñendo. "¡La próxima vez que lo vea será la última! Yo mismo mataré al bastardo". Se puso de pie, agarrando su espada en su mano. Miró a través de la llanura. El amanecer iluminó el lejano horizonte. Un nuevo día. Para Hardrada, su último. Andreas se lo juró, allí mismo, a Dios ya sí mismo. Miró hacia Crethus, "Lo voy a encontrar".

"Eso no será difícil. Está con los Varegos. Marchan a la ciudad".

"Querido Cristo". Andreas metió la espada en la vaina, recogió sus cosas y se acercó a su caballo. "Lo encontraré de todos modos, le cortaré la maldita garganta". Arrojó su petate sobre el lomo de su caballo, que resopló ante la idea de partir tan temprano. "Gracias Crethus. No te olvidaré ni a ti ni tu amabilidad".

"Ten cuidado con el vikingo, Andreas. Es un oponente formidable. Quizás el más formidable que jamás hayas encontrado".

"No lo subestimaré, pero sospecho que él me subestimará".

Crethus asintió. "Recuerdo cómo luchaste contra esos salvajes. Podrías tener razón. Pero, de todos modos, ten cuidado".

"Lo haré". Extendió la mano y el gran escita la tomó y la sostuvo cálidamente. "Espero que nos volvamos a encontrar". Luego se subió a la silla y se llevó el caballo del campamento improvisado.

Tan pronto como estuvo fuera del alcance del oído, frenó su caballo y se sentó un momento. Su rostro, ese hermoso rostro, esos ojos... Nunca volvería a ver su belleza. Dejó caer su barbilla sobre su pecho y por primera vez en su vida adulta, y por última vez, permitió que las lágrimas rodaran, sin control, por sus mejillas.

Pronto, Andreas se perdió de vista, el paso lento de su caballo se hizo más débil hasta que, por fin, no hubo nada que perturbara la tranquilidad de la mañana. Crethus se puso de pie, con las manos en las caderas y sonrió.

Malditos sean todos, tontos que eran, todos y cada uno.

. . .

En su cama recién hecha, Constantine rodó sobre su espalda y dejó que sus ojos se abrieran. Hacía frío y estaba agradecido de que las mantas fueran muchas y gruesas. Si fuera honesto, tendría que decir que esta cama y sus accesorios eran más cómodos incluso que los suyos. Pasara lo que pasara en el transcurso del nido unos días, iba a divertirse tanto como fuera posible.

El general era un tipo grosero, pero inteligente. Ambicioso también. Constantine se preguntaba si esa ambición se limitaba a devolver a Zoe al trono, como había dicho, o si tenía objetivos más amplios que alcanzar. Tendría que ser cauteloso y jugar con astucia y cuidado. Si pudiera llegar a ser esencial para el reintegro de Zoe como emperatriz, entonces iría a visitar a su hermano, Orphano, y le dejaría claro que no habría esperanzas de reconciliación. El bastardo no había pensado en Constantine en todo el tiempo que había estado desterrado. Ni siquiera como nota para preguntarle si se encontraba bien. O incluso vivo. Ahora, las tornas habían cambiado, y sería la oportunidad de Constantine para poner sal en las heridas y hacer que la pequeña mierda pagara.

Leoni agarró a la joven sirvienta y la llevó a la cama de su antigua ama. Las dos se sentaron. La chica era joven, con el cabello recogido en un moño apretado, acentuando los pómulos altos, los ojos ovalados, la piel suave y aceitunada. Extremidades jóvenes y delgadas expuestas, largas y flexibles. Perfección.

"Tenemos una tarea, tú y yo", comenzó Leoni.

La chica, que se llamaba Cristina, frunció levemente el ceño. "¿Qué tipo de tarea? Todas estamos empacando nuestras posesiones ahora que nuestra señora se ha ido". Ella se detuvo, el recuerdo trajo las lágrimas a sus ojos una vez más.

Leoni apretó la mano de la joven. "No, no tiene nada que ver con nuestra señora. Es el general".

"¿El general?" El ceño de Cristina se hizo más profundo. Leoni vio en esa mirada que la chica sabía todo sobre su relación con Maniakes.

"Nos ha encomendado una tarea. No es... *Desagradable*... Y las recompensas serán grandiosas".

"No es desagradable... No lo entiendo del todo, Leoni".

Leoni apretó la lengua entre los dientes, tratando de ocultar sus sentimientos, su disgusto. El general había sido tan insistente. Leoni tenía que ir a la cama de Constantine, seducirlo, llevarlo al colmo del éxtasis de la manera que solo ella sabía. Pero Leoni no podía hacerlo. Ella ya había tenido suficiente. Sus inquietantes pensamientos sobre el emperador habían plantado una semilla. Una semilla que estaba creciendo rápidamente. ¿Durante cuánto tiempo más iba a permitir que la usaran como ramera para estos hombres? Acoplarse con el emperador era una cosa, pero ese baboso gordo, Constantine. Ella se estremeció al pensar.

Entonces, se le ocurrió su propia idea. Otra interpretaría a la seductora. Cristina. Ella había mencionado las recompensas y tendría que honrarlas. A lo largo de los años, había escondido partes y piezas de la vasta riqueza de Lady Zoe. Ahora tenía una fortuna considerable, una que podría asegurarle una vida cómoda, lejos de las intrigas de la ciudad. Parte de eso le daría a Cristina. Valdría la pena. Ella le sonrió a la chica, la acercó y le contó el plan.

Constantine se volvió a su lado, se cubrió la cabeza con las mantas y se acurrucó en el maravilloso calor de la cama. Este era el paraíso en verdad, tal comodidad, tal lujo. Él gimió y luego se congeló instantáneamente.

La puerta se abrió y el sonido de pies descalzos golpeando el frío suelo de mármol se escuchó más cercano. Los latidos de su corazón golpeaban con fuerza en sus oídos. Un asesino, venían a asesinarlo. Dios mío, eso era lo que tenía reservado el general. Bueno, maldita sea, no se iría fácilmente. Se echó hacia atrás la ropa de cama y estaba a punto de gritar cuando las palabras se le atascaron en la garganta y se quedó boquiabierto en la tenue luz de la habitación.

Una chica joven y delgada, sus extremidades maravillosamente largas, el cabello castaño oscuro cayendo en rizos hasta sus hombros, estaba de pie frente a él. Sus pechos atrevidos estaban bien proporcionados, sus caderas llenas y redondeadas, las nalgas sobresalían, contrastando marcadamente con la delgadez de su cintura. Su erección fue instantánea.

Cuando la chica se deslizó entre las sábanas y le pasó los dedos por el estómago, supo que el general la había enviado como soborno, regalo, una pieza de seguridad para asegurar su cumplimiento del plan... Podría ser cualquiera de esas cosas, pero en ese momento no le importaba un carajo. Se volvió hacia los brazos de la joven, sintió sus musculosos muslos cubriéndolo y pasó los dedos por la hinchazón de sus nalgas. Ella gimió, su mano guiando su polla dentro de ella y él gruñó mientras la empujaba dentro, su calor fluyendo sobre su miembro hinchado. Pronto él estaba golpeando dentro de ella, consciente solo de su carne suave y flexible contra la suya, y de sus pequeños gemidos mientras la penetraba implacablemente.

Si esto era lo que significaba trabajar para el Imperio, entonces tendría muy poco de qué quejarse.

Sintió frío y extendió la mano para cubrirse con la manta. Pero sus dedos no encontraron nada y, con la ira creciendo, se sentó y buscó a tientas. Se había ido. Miguel, desconcertado, se frotó los ojos y, bostezando ruidosamente, se levantó de la cama y miró al otro lado de la habitación. Las velas todavía estaban encendidas, pero el amanecer ahora entraba como un rayo desde su balcón. La puerta de su habitación estaba abierta de par en par y allí, justo en el umbral, estaba la colcha.

Frunciendo el ceño, cruzó la habitación para recogerlo. Leoni debió de tomarlo, quizás envolviéndose en él para mantenerse caliente. Pero, ¿por qué lo había dejado aquí, en el suelo, olvidado? Aún más desconcertante era la vista de su fina camisola de algodón, a unos diez pasos más o menos al final de la antecámara. Allí también la puerta estaba abierta. Sin una pausa, la curiosidad ahora se apoderó de él, se acercó a esta segunda puerta, envolvió la colcha alrededor de él para evitar el frío, y miró hacia el pasillo más allá.

Allí había un guardia, uno que nunca había visto antes. Un oficial, resplandeciente con el uniforme completo y la panoplia de un guardaespaldas real. Miguel chasqueó los dedos y el oficial se adelantó.

"¿Dónde está lady Leoni?"

El hombre desvió la mirada, mirando a su alrededor como si luchara con algo de enorme importancia.

"¡Maldita sea, te ordeno que hables!"

"¡Alteza!" El hombre se puso firme con un chasquido de sus curaciones. "Lamento informar, señor, pero la dama se ha ido, señor".

"¿Que se ha ido? ¿Qué diablos quieres decir con que se fue? ¿Ha ido a dónde?

Nuevamente, esa incertidumbre continuaba. El hombre se sintió más incómodo y el temperamento de Miguel se quebró. Agarró al oficial por la parte superior de su peto y lo acercó más. "¿Dónde diablos está ella?"

El oficial tragó saliva. "Escoltaré a su alteza real... Con su permiso, por supuesto, señor".

Miguel lo empujó y el soldado se dio la vuelta y se alejó. Miguel lo siguió.

No pasó mucho tiempo antes de que el oficial se detuviera frente a una puerta e hiciera una seña con la mano. "Ella está aquí, señor".

Michael miró al hombre y luego a la puerta. Era la cámara oficial de John Orphano, nunca utilizada por él, pero siempre preparada en caso de que, por alguna razón, no quisiera usar sus apartamentos privados en su propio edificio separado. "¿Qué está haciendo ella ahí?"

El hombre se pasó la lengua por el labio y cerró los ojos. "Quizás, Majestad..."

Las palabras se desvanecieron y Miguel sintió que una repentina oleada de ira lo invadía. Tiró la manta de la cama y atravesó la puerta sin esperar un segundo más.

Se quedó allí, paralizado, incapaz de registrar completamente lo que vio, o incluso comenzar a entenderlo.

Leoni, desnuda, estaba sentada en el borde de la cama, respirando con dificultad, con la cabeza gacha. Ella miró hacia arriba rápidamente cuando vio al Emperador, jadeó y se alejó.

Allí, en la cama, otra chica, de espaldas a él, brincaba arriba y abajo sobre un hombre de enormes proporciones. Ella hizo que la echaran hacia atrás, gritando de obvio placer. El hombre agarraba sus caderas con dedos regordetes mientras gruñía como un caballo, empujando hacia arriba para igualar sus golpes hacia abajo.

Leoni se adelantó, rodeándola con el vestido. Ella estaba temblando, "Mi querido Señor", dijo, dando una mirada fugaz al soldado en la puerta. "Esto no es lo que piensas, créeme".

Miguel, con los ojos desorbitados, miró a la chica de la cama y luego a Leoni, y luego volvió a mirar. Parpadeó un par de veces, moviendo los labios, pero sin hacer ningún sonido.

"Mi Señor", arrulló Leoni, acariciando su mejilla. "El hombre es magistral. Nos tenía a las dos. Lo siento, pero ninguna de las dos pudo resistirse".

En un momento repugnante, Miguel sintió que sus rodillas

se debilitaban y el suelo se balanceó hacia arriba para encontrarse con él. Todo giraba a su alrededor y sabía que se estaba hundiendo, hundiéndose en un vacío insondable. Se dio cuenta vagamente de unas manos fuertes que lo agarraban antes de que la oscuridad total lo envolviera.

❧ 40 ❧

Estaba parado, con los pies ligeramente separados, apoyado en su gran hacha de batalla, el viento azotaba su rostro, el pelo como una máscara. Su mirada estaba fija, su mandíbula apretada. El ejército había dejado el campamento y se movía en una columna larga y serpenteante. Los exploradores lo habían visto y ya se estaban acercando en sus robustos y andrajosos corceles. Hardrada esperó.

El primer explorador tiró las riendas. En su mano tenía una jabalina, con el brazo levantado, lista para lanzar el dardo si era necesario. Hardrada lo miró y sonrió, "Has hecho un buen tiempo".

El explorador se relajó y bajó el brazo, "Perdóneme, señor. No le reconocí".

Hardrada asintió con la cabeza y se apartó parte del cabello de la cara. Es este maldito viento. Iré contigo, hablaré con Rufus".

En ese momento, apareció un segundo explorador, luchando por controlar a su pony. Relinchó ruidosamente, expulsando una gran corriente de aire caliente de sus fosas nasales ensanchadas. "¡Bien conocido, señor!"

315

Hardrada se acercó a su propio caballo atado y se subió a su lomo. Le dio una patada en los flancos y los tres bajaron por la ligera pendiente hacia la columna que marchaba.

Rufus, cabalgando junto al carro cubierto dentro del cual se refugiaba el Patriarca Alexius, vio a los jinetes y pateó a su caballo para que se uniera a ellos Levantó la mano a modo de saludo al ver al gigante Hardrada, su gran tamaño lo hacía reconocible al instante.

¡Malditos sean tus ojos, Harald! Pensé que no te vería al menos hasta dentro de otro día".

Hardrada controló su caballo y se colocó junto a su viejo amigo, mientras los exploradores se alejaban para volver a sus deberes delante de la columna. "No me tomó tanto tiempo como pensé al principio, sobre la búsqueda de Andreas".

"Entonces, ¿dónde está él?"

"No tengo ni idea. Todo lo que sé es que el hombre es un asesino".

"¿Eh?" Rufus detuvo su caballo, que pateó el suelo con enojo.

"Eso es lo que dije". Hardrada también frenó su montura. "Y tengo la intención de llevarlo ante la justicia, cuando lo encuentre".

"Pensé que habías dicho algo acerca de que él era honorable, ¿no le salvaste la vida?"

"Sí, y resultó ser un maldito y estúpido error. Asesinó a la mujer que atendió sus heridas, la mujer que me salvó. Le cortaré el corazón cuando lo atrape".

En ese momento, sonó una voz severa, "¿De quién es de quien hablas, Hardrada?" Era el patriarca Alexius, que había retirado la lona de su carro cubierto y estaba mirando hacia afuera mientras rodaba junto a los dos hombres montados.

"Andreas, señor", respondió Hardrada, inclinando la cabeza en señal de respeto. "El hombre que me acompañó en este viaje", Hardrada tiró de las riendas y su caballo se movió junto al carro. Rufus se quedó atrás.

"¿Asesinó a una mujer?" Alexius preguntó.

"Sí, señor. La mujer que nos salvó la vida a ambos".

"¿Está seguro? Conozco un poco a Andreas, conozco a su familia. Se me ocurrió después de que lo mencionaste. Su familia es de noble cuna. El asesinato no está en su sangre".

"Bueno, debe haber pasado algo, señor. Traición, no debería extrañarme. Hubo algún tipo de pelea, y el escita Crethus me dijo..."

"¿Crethus?" Rufus se acercó con el rostro lívido. "¿Ese perro de corazón negro? Lo que sea que te dijo fue una maldita mentira, Harald".

"¿Lo conoces?"

"Yo *sé de él*, que es casi lo mismo. Es un hombre cruel y brutal el cual nos odia, Harald. Nos odia a todos". Dirigió una mirada significativa a Alexius. "Cristianos, griegos y romanos... Vikingos. Todos". Rufus se retorció en su silla, cortó y escupió en la tierra debajo. "Maldita sea su piel, son todos iguales. Sabemos lo que les hicieron a tus hombres, Harald, a nuestros parientes. Las noticias viajan rápido, especialmente las malas".

"También le he contado a Rufus sobre los crímenes oscuros que se cometieron contra la Guardia Varega, Harald". Alexius bajó la boca. "Hay muchos mercenarios aquí que con mucho gusto acabarán con los escitas sin recibir un solo centavo en pago".

Hardrada sonrió agradecido. Pero su mente estaba confundida. Él mismo sabía que la idea de que Andreas asesinara a esa chica era difícil de aceptar. Si ella lo hubiera traicionado, no habría sido algo que hubiera hecho libremente. Esos hombres salvajes, la banda de guerra como ella los llamaba, la habrían obligado. Entonces, ¿por qué Andreas la asesinaría? Quizás no fue él en absoluto, quizás fue uno de sus propios parientes. Si fuera así, ¿por qué mentiría Crethus? A no ser que…

"Vamos, viejo amigo", dijo Rufus, y le dio una palmada en el hombro a Hardrada. Quitemos estos kilómetros del camino y lavemos nuestras hachas con sangre escita. ¡El tiempo de cavilar ha terminado, el tiempo de matar está aquí!"

Hardrada sabía que era así, y la idea de la matanza que se avecinaba llenó su corazón de alegría.

Dos cosas despertaron a Miguel. La primera fue el incesante temblor; la segunda fue el ruido. De su profundo letargo se las arregló para despertar, aturdido, desorientado, arremetió con la mano para derribar a quien fuera que lo estaba sacudiendo. Luego se sentó, pasando ambas manos por su cabello. "Me siento fatal", gimió.

Le pusieron en la mano una copa de algo y él la miró fijamente, luego miró hacia arriba. El joven soldado estaba ahí, rostro muy serio.

"Majestad", dijo.

"¿Qué? ¿Qué es? ¿Qué es todo ese ruido?"

"Es la gente, señor. Miles de ellos".

"¿Gente? ¿Qué quieres decir?" Intentó ponerse de pie, pero sus piernas cedieron debajo de él y el joven oficial del ejército tuvo que evitar que se derrumbara en el suelo. "¿Que está sucediendo?"

"Señor", el oficial inclinó la cabeza, luciendo preocupado. "Señor, están llamando a Lady Zoe, señor".

Los ojos de Miguel se abrieron como platos. Miró del soldado a su balcón. El escuchó. Ahora estaba bastante claro, el constante cántico, el ruido de la multitud: *"¿Dónde está Zoe? ¡Queremos a Lady Zoe!"*

Se cubrió la cara con las manos. Trató de pensar, de intentar encontrar algo, cualquier cosa que hiciera que todo desapareciera. Pero mientras pensaba, algo le vino a la mente. Un recuerdo. La visión de lo que había visto, de Leoni, y esa chica brincando arriba y abajo sobre el gordo. Miguel respiró hondo y ruidosamente y dejó que sus manos se deslizaran de su rostro. "¿Cuál es tu nombre de nuevo?"

"Nikolias, señor".

"Nikolias, ¿quién estaba con ella?"

"¿Señor?"

"¡Maldita sea hombre, la señorita Leoni! ¿Con quién estaba ella cuando colapsé? Estabas allí, me mostraste la habitación".

"Una joven sirvienta, de nombre Cristina, creo".

"¡No la chica, malditos sean tus ojos! El hombre... ¿Quién diablos era?"

"No estoy seguro de si le beneficiaría a usted o a cualquier otra persona conocer su identidad, señor".

"¿Beneficiarme? En el nombre de Cristo, ¿con quién crees que estás hablando? ¡Podría hacerte castrar, perro insolente!"

Nikolias frunció el ceño y dio un paso atrás, erizado de indignación. Miguel pudo verlo y por un momento su corazón se congeló. Ningún soldado, Guardia o de otro tipo, tendría la audacia de hablar así con un emperador, a menos que... Miguel se frotó la cara y se puso de pie. Empujó a Nikolias y se dirigió al balcón.

Desde aquí podía mirar a través del enclave real hasta el gran Foro de Constantine. Estaba un poco lejos, pero no tan lejos que no pudiera escuchar sus gritos y verlos, esa gran oleada de humanidad, como una bestia enorme e hinchada. Y como una bestia, había que domesticarla. Miguel se dio la vuelta. "Convoca a la Guardia, iré y me presentaré a la gente. Sin embargo, necesitaré protección porque tengo la clara impresión de que no están contentos".

"Señor, no hay Guardia".

Michael parpadeó y se tomó un momento para que la noticia se filtrara. "¿Sin guardia? Yo no... ¿A qué te refieres? Por supuesto que está la Guardia ¡Me acompañaron a los juegos apenas ayer!"

"Sí, señor. Pero eso fue antes de que llegara la noticia de las incursiones. El general ha ordenado a todos los hombres disponibles que marchen para recibirlos".

"El General..." Se dio la vuelta y miró de nuevo al foro. El general. Así que eso fue todo. Querido Dios, aquí estaba tratando de ser más listo que todos y todo el tiempo, ¡ese bastardo de Maniakes se había estado tramando a sí mismo! Miguel apretó su mano en un puño y la bajó sobre la balaustrada de su balcón. ¡Maldito sea! "¿Se han ido también los escitas?"

"No, señor. Ellos no".

"¿Y su número?"

"Alrededor de quinientos, señor".

Miguel cerró los ojos. ¿Quinientos? No lo suficiente, ni con una tiza larga, para no sofocar a la turba. Envía un mensaje al General. Vaya usted mismo, en el caballo más rápido. Ordene que devuelva a quinientos de la Guardia y que regresen a la ciudad".

"Su número es un poco mayor que eso, señor. Casi toda la Guardia Real ha estado en las fronteras, protegiendo su Imperio, señor. Dudo que el General ahora..."

"¡Maldita sea, hombre!" Michael se dio la vuelta, con los dientes apretados en una mueca, "¡Haz lo que te ordeno!"

Nikolias saludó, se volvió y salió de la habitación sin decir una palabra más.

Sólo después de su partida Miguel se dio cuenta de que aún no conocía la identidad del gordo que tanto disfrutaba bajo los firmes y jóvenes muslos de la chica Cristina. No importa, habría suficiente tiempo. Primero, tendría que lidiar con la turba. Rápidamente regresó a su cama y comenzó a ponerse la túnica.

• • •

Leoni lo intentó pero no pudo abrir la puerta. Estaba con cerrojo, desde el exterior. Golpeó la puerta, pero no hizo ninguna diferencia, no venía nadie. Se volvió y se recostó contra la puerta, cerró los ojos y se recordó lo idiota que era. Cristina yacía en la cama, su cuerpo desnudo. Leoni se acercó rápidamente a ella y la miró a la cara. Le brillaban las mejillas y los labios entreabiertos. Había estado muy complacida, eso era seguro. Puso una mano en el hombro de la chica y la sacudió suavemente para despertarla.

Cristina parpadeó, abrió los ojos, sonrió y se estiró. Ella se sentó, bostezando. "Mmm... Leoni. Como dijiste, ¡no fue desagradable!"

Leoni frunció la boca con disgusto. Había elegido bien a la chica, quizás demasiado bien. "La puerta está cerrada con cerrojo. Algo está pasando".

Cristina sacudió la cabeza. "¿Qué está pasando?" Pasó las piernas por encima de la cama y se puso de pie, estirándose de nuevo, como un gato, con los brazos por encima de la cabeza. Leoni miró fijamente su cuerpo ágil, luego se detuvo y giró cuando la puerta de la antecámara se abrió y la nada agradable realidad de su situación se grabó más agudamente en su cerebro cuando el hombre salió del dormitorio, envolviendo su amplio cuerpo con una fina bata de satén.

Ella tembló al verlo, los recuerdos de él gruñían como un cerdo mientras empujaba implacablemente a Cristina provocando un curioso cosquilleo en su vientre. El General, él había ordenado esto. Ese hombre hermoso, Nikolias, había traído la demanda, que ella debería seducir a este ser humano, toro sobrealimentado. ¿Por qué no podría haber sido Nikolias? Eso podría haber sido más preferible. Su atractivo moreno, su barbilla cincelada en granito, la forma en que sus músculos se ondulaban sobre sus brazos ligeramente bruñidos. Se preguntó por qué nunca antes se había fijado en él. Si el General, acaso, lo había mantenido oculto a propósito, se preguntó.

El hombre se acercó a ella, seguro, confiado y ella sintió que sus piernas cedían un poco mientras pasaba el dorso de su dedo índice por su mejilla. "Mmm, todavía *no te he tenido*".

Leoni lo miró boquiabierta, sintió un estremecimiento de expectativa invadirla. En qué la convertía eso, consideró. Una puta. Por supuesto que lo hizo. Sabía que eso era lo que era y la idea le disgustaba. Ella había creído que podría haber estado desarrollando algunos sentimientos por Miguel, pero ese no era el caso. No tenía moral, no tenía autoestima. Ella se permitió ser usada y abusada. Cristina había sido un intento de superar al General y sus despreciables planes, pero ahora todo se estaba derrumbando y ella estaba volviendo a su papel natural.

Maldita sea todo. ¿No tenía una decencia común, ninguna fuerza para levantarse, rechazar esta existencia miserable y desesperada? El General tenía este poder sobre ella y ella era esclava de él. Cualquier indicio de que ella desobedeciera, incluso cuestionara, y su vida se extinguiría. ¿Cuánto tiempo más podría vivir así? ¿Cuánto tiempo más podría vivir consigo misma? Sentimientos. Menuda broma fue aquella. No sentía nada por nadie ni por nada. Ni Miguel, el General, ni siquiera ella misma. Todo era tan absolutamente inútil.

El hombre jadeó hacia Cristina, sonrió, sus labios como gusanos húmedos, sin sangre, fríos. Era un bruto de constitución poderosa, pero su rostro era repulsivo. Florido, flojo, nada parecido a su gran corpulencia. Su cuerpo estaba abultado con músculos y tendones, y su respiración sonaba dificultosa, casi como si su cuerpo fuera demasiado grande para que su corazón lo soportara. "¿Cómo estás mi corazón?" Miró lascivamente, pasó una mano por el cuerpo de la joven. Ella se estremeció, y él lo tomó como una señal de su placer porque ahora se movió más cerca, envolviendo sus brazos alrededor de ella.

Leoni miraba, paralizada. Christina cerró los ojos. Iba a suceder de nuevo, igual que antes. El hombre era un animal, chocando contra la carne de la chica sin ninguna dulzura o cuidado, surcando una y otra vez, como nadie más Leoni había conocido.

Pobre Cristina. Leoni retrocedió cuando vio al hombre pasar sus manos sobre su carne, "Dios mío, qué tesoro eres", siseó, acarició su cuello, sus labios húmedos recorrieron su piel tensa mientras sus dedos encontraban la protuberancia de su sexo y jugaban con ella. Su otra mano se deslizó alrededor de su trasero y ahora estaba buscando su ano, el pulgar hundiéndose dentro. Cristina gritó, sus rodillas se doblaron, un movimiento que le permitió un mayor acceso.

"Divina", susurró en su cuello, dejando que su lengua recorriera su garganta y bajara hasta sus pechos. Él se rió cuando su cuerpo se debilitó y miró a Leoni y le guiñó un ojo. "Tú serás la siguiente, querida".

Un escalofrío recorrió a Leoni y dio otro paso hacia atrás y miró a su alrededor en busca de algún medio para escapar.

Cristina jadeó y Leoni se volvió de nuevo para ver a la chica derrumbarse, toda la fuerza drenándose de ella, y luego sus dos manos agarraron sus nalgas y la levantaron, golpeándola contra la puerta. Su polla, alzándose entre los pliegues de su bata, empujó hacia adelante, encontrándola, llenándola. Cristina se aferró a él, agarrándolo por los hombros cuando él se estrelló contra ella. Echó la cabeza de un lado a otro. No había duda de que este hombre era un amante experto, por la forma en que variaba su velocidad, su dirección. Y todo el tiempo, sus manos, dobladas sobre sus nalgas, los dedos presionándola desde atrás. Leoni cerró los ojos, imaginando cómo sería, esa maravillosa sensación de estar totalmente llena. Sus labios se mojaron con saliva y abrió los ojos para mirarlos, uniéndose tan fervientemente. La fuerza de él. Dios mío, la forma en que la abrazó con tanta facilidad, inmovilizándola. Era como había dicho, divino.

La golpeó, un movimiento borroso, gruñendo de nuevo

mientras corría hacia su final. Cristina se aferró a él, estremeciéndose, gritando, rogándole que viniera. Pero no lo haría, todavía no. La mantuvo allí, en el precipicio, todo el tiempo haciéndole saber que él estaba a cargo, que él marcaría el ritmo y que vendría cuando quisiera, cuando ella estuviera totalmente agotada.

Cuando se retiró, Leoni pensó que eso era todo, que se volvería hacia ella, pero ella estaba equivocada. Giró bruscamente a Cristina, tirando de su cabeza hacia atrás por el cabello, empujándose contra ella, un acto que Leoni creía que abriría a la pobre chica con la violencia. "Relájate", dijo, su voz tan cariñosa, tan reconfortante. Hizo que el estómago de Leoni se volviera líquido, y vio que sus palabras tuvieron el mismo efecto en Cristina mientras se relajaba, permitiéndole entrar. Cualquier dolor daba paso a un éxtasis indudable, esa exquisita sensación de estar totalmente arrebatada, de someterse al poder, al dominio del hombre. Lentamente se deslizó hacia adentro y hacia afuera y la vista hizo que Leoni finalmente colocara sus dedos para sondear profundamente dentro de ella, llevándose a la cima de su propio placer.

Gruñendo en voz alta, empujó a Cristina tan profundamente que sus ojos parecían estallar fuera de su cabeza. Se mantuvo dentro por un momento después de que se detuvo, luego su rostro cayó en su cuello, su respiración se hizo a grandes tragos, y se deslizó fuera de ella, gimiendo. Cristina se enderezó y se volvió, secándose la boca con el dorso de la mano. Su rostro estaba sonrojado y estaba a punto de decir algo cuando, de repente, el hombre se tambaleó hacia atrás unos pasos. Leoni gritó mientras caía al suelo.

Ambas chicas intercambiaron miradas salvajes y luego se dejaron caer a su lado. Estaba convulsionando, entrando en una especie de ataque. Leoni lo miró boquiabierta, un miedo repentino se apoderó de ella, y le gritó a Cristina: "Toma un poco de vino", luego acunó su cabeza en sus brazos.

Su rostro estaba retorcido en una máscara de dolor, los dientes apretados, todo su cuerpo convulsionado. Ella no sabía qué hacer, así que se aferró a él mientras él sufría un espasmo, sus grandes manos en forma de espada le agarraban los antebrazos y ofrecía oraciones en silencio. ¿Qué había pasado, por qué estaba así?

Cristina regresó con el vino y Leoni lo tomó, untó un poco en los labios del hombre. Nada cambió y Leoni experimentó el horror completo y total de ver al hombre que el General había confiado a su cuidado escabullirse hacia la muerte.

La puerta detrás de ella se abrió y sin volverse escuchó al intruso gritar: "¡Santo Dios!" De repente, Nikolias estaba allí a su lado, presionando su palma contra el pecho de barril del hombre. "¿Qué han hecho?"

Su voz era aguda, casi un chillido. Ella lo fulminó con la mirada, "¿Yo? No he hecho nada, él se derrumbó".

Nikolias miró a Christina y luego señaló el miembro dormido del hombre. "Yo diría que han hecho algo, ¡malditas perras!" Tomó el vino de la mano de Leoni y arrojó la copa al otro lado de la habitación. "¡Ve a buscar un poco de agua, rápido!"

Leoni salió corriendo sin decir una palabra más, mientras Cristina estaba temblando, con las manos apretadas a la boca. Ella soltó un gemido bajo y continuo como si ella también tuviera algún tipo de dolor.

"Cállate la boca", escupió Nikolias.

Leoni cogió la palangana del dormitorio y entró al trote. Nikolias levantó la vista para tomar la palangana y se detuvo, bebiendo de la vista de su cuerpo desnudo y ágil. Tragó saliva y luego pareció recuperarse. "Pónganse algo de ropa", dijo en voz baja, "¡ustedes dos!" Dejó el cuenco junto al hombre y comenzó a humedecerle los labios pálidos con el agua.

Cuando Leoni y Cristina regresaron con sus finos vestidos de algodón atados a la cintura, regresaron, Constantine estaba sentado, pero con la piel todavía del color de la tiza. Nikolias lo estaba ayudando a ponerse de pie. Le dio a Leoni una mirada fulminante. "¿Qué has hecho, lo has envenenado? ¿Es eso, otro de los planes del General?"

"Te lo juro, Nikolias, no he hecho nada. Estábamos... Ya sabes... Y cuando terminó, se derrumbó".

"¿Fueron demasiado para él?"

Sus palabras dolieron como una bofetada y ella hizo una mueca, mirando hacia otro lado. Tenía tantas ganas de decirle la verdad, pero sabía que sería inútil. "No. Creo que al revés".

Nikolias asintió con la cabeza. "¡Sí, por su tamaño, diría que es bastante cierto! Ayúdame a llevarlo de vuelta a la cama".

Entonces, los tres lucharon con el hombre, llevándolo paso a paso de regreso a su cama, todos jadeando por el esfuerzo. Era una tarea lenta, y Constantine, aunque se estaba recuperando un poco, parecía casi un peso muerto y ofrecía muy poca ayuda. Finalmente, llegaron a la cama donde lo acostaron suavemente y lo cubrieron con una manta. De inmediato, cayó en un profundo sueño. Nikolias se alejó de la cama, respirando con dificultad. ¡Es como un maldito elefante! Quiero que vayas a buscar a un médico mientras yo me quedo con él y me asegure de que esté bien". Sus ojos ardieron, "¡Date prisa!"

Leoni salió corriendo de la habitación.

Nikolias se dejó caer en el borde de la cama después de despedir a Cristina y se pasó la mano por el pelo. "Maldita sea hombre, serías un buen actor".

Constantine se rió y se sentó. "¡Por Dios, esa chica es una buena follada!"

Nikolias hizo una mueca. La idea de Leoni con un hombre como este, hizo que se le erizara la piel. "Y eres un bastardo grosero".

"¡Cuida tu lengua, soldado! Una vez que esté establecido en el poder, será mejor que recuerdes quién soy".

"Oh, ya sé quién eres". Unas palabras para el sabio, Constantine. "Los grandes hombres caen. Mira a tu hermano y lo que le va a pasar a Miguel".

"Y Maniakes, ¿qué hay de él?"

"No lo subestimes, Constantine. Es un hombre de gran inteligencia y astucia suprema".

"Puede que lo sea, pero ¿por qué tanto fingir con las chicas? ¿Por qué obligarme a convertirme en un patético y vacilante inválido?"

"Leoni irá y le contará a Miguel sobre tu condición, todo se suma a la intriga. Pensará que tiene alguna oportunidad de acabar con tu vida incluso antes de que comiences en tu nuevo puesto. Cuando venga a rematarte, mi tarea es secuestrarlo y llevarlo a las afueras de la ciudad, donde encontrará su fin".

"Querido Dios. ¿Es este el plan del general?"

"Ese es".

"Pero, ¿por qué no matarlo de una buena vez?".

"Miguel se ha puesto nervioso de nuevo y está rodeado por los escitas en todo momento. Incluso ahora está planeando encontrarse con la gente, rodeado por un *bandon* de Varegos escitas fuertemente armados. No se arriesga. Pero una vez que se haya recuperado del insulto que le has hecho tomando a su concubina, querrá degollarte. Eso me dará mi oportunidad".

"¿Y si eso no funciona?"

Nikolias se encogió de hombros. "Entonces, tendremos que pensar en otra cosa".

"¿Y yo? Que hay de mí. ¿Y si Miguel decide enviar a sus escitas para acabar conmigo?"

La sonrisa de Nikolias se ensanchó. "Bueno, eso será algo con lo que todos tendremos que vivir. O, en tu caso, con lo que tendrás que morir".

❧ 41 ☙

Nikolias encontró a Miguel dando los toques finales a su túnica real. Su asistente, un hombrecillo delgado, trabajaba con destreza, sus dedos se movían muy rápido, reposicionando, ajustando, asegurándose de que Miguel se viera lo mejor posible, resplandeciente. Los guardias escitas juntaron sus lanzas para impedir la entrada de Nikolias.

"Señor, debo hablar con usted".

Miguel le lanzó una mirada superficial. "¿Debes, Nikolias? Debo admitir que me estoy cansando de tu insolencia. ¿Qué quieres?"

Nikolias miró a los guardias. No se movieron hasta que Miguel chasqueó los dedos. Erizado de indignación, Nikolias avanzó y saludó. "Es Constantine, señor. Ha tenido algún tipo de ataque. Creo que tiene algo que ver con su corazón, señor. Quizás se ha esforzado demasiado, y para un hombre de su tamaño, eso nunca es algo bueno".

El rostro de Miguel apareció, una nube oscura se posó sobre él. Sus labios estaban retraídos sobre sus dientes y gruñó: "¿Se está muriendo?"

"Este... No estoy seguro, señor. Está muy enfermo, yo lo sé".

"¡Bastardo!" Miguel apartó la cómoda y se llevó el puño derecho a la palma de la mano izquierda con un golpe. ¡Lo asaré vivo por lo que hizo! ¿Todavía está en su habitación?"

"Sí señor. Está demasiado enfermo para moverlo. Su rostro es como alabastro y tiembla constantemente".

Miguel sonrió. "Maravilloso. Escuche, voy al Foro a hablar con la gente. Cuando regrese, iré a verlo. Recuérdele quién soy yo". Se mordió el labio por un momento y Nikolias esperó, conteniendo la respiración, preguntándose qué estallido seguiría. "Leoni... La encontrarás y me la enviarás". Y con eso, movió la mano en un gesto despectivo hacia Nikolias y se volvió una vez más hacia su asistente. "¡Date prisa hombre, necesito ponerme en movimiento!"

Nikolias hizo una reverencia, se volvió y salió, los guardias cerraron las puertas dobles detrás de él. Dejó escapar un largo suspiro. El hombre estaba empezando a quebrarse, la presión de los últimos días se estaba volviendo excesiva. Los diversos complots del General comenzaban a encajar muy bien. Nikolias no deseaba saber el resultado. Había tomado sus decisiones, se había conformado con lo que pensaba que era el lado ganador, pero tenía que admitir que toda la situación lo hacía sentir incómodo.

Esta última complicación, con Leoni, Constantine y esa otra chica, no le gustó en absoluto. Leoni estaba siendo utilizada y abusada por el General. Por lo general, Nikolias no podía dar dos higos por una mujer así, pero de alguna manera parecía diferente. Una niña abandonada, joven, de aspecto inocente, pero tan mundana en lo que respectaba a los caminos de la carne. Una mezcla embriagadora.

Él siguió adelante; tenía sus órdenes que cumplir. Todos los guardias se habían alejado de la ciudad, dejando solo a los escitas al mando. Había enviado exploradores montados, como había insistido el general, para buscar a los mercenarios Varegos y medir qué tan lejos estaban. Se había asegurado de que los agentes hubieran sido depositados entre la turba, para agitarlos, instigando los disturbios que ahora habían comenzado. Todo lo que el general había planeado estaba sucediendo. La única duda, la única pequeña fisura: ¿Hardrada estaba muerto?

Maniakes sabía que el vikingo tendría la lealtad de los Varegos de su lado y eso lo haría peligroso. Buscaría venganza y ahora sus dos compatriotas andaban sueltos en algún lugar de la ciudad. Pequeñas fisuras que podrían convertirse en catastróficas. Nikolias tendría que vigilar sus pasos y tal vez sería sensato que hiciera algunos planes de contingencia para él mismo si las cosas se ponían feas. Y en esos planes, quizás podría haber un lugar para Leoni.

Experimentó una pequeña emoción de anticipación corriendo a través de él mientras se abría paso rápidamente por el pasillo hacia las habitaciones donde se alojaba Constantine.

Miguel decidió caminar, con su guardaespaldas escita presionando a su alrededor. Mientras caminaba por los terrenos del palacio hacia la Puerta real, el sonido de la multitud se hizo más fuerte. Su corazón ya estaba acelerado y ahora sintió los primeros zarcillos de miedo enroscarse alrededor de su estómago.

¿Qué tenía Zoe que hacía que esta gente la quisiera tanto? Derrochaba dinero, se pasaba la vida rodeada de lujos, casi nunca hacía nada por nadie más y, sin embargo, la gente la idolatraba. ¿Era su supuesta belleza, la forma en que su piel se veía tan fresca y brillante como cuando era niña? ¿Acaso la gente creía que ella era de alguna manera inmortal y que, al sonreírles, podría darles un regalo de vida eterna? No lo sabía y no le importaba. Lo único que le importaba era el hecho de que tenía que convencerlos de que ella ya no tenía importancia para Bizancio. Su tiempo se había ido, terminado.

Ahora era el momento de Miguel V, un nuevo amanecer, el comienzo de una era de expansión y gloria. Tendría que discutir los puntos más delicados con Maniakes, pero Miguel ya había estudiado los mapas y había mirado con envidia las tierras de los persas, los árabes y los rusos. Tantas oportunidades para alcanzarlos, aplastarlos. Tal como lo había hecho su predecesor Basil, con tanto éxito. Ahora, era su tiempo, su momento. Y la gente debía abrazar eso, seguirlo y comenzar a escribir nuevos capítulos en los anales de la historia. Lo conocerían como Miguel el Grande; todo lo que necesitaba era la oportunidad.

Los escitas estaban inquietos, podía ver sus ojos moviéndose de un lado a otro y sus manos aferradas a las empuñaduras de sus grandes espadas curvas, con los nudillos blancos debajo de la piel. Miguel frunció el ceño. ¿Qué les estaba causando tanta angustia? Miró hacia arriba y vio lo que era. Habían llegado a la Puerta y apenas comenzaban a atravesarla. Los ciudadanos se estaban reuniendo incluso aquí y los murmullos entre ellos sonaban enojados, impacientes. Uno o dos lanzaron insultos, pero Miguel mantuvo la vista al frente. No hablaría hasta haber subido los escalones del foro, hacer sentir su presencia, mostrar a la gente que era fuerte, decidido.

"Majestad". Un oficial se acercó a grandes zancadas, su rostro era una perfecta máscara de preocupación, profundas líneas grabadas alrededor de sus ojos y boca, ojos muy abiertos y profundamente preocupados. "Majestad, la multitud está cada vez más inquieta. Temo por la vida de su Majestad".

"Tonterías", dijo Michael con una sonrisa, sin interrumpir el paso. "Una vez que me vean, se calmarán y aceptarán mi autoridad".

El oficial se colocó a su lado. "Majestad. Debo insistir".

Al oír esto, Miguel finalmente se detuvo y se volvió hacia el oficial escita, y pudo sentir el calor que se elevaba desde lo más profundo de su interior. "¡Por qué estoy rodeado de imbéciles que nunca me muestran el más mínimo respeto! *Malditos sean tus ojos, hombre, ¿insistes?"*

El hombre se resistió ante el ataque y retrocedió, luciendo avergonzado y confundido. "Perdóneme, señor", se agachó, dándose cuenta de que había sobrepasado la marca.

"No importa", dijo Michael, mirando más allá del hombre hacia los grandes edificios de la ciudad y la enorme área abierta conocida como el Foro de Constantine. Más allá, y a la derecha, el magnífico Hipódromo donde, solo ayer, la gente había sido tan receptiva, tan agradecida por su don de juegos. Ahora, como una manada de perros ladradores, todo lo que querían era Zoe. "Llame al resto de los escitas y ordene que se reúnan aquí. Hasta el último hombre de ellos. Y hagan que estén completamente armados".

"¿Señor?"

"¡Quiero enseñarle a esta turba fanfarrona una lección que no olvidará!"

Hardrada vio como los exploradores bajaban de las colinas, sus caballos exhalando el aliento. Rufus tuvo que controlar su propio caballo antes de que se asustara y se alejara al galope.

"¿Qué es eso?"

"Jinetes señor. De la ciudad".

"¿Hablaron, dieron alguna pista sobre quiénes o qué eran?"

"No señor. Nos vieron y regresaron rápidamente. Sin embargo, no eran nórdicos, señor".

"Escitas. ¡Malditos sean sus ojos!"

"Es difícil de decir, señor. La distancia". El hombre sacudió su cabeza. "Podrían haber sido, o podrían haber sido griegos. De cualquier manera, eran de la Ciudad y vieron nuestro número. Deben haber podido calcular nuestra distancia, señor".

Rufus miró a Hardrada, quien se encogió de hombros. "No

se puede evitar. Estábamos obligados a ser vistos más temprano que tarde. De lo único que tenemos que preocuparnos es de la Guardia Real. Nos vendría bien su apoyo, y si se ponen del lado de Miguel..."

Rufus asintió con la cabeza y volvió a mirar a los exploradores. "Diríjanse lo más lejos que puedan, bordeando la ciudad lo más hacia el oeste que puedan. Busquen cualquier signo, cualquier signo en absoluto. Lo último que necesitamos es una emboscada".

"¡Señor!" El hombre pateó los flancos de su caballo y aceleró, indicando a los otros exploradores que lo siguieran.

"Bueno, Harald. Parece que la arena se está acabando".

"Así es. Luchamos y morimos este día, tal vez, viejo amigo".

"Es un buen día para morir".

"Como lo es cualquier día".

Rufus sonrió. "Sí, como cualquiera. Si no te veo en la pelea, Harald, cenaré vino contigo esta noche, ya sea en las murallas de la ciudad o en Valhalla. De cualquier manera, cantaremos canciones y recordaremos lo bien que morimos".

Harald notó que el Patriarca los miraba a ambos, apretó el brazo de Rufus y se acercó a Alexius. "No se enoje demasiado con nuestros caminos, señor. Nuestro mundo puede ser cristiano, pero las viejas costumbres son difíciles de olvidar, especialmente cuando la muerte está tan cerca".

"Entonces, ¿crees que perderemos? Querido Dios, ¿me he acercado tanto como para ser negado ahora, a la vista de las puertas de mi gloriosa ciudad?"

"No es nuestra intención perder, señor. Pero si se reúne a la Guardia de la Ciudad, será una pelea muy reñida. Somos poco más de dos mil quinientos hombres, pero si se unen a los escitas, será una pelea bastante cerrada".

"Seguramente ellos no se pondrán del lado de nosotros".

Hardrada miró a través de la llanura y sus ojos se ensancharon. Apretó la punta de sus dedos en ellos, "Estoy tan cansado", dijo. "A veces pienso que tal vez se me han agotado los años". Sacudió la cabeza y dejó caer la mano a su costado. "Si se ponen en contra de nosotros, estaremos en apuros. Nadie puede decir cuál será el resultado". Miró al Patriarca y mantuvo firme la mandíbula. "Ruegue por nosotros, señor. Con todo tu corazón".

Los dos jóvenes que entraron en la iglesia no eran los mismos brutos que la habían traído aquí con tanta rudeza y sin ceremonias. Estos hombres - oficiales, adornados con armaduras ceremoniales, bruñidos con oro y bronce - eran reverenciales, se inclinaban profundamente y llevaban el casco bajo los brazos. Incluso habían dejado sus espadas fuera de la puerta de la iglesia.

Zoe levantó la cabeza de sus oraciones matutinas y esperó. La Madre Superiora estaba con ellos, retorciéndose las manos, y fue ella quien se adelantó inicialmente y habló con esa suave y amable manera suya: "Su Alteza Real, estos dos hombres han venido de la ciudad. Tienen noticias".

Zoe sonrió levemente, pero no permitió que se mostrara ninguna otra emoción. Por dentro, su estómago se revolvía. Ella había estado aquí por tan poco tiempo, apenas había desempacado sus maletas, pero ¿ya había un mensaje? Debe haber ocurrido algo catastrófico, ya sea bueno o malo. De los dos, sabía cuál viajaba más rápido. "¿Sí, señores?"

El primer hombre dio un paso adelante, cayó sobre una rodilla, con la cabeza gacha. "Majestad, su eminencia, el general Maniakes, me ha ordenado que le acompañe de regreso a la ciudad de Constantinopla. Le ruego que me complazca y le ruego que se prepare para el viaje, porque partiremos hacia la ciudad antes del anochecer".

"Entonces", Zoe juntó las manos, apretándolas con fuerza. Miró a la madre superiora que estaba allí, con los ojos muy abiertos y expectantes. "Aquí es donde termina. Miguel y sus compinches han decidido eliminarme por completo. Debería haberlo adivinado, pero nunca pensé que llegaría tan rápido".

"Majestad", era el segundo oficial, más joven que el primero. Dio un paso adelante ahora, con los brazos extendidos, olvidándose por un momento del protocolo. "Majestad, el general no le desea ningún daño".

El otro, todavía de rodillas, le lanzó a su compañero más joven una mirada penetrante y luego volvió a Zoe. "Es cierto, Majestad. El general desea dejarle claro que no se encuentra bajo ninguna amenaza o peligro. Será devuelta a su anterior cargo de Emperatriz, su Majestad. La ceremonia se llevará a cabo en cuestión de días".

Zoe estaba realmente asombrada. Se llevó la mano a la boca mientras luchaba por encontrar algún tipo de respuesta que transmitiera su total y completo desconcierto. ¿Qué pudo haber sucedido para lograr tal cambio? Tuvo que aclararse la garganta, permitirse una pequeña pausa para recoger lo que quedaba de ingenio. "¿Y Miguel? ¿Qué hay del Emperador?"

Los dos soldados intercambiaron miradas nerviosas. Fue el más joven quien habló, con la cabeza gacha esta vez, "Majestad, el emperador Miguel V se enfrenta a..."

"Será derrocado, Majestad", finalizó el otro. "La Guardia Varega debe ser reinstalada, y su Majestad debe ser devuelta a su anterior oficina de estado".

"¿Miguel derrocado?" Ya no podía ocultar la incredulidad en su voz. Se acercó a los dos hombres y miró de uno a otro. "¿Cuándo ha sucedido esto?"

"Está en proceso de suceder, Majestad".

Ella retrocedió, dio un paso atrás, llevándose la mano a la boca una vez más. Sintió que sus ojos comenzaban a llenarse. ¿Miguel, derrocado? ¿Qué pudo haber sucedido para producir un cambio tan repentino y violento? ¿Y los Varegos, reinstalados? ¿Qué hay de Crethus? Crethus... Se dio la vuelta, "Los escitas. ¿Qué les ha sucedido?"

"Habrá peleas, Majestad. Cuando nos fuimos, apenas había comenzado".

El joven levantó la cara. "Dudo que alguno quede vivo, Majestad".

Tenía una expresión de curiosidad en el rostro, algo severa, como si la estuviera poniendo a prueba. Ella lo ignoró. Habría tiempo suficiente para las explicaciones, pero no para estos dos, por muy bien conectados que estuvieran. Zoe agarró el brazo de la madre superiora y la llevó a un rincón lejano, fuera del alcance del oído de los soldados. Aun así, mantuvo la voz baja: "Esta es una noticia monumental. No estoy segura de creerles".

"¿Sientes que es un truco?"

"Podría ser, sí. Haré como si me estuviera preparando para la partida, pero lo haré lentamente, me daré tiempo para pensar. A ver si se me ocurre algún tipo de plan".

La madre superiora apretó los labios. "Tenemos un bote pequeño, el que usa Paulus para traernos provisiones desde el continente. Podría haber una posibilidad de que pudiéramos ocultarte a bordo de eso, pero Zoe", la mujer mayor forzó una sonrisa, "si estos hombres te obligan, no habrá nada que podamos hacer".

"Eso lo sé. Y ellos también. Por ahora, seguiré sus instrucciones, esperaré mi momento y la oportunidad de escapar".

"¿Pero a dónde irías?"

Zoe cerró los ojos. Si los acontecimientos ya se habían salido de control, sabía exactamente adónde iría. El único problema era cómo enviarle un mensaje. A Crethus. Si, por supuesto, aún vivía.

❧ 42 ❧

Crethus llegó hasta las puertas de Charisus, los enormes muros se elevaban diez metros por encima de él. Los guardias ya lo habían reconocido y las grandes puertas se abrieron. Condujo su caballo a través del hueco e inmediatamente los hombres volvieron a cerrar la puerta.

"¿Qué está sucediendo?" Preguntó, luchando por mantener a su caballo bajo control. Podía escuchar el clamor de la multitud dentro del centro de la ciudad. "¿Dónde está todo el mundo?"

Uno de los guardias escitas tomó las riendas. "Señor, ha regresado en el momento justo".

Crethus observó cómo los otros soldados volvían a subir por los parapetos. "¿Qué es eso?"

"Los exploradores han regresado, señor. Han visto un gran ejército avanzar hacia la ciudad". El hombre tragó saliva. "Por sus banderas y estandartes, está claro que son Varegos".

"Debo ir donde el Emperador. Decirle lo que sé".

"El Emperador ha ido al foro señor, para dirigirse a la multitud".

"¿Y los guardaespaldas reales, dónde están?"

"Han abandonado la ciudad, señor. Para hacer frente a la amenaza de incursiones rusas en el lejano noroeste".

Crethus sintió como si le hubieran golpeado con un mazo en el pecho. Por un momento pensó que el mundo entero estaba a punto de colapsar a su alrededor y su boca colgaba abierta, seca, enferma. "Pero... Pero eso no puede ser..."

"Lo es, señor. Somos los únicos soldados que quedan".

Crethus cerró los ojos con fuerza. ¿Los escitas, los únicos soldados que quedan para defender toda la ciudad? Dejarla así, abierta al ataque desde cualquier número de direcciones, a través de cualquiera de las muchas puertas que salpicaban los Muros de Teodosio, era pura locura. Lo único bueno era que los Varegos no tenían equipo de asedio y no tendrían los medios necesarios para atravesar las enormes puertas. Pero todos tendrían que cerrarlos y prohibirlos. "Haz que tus hombres controlen todas las puertas, asegúrate de que estén aseguradas. No podemos esperar ocupar todo el largo de la pared, así que envía señales a lo largo..."

"Señor, perdóneme. Aquí no hay nadie más que nosotros".

Crethus sacudió la cabeza, sin saber qué pensar. Miró hacia arriba. Aquí había media docena de arqueros escitas, nada más. Para asegurar todas las puertas a lo largo de la pared, tomaría horas con solo estos hombres disponibles. Crethus se sintió aplastado. No había forma de detener a los Varegos moviéndose a través de la ciudad. Su única esperanza ahora, por lo que podía ver, era dejar la muralla exterior indefensa y retirarse hacia el interior de la ciudad, dejando la Muralla de Constantino también indefensa, para hacer su posición dentro de los confines del propio palacio real. "Muy bien, abandona tu puesto aquí, muévete hacia el Muro Severan y asegura la puerta allí. Está claro que no podemos evitar que los Varegos lleguen a los límites exteriores de la ciudad, pero podríamos detenerlos cerca del foro. Iré adelante, reuniré a todos los hombres que pueda".

"¿Pero el Emperador, señor? ¡Está en el foro!"

"Entonces tendré que extraerlo de allí, ¿no?"

Crethus espoleó a su caballo y galopó por la calle larga y recta que lo llevaría al corazón de la majestuosa ciudad.

La multitud estaba molesta, rostros retorcidos, bocas abiertas, muecas. Muchos agitaron los puños, lanzaron insultos. Cuando Miguel se paró en los escalones y miró a través de la vasta asamblea de ciudadanos aulladores, sintió que se le revolvía el estómago. Esto era peor de lo que jamás hubiera imaginado. Gritaron sus insultos, exigieron ver a Zoe, que se la presentaran. ¿Qué podía hacer, cómo podía hacerlo bien? Estaba perdido. Necesitaba a Orphano, necesitaba a Maniakes. ¿Y dónde estaban...? Querido Dios, ¿cómo pudo haber llegado a esto?

De alguna parte, una piedra o algo lo golpeó en el costado de la cabeza. Se tambaleó, uno de sus guardias corrió a su lado. Michael levantó el brazo, *"Les ordeno"*, gritó, *"¡Se los ordeno en el nombre de Cristo!"* Nadie escuchó, a nadie le importó. Él podía ver eso. La gran multitud rugió al unísono: "¡Zoe!" Cayó de rodillas, tapándose los oídos con las manos mientras el mar de ruido crecía cada vez más, ahogándolo. Luchó contra él, se tambaleó, los brazos se movieron de un lado a otro, pero la oleada era irresistible. "¡Zoe!" Irresistible, abrumador. Sucumbió y retrocedió. Aquellas partes de la multitud que estaban más cerca lo vieron, gritaron de triunfo y se apresuraron hacia adelante.

Miguel se dio la vuelta y se puso de rodillas cuando el escita pasó a toda velocidad junto a él. Escuchó los gritos y los alaridos, salvajes, descontrolados ahora. Se volvió y miró hacia atrás para ver a sus tropas golpeando contra la multitud, espadas brillando a la luz, sangre a borbotones, gente muriendo. Su pueblo, ciudadanos de Roma.

Miró al guardia más cercano. "Sácame de aquí", dijo, su voz apenas por encima de un susurro.

El hombre inmediatamente puso al Emperador en pie. Otro

vino y tomó su otro brazo y rápidamente lo escoltaron fuera del foro. Se permitió una breve mirada más, vio la marea de personas que comenzaba a dispersarse y romperse mientras los escitas los atravesaban, personas indefensas corriendo por sus vidas frente a tal ferocidad.

"Querido Dios", murmuró, y se dejó llevar.

A unos pocos pasos, los soldados se pusieron firmes y Miguel, con la respiración entrecortada y el cabello empapado de sudor, vio al comandante escita gigante parado allí, tan fuerte como un buey. ¡Crethus! ¡Por el amor de Dios, has vuelto!" Se encogió de hombros y se apartó de su escolta, sin pensarlo, se arrojó sobre el gigante y lo abrazó. "¡Oh, gracias a Dios! Todo se está desmoronando. La gente, Crethus, la gente quiere a Zoe".

"Pero, señor". Crethus empujó con cuidado al Emperador lejos de él, apegado como estaba como una gran lapa babeante. "Señor, simplemente enséñeles a la Señora y todo irá bien".

"No puedo, Crethus. La he enviado lejos. La desterré".

Un sentimiento de absoluta desesperanza se apoderó de él entonces, las nubes negras se cerraron, su pecho se tensó, le costaba respirar. Miró hacia el cielo pero no encontró consuelo allí. Sabía, más que nunca, que todo estaba llegando a su fin.

$$\text{❧} \quad 43 \quad \text{☙}$$

No había nadie en las paredes y la Quinta Puerta Militar estaba abierta de par en par. Los exploradores habían informado que las puertas de Charisius estaban cerradas, por lo que el ejército se había desviado, una pequeña desviación en realidad, la mayor parte cuesta arriba, y ahora estaban cruzando la ciudad hacia la avenida principal que conducía al centro de la ciudad. Era un silencio sepulcral, no había nadie, las calles y los edificios estaban desiertos. Mientras caminaban, con Hardrada y Rufus ahora a la cabeza, todos estaban en guardia. Rufus cambió su peso en su silla. "Puedo oír algo, muy lejos. ¿Peleando tal vez?"

Hardrada se esforzó por escuchar. Más adelante, la segunda gran muralla defensiva de la ciudad, la Muralla Constantiniana se levantaba ante ellos, aunque en algunos lugares se había dejado que la muralla se deteriorara. Una vez más, parecía indefensa. Hardrada casi podía oír algunos gritos más allá de las paredes. "Parece que podrían estar peleando. No es el sonido de la alegría, eso es seguro. ¿Ya han regresado esos otros exploradores del norte?"

"Lo dudo", dijo Rufus. "No te preocupes, es como se

informó por primera vez: todas las tropas de la guarnición se han ido. La ciudad está abierta. Una vez que entremos en el Recinto Real, tendremos a esos escitas de una vez por todas".

Pasaron a través de la gran muralla, y alrededor de ellos se extendían los muchos edificios e iglesias que formaban esta parte de la ciudad. A su izquierda, el acueducto de Valens que traía agua al interior de la ciudad, atravesando el área abierta entre la Cuarta y la Tercera Colina. Era una vista gloriosa, un testimonio del arte pasado y la artesanía de los romanos orientales. Hardrada deseaba tener el don de apreciar tales monumentos, pero no lo hizo. Cuando miró hacia atrás en su propia infancia, una vida de pueblo simple, dura y cruel, tales lujos y logros, lo dejaron frío. Hasta donde él sabía, Bizancio siempre había existido y, dado el tamaño de esta gran ciudad, siempre existiría. ¿Podría decirse lo mismo de su propia tierra, con sus pequeñas aldeas y granjas? Los Salones de los reyes nórdicos no eran nada comparados con la gloria que era Roma. La ciudad eterna. Y, sin embargo, aquí estaba, marchando hacia una lucha incierta, empeñado en la destrucción. La destrucción de la gloria.

"Estás sumido en tus pensamientos, mi viejo amigo", Rufus le dio una palmada en el hombro. "¿Por qué tan malhumorado?"

"Pensamientos de hogar, Rufus. Nada más".

"Sí, bueno, cuando la batalla espera, los pensamientos a menudo regresan a los seres queridos, familiares y amigos lejanos".

"No tengo familia y pocos amigos, lejanos o no. No, mis pensamientos son más sobre lo que sucederá después. Quedarme aquí, en este lugar fabuloso, o volver a lo que por derecho me pertenece. Mi monarquía".

"Bueno, este puede ser un lugar fabuloso, pero está lleno de gusanos y gorgojos, todos excavando en su vientre. ¡Al menos en casa puedes encontrarte con tus enemigos cara a cara y nunca tener que preocuparte por tu espalda!"

"Sí, eso es bastante cierto. Y, si no me equivoco demasiado", extendió la mano hacia atrás y sacó su gran hacha de batalla, "¡nuestro enemigo se presenta!"

Rufus siguió su línea de visión y vio que era verdad.

Escitas, docenas de ellos, desplegándose desde los lados del gran foro. Detrás de ellos, las murallas del centro de la ciudad, el Recinto Real. El Hipódromo, la más magnífica de todas las estructuras, se alzaba enorme. La gente, los ciudadanos, corrían en todas direcciones, muchos de ellos gritando, algunos agarrando a sus hijos, arrastrándolos lejos de los escitas.

Hardrada se volvió en su silla, rugiendo, "¡Capitanes, a sus posiciones!"

Inmediatamente, la columna comenzó a extenderse; bien entrenados, los hombres respondieron a los ladridos de sus oficiales, y los cuernos emitieron la señal para formar una fila.

Rufus se tiró de la barba mientras sacaba la espada de la vaina. "Será difícil pelear en orden cerrado entre todas estas calles y con tanta gente".

"Así será, pero ¿qué opción tenemos?" Mientras Hardrada hablaba, una mujer pasó corriendo y él vio la sangre que manaba de su cabeza. Siguieron más, jadeando por respirar, algunos tropezando, otros demasiado asustados para siquiera preocuparse por sus heridas. Los niños lloraban. Un niño, de no más de doce años, se detuvo junto al caballo de Hardrada y miró hacia arriba. "Están matando a todos. Perdí a mi madre. Por favor, ayúdenos".

Fue el único impulso que necesitó Hardrada, saltó de su caballo y levantó el hacha en sus manos. "Entonces, por nuestros amigos, nuestros amigos muertos. Héroes todos".

Rufus bajó a su lado. "¡Los recordaremos con sangre escita!"

Hardrada se volvió hacia su propio amigo, apretó los dientes en una sonrisa maníaca y levantó el hacha por encima de la cabeza mientras el joven se alejaba dando traspiés, gritando alarmado, con los ojos muy abiertos por el terror. Hardrada respiró hondo y gritó: "¡Adelante, muchachos! ¡*A la victoria!*"

Crethus se abrió paso entre el revoltijo de personas locas y desesperadas, todas corriendo, gritando, agarrándose la cabeza con las manos, muchas de ellas tambaleándose, todas aterrorizadas. Cuando emergió a través de la multitud, ya podía ver a sus escitas reformarse, apuntando sus flechas. Miró más allá de ellos y jadeó. Los Varegos, estirados en una línea irregular, algunos de ellos entre edificios, avanzando, con los cuernos a todo volumen, los estandartes en alto, las hachas golpeando contra los escudos, gritando: "*¡Fuera, fuera, fuera!*" Crethus palideció. Nunca había visto algo tan aterrador y sabía que ese día bien podría ser el último. Sacó su espada curva y examinó la hoja. Le temblaba la mano. Cerró los ojos, abandonó una oración silenciosa y siguió adelante, uniéndose a sus hombres mientras se preparaban para soltar la primera lluvia de flechas.

Hardrada dejó caer su mano en una señal, los cuernos cambiaron de nota y los Varegos se lanzaron en una carrera salvaje, grupos de hombres moviéndose alrededor de los edificios y por las calles mientras las flechas bajaban, manchas negras en el cielo. Pero su efecto fue mitigado por los Varegos que abrieron su línea. En el aprieto de las calles, toda ventaja que los escitas podrían haber tenido se anuló y pronto, las dos fuerzas se estrellaron entre sí, una terrible lucha cuerpo a cuerpo estalló a lo largo de la línea.

Era estrecho y difícil y los escitas eran guerreros feroces, sus espadas malignas cortaban la carne, cortaban muslos, cortaban venas y tendones. Pero los Varegos eran su pareja. A su alrededor, los hombres caían gritando, espadas afiladas que causaban heridas horribles y debilitantes, hachas cortando a través de cráneos, cortando miembros. Los escitas eran rápidos en sus pies, adeptos a este tipo de guerra. Podían alejarse de las hachas balanceadas y contraatacar con golpes perversos. Los Varegos eran sólidos, confiables e imperiosos. Los hombres lanzaban, esquivaban, se agachaban y se lanzaban en picado. El ruido de la batalla recorrió las calles apretadas, luchas desesperadas en todas direcciones. Tripas arrojadas al suelo, gargantas abiertas, la muerte se filtraba por todos los adoquines.

Hardrada estaba en el centro de todo, elevándose sobre todo el mundo. Su gran tamaño servía como un faro. Los guerreros escita individuales, ansiosos por la fama y la gloria, presionarían hacia él. Todos corrieron el mismo destino, su gran hacha cortando profundamente el hueso, partiendo cráneos, grandes gotas de sangre caliente brotando de los cuerpos abiertos.

Blandió el enorme hacha, la lujuria inundó su cuerpo, deleitándose con los gritos de sus enemigos. Salió a zancadas, cortando una franja a través de ellos, moviéndose como un animal salvaje, siempre alerta, con los ojos buscando, sabiendo muy bien la inclinación que los escitas tenían por el cobarde ataque por la espalda.

Mientras los muertos yacían amontonados, vio a su presa principal.

Crethus.

Ambos hombres estaban a unos doce pasos de distancia, ninguno de los dos se movía, ambos se miraban el alma del otro. Hardrada flexionó los músculos y se cruzó el cuerpo con el hacha con ambas manos. La sangre goteaba de la hoja.

Por un momento, un silencio descendió sobre la furiosa pelea como si todos supieran que aquí había algo especial, algo para recordar. Crethus, mirando a su alrededor, se pasó el dorso de la mano por la boca.

"Nuestros caminos se cruzan de nuevo".

"Sí, y esta vez mueres".

"Pensé que teníamos un trato"

"¿Por lo que le hiciste a mis hombres?" Hardrada se rió. "Todas los tratos son nulos e inválidos". Rápidamente se puso a medio agachar y lanzó su grito de batalla. Luego corrió hacia adelante, la gran hacha balanceándose en el aire.

La ciudad parecía vacía. Sin guardias, sin gente. Andreas se bajó del caballo y miró a su alrededor, no por primera vez desconcertado por la grandeza de su amada ciudad, su hogar. Sin embargo, en todos sus años, nunca había experimentado algo así. Calles y casas vacías, edificios relucientes, grandes estatuas, avenidas y carreteras. Nada más que piedra. No había señales de vida humana. Se estremeció mientras conducía su caballo por la calle principal.

Cuando atravesó el muro de Constantine, pudo oír el sonido de la lucha. Sacando su espada, siguió adelante, ahora con más cautela, revisando cada calle y edificio a medida que avanzaba.

Se encontró con los primeros cuerpos poco después de eso.

Una mujer, con los ojos fijos sin vista, apoyada contra una fuente, el agua corría por su rostro, mezclándose con la sangre, provocando que pequeños riachuelos se perdieran en el polvo. En su regazo, un niño, no más de doce, con la garganta abierta, la sangre seca en su pecho.

Andreas se acercó a ellos, sumergió la mano en el agua y se lavó la cara. Miró a lo largo de la calle y vio otros cuerpos. Ciudadanos y soldados. Los números aumentaban a medida que continuaba su camino.

Se encontró con la primera lucha frenética poco después. Un grupo de ciudadanos gritando llegó corriendo por la calle y, más allá, dos escitas, con las espadas en alto, la boca fija en sonrisas maníacas. Se quedó quieto.

La gente se apartó de él. Demasiado tarde, los escitas lo

vieron, trataron de reaccionar y detener su carrera, pero Andreas ya se estaba moviendo, cortando el estómago del primero y luego girando para hacer un segundo corte en el hombro trasero del segundo. Ambos hombres cayeron, golpeando el suelo con un golpe fuerte y sólido. Ninguno de los dos se movió.

"Por favor, ayúdenos", dijo una voz y Andreas se enderezó para encontrar a una mujer joven que sostenía a una niña mucho más joven, ambos obviamente aterrorizados. Siguieron mirando hacia atrás, como si esperaran que surgieran más escitas por la calle como perros del infierno. Por lo que sabía, podrían tener razón. Andreas los tomó de la mano y los condujo al edificio más cercano. Era uno de los muchos bloques de viviendas repartidos a lo largo de la vía principal. Apoyó el hombro contra la puerta principal, pero no se movió. Dio un paso atrás, se preparó y luego empujó el pie contra la madera. Otro golpe, y se astilló y se rompió, estallando hacia adentro.

"Vamos", dijo, y los metió a los dos.

Como muchos de estos edificios, el interior estaba oscuro y húmedo, y la penumbra hacía prácticamente imposible distinguir los detalles, a pesar de que era de día. Andreas avanzó poco a poco. Había escaleras que conducían a los pisos superiores y se detuvo y miró hacia la oscuridad. Los romanos tenían estos edificios, en el apogeo del imperio. Eran lugares podridos y apestosos, gente apiñada, viviendo como ratas, y también entre ratas. Para enfatizar el hecho, Andreas escuchó el familiar apresuramiento de unos pies diminutos, dio un respingo y se dio la vuelta.

Las dos mujeres estaban de pie, acurrucadas juntas, la niña llorando sin cesar.

"Soy un oficial", dijo, tratando de mantener la voz baja y firme. "En la Guardia Real. ¿Saben lo que está pasando aquí?"

"Monstruos", siseó la mujer. "Nosotros..." Su voz se quebró y por un momento no pudo continuar y bajó la cabeza cuando la niña se enterró en la túnica de la mujer y lloró aún más.

"Tómate tu tiempo", dijo Andreas, de vez en cuando volviendo la mirada hacia la puerta rota y la calle más allá.

"Estábamos en el foro, esperando al Emperador". Andreas clavó la mirada en la mujer y contuvo la respiración. "Trató de hablar, pero nadie se lo permitió. Queríamos ver a su Majestad, la Princesa Zoe. Pero ella no estaba ahí. Entonces alguien arrojó una piedra y fue entonces cuando sus guardias nos atacaron".

"¿Los escitas?"

"Sí".

Andreas deslizó su espada en su vaina. "¿Pero dónde están los otros soldados? ¿La Guardia Real? ¿Las *Scholae* y *Anitolikon*? ¿Dónde han ido todos?"

"Hay un rumor de que los rusos se abrieron paso a lo largo de las fronteras del norte, por lo que el gran general, Maniakes, ha llevado a los hombres a enfrentarse a esta amenaza".

Andreas gruñó. El gran general... "¿Y quién lucha contra los escitas? He visto a sus muertos".

"Escandinavos. Los hemos visto".

"Un gigante". La niña levantó la vista de la túnica del otro. Tenía los ojos enrojecidos por las lágrimas y le temblaban los labios mientras hablaba. "Un gigante luchó en contra de ellos. Goliat".

Andreas sintió que se le aflojaba la mandíbula y agarró la empuñadura de su espada. Entonces, Hardrada estaba aquí, liderando a sus hombres como siempre había dicho que lo haría. Respiró entrecortadamente, "Entonces hemos llegado a eso. El ajuste de cuentas".

La mujer frunció el ceño. "¿Ajuste de cuentas?"

"No importa. Ven, encontraré un lugar seguro para que te escondas, luego regresaré".

"¿Después de este ajuste de cuentas?"

"Sí. Después de este ajuste de cuentas".

❧ 44 ☙

De pie junto al muelle, Nikolias y su guardia armado miraron hacia el mar de Mármara, esperando que llegara el barco. No sabía cuándo llegaría, solo sabía que esta era la misión más importante que le habían confiado. Para devolver a Lady Zoe a sus apartamentos reales y protegerla mientras se preparaba para ser presentada una vez más a la gente.

El día avanzaba. No tenía idea de lo que estaba sucediendo en el centro de la ciudad. Todo lo que sabía era que la gente corría, llegaba al muelle, contaba historias de peleas. Muriendo. Estos tenían que ser los Varegos y los escitas. Encerrados en una lucha de vida o muerte, podría ir de cualquier lado. Se presionó las sienes con los dedos y se masajeó el cegador dolor de cabeza que lo había acompañado durante las últimas horas. Estrés. Miró a sus hombres y sonrió. Ellos también parecían sombríos. Uno de ellos notó su mirada, tosió y se puso firme.

"¿Cuánto tiempo más esperamos, señor?"

"Hasta que ella venga".

"¿Y si los escitas vienen hacia acá?"

Nikolias hizo una mueca. "Nosotros peleamos".

El soldado se pegó la lengua a la mejilla y dejó escapar un suspiro. "Podría ser difícil, señor".

"Nada es demasiado difícil para los soldados de Roma".

El soldado se enderezó de nuevo, con la mandíbula apretada. "¡No señor! No quise decirlo así, señor".

"Sé que no lo hiciste, Marios. Relájate, tienes razón, si los escitas prevalecen..." Dejó que sus palabras colgaran sin terminar. No hubo necesidad de nada más. Todos sabían cuál sería el resultado.

Alexius estaba sentado dentro de su carro cubierto, afuera, había un círculo de escandinavos bien armados. Este era el peor momento, la espera. Estaba sentado en actitud de oración, con las manos juntas y los ojos cerrados. Con Dios cuidándolos, los justos vencerían. Y eran los justos, no cabía duda. Nunca había creído que podría llegar a esto, luchando dentro de la ciudad, los soldados bizantinos luchando entre sí, sin importar su raza u origen. Todos eran ciudadanos de Roma.

Miró el hermoso icono iluminado que había logrado fijar en el interior del vagón. Mostraba a Cristo, dando su bendición, el resplandor de la obra retratando claramente la devoción del artista a su Señor. Qué hermoso era, qué sagrado. Alexius miró profundamente el rostro de Cristo, sintió la conmoción dentro de él cuando el Espíritu Santo se movió, fortaleció su fe, calmó su corazón palpitante. Hizo la señal de la cruz y se volvió para abrir la abertura cubierta del vagón.

"¿Alguna señal?" le preguntó a nadie en particular.

"Todavía no", se quejó un escandinavo cercano.

Alexius suspiró y volvió a adentro del carromato. Cuán hoscos eran, cuán absolutamente anticristianos. No era la primera vez que se preguntaba si había caído por el lado equivocado, pero luego miró nuevamente el ícono y se recordó a sí mismo que el Señor mismo lo había guiado infaliblemente hasta ese momento. Él sonrió. Y así continuaría.

Mientras se sentaba, acercándose más la túnica, esperaba que fuera así.

Los dos escitas se llevaron a Miguel del combate y lo llevaron a la Capilla del Salvador. Su terraza abierta, junto al enorme Salón de Banquetes, estaba dividida en guiones con estatuas, las más exquisitas de toda la Ciudad. Los rostros de los emperadores y héroes del pasado miraban hacia abajo, y Miguel se detuvo, levantando la mano. "Dame un momento".

"No tenemos un momento, señor", dijo el conocido como Stracchus, un bruto fornido que había maltratado a Miguel como si no fuera más que un humilde campesino. Miguel había optado por ignorarlo; ante tantas amenazas, estos hombres eran la única cosa entre él y el asesinato.

"Solo quiero descansar". Puso la palma de la mano contra el costado de su cabeza, donde la piedra lo había golpeado. Palpitaba bajo su mano. "Me siento mareado".

Era un lugar tranquilo y ordenado con laurno y jazmín esparcidos en abundancia alrededor de las estatuas. Madreselva añadida al aroma, el aire espeso con una abundancia de varios perfumes, a la vez embriagadores y relajantes. Un lugar donde las preocupaciones podrían dejarse en el fondo de la mente, donde el presente podría quedar suspendido.

Hoy, sin embargo, la atmósfera era algo diferente ya que el sonido distante de la lucha rompía el aire habitual de contemplación tranquila y silenciosa.

"Tenemos que llevarlo dentro de la iglesia", dijo el otro guardia con urgencia. "Nadie se atreverá a atacarle allí".

"¿Atacarme? ¿Crees que alguien lo hará?"

Stracchus se encogió de hombros. "Posiblemente".

El segundo guardia se tensó y dio un paso hacia atrás. "¡Oh, mierda!"

Miguel miró el arrebato de los otros escitas. Miró hacia la sala del trono y vio la razón y se estremeció ante la vista, su estómago se revolvió.

Dos hombres. Sólo dos. Estaban corriendo hacia ellos.

Solo dos.

Los escitas se pusieron pálidos, los rostros perdieron el color. Stracchus gimió y el otro no esperó, simplemente giró sobre sus talones y echó a correr. "¡Bastardo!" rugió Stracchus a la espalda de su camarada que se retiraba. Luego miró a Miguel. "Usted está sólo en esto".

Miguel miró, con la boca abierta en total incredulidad, mientras Stracchus se giraba para irse también. Pero antes de que pudiera dar un paso, una jabalina salió del aire y lo golpeó entre los hombros. Él gruñó y se echó hacia adelante sobre su rostro.

Perdiendo el control, la fuerza desapareció de las extremidades de Miguel y cayó de rodillas, con la boca temblorosa, todo pensamiento racional desaparecido. Vio como los dos hombres se acercaban a él.

"Bueno, ¿y si no es su Alteza Real?".

"Tranquilo, Ulf. No lo insultes. Podría ordenar que te ejecuten".

Ulf se rió, luego cortó y escupió en la tierra. "No dices ni la mitad de tonterías cuando quieres, Hal".

Haldor volvió a guardar la espada en la vaina, se agachó y miró al tembloroso emperador. "¿Qué haremos con él? ¿Matarlo?" Miguel palideció, hizo un pequeño chirrido y se dejó caer de espaldas, con las piernas abiertas y las manos levantadas en señal de súplica.

"No", dijo Ulf. Será mejor que se lo dejes a Harald. Él sabrá qué será lo mejor que hacer".

"Sí", dijo Haldor, sonriendo, sus ojos nunca dejaron los de

Miguel. "Probablemente lo castre".

"En público", agregó Ulf.

Y en ese momento, Miguel se desmayó.

Lo arrojaron dentro de la iglesia y lo sujetaron al altar allí. Cuando estuvieron satisfechos de que no podía escapar, Ulf y Haldor volvieron a salir. Era el final de la tarde, los sonidos de la lucha ahora eran menos. Los dos vikingos respiraron profundamente, se miraron el uno al otro y luego regresaron a través del área abierta que corría a lo largo del costado de los cuartos de la Guardia Real. Ninguno de los dos habló, ambos tensos y listos para sacar sus armas. Cuando llegaron a la Puerta Real, pudieron ver que tal acción tal vez no fuera necesaria.

Los muertos yacían esparcidos por toda la enorme área entre el Hipódromo y el Palacio del Patriarca y la casa del Senado. Los hombres gemían y se quejaban, algunos se arrastraban por el suelo, la sangre goteaba de las muchas heridas que habían sufrido. La mayoría estaban muertos. Las extremidades (brazos, piernas, cabezas) decoraban el área en una parodia grisácea del recinto tranquilo y sereno al lado de la Capilla del Salvador. Allí, las estatuas de líderes gloriosos ofrecían esperanza, proporcionaban inspiración. Aquí, la gloria estaba muerta y la inspiración ya no tenía lugar. Todo era matanza y horror.

Los Varegos escandinavos se abrieron camino a través de los cuerpos, despachando a los que aún estaban vivos con un solo cuchillo en la garganta. Mientras lo hacían, en la distancia, se desató una pelea más. Quizás la lucha final.

Ulf agarró el brazo de Haldor e hizo un gesto con la cabeza. "Harald".

Haldor miró y vio que era verdad.

Hardrada, inconfundible debido a su enorme tamaño, blandió la gran hacha y el enorme Crethus bloqueó y paró con su cimitarra. Obligado a retroceder, el escita estaba defendiendo enérgicamente, pero la implacable oleada de ataques de Hardrada se estaba volviendo demasiado. Chocando contra una pared, trató de esquivar un golpe, pero mientras lo hacía, Hardrada lo pateó de lleno entre las piernas, y el hombre cayó hacia adelante, su espada cayó al suelo junto a él.

Alzando el hacha de batalla, Hardrada se preparó para dar el golpe final y partir la cabeza del escita de desde sus hombros.

En ese momento, llegó el sonido de otra persona.

"¡*Hardrada!*"

Todos se quedaron paralizados, incluso los hombres que llevaban a cabo su espantoso trabajo sobre los moribundos.

Por un momento, el tiempo pareció flotar en el aire, todo se detuvo.

Todo menos Andreas. Caminó a grandes zancadas a través de los cuerpos retorcidos y destrozados, con la espada al costado. Miró al gigante Hardrada con una mirada de puro odio y esperó.

Hardrada bajó lentamente el hacha y se volvió hacia el joven soldado. "Esperaba encontrarte con vida, Andreas".

"Entonces tú y yo tenemos el mismo deseo".

"Sí. Y tu muerte seguirá a la de este bastardo". Le dio a Crethus un dedo en el costado. El escita gimió, miró hacia arriba, su rostro se contrajo por el dolor. Hardrada lo ignoró y miró de nuevo a Andreas. "Ven aquí, muchacho, y abraza tu perdición".

Ulf y Haldor lo vieron todo entonces. Todo sucedió tan rápido y, sin embargo, mirando hacia atrás, era como si todo se hubiera ralentizado. Vieron a Andreas cargando hacia adelante y a Hardrada preparándose. Pero entonces el escita, recuperándose un poco, extendió la mano hacia su espada, levantó su espada y se preparó para golpear.

"Tenemos que ayudarlo", rugió Ulf, y corrió hacia adelante, seguido de cerca por Haldor. Ulf se desvió hacia la izquierda y tacleó a Andreas, mientras que al mismo tiempo Haldor corrió para interceptar a Crethus.

Hardrada se dio la vuelta, sin saber de qué ataque defenderse primero. Sus amigos surgieron de la nada, amigos que prácticamente había olvidado en el sudor y el fragor de la batalla. Amigos a los que les debía todo. Dio un paso atrás, mientras Haldor forcejeaba con Crethus y luego, a su derecha, vio a Ulf golpeando a Andreas con fuerza en el estómago. Se había lanzado completamente sobre el chico, y ahora ambos se estrellaron contra el suelo en un loco enredo de brazos y piernas, luchando entre sí, revolcándose en la tierra.

Debería haber sabido que terminaría de esta manera. Que se le niegue el placer de matar a los dos hombres más odiados de su mundo. Maldijo a todos y a todo en general, agarró el mango de su hacha mientras la frustración lo abrumaba, y luego vio que aún podía tener la oportunidad de cumplir sus deseos, y sonrió.

Crethus era enorme y fuerte, Hardrada lo sabía y ya lo había sentido. Haldor era un gran guerrero, pero el gigante escita se encogió de hombros como si no fuera más que un niño pequeño. Mientras Haldor caía al suelo, tendido de espaldas, Hardrada se movió.

En ese momento, un grito. Hardrada se volvió durante una fracción de minuto, pero fue suficiente. Crethus lo golpeó de lleno en la barbilla con la culata de la empuñadura de su espada. La cabeza del vikingo se sacudió y se revolvió, sin sentido. Ni siquiera podía pensar en cómo responder cuando las luces azules y rojas destellaron en sus ojos.

Como borracho, pudo ver al escita, sabía que el final estaba cerca. Luego Ulf, o alguien como Ulf, acercándose a él, luego nada, nada en absoluto.

El escita corrió por las calles, sin saber en qué dirección ir, su único pensamiento era escapar. Corrió a través de las puertas principales del Palacio Imperial, deteniéndose un momento para mirar a su alrededor. Recordó el diseño bastante bien. La última vez que estuvo aquí fue con Stracchus, discutiendo cómo comerían la carne de las doncellas de Zoe. Eso parecía haber sido hace toda una vida, pero ¿podría haber sido realmente el día anterior? Se pasó una mano temblorosa por el pelo. Stracchus... Muerto. Ahora él, Bathar, el único que sobrevivía, sabía que aún podía encontrar una salida a su situación. Si pudiera llegar al túnel que iba desde la sala del trono hasta el palco real del Hipódromo, aún podría encontrar una ruta de escape. Apretó la mandíbula y avanzó.

Era como una gran tumba, mortalmente silenciosa. Por lo general, el lugar estaba lleno de gente: sirvientes, cortesanos, soldados. Ahora no. Ahora todo y todos se habían ido.

La quietud del lugar se acentuaba por el frío áspero y penetrante que parecía emanar de cada piedra. Bathar se estremeció y luego se aplastó detrás de un pilar cercano cuando una sola risa atravesó el enorme interior.

Se detuvo, sin apenas atreverse a respirar. Bathar sabía que no lo había imaginado. La risa de un hombre, una carcajada. Esperó y luego, como recompensa, otra, seguida de la risa nerviosa de una mujer.

Con extrema precaución, consciente de cada pequeño sonido, Bathar se arrastró hacia el sonido. Había una puerta enfrente. Se mantuvo cerca de la pared, en las sombras oscuras detrás de los pilares.

Vino de nuevo, más silencioso esta vez, pero el sonido de la risa de todos modos. Deslizó su cimitarra curva de su funda y se estabilizó frente a la puerta. Esperó, respiró unas cuantas veces y luego golpeó la entrada con el hombro.

Las chicas gritaron y alguien se movió, pero Bathar se había caído al suelo, soltando un grito cuando se rompió las rodillas contra el duro mármol. Desesperado ahora, trató de mover su espada, para protegerse de cualquier ataque.

Vio al hombre. Era enorme, una barriga enorme colgando sobre sus pantalones ajustados. Detrás de él, una chica, encogida. Desnuda. Bathar la miró boquiabierto, vagamente consciente de que había alguien más allí. Demasiado tarde, se volvió y gritó.

Leoni se quedó jadeando, con el candelabro grande y pesado en las manos, la sangre goteando, salpicaduras individuales cayendo al suelo de mármol, sonando fuerte. Y terrible.

Miró hacia arriba y sus ojos se encontraron con los de Constantine, que estaba allí, temblando.

"¿Está muerto?" preguntó Christina, dando un paso adelante.

Leoni miró de nuevo al escita con las piernas y brazos abiertos. Ella había reaccionado sin pensarlo, balanceando el candelabro con todas sus fuerzas, aplastándolo contra el cráneo del hombre. Se había abierto como un huevo y ahora estaba allí, con los ojos muy abiertos y la sangre floreciendo alrededor de su cabeza rota como una enorme rosa. "Sí", dijo, sorprendida de lo diminuta que sonaba su voz.

Constantine le quitó el candelabro y asintió. "No olvidaré esto, niña".

"¿Estás seguro?" Leoni lo fulminó con la mirada y luego volvió la mirada hacia Cristina. La enfermedad le subió a la garganta. Ella avanzó a tientas hacia la cama y se dejó caer en el borde.

"Debemos irnos", dijo Constantine, señalando con la barbilla a Cristina. "Vístanse. Podría haber más de ellos".

Leoni los observó mientras se ponían la ropa, el pánico los envolvió.

"Vamos, Leoni", dijo Cristina. "Tenemos que intentar escapar".

"Haced lo que deseen", dijo Leoni. "Yo me quedo aquí".

"¿Qué? ¡Pero no puedes!"

"¿No puedo?" Ella sacudió su cabeza. Este era el final. Había hecho muchas cosas, cosas despreciables, cosas con las que ya no podía aceptar. Ahora, podría agregar matar a otro ser humano a la lista. Ya era suficiente. "Me quedaré".

"Déjala", espetó Constantine, y agarró la muñeca de Cristina. "Pensaremos en ti, niña".

Leoni apartó la cara. Solo cuando la puerta estuvo cerrada se permitió llorar.

"¡Harald!" Ulf se aferró a los hombros de su viejo amigo mientras el vikingo gigante caía al suelo. Pesaba demasiado, era demasiado grande y golpeó el suelo con un ruido sordo y repugnante. Ulf se giró. Había golpeado al escita en la mandíbula, enviándolo a estrellarse hacia atrás. Ahora yacía inconsciente. Ambos gigantes cayeron. Ulf se tomó un momento y miró a Andreas, que seguía arrodillado allí, la sangre le corría por la nariz y la boca, sometido a la sumisión, pero aún no sometido. Decidió que su otro amigo, Haldor, necesitaba ser atendido más. Así que cruzó el suelo, se inclinó y acunó la cabeza de su compañero. Necesitaba agua, y no había ninguna, al menos no cerca. Entonces, agarrando su espada, Ulf se marchó de regreso hacia las Puertas Reales, seguro de que en algún lugar, entre los muertos, podría encontrar una vieja piel de animal con suficiente agua para lavar la sangre de la cara de Haldor, revivirlo un poco. Cuando Ulf pasó junto a Andreas, le dio una fuerte patada a la cabeza del joven guerrero y sonrió con deleite al escuchar el satisfactorio crujido de un hueso. Andreas gruñó, cayó de lado y se quedó quieto. Ulf rompió a trotar y se dirigió hacia la Puerta Real lo más rápido que pudo.

Crethus se revolvió y se dio la vuelta. Su cabeza golpeaba como si la golpearan como un tambor. ¡Ese hombre podría golpear fuerte! Tentativamente, se pasó la mano por la mandíbula, negó con la cabeza y se puso de pie. Hardrada, como pudo ver, también se estaba moviendo. Crethus sabía que tomaría unos momentos para que ambos recuperaran su fuerza y se unieran a la batalla una vez más. Y pronto, ese otro maldito vikingo estaría de regreso. Entonces, un poco a regañadientes, Crethus se volvió y se dirigió, balanceándose de un lado a otro, lejos del área y se dirigió al edificio más cercano que podía ver, La Capilla del Salvador.

$$ \text{≱} \quad 45 \quad \text{≱} $$

En el foro de Constantine y sus alrededores se libraban las últimas escaramuzas. Rufus, empapado en sudor y sangre, hizo un último esfuerzo y bajó su hacha sobre el hombro del escita que tenía delante. La hoja le cortó el cuerpo, le cortó la clavícula, le partió el corazón y el hombre trató de gritar, pero ya se le había acabado la vida y se dobló y cayó, las dos mitades de su cadáver partido rodando por los escalones. Rufus medio se puso de pie, con las manos en las rodillas, incapaz de creer que la pelea había terminado. Los escitas habían luchado como demonios, habían matado a muchos, pero ahora el derramamiento de sangre había terminado y se permitió un momento para relajarse, cayendo de rodillas, respirando con dificultad.

"¡Necesito agua!"

Rufus miró hacia arriba y frunció el ceño. Era Ulf. Apenas reconocible, sus ojos eran como polillas arqueadas alrededor de la llama de una vela. Poseído, enloquecido, Rufus no sabía cuál, pero su viejo amigo estaba en un estado desesperado. "¿Agua?"

Ulf siguió corriendo, girando y girando para evitar los cuerpos que yacían en actitudes obscenas por todo el suelo.

Rufus lo miró, sin comprender, lo vio agarrar una pequeña botella de agua y volver a correr hacia la Puerta Real. Rufus se puso de pie.

"Están muertos", dijo otro guerrero, acercándose, su pisada pesada. "Por la barba de Odin, lucharon bien. No creo que alguna vez me haya acercado a hombres tan fuertes, tan feroces. Pero, a pesar de todas sus fuerzas, están muertos. Todo el mundo".

"¿Todos ellos?"

"Sí. Todos. Pero hemos perdido a muchos, Rufus. Demasiados, creo".

Rufus volvió sus ojos hacia la vasta área abierta y vio que las palabras del guerrero eran dolorosamente ciertas. Entre el Foro y la entrada al hipódromo gigante, el suelo estaba sembrado de muertos. Los guerreros se mezclaban con los ciudadanos: mujeres, niños, hombres. Y en todas partes, sangre. Rufus había luchado muchas veces, pero nunca había presenciado una matanza de inocentes a gran escala. Los escitas pueden haber sido enemigos indomables, pero sus corazones estaban retorcidos. Rufus no derramaría lágrimas por su final, pero esta gente...

Se desplomó en los escalones y dejó que su hacha chocara contra la piedra. Vida, muerte, tan transitoria, cambiando en un abrir y cerrar de ojos. Había prevalecido, pero a qué precio. Tenía una familia, podía verlos con el ojo de su mente si se esforzaba lo suficiente, los recuerdos se movían desde lo más profundo. ¿Dónde estarían en este momento?, se preguntó, ¿qué estarían haciendo? Regresar a casa, a la tranquila serenidad de los nórdicos, contemplar el fiordo, pasear por los grandes bosques, darse un festín en el gran salón. ¿Algo de eso volvería a suceder e incluso si pudiera regresar, los de su propia sangre todavía lo recordarían? Habían llegado los años y se habían ido. Demasiados para saber.

"¿Rufus?"·

La voz del guerrero cortó los pensamientos del comandante Varego. Miró hacia arriba. "¿Qué es?"

"Están llegando informes".

Rufus sintió que se le revolvía el estómago. "¿Qué tipo de informes?"

El guerrero se agachó y sujetó la rodilla de su comandante con la mano. "Es la Guardia Bizantina. Se acercan a la ciudad".

Rufus tragó, el peso sobre sus hombros se volvió insoportable. "¿Cuantos?"

"Alrededor de mil".

Hardrada farfulló cuando el agua le salpicó la cara. Se atragantó, se sentó y fue a ponerse de pie. Ulf lo detuvo, "Relájate", dijo. "Tu amigo se ha escapado".

"¿Amigo? ¿Qué demonios...?"

"Tu amigo escita, el que te golpeó en la barbilla con su espada. Podría haberte matado".

Hardrada lo sabía y miró más allá de Ulf en la distancia. "Entonces, ¿por qué no lo hizo?"

"No lo sé. Tal vez pensó que tu destino estaba en otra parte".

"No seas tan sangriento..." Hardrada parpadeó y miró a su amigo como si fuera la primera vez.

"¿Ulf? ¿De dónde diablos viniste?"

"Escapamos, el viejo Haldor y yo. Lo que me recuerda..." Se puso de pie y se acercó a su otro compañero, le dio la vuelta y le echó más agua en la cara.

Hardrada miró más allá de ellos a la figura tendida de Andreas. Sintió que la ira volvía, surgiendo a través de él. "Esa pequeña mierda", murmuró para sí mismo y se puso de pie. Sintió su barbilla e hizo una mueca. Ese fue un golpe que entregó Crethus. Perfecto. ¿Por qué diablos no lo había rematado? ¿Todo se debió a Ulf y su oportuna intervención?

"¿Está muerto?"

Ulf hizo que su viejo amigo se sentara y se rió. "Toma más de un escita del tamaño de la puerta de un granero para acabar con este viejo pedo".

"Me refiero al bizantino".

"Oh, él. No, solo descansando. Le di una paliza. No pensé que quisieras que lo matara. Pensé que querrías hacer eso. No le gustas mucho, ¿verdad? Supongo que me vas a contar una historia de valor y heroísmo, cómo tú y él pelearon por una pobre doncella encarcelada y cuando ganaste su corazón, él juró venganza. ¿Estoy cerca?"

"Ni por mil leguas".

"Mmm. No estoy seguro de saber qué tan lejos es eso, pero algo ha sucedido. ¿Te importaría decírmelo?"

"Preferiría no. Basta decir que asesinó a una buena amiga mía, una joven que me salvó la vida. Y la de él".

"¿Salvó su vida? ¿Por qué la mató entonces?"

"No lo sé, pero tiendo a averiguarlo. Échale un poco de agua sobre él, ¿quieres? Voy a sacarle una confesión a golpes".

"Lo colgaré primero. Luego, si no habla, lo castraremos".

"Buena idea. ¿Por qué no pensé en eso?"

"Porque no eres un bastardo malvado como yo, por eso. Vamos, échame una mano, Haldor estará bien".

Así que juntos, los dos compañeros arrastraron al inconsciente Andreas hasta un árbol cercano, lo amarraron allí con unas correas de cuero que encontraron y luego le arrancaron los pantalones, exponiéndolo a los elementos. No se movió hasta que Ulf le arrojó agua, y después de que se tomó un momento o dos y recuperó algunos de sus sentidos, se dio cuenta de lo que estaba a punto de suceder y gritó.

Rufus reunió a sus hombres. Se pararon en una línea irregular, los escudos entrelazados, ocupando el espacio entre los escalones del foro y el hipódromo. Había alrededor de mil ochocientos hombres capaces de ponerse de pie. Otros doscientos, más o menos unas pocas decenas, estaban en la retaguardia, curando sus heridas. Lucharían si lo necesitaran, pero Rufus esperaba no tener que depender de ellos. Si iba a ser su última resistencia, entonces sería esta primera línea la que se llevaría la peor parte de la guardia bizantina. Entonces... Bueno, entonces dependería de los dioses. Cristiano o pagano, no importaba cuál. Cuando terminara el día, Rufus estaría en otro reino y todas sus preocupaciones y pesares serían como nada. Nada. Cerró los ojos con fuerza. Todos esos pensamientos sobre el hogar, lo habían debilitado. Era un guerrero, un vikingo. Si iba a morir, entonces debería hacerlo así. No envejecer en alguna alquería de su tierra natal.

"Ellos están aquí"

Volvió a mirar al guerrero, el que le había hablado antes. "¿Cuál es tu nombre, soldado?"

"Aelred".

"¿Aelred? ¿Eres sajón?"

"Sí. Y orgulloso de ello".

Rufus extendió la mano. "Bien conocido, amigo". Aelred tomó la mano que le ofrecía y la apretó con fuerza. "Estaremos de pie, uno al lado del otro, y viviremos y moriremos aquí, juntos".

"Eso haremos". Alzó su hacha. "Eso haremos".

Rufus dejó que su mirada se volviera al frente. Pensó que sabía lo que vería, pero incluso él se acobardó al verlo ante él.

Hileras apretadas de soldados vestidos de bronce, mil o más, lanceros, pero en su mayoría arqueros, se extendían por la enorme plaza. Estaban en el proceso de posicionarse, varios regimientos de guardias imperiales, muchos montados, colgantes ondeando en la brisa, penachos de cola de caballo agitándose. La confianza suprema, tal vez incluso la arrogancia, parecía rezumar de cada parte del grupo de hombres armados.

Fue suficiente para enviar incluso al corazón más valiente a un ataque inmediato. Rufus jadeó y por un momento tuvo que aferrarse a su nuevo amigo, Aelred.

"Tranquilos chicos", dijo Aelred con voz ronca.

Rufus apretó los dientes. Morir así. Sí, mejor que cualquier otra cosa. Sus hombres estaban cansados, demasiado cansados. Habían luchado tan duro y ahora el agotamiento en lugar de las espadas de los bizantinos podría ser su perdición. Rufus se estabilizó, respiró hondo antes de levantar su hacha por encima de su cabeza. "¡Varegos!" Él gritó. "¡Dejen que su sangre escriba la saga de este día!"

Incluso antes de que su voz se hubiera desvanecido, los Varegos comenzaron a aplastar los mangos de sus hachas contra sus escudos, gritando: "¡Fuera, fuera, fuera!"

El grito de batalla vikingo profundo y retumbante llegó desde más allá de la Puerta Real. Hardrada lanzó una mirada hacia Ulf. "¿Qué carajo?"

"Batalla", escupió Ulf y levantó su espada. "Más perros escitas para sacrificar".

"Haz que Haldor se sienta cómodo y asegúrate de que Andreas esté bien atado. Entonces nos vemos en el foro". Hardrada se alejó. Su barbilla todavía estaba sensible, pero empujó el dolor al fondo de su mente. Quizás había más escitas de los que nadie sabía. Un contingente oculto, al acecho. ¿Quién sabía a qué otros trucos se inclinarían para sobrevivir?

Casi podía saborear la sangre en su boca mientras echaba a correr, esperando con ansias la partición de más cráneos.

Atravesando la Puerta Real, casi tropezó y se cayó cuando se detuvo bruscamente.

Bizantinos, más de mil, que se extendían al centro de la ciudad, en filas constantes y disciplinadas.

Hardrada se quedó boquiabierto, sabiendo que aquí había

algo que ni él ni los valientes Varegos habían esperado. La Guardia Real Bizantina bien entrenada y experimentada. Quizás las tropas más formidables de la tierra. Y su número igualaba a los Varegos, cansados de la batalla y ensangrentados como estaban. Esta iba a ser la pelea de sus vidas. Arrancando sus ojos de la visión de la invencibilidad, trató de distinguir a su viejo amigo Rufus. En cambio, lo que vio trajo la hiel a su garganta.

El General Maniakes, resplandeciente con una panoplia dorada, su casco rematado con una gran pluma de cola de caballo blanca, galopaba hacia adelante en su majestuoso caballo de guerra y frenaba a menos de diez pasos del vikingo.

"Hardrada. Pensé que estabas muerto".

"Todavía no, General. No porque no lo hayan intentado tus asesinos".

"¿Mis asesinos? Harald, nunca fue mi intención que te mataran, solo me sorprende verte, eso es todo. Mis órdenes eran que trajeras a la Guardia Varega de regreso a la ciudad y derrotases a los escitas. Ellos han hecho esto y tus órdenes se han cumplido". Él frunció el ceño. "Pero no sé nada de ningún intento de asesinato. Alexius me dijo que cuando llegaste, hablaste algo sobre Andreas... Sobre él asesinando a una campesina. Una hechicera. Andreas nunca haría algo así".

"¿No? Bueno, ciertamente tiene la intención de asesinarme".

Maniakes balanceó su peso en la silla. "Entonces, ¿dónde está él?"

"Lo tengo atado a un árbol, listo para la castración".

El General parpadeó, tomándose un momento para permitir que las palabras de Hardrada se asimilaran. "Ya veo. No has cambiado mucho".

"No. Ni usted. ¿Dónde está Miguel?"

"Esperaba que me lo dijeras".

Hardrada se encogió de hombros. "Lo siento".

Se volvió cuando Ulf se acercó a él. Él estaba sonriendo. "¿Cuánto vale?"

"¿Qué?"

Ulf se rió entre dientes. "Usted lo ha oído, general. ¿Cuál es el valor de que le diga dónde está Miguel?

Por un momento, pareció que Maniakes estaba sufriendo una apoplejía. Él farfulló: "¡Maldito insolente, cómo te atreves a hacer trueques conmigo!"

Ulf volvió a reír y le dio una palmada en el hombro a Hardrada. "No lo entiende, ¿verdad? Le diré algo, General. Haremos un trato contigo. Te daremos a Miguel y Andreas, si nos das nuestras vidas".

Un silencio cayó sobre todos. Los soldados bizantinos permanecieron inmóviles, sus estandartes ondeando en la ligera brisa eran el único sonido. Incluso los caballos siguieron su ejemplo y contuvieron la respiración. Maniakes agarró el pomo de su silla y miró a sus hombres. Levantó el brazo y una pequeña brecha se abrió paso entre las filas. La atravesó Alexius, el Patriarca de Bizancio. Los soldados cercanos bajaron la cabeza. Algunos cayeron de rodillas. Todavía nadie hablaba.

El Patriarca sonrió ampliamente mientras se acercaba al caballo del general. "Bien conocido, Harald".

Hardrada le devolvió la sonrisa e inclinó la cabeza. "Mi señor".

"Parece que tus hombres han hecho lo que se esperaba. Han eliminado a los escitas".

Hardrada casi tuvo que sonreír ante la elección de palabras. "Sí, eso lo tenemos. Sin embargo, una cosa me desconcierta. ¿Por qué no pudo hacerlo el General?"

Maniakes inclinó la cabeza. "¿Un general de Roma, masacrando a los guardaespaldas personales del Emperador? ¿En qué me convertiría eso, Harald?"

"Entonces, todo esto... ¿Todo para que pudiera lucir bien para los libros de historia?"

"Harald", Alexius levantó la mano. "El general ha hecho lo

que tenía que hacer. Los escitas se han ido, Lady Zoe está a punto de regresar y..."

Hardrada dejó que su boca se abriera y miró a su amigo Ulf. "¿Lady Zoe? ¿Ella todavía vive?"

"Sí", dijo Maniakes. "Exiliada. Sin embargo, está a punto de regresar y, en cuanto lo haga, se presentará al pueblo y se restablecerá la paz".

"Paz y orden", añadió Alexius.

"Entonces, Harald", sonrió Maniakes, el brillo en sus ojos traicionó las maquinaciones que estaban trabajando en su mente, "No tenemos tiempo que perder. Aquí está el trato: con su cumplimiento, sus compañeros aquí, sus Varegos y usted mismo... Todos se salvarán".

"¿Cumplimiento?" Hardrada enarcó una ceja. "¿Cumplimiento sobre qué?"

"Encontrarás a Miguel y lo asesinarás".

Fue Ulf quien volvió a intervenir, con la mano todavía apoyada en la de Hardrada. "Al hacerlo, seremos nosotros los condenados por la historia, no usted. Inteligente, General. Parece que tiene todo lo que quiere".

"Lo que quiero", dijo Hardrada uniformemente antes de que nadie más pudiera hablar, "es mi tesoro, el dinero que he ahorrado durante mi tiempo en el servicio aquí. Quiero tomarlo y regresar a mi tierra natal".

Maniakes se levantó de la silla, apretó los labios y finalmente asintió, solo una vez.

Alexius exhaló un profundo suspiro. "Harald, no estoy convencido de que matar a Miguel sea lo que debamos hacer. No somos del viejo mundo. Calígula, Nerón, Cómodo, asesinaron. Hemos seguido adelante desde entonces". Miró al General, quien, de manera reveladora, no se encontró con la mirada del Patriarca. "Tendrás tu tesoro, así como tu vida. A cambio, no matarás a Miguel, Harald. El general fue a hablar, pero Alexius levantó la mano y lo detuvo instantáneamente. "No, este es mi juicio. Encuéntrelo, Harald, y cuando lo hagas, lo cegarás.

levantó la mano y lo detuvo instantáneamente. "No, este es mi juicio. Encuéntrelo, Harald, y cuando lo hagas, lo cegarás.

$$\maltese \quad 46 \quad \maltese$$

Abrieron las pesadas puertas dobles de la Capilla y entraron. El interior estaba turbio, los majestuosos candelabros que colgaban del techo no se habían encendido durante días. Sin embargo, hubo algo de alivio: rayos de luz salían disparados de las ventanas altas, atravesando la penumbra, destacando varios detalles. En el otro extremo, pudieron ver el gran altar, cubierto con un paño escarlata, entrelazado con hilo de oro, y sobre él tres cálices grandes e impresionantes, relucientes con adornos de oro y joyas. Desde aquí los sacerdotes ofrecerían la misa, hablada en griego, dando esperanza y la promesa de salvación a los fieles. Hoy, no había tal esperanza. No para Miguel al menos. Sentado allí, desplomado contra el costado del altar, con las piernas y los brazos atados. Mientras los dos vikingos avanzaban, miró hacia arriba y el miedo estalló en sus rasgos. Trató de retroceder, pero por supuesto que no pudo; sus ataduras estaban demasiado apretadas. Él gimió, como un niño pequeño.

"Ulf, vigila la puerta".

"Sí, Harald". Sacó un cuchillo largo y delgado de su funda

alrededor de su cintura y se lo entregó primero a su amigo. "Necesitarás esto".

Hardrada miró la hoja y negó con la cabeza. "No. Esto es personal, amigo mío".

Ulf frunció el ceño y se alejó. Mientras lo hacía, una sombra se movió desde el rincón más alejado y un hombre de enorme tamaño se reveló a sí mismo. Hardrada contuvo el aliento y tiró suavemente a Ulf a un lado. "Pensé que habías huido, maldito bastardo".

Crethus se rió entre dientes y se acercó. Su cimitarra curva extrañamente pequeña en su enorme puño. "No sin matarte primero".

Ulf tocó el brazo de su amigo. "Harald, yo puedo..."

"No, viejo amigo. Esto solo tomará un momento".

Como si este comentario fuera un disparador de algún tipo, Crethus gritó y cargó, con la espada levantada con las dos manos por encima de su cabeza. Hardrada apenas tuvo tiempo de apartar a Ulf del camino antes de que la gran hoja descendiera y su filo afilado cortara la manga de la túnica de Hardrada. Soltó una maldición y se las arregló para apartarse del camino cuando un segundo golpe silbó a través del aire denso y cerrado de la capilla. Retrocedió un par de pasos, esquivando de un lado a otro, mientras el escita derribaba golpe tras golpe en rápida sucesión. Con la espalda contra la pared del fondo, Hardrada tuvo que arrojarse a su derecha cuando la espada golpeó contra la mampostería, grandes trozos de piedra salieron volando como pequeños proyectiles.

Hardrada se dio la vuelta y se puso de pie listo, enrollado como una pantera. Su hacha estaba afuera, junto a Haldor, pero tenía su espada, y eso sería suficiente. Con amenaza controlada, desenvainó la hoja y se preparó.

De inmediato, el escita corrió hacia adelante de nuevo, gruñendo y rugiendo mientras cada golpe de su cimitarra atravesaba el aire. Hardrada lo paró. El choque de acero contra acero resonó a través de la iglesia, el ruido del metal resonando a través de las diversas naves y bóvedas, elevándose hacia el techo abovedado, amplificando el sonido a un nivel antinatural mientras los dos hombres empujaban, bloqueaban y contraatacaban.

Era como si el escita estuviera poseído. Había aprendido de sus errores anteriores, eso era obvio. El conocimiento de que Hardrada podía resultar dañado por un golpe bien asestado parecía haberle dado nuevas reservas de fuerza y habilidad. Hardrada tuvo que trabajar duro para mantener a raya al hombre, pero era implacable, con la cara rígida, los dientes apretados, gruñendo y gritando mientras cargaba hacia adelante. Hardrada luchó por mantener sus defensas. Y eso era todo lo que tenía, sus contadores no penetraban; la desesperación comenzó a corroerlo. Luchó por mantenerse bajo control mientras se movía hacia atrás, su espada cada vez más pesada en su mano.

El escita tenía que cansarse pronto. Nadie podía mantener esta ferocidad de ataque. Pero con cada golpe, el hombre parecía volverse aún más fuerte y Hardrada se acobardaba ante el ataque. ¿Era este el día en que finalmente caería, derribado bajo la maligna hoja de este diablo extranjero?

Un golpe violento atravesó sus defensas y cortó su bíceps. Hardrada gritó, cayó de espaldas, el brazo le zumbaba de dolor. No fue un corte profundo, pero le hizo sangre, lo pilló desprevenido y ese fue todo el estímulo que Crethus necesitaba. Se movió, bajo la guardia de Hardrada, sintiendo la victoria, y golpeó hacia el estómago del vikingo.

A través de una nube de incredulidad de que estaba a punto de ser derrotado, Hardrada logró girar en el último momento, agarró la hoja con la mano libre y apuntó con el puño derecho, aun sosteniendo la espada, para estrellarse en la nariz del escita con un tremendo crujido.

Crethus gritó, la sangre brotó de su rostro en un gran chorro, y se inclinó hacia atrás, perdiendo el agarre de su espada. Hardrada siguió adelante, levantó su bota en la ingle del hombre con una fuerza tremenda, luego movió su propia espada con ambas manos y la balanceó poderosamente sobre el cuello del hombre y le cortó la cabeza.

El cuerpo del escita estaba allí, balanceándose, la sangre brotando como fuentes del cuello abierto, mientras la cabeza rodaba por el suelo de mármol, con los ojos ciegos mirando hacia el techo.

Hardrada, respirando como un gran toro, no tenía ni la fuerza ni la inclinación para siquiera mirarlo. Cayó de rodillas, la espada resonando en sus manos, y permaneció allí, mirando a lo lejos, el sudor corría por su rostro, la boca abierta. Había estado tan cerca, más cerca que nunca, pero ahora... Ahora estaba hecho.

Ulf apareció junto a él, con el brazo alrededor de su hombro. "Dios santo, Harald, pensé que el escita te tenía allí".

El gran vikingo logró sonreír a su viejo amigo y luego, como si recordara, se agarró la herida del brazo e hizo una mueca. "Por Dios, esto duele. Tráeme un poco de agua, ¿quieres?"

Ulf gruñó y sacó la botella de agua que había encontrado antes, sacó el corcho y salpicó un poco del líquido tibio sobre el corte en el brazo de su amigo.

Hardrada puso una mano sobre la herida, presionando con fuerza. Apretó los dientes. "Era un bastardo duro". Levantó la barbilla hacia Crethus y Ulf se volvió para mirar, el cadáver sin cabeza yacía en el suelo, una gran columna de sangre esparciéndose alrededor de donde debería haber estado la cabeza.

"Bueno, ahora no molestará a ninguno de nosotros". Ulf se rió, puso las manos debajo de las axilas de Hardrada y ayudó a su amigo a ponerse de pie. "¿Quieres que cuide de Miguel?"

Hardrada pensó un momento, echó otro vistazo a la herida y

luego volvió a tocarla con la mano. Ulf ya estaba rasgando una tira de un pañuelo viejo y manchado de sudor. Harald lo miró, pensando de nuevo en lo cerca que había estado de la muerte, en cómo el mundo, por un momento, se había alejado de él, como si ya no tuviera ninguna importancia. Quizás fue algún tipo de advertencia, una señal de que sus días estaban contados, que pronto vendría una última batalla, una última danza con la muerte.

"Cuando esto esté hecho", dijo mientras Ulf empapaba la tira de tela y comenzaba a envolverla alrededor del brazo de Hardrada, "volveré con los nórdicos".

"Ese fue siempre el plan". Ulf gruñó mientras tiraba de la tela apretada.

"Siento que este lugar ya no tiene nada para nosotros. Tú, Haldor, yo... Nos hemos acercado a la muerte este día".

"Esa es la naturaleza de las cosas, ¿no?" Ulf ató la tira y dio un paso atrás para admirar su obra. "Cuando coqueteas con la muerte, Harald, a veces te supera".

"Ya no quiero coquetear con eso, viejo amigo. Quiero recuperar lo que es mío, por derecho. He vivido bajo el control de otros durante demasiado tiempo. Es hora de que cumpla mi verdadero destino y reclame mi derecho de nacimiento. Ser rey de los nórdicos, reconstruir nuestras glorias pasadas, infundir miedo en el mundo una vez más con la sola mención de nuestro nombre". Flexionó el brazo una o dos veces y sonrió. Buen trabajo, viejo amigo. Ahora, déjame ocuparme del simple asunto de Miguel".

El bote chocó contra el costado del muelle, y la tripulación se apresuró a asegurarlo, los soldados echaron una mano para tirar de las gruesas y pesadas cuerdas. Nikolias ya estaba subiendo a bordo. Hizo un rápido gesto de asentimiento al capitán y se dirigió a la pequeña zona cubierta, una especie de tienda rectangular, que estaba situada hacia la popa del barco. A un lado, dos soldados estaban de pie, erguidos como una baqueta en posición de firmes.

Nikolias tosió nerviosamente. "Mi señora, soy un oficial de la *Tagimata*, vengo a escoltarla al Palacio Real donde usted..."

La trampilla de entrada se abrió abruptamente y Lady Zoe salió a la luz del sol.

Nikolias jadeó.

La mujer, su rostro asombrosamente hermoso con pómulos altos, ojos tan grandes que podías sumergirte y desaparecer... Labios... Nikolias tenía dificultad para respirar. Él había escuchado las historias, por supuesto, incluso la había visto una o dos veces, pero nunca así, tan cerca. Su cabeza estaba cubierta con un tocado adornado con oro que le caía por los lados de la cara, gemas de rubí, esmeralda y amatista tachonadas entre las placas de metal precioso. Su vestido, que le llegaba hasta los pies, era el mismo, una túnica ricamente bordada de exquisito arte, diseñada para acentuar su figura y declararla como el personaje real que era.

"Gracias", dijo, extendiendo la mano.

Nikolias la tomó, incapaz de apartar los ojos de ese rostro, y la condujo suavemente fuera del bote. Otros soldados acudieron en su ayuda y la llevaron al muelle.

"Mi señora", dijo Nikolias, encontrando por fin las fuerzas para hablar, "el deseo del General era que usted volviera al palacio, que lo esperara allí.

"No es necesario", dijo sin inmutarse. "Estoy preparada. Iré al Foro, me presentaré a la gente".

"Mi Señora, ha habido peleas. Los muertos ensucian las calles. Es demasiado terrible para que lo mire.

"¿Muertos?" Zoe dejó que las palabras se desvanecieran en el aire. Sus ojos se humedecieron, "¿Eso es a lo que ha llevado, el mal gobierno de Miguel, la muerte de mi gente?" Por un momento, sus ojos se nublaron con algún pensamiento distante, tal vez imágenes jugando en su cabeza de ciudadanos masacrados, cuerpos hinchados pudriéndose a la luz del sol.

Nikolias se quedó de pie, como en trance, mirando. Esperando. Parpadeó una o dos veces y se enderezó, recuperando su majestuosa compostura. "Que así sea. Es mejor que la gente me vea en medio de su sufrimiento. Lléveme al Foro, Capitán".

"Mi Señora, debo pedirle que..."

Ella levantó la mano y lo interrumpió a mitad de la frase. "He hablado, capitán. Escoltadme, ahora por favor".

Nikolias hizo una reverencia, dando paso a su autoridad. Dio un paso atrás, dio una señal a los soldados para que se quedaran atrás, y lentamente el pequeño séquito se alejó y comenzó su viaje hacia el centro de la ciudad.

Harald salió con Ulf a su lado. Miguel estaba agarrado por Ulf, llorando como una banshee herida. Disgustado, Ulf arrojó al suelo al ex emperador roto y destrozado, donde se retorció y se tambaleó, un hombre que se ahogaba, con grandes rastros de sangre negra corriendo por cada mejilla, agujeros como carbones donde alguna vez habían estado sus ojos.

Maniakes estaba un poco alejado, flanqueado por treinta o más soldados de infantería con armaduras, con las lanzas preparadas. Sonreía mientras se quitaba el casco ricamente decorado, exhaló un suspiro y se adelantó. "Ah, Miguel". Miró al hombre herido, retorciéndose en el suelo, con las manos apretadas contra las horribles heridas en su rostro, el dolor y el terror ahora eran sus amos. Maniakes miró a Hardrada. "Has cumplido con tu parte del trato. Por lo tanto...", se volvió e hizo una señal a los soldados que estaban cerca. Se separaron y dos esclavos avanzaron con dificultad, llevando entre ellos un cofre. En la retaguardia estaba Haldor, luciendo un poco avergonzado mientras miraba a los soldados dispuestos a su alrededor.

Los esclavos colocaron el cofre a los pies de Hardrada y luego se escabulleron.

"¿Eso es todo?" Preguntó el vikingo.

"Hasta donde tengo entendido. Eso era lo que Orphano había ocultado. Puedes tomarlo y marcharte. ¿Lo entiendes? Márchate".

"Es mi intención de cualquier manera".

Maniakes inclinó la cabeza, "Siempre fuimos de la misma opinión, viejo amigo. Lo descubrí en Sicilia".

"Sí, y descubrí mucho sobre ti". Hardrada miró a Miguel, cuyos gritos ahora se habían convertido en nada más que un constante y retumbante gemido. "¿Qué va a pasar con él?"

Maniakes se encogió de hombros. "Eso se lo dejo a Lady Zoe. Ella estará aquí pronto, restaurada como Emperatriz. Borraremos el patético intento de reinar de Miguel y comenzaremos la reconstrucción de nuestro imperio".

"¿Contigo al timón?"

"Para nada. Estoy harto de la política, nunca tuve estómago para ella. No, volveré a lo que mejor hago: ser soldado. Dejaré toda la intriga del gobierno a quienes mejor lo conozcan. Orphano y su hermano". Se pasó el dorso de la mano por la frente y se colocó el casco sobre la cabeza. "Tengo algunos cabos sueltos que atar, pero nada que deba preocuparte". Él frunció el ceño. "¿Qué le pasó a tu brazo?"

"Tuve que lidiar con alguien, antes de ver a Miguel".

"¿Quién fue ese?"

"El comandante escita, Crethus".

Maniakes hizo una pausa en apretarse la correa de la barbilla. "Ah. Bueno, si yo fuera tú, sería mejor que me apresurara a partir. Lady Zoe quería mucho a ese caballero. No me gustaría dar fe de tu seguridad una vez que se entere de lo que has hecho".

"Lo cual, por supuesto, te complacerá mucho informarle".

El General entrecerró los ojos. "Como dijiste, has descubierto mucho sobre mí".

Hardrada negó con la cabeza, ya no poseía la fuerza para conversar más. Asintió con la cabeza a Ulf, quien, a su vez, le hizo señas a Haldor para que se acercara. Juntos, los dos hombres levantaron el cofre y Hardrada se los llevó a través del área abierta hacia la Puerta del León. Ninguno de ellos miró hacia atrás, pero todos pudieron sentir los ojos del General clavados en ellos mientras avanzaban.

Más allá de las puertas, Hardrada vio a muchos soldados colocando a los muertos en montones, escitas en un montón, Varegos y ciudadanos en otro. En los escalones del Foro, Rufus. El vikingo experimentado lo vio y se vino corriendo.

"¿Todo está bien?"

"S", respondió Hardrada, dándole una palmada en el brazo a su viejo amigo. "Tenemos su promesa, dada por Alexius, de que no sufrirás ningún daño. Reinstalado, espero".

Rufus asintió. "Les ofreceré a estos mercenarios la oportunidad de entrar en la Guardia Real de Varegos". Su sonrisa se desvaneció. "¿Pero qué hay de ti? ¿No te quedarás y nos guiarás, como siempre lo has hecho?"

"No, viejo amigo". Saludó con la cabeza a sus dos compañeros, que habían dejado el pesado cofre mientras hablaba. Ambos parecían un poco molestos. Sin duda, se sintieron un poco agobiados por haber luchado y salvado a Hardrada, solo para ser recompensados al convertirse en mulas de carga. "No se vean tan fastidiados, muchachos. Pronto nos iremos de este lugar".

Rufus suspiró. "Entonces, ¿piensas irte?"

"Sí. Estamos yendo a casa. ¿Por qué no te unes a nosotros?

Me vendría bien un buen hombre como tú. Alguien en quien pueda confiar".

"Bastardo ingrato", escupió Ulf.

Hardrada se rió y volvió a golpear el brazo de Rufus. Buena suerte, Rufus. Que estés bien"

Rufus asintió, pero no habló. En cambio, simplemente colocó su propia mano sobre la de Hardrada y la apretó antes de darse la vuelta para regresar con sus hombres.

Hardrada miró a Ulf con recelo. "No seas tan grosero, viejo pedo. Nos dirigiremos al puerto, buscaremos un barco y saldremos de aquí".

Ulf sacudió la cabeza, levantó los ojos y luego le dijo a Haldor: "Vamos, parece que su majestad no quiere ensuciarse las manos". Juntos levantaron el cofre y continuaron su camino.

Hardrada, sin embargo, permaneció donde estaba. La tensión hizo un nudo en su estómago y su mano se cerró alrededor de la empuñadura de su espada.

Andreas se quedó allí, a cierta distancia, con el rostro en blanco, los ojos como cuentas, mirando sin parpadear. Te encontraré, Hardrada. Y cuando lo haga, te mataré".

"Muchos lo han intentado", dijo Hardrada. "Muchos que lo hicieron, ahora yacen fríos en la tierra".

Una sonrisa, fina y sin humor, se dibujó en el rostro del joven soldado. "Puedes saludarlos cuando te unas a ellos. Porque no fallaré, Hardrada. Te lo prometo".

El aire se volvió frío y Hardrada se sobresaltó cuando un cuervo salió volando de las vigas de un edificio cercano y se desvió por el cielo. Lo miró mientras desaparecía en el azul, luego volvió los ojos para mirar a Andreas.

Excepto que Andreas ya no estaba allí.

Hardrada contuvo el aliento y la garganta se secó. Dejó que el agarre de la empuñadura de su espada se debilitara y cuando se dio la vuelta para irse, miró sus manos y notó que estaban temblando.

Palabras, se dijo a sí mismo, meras palabras. Nada que temer, no cuando se había enfrentado a tantos peligros, tantas amenazas, venciéndolos a todos, prevaleciendo.

Y, sin embargo, viniendo de Andreas, esas palabras contenían más verdad y más promesa que cualquiera que Hardrada que hubiera conocido. Lo que quedaba por saberse era cuándo se cumplirían.

Habían puesto una gran distancia entre ellos y la fuerza vikinga en Fulford. Ahora, los campos ondulados habían dado paso a tierras de cultivo y pronto se encontraron con una granja solitaria; algunos edificios esparcidos al azar alrededor de un cuadrado irregular de tierra rota y llena de baches. Los edificios eran pobres, en ruinas y mientras los guerreros avanzaban con cautela, aparecieron hombres que agarraban horquillas y guadañas. Sus ojos estaban muy abiertos por el miedo, sus cuerpos temblaban, pero era obvio que estaban preparados para luchar, y morir si era necesario, para defender su hogar.

Hereward levantó la mano: "Esperen, amigos. Somos sajones, como ustedes. Todo lo que pedimos es un poco de agua, tal vez un poco de pan".

"¿De dónde vienen?" preguntó un hombrecillo nudoso de cabello como la nieve, dando medio paso hacia adelante.

"Fulford", dijo Morcar. Se sacudió ante la mención del nombre, como si su resonancia ya reavivase los horrores de lo que había ocurrido allí.

"Tengo que volver", dijo una voz.

Todos miraron hacia arriba cuando el extranjero entre ellos volvió la cara por donde habían venido.

"Ese camino sólo conduce a la muerte", dijo Hereward. "Tendrás tu oportunidad, una vez que le avisemos a lord Harold. Reunirá un ejército, como nunca se ha visto, y aplastaremos a esa escoria vikinga de una vez por todas".

El extranjero volvió a mirar a Hereward. "He prometido matarlo y no fallaré".

"No, no creo que lo hagas", sonrió Hereward. "Pero por ahora, debes tener un poco más de paciencia".

El extranjero apretó los labios y pensó por un momento. Luego, por fin, dejó que sus hombros se relajaran. "Muy bien. Haré lo que me digas, pero la próxima vez que nos veamos..." Agarró su espada. "He esperado más de veinte años, puedo esperar un poco más".

"Por Dios, respiras fuego, eso es seguro", dijo uno de los otros housecarles. "¿Qué te hizo Hardrada?"

"Suficiente", respondió el hombre. "Pronto, cerraré la vista sobre todo esto".

"¿Cuál es tu nombre, amigo?" Preguntó Hereward.

El extranjero miró al fornido conde sajón y respiró hondo. "Mi nombre", dijo, "es Andreas".

Querido lector,

Esperamos que hayas disfrutado leyendo *Varego*. Tómese un momento para dejar una reseña, incluso si es breve. Tu opinión es importante para nosotros.

Atentamente,

Stuart G. Yates y el equipo de Next Chapter

Varego
ISBN: 978-4-82411-660-4

Publicado por
Next Chapter
1-60-20 Minami-Otsuka
170-0005 Toshima-Ku, Tokyo
+818035793528

12 diciembre 2021